KB261880

위대한 캐나다를 꿈꾸며

풀빛

위대한 캐나다를 꿈꾸며

장 크레티앙 캐나다 총리 회고록

조성관 옮김

풀빛

STRAIGHT FROM THE HEART
by Jean Chrétien

Korean translation copyright ⓒ 1996 by Pul-Bit Publishing Co.
Copyright ⓒ 1985, 1994 by Jean Chrétien
All Rights Reserved.

This Korean edition was published by arrangement with Jean Chrétien
c/o Key Porter Books Ltd., Toronto through DRT International, Seoul

이 책의 한국어판 저작권은 DRT International / 뿌리깊은나무 저작권 사무소를 통한
저작권자와의 독점계약에 의해서 풀빛출판사에 있습니다. 저작권법에 의해 한국내에서
보호를 받는 저작물이므로 무단전재와 무단복제를 금합니다.

한국어판 저자 서문

『위대한 캐나다를 꿈꾸며』의 한국어판 서문을 쓰게 되어 이루 말할 수 없을 정도로 기쁩니다. 한국인들에게 이 회고록을 통해 캐나다의 현실에 대해 보다 많은 것을 이해하게 하는, 중요한 기회를 제공한 조성관 씨에게 경의를 표하며 또한 감사의 마음을 느낍니다.

캐나다와 한국은 오랜 기간 특별한 관계를 유지해왔습니다. 19세기, 캐나다 선교사들이 처음 한국 땅을 밟아 학교와 병원을 세우고 또 공동선을 위해 일해왔습니다. 또 다른 캐나다인인 프랭크 스코필드는 한국의 독립을 위해 투쟁했고, 지금 유일한 외국인으로 서울 동작동 국립묘지에 묻혀 있습니다. 한국전쟁 기간 중에는 많은 캐나다인들이 한국인들과 함께 싸웠습니다.

양국간의 유대는 수년간 지속적으로 발전돼, 지금은 다방면에서 좋은 관계를 유지하고 있습니다. 양국은 투자가들의 왕래를 통해 상호 비중이 높은 교역국으로 자리잡았고 다른 한편 우리는 교육, 문화와 같은 분야에서도 새롭고 중요한 관계를 맺어가고 있습니다.

나는 한국의 독자들이 『위대한 캐나다를 꿈꾸며』를 읽음으로써 캐나다에 대한 호기심이 커지고, 아름다운 우리나라에 대해 알게 되고 또 캐나다에 대해 더 많은 것을 배우고 추구하게 될 것을 진심으로 희망합니다. 나는 이 회고록이, 우리가 동반자 관계 형성을 위해 함께 일해왔듯 양국간의 보다 광범위한 상호 이해를 가져올 것으로 알고 있습니다.

역자의 말

1994년 6월께, 나는 한 가지 계획을 세웠다. '캐나다 총리 인터뷰'를 추진해보자는 것이었다. 캐나다에 나와 있는 유일한 한국 기자인 데다 한국에서 가장 영향력 있는 신문사 소속이니 운이 따르면 성사될 것도 같다고 생각했다.

장 크레티앙 총리는 한국 기자의 눈에는 사실상 '무명(無名)'이나 다름없었다. 그에 대한 자료를 수집하던 중 서점에서 그의 회고록 『위대한 캐나다를 꿈꾸며』를 발견했다.

솔직히 캐나다 정치 상황에 대한 지식이 전무하다시피 한 상황에서 회고록의 내용을 이해하기는 대단히 어려웠다. 마치 한국에 처음 온 캐나다 저널리스트가 파란과 곡절로 점철된 한국 현대정치사를 이해하기 어려운 것과 마찬가지다. 회고록을 두 번째 읽으면서 나도 모르게 크레티앙 총리가 걸어온 길에 대해 감명을 받기 시작했다. 번역해서 국내에 소개하고 싶다는 욕심이 든 것도 이때였다.

본격적인 번역 작업에 들어간 것은 2독(讀)이 끝난 1994년 가을

쯤. 마침 나는 토론토 시내의 라이어슨 대학에서 야간강좌로 '캐나다 현대정치사'를 수강하고 있었다. 회고록에서 이해가 되지 않았던 부분은 강의를 통해 이해할 수 있었고, 그 반대로 학생들이 이해가 되지 않아 던지는 질문을 내가 먼저 이해하기도 했다.

번역 작업은 주로 새벽녘과 야밤에 이뤄졌다. 몇 달간 이렇게 하여 초고가 완성된 것은 1995년 1월 중순이었다. 이때부터 95년 4월 말까지는 주로 원서와 대조하면서 원고를 다듬는 작업에 전념했다.

라이어슨 대학 정치학과의 폴란드계(系) 즈보랄스키 교수가 번역 작업에 도움을 줬다. 생소한 용어들과 정치적 사건들은 그의 자상한 설명이 없었다면 우리말로 옮기는 것이 불가능했을 터이다. 사람 이름의 우리말 표기도 그의 도움을 받았다.

우리나라는 권력 이동기에 접어들었다. 정치를 혐오하고 정치인에 손가락질하면서도 한편으로는 지나칠 만큼 정치에 관심이 많은 게 우리나라의 현실이다.

크레티앙 회고록은 정치에 염증을 느끼는 사람들에게 청량 음료 같은 상큼함을 줄 것으로 믿는다. 정치 행위를 긍정적으로 보게 만들고, 정치 참여에 적극적인 자세로 만드는 것이 크레티앙 회고록의 매력이다.

1963년 스물 아홉의 나이로 처음 하원의원에 당선돼 꼭 30년 만에 집권에 성공한 장 크레티앙. 그의 정치 30년은 곧 캐나다 현대 정치사이다. 그는 캐나다에서 출간 직후 3주 만에 베스트 셀러 1위에 진입한 바 있는 『위대한 캐나다를 꿈꾸며』에서 자신이 걸어온 길을 있는 그대로 보여주고 있다.

크레티앙은 현재 정치권에 몸담고 있는 사람들이나 앞으로 정치를 하고 싶어하는 예비 정치인들에게 여러 가지 좋은 충고를 하고 있다. 이를테면 기자와 언론을 대하는 방법까지도 그는 친절하게 언급하고 있다.

  "저널리스트를 대하는 가장 좋은 방법은 그들을 프로페셔널로 대하는 것이다. 부정적으로 보이길 원하는 사람은 아무도 없다. 그러나 언론을 조종하려고 하는 것보다 자신의 약점과 단점을 솔직하게 말하는 게 좋다."

그의 언론에 대한 비판도 눈길을 끈다.

  "정말 혼란스러운 일은 오늘날 진정한 기자가 되길 원하는 기자들이 점점 줄어들고 있는 것 같다는 점이다. 그들은 절망한 칼럼니스트나 논설위원처럼 보인다. 그 옛날의 기자들은 사실을 밝히기 위해서 피나는 노력을 했고 기사의 정확성에 자부심을 가졌다. ……오늘날 기자들의 자부심은 평론가가 되는 것에 있는 것처럼 보인다."

현역 정치인이 언론 보도에 대해 이 정도까지 예리하게 분석하고 또 자신있게 비판할 수 있다는 용기에 대해 그저 놀라울 뿐이다.

그는 자신이 정치인으로서 저지른 과오, 잘못, 오판까지도 하나도 남김없이 고백하고 있다. 대부분 끝까지 자기 자랑과 자기 합리화로 이어지는, 우리나라 정치인들이 펴내는 '자전 에세이류'와는 차원이 다르다. 또한 책을 이용해 보스에 대한 아첨과 충성의 성찬을 늘어놓는, 선거철만 되면 우후죽순처럼 나오는 그런 부류의 정치 회고록과는 질적으로 다르다.

레스터 피어슨과 피에르 트뤼도. 크레티앙은 두 전직 총리와는 떼려야 뗄 수 없는 사이다. 그는 두 사람에 대해 수없이 언급하고 있지만 낯간지러운 언사는 찾아볼 수가 없다. 있는 그대로 쓰고 있을 뿐이다. 크레티앙은 트뤼도의 단점과 장점을 객관적으로 서술하고 있다.

정치의 세계는 한국이나 캐나다나 다른 게 없는 것 같다. 그는 정치판에서 살아 남는다는 게 얼마나 어려운 일인지를, 또 야망을 실천하기 위해서는 어떤 피눈물 나는 노력을 해야 하는지를 자신의 경험을 통해 보여주고 있다. 그는 정치의 세계를 이렇게 비유하고 있다.

"정치인들은 언제나 살얼음판 위를 스케이팅할 줄 아는 감각을 지녀야 하지만 언제 빙판에 구멍이 생기는지 결코 알 수 없다. 정치인들은 그들이 수년에 걸쳐 이뤄놓은 모든 것을 단 하루 만에 잃어버릴 수도 있다는 점에서 대단히 아슬아슬한 삶을 살고 있다. 이것은 정치인들이 왜 많은 아드레날린을 쏟아내는가에 대한 설명이 된다."

그는 또 정치를 "현란한 불빛 아래서 벌이는 서바이벌 게임"이라고 말한다. "정치라는 예술은 두 팔을 들고 얼굴에는 미소를 머금은 채 절벽에 등을 대고 걸어가는 법을 배우는 것이다."

프랑스계 캐나디안인 그는 퀘벡 분리주의에 대해 분명한 반대 입장을 보인다. 1980년 5월에 있었던 퀘벡 주민(州民)투표를 앞두고 캐나다 연방을 지키기 위해 그가 보여준 헌신적인 노력은 사뭇 감동적이기까지 하다. 정치인의 진실한 애국심과 만난다는 것은 색다른 기쁨을 준다.

"나는 분리가 북미에서 프랑스적 요소를 건설하는 게 아니라 파괴하게 될 것이라고 생각한다. 독립 퀘벡의 경제가 악화되면 될수록 프랑스어 사용주민은 이미 영어사용 주민이 시작한 엑소더스의 대열에 점점 더 많이 가세하게 될 것이다. 사실, 분리하겠다는 위협만으로도 이미 그런 현상은 일어나고 있다."

크레티앙이 분리주의를 반대하는 이유다. 그는 또 북미(北美)에서 영국과 프랑스가 벌였던 과거의 전쟁사를 부추겨 자신들의 정치적 목적에 이용하는 분리주의자들의 거짓과 위선을 낱낱이 공격한다. 과거의 망령을 되살려 정략적으로 이용하는 것은 미래의 꿈을 짓누를 뿐 누구에게도 이롭지 못하다는 논리다.

『위대한 캐나다를 꿈꾸며』는 한 정권이 어떻게 몰락하는가를 보여주기도 한다. 9년간 캐나다를 지배한 진보보수당이 경제 실패, 이념적 혼란, 그리고 개혁당(The Reform Party)의 탄생으로 붕괴해가는 과정은 한국 정치의 상황과 비교해 시사하는 바가 있다.

풀빛출판사 나병식 대표의 도움이 없었더라면 이 회고록은 자칫 세상의 빛을 보지 못할 뻔했음을 밝혀둔다. 그리고 사진 자료를 협조해준 캐나다 총리실측에도 고마운 뜻을 전하고 싶다.

1996년 9월

조 성 관

캐나다 연방

러시아
북극해
보퍼트 해
그린란드(덴마크령)
알래스카(미국령)
아이슬란드
배핀 만
도슨
유콘 테러토리
빅토리아 섬
태평양
화이트호스
그레이트 베어 호
배핀 섬
노스웨스트 테러토리
래브라도 해
브리티시 컬럼비아 주
그레이트 슬레이브 호
허드슨 만
앨버타 주
애서배스카 호
처칠
에드먼턴
뉴펀들랜드 주
빅토리아
밴쿠버
서스캐처원주
매니토바 주
퀘벡 주
세인트존스
캘거리
새스커툰
위니펙 호
뉴브런즈윅 주
프린스에드워드섬
리자이나
위니펙
온타리오 주
휴런 호
시드니
선더베이
슈피리어 호
퀘벡
핼리팩스
몬트리올
노바스코샤 주
오타와
프레드릭턴
미국
미시간 호
토론토
온타리오호
대서양
이리 호

머리글

장 크레티앙이 책을 썼다는 사실에 대해 나보다 놀란 사람은 없었다. 나는 정치인이지 결코 문필가는 아니다.

이 발상은 내가 한 것이 아니다. 1984년 자유당 정권이 총선에서 패배한 이후 나는 저널리스티인 론 그레이엄(Ron Graham)과 장시간의 인터뷰를 가졌다. 그는 1980~85년의 캐나다 정치에 관한 책을 집필하고 있었다. 그 무렵 나는 각료로서 재임한 17년 동안보다도 훨씬 시간적 여유가 있었던 시기여서 긴장에서 해방되어 침착해졌고, 일화도 섞어가면서 말을 많이 하게 되었다.

그레이엄은 인터뷰를 녹음했고 정리된 원고를 내게 주겠다고 약속했다. 나는 정치 생활 동안 규칙적으로 메모를 하지 못했기 때문에 이 작업이 지난 20년간 캐나다가 직면했던 큰 문제들에 대한 기억을 보존하고 재검토하는 방법으로서 유용하다고 생각했다. 그레이엄은 어느 날 토론토에서 점심을 하는 자리에서 이 원고의 존재를 '키 포터 북' 출판사 회장인 안나 포터(Anna Porter)에게 일러주었다. 얼마 후 그녀는 내게 찾아와 이 원고에 나타난 경험과 관찰을 모아 책으로 펴내자고 제의했다. 나는 훗날 청중들에게 그때 나눴던 얘기를 들려줌으로써 곧잘 폭소를 자아내곤 했다.

나는 이렇게 답했다. "부인, 나는 결코 책을 쓰지 않을 겁니다. 왜냐하면 당신은 책을 내기 위해서 큰 자아가 필요한데 내 자아는 지나치게 크기 때문입니다."

그녀가 다시 말했다. "당신은 책을 써야 합니다."

"부인, 나는 결코 책을 쓰지 않을 겁니다. 왜냐하면 정치인은 오직 자신을 합리화하기 위해 책을 쓰기 때문에 나는 어느 누구에게도 나를 합리화하고 싶지 않습니다."

"당신은 책을 내야만 합니다."

"부인, 나는 결코 책을 쓰지 않을 겁니다."

결국 그녀는 수표에 이름을 썼고, 나는 책을 썼다.

물론 나는 이 책이 프랑스어판과 영어판으로 동시에 발간되길 원했다. 내가 오랜 친구인 피에르 가르소(Pierre Garceau)의 도움을 받아 프랑스어판 작업을 하는 동안 그레이엄은 영어판의 편집자로서 '키 포터 북' 출판사와 작업을 했다. 물론 프랑스어판과 영어판은 모두 많은 친구들의 조언과 논평을 받아들였다. 나는 여러 사람들에게 신세를 많이 졌는데, 특히 나와 함께 원고를 검토하는 데 많은 시간을 공들인 존 래이(John Rae)와 에디 골든버그(Eddie Goldenberg), 많은 귀중한 기고문을 작성해준 미첼(Mitchell)과 자네트 샤프, 고(故) 피에르 제네의 도움을 받았다. '랭 미치너' 사(社) 직원들은 출판을 위한 오리지널 원고를 만들어주었다. 그리고 '키 포터 북' 출판사의 필리스 브루스(Phyllis Bruce)는 모든 문장이 말이 되도록 책임 교정을 맡았다. 이들의 격려와 다른 많은 사람들의 도움이 있었기에 내 의무를 완성하게 되었다. 물론 틀린 부분과 탈자(脫字)는 내 책임이다.

『위대한 캐나다를 꿈꾸며』 양장본이 나왔을 때의 믿기 어려운 반응은 내게 유쾌한 충격이었다. 처음에는 미심쩍었지만 나는 통상 1만 부 이상이 팔리면 베스트 셀러로 부르는 우리나라에서 내 책이 잘 팔릴 것으로 상상했었다. 출판 전문가들이 종전에 7만5천 부 가량 팔렸다고 말한 정치물 초특급 베스트 셀러의 부수와 내 책이 버금가는 상상도 해보았다. 그러나 나는 양장본으로 프랑스 어판과 영어판 합쳐 12만 부, 그리고 또 다른 염가판으로 13만 부가 팔릴 줄은 결코 기대하지 않았다.

회고록을 쓰는 문제로 여러 친구들과 토론을 했으므로 나는 이 책에 대한 관심이 많다는 것을 알았다. 어떤 가까운 친구는 마치 아이스 하키 선수가 피겨 스케이팅 선수가 되려 한다는 얘기를 들은 것처럼 "네가 책을 써 우리를 협박하려 한다는 얘기를 들었어."라고 말했다. 『위대한 캐나다를 꿈꾸며』가 1985년 10월 몬트리올의 성대한 파티에서 처음 선보였을 때 이 책이 성공할 것이라는 조짐이 나타났다. 피에르 트뤼도(Pierre Trudeau), 존 터너(John Turner), 전직 자유당 내각의 장관들, 셔위니건(Shawinigan) 시에서 온 많은 친구들, 내 가족 등을 포함해 수백 명이 참석했다. 내 책 출간은 텔레비전과 라디오를 통해 그날 밤 전국에 방송되었고, 다음날 많은 신문의 1면 기사로 보도되었다.

그 뒤 서평이 나왔는데 서평들의 거의가 내 책에 대해 호의적이었다. 대다수 사람들이 유익하고 읽을 만하다고 평가했을 때 기분이 좋았으며, 특히 사람들이 책을 읽으면서 마치 크레티앙이 집에서 허심탄회하게 말하는 것을 듣는 듯했다고 했을 때 기뻤다.

유일한 부정적인 평가는 내가 지나치게 사분사분했고 책 속에 열정이 끓지 않았기 때문에 내가 "가슴으로부터 솔직한 이야기"를 쓰지 않았다고 생각한 사람들로부터 나왔다. 사실 나는 좀더 흥미 있고 혹은 적절하게 충격을 주는 방향으로 다듬을 수 있었다고 생각하지만 기본적인 사실들은 하나도 빠뜨리지 않았다. 때때로 나는 어떤 인물의 이름이나 사적인 대화의 자세한 내용을 생략하기도 했는데, 그 이유는 불필요하게 어떤 사람을 모욕하거나 원한을 사고 싶지 않았기 때문이다. 또한 생략된 부분은 지엽적인 부분들이었다.

언론의 호의적인 관심에도 불구하고 나는 처음 공개 사인회에 나갔을 때 무척 가슴을 졸였다. 사인회는 오타와의 한 서점에서 점심 시간 동안에 치러졌는데 나는 계속 이렇게 중얼거렸다. "만일 아무도 나타나지 않는다면 나는 완전히 바보가 되는데." 그때 마침 막 서점에서 돌아온 공공부(Public Works) 차관을 지낸 친구를 만났다. 그가 말했다. "장, 당신 책에 사인을 받으려고 했는데 기다리는 줄이 너무 길어 기다릴 수가 없었어." 또 다른 점심 시간을 이용한 오타와의 사인회에는 날씨가 너무 쌀쌀해 레스토랑에서 따끈한 컵 수프를 고객들에게 무료로 제공하기도 했는데 줄이 두 블록 이상 늘어서 멀로니 총리 집무실 창문 바로 아래까지 이어졌다.

길게 늘어선 줄은 방방곡곡이 똑같았다. 구(舊) 토리당의 본거지인 온타리오 주 킹스턴(Kingston) 시에서도 나는 몇백 명의 사람들이 내 사인을 받으러 줄서 있는 것을 발견하였다. 핼리팩스(Halifax)의 서점에서는 그들이 받아놓은 『위대한 캐나다를 꿈꾸며』를 주말 동안에만 전부 팔았으며, 샬롯타운(Charlottetown) 시에서도 두 명의 보수당 지방 장관이 사인을 받으려는 장사진 속에 끼어 있었다. 앨버타 주 캘거리(Calgary) 시 사인회는 실패할 것으로 믿었으나 오전 7시 30분에 수십 명의 사람들이 내가 묵고 있는 호텔 로비에 몰려들었다는 뉴스에 나는 아침을 제대로 먹지도 못했다. 온타리오 주 키치너(Kitchener) 시나 브리티시 컬럼비아 주 빅토리아(Victoria) 시에서도 사람들은 내게 지나칠 정도로 친절했다. 그들 중 많은 사람은 유명인을 보러 혹은 자서전을 모으려는 의도로 왔지만 보다 많은 사람들은 "고맙다"라는 말을 하기 위해서 시간과 돈을 썼다. 정치인들이 거의 '감사의 표시'를 받지 못하는 세상에서 나는 모든 사람들의 친절함에 깊은 감동을 받았다.

책이 나온 지 일주일 만에 내 책은 전국 베스트 셀러 집계에서 7위에 올랐으며, 둘째 주에는 3위로 뛰어올랐다. 나는 기자들에게 이런 농담을 했다. "베스트 셀러 1위가 되기에는 내 책은 너무 딱딱합니다. 1위에 오른다는 것은 리 아이아코카와 엘비스 프레슬리의 성생활을 다룬 책을 누른다는 것을 의미합니다." 그러나 발매 3주 만에 내 책은 1위에 진입했고 몇 달 동안 1위를 지켰다.

책의 주요 독자는 정치성향이 강한 대중이었다. 수술을 받으러 병원에 입원했다가 각각 다른 가족으로부터 이 책을 네 권이나 받았다는 어떤 정치성향이 강한 사람에 관한 얘기도 들었다. 그러나 나를 만나기 위해 줄을 선 수많은 다양한 사람들, 즉 젊은이나 노인, 지식인과 노동자, 학생과 주부들을 볼 때 나는 언제나 황홀했었다. 그 이유는 내가 온타리오 주의 런던에서 만난 한 남자가 설명해주었다. 그는 화려한 붉은색 타이를 매고 있었으므로 나는 그가 그리트(Grit : 자유당의 별칭. 보수당을 토리라고 부르는 것과 같음—역자)가 된 것을 축하했다. "크레티앙씨, 나는 그리트가 아닙니다. 나는 당신에게 책을 계속 쓰라고 말하기 위해 여기 왔습니다. 나는 런던 시 웨스턴 온타리오(Western Ontario) 대학에서 정치학을 가르치고 있는 교수인데 책을 읽으면서 많은 사실들이 좀더 분명해지는 것을 알았습니다. 당신은 복잡한 문제를 알기 쉬운 용어로 옮기는 재능을 갖고 있습니다."

과거에는 '재능'이란 말이 지식인들의 영예인 것처럼 느껴졌는데 이제는 사람들이 이 책을 읽으면서 처음으로 개헌이나 권리장전 혹은 각료와 관료의 관계에 대해 이해하게 되었다고 말했을 때 나는 기뻤다. 모든 사람들은 관심있는 분야가 저마다 다른 것처럼 보였다. 어떤 사람은 가족 환경, 특히 내가 정치에 뜻을 품은 초기 시기를 다룬 부분에 관심이 많았다. 어떤 이는 내가 퀘벡 정계나 특히 흥미있는 경제계의 숨겨진 애기를 했어야 했다는 점을 지적하기도 했다. 1984년 자유당 당권 경쟁의 드라마에 흥미를 느끼는 사람도 많았다.

정치적인 자서전을 쓰는 게 목표는 아니었다. 나는 어떤 옛날의 투쟁과 새삼 싸우려거나 아니면 새로운 싸움거리를 만들려고도 노력하지 않았다. 그 대신 나는 한 사람의 현역 참여자로서 보아온 캐나다의 정치과정에 대한 어떤 객관성을 부여하고 싶었을 뿐이다. 사람은 자신이 선택한 분야에서 뭔가 다른 일을 하는 기회 이상의 것을 요구할 수 없다. 정치는 내 직업이기 때문에 내가 위대한 캐나다를 위해 봉사할 수 있도록 한 기회에 영원히 고맙게 여길 것이다. 나는 내가 정치에 보다 적합한 사람이라는 것을 안다.

『위대한 캐나다를 꿈꾸며』의 초판이 나온 1984년 10월과 1년 뒤 염가판이 나온 그 기간에 나는 하원을 떠나 사적인 분야에서 일을 했다. 1990년 나는 야당의 지도자, 자유당 당수로서 다시 공인 생활에 복귀했다. 1993년 11월 4일 나는 캐나다의 연방 총리가 되었다. 따라서 발행인은 염가판이 나온 이후 일어난 몇몇 사건들을 고려해 최신판을 내기를 희망했다. 나는 최신판의 모든 인세는 '몬트리올 리서치 연구소'로 들어가게 한다는 조건으로 이에 동의했다. 나는 론 그레이엄과 함께 작업하면서 도입부와 결론 부분을 조금 손질하는 데 크리스마스 휴가를 보냈다.

정치는 내게 지속적인 흥분과 도전의 원천이 되어왔다. 나는 독자들이 이 최신판을 읽는 동안 내가 캐나다를 위해 봉사하면서 겪어야 했던 기뻤던 순간과 좌절했던 순간들에 대해 이해를 얻기를 바란다.

내 정치 경력은 전 생애 동안 많은 이들이 도와준 결과였다. 그들 중 일부는 이 책에서 언급되었고 다른 이들은 그렇질 못했다. 그러나 나를 도와준 모든 이들이 중요한 역할을 했고 나는 그들의 공헌에 가장 먼저 감사하는 사람이다. 우리가 성취한 것은 모두 함께 이룩한 것이다.

나를 도왔던 사람 중에 아내 앨린느(Aline)만큼 헌신적인 사람은 아무도 없었다. 특히 그녀의 판단이 책을 쓰는 데 도움을 줬다. 수많은 세월 동안 변함 없이 보여준 그녀의 뒷바라지와 사랑에 대한 감사의 표시로서 이 책을 그녀에게 바친다.

/ 정치를 향한 열정

"자네도 지독한 좌익이겠군!"

나는 늘 정치에 관심이 많았다. 아버지 웰리 크레티앙(Wellie Chrétien)은 퀘벡 주 셔위니건 시 제지공장의 기계공이었는데 정치는 아버지에게 있어서 중요한 취미였다. 아주 어렸을 때 나는 자유당원이었던 아버지를 도와 선거 팜플렛을 돌리곤 했다. 1949년 연방 총선거 때, 당시 열다섯 살이었던 나는 집 근처의 당구장에서 자유당 지지를 주장하기도 했다.

열여덟 살 때 나는 여름방학 동안 일했던 공장 식당에서 유니온 내셔널(Union Nationale : 퀘벡에 있었던 보수적 민족주의자 정당－역자)에 가입했다. 또래들 중 몇몇은 그 당시 퀘벡의 유니온 내셔널 당수였던 모리스 두플레시(Maurice Duplessis)에게 푹 빠져 있는 기성세대들을 혼내 주라고 말하곤 했다. 나는 그저 재미삼아 그렇게 했다. 또 이렇게 말하곤 했다. "당신들이 매일 아침 두플레시의 사진 앞에서 기도하십시오." 그러면 노인네들은 벌컥 화를 내곤 했다. 또래 청소년들은 그것이 재미있는 구경거리라고 생각했다.

우리 집안은 생각이 자유로운 자유주의자, 반(反)성직자, 19세기의 반(反)기득권 전통에 따라 늘 좌익이었다. 내 조부인 프랑수아 크레티앙(François Chrétien)은 자유당 간부로 30년 동안 생 에티앙 데 그레(St-Etienne-des-Grès) 마을의 시장을 지내셨다. 조부에 관한 유명한 일화가 하나 있다. 1896년 선거에서 조부와 미에트(Millette) 의사는 유권자들에게 술을 샀다. 이것은 당시에는 흔히 있는 일이었다. 조부의 장인인 라포름(Laforme)은 토리당(黨)을 지원하기 위해 마찬가지로 술을 냈다. 이것 또한 불법이었다.

그러나 성직자들은 토리당원인 조부의 장인에게는 무죄를 선언했고 자유당원인 조부와 미에트 의사에게는 그러질 않았다. 조부는 오직 트로와 리비에르(Trois-Rivières) 주교만이 사람의 그런 사악한 죄값을 사면할 수 있다고 그들에게 말했다. 몬시뇨르 루이 프랑수아 라플레시(Louis-François Laflèche) 주교는 열렬한 보수주의자였는데 그는 설교에서 천당은 푸른색이고 지옥은 빨간색, 즉 좌익이라고 강조했다.

그 당시 여러 급진적인 방법 중에서도 교회와 권력의 분리를 주장한 자유주의자들은 파문당했다. 조부께서는 라플레시 주교에게 고해성사를 할 만큼 중요한 사람이 아니라고 반박했다. 그래서 일요일마다 렌트(Lent) 전 지역에 걸쳐 모든 마을 사람들이 시장과 미에트 의사가 제단 근처에서 노래하고 있는 것을 보았지만 그들은 결코 반성하지 않았다. 이것은 엄청난 스캔들이었다.

가엾은 조모께서는 정신이 이상해지기 시작했고, 그녀는 매일 밤 집에서 고집불통 남편을 위해 묵주의 기도를 암송했다. 부활절이 다가왔지만 조부께서는 여전히 뜻을 굽히지 않았다. 만약 그가 다음 일요일에 성체배령을 받지 않는다면 그는 틀림없이 지옥으로 가게 되어 있었다.

조모께서는 매일 세 가지 묵주의 기도를 암송했다. 그제야 주교는 두 손을 들고 말았다. 그는 프란체스코회 사제를 조부와 미에트 의사에게 보내 참회를 듣도록 했다. 아버지는 이 사실을 무척 자랑스럽게 생각했으며, 수년 뒤 주교의 이름이 내 선거구(생 모리스 라플레시)에서 떨어져 나갔을 때 나는 즐겁기까지 했다.

내가 처음으로 두플레시를 만난 것은 그가 졸업한 트로와 리비에르 대학의 학생이었을 때이다. 모든 학생들이 그 앞에서 소개되었는데 그는 내 이름을 듣더니 이렇게 물었다. "셔위니건에서 왔나?"

"그렇습니다." 내가 대답했다.

"부친께서 웰리 크레티앙이신가?"

"그렇습니다."

"조부께서는 생 에티앙 데 그레의 시장을 지내신 프랑수아 크레티앙이신가?"

"그렇습니다."

"그렇다면 자네도 지독한 좌익이겠군!" 두플레시가 말했다.

훗날, 내가 퀘벡 시(市)의 라발 대학교에서 법학을 공부하던 중 나는 자유클럽(Liberal Club : 대학 내의 자유당 학생조직 — 역자)의 회장을 맡았다. 1950년대 말은 자유주의자가 되기에는 나쁜 시기였다. 사실 그 시기는 1985년과 조금은 유사한 면이 있었다.

오타와에서는 토리당의 디픈베이커(Diefenbaker) 총리(1957~63)가 권력을 잡고 있었고 퀘벡에서는 두플레시가 아성을 굳히고 있었다. 상황이 매우 좋지 않아서 많은 학생들은 만일 자신들이 자유주의자라는 게 드러난다면 정부 장학금을 받지 못할지도 모른다고 두려워했다. 나는 개인 장학금을 받고 있었고 제지공장에서 여름방학 동안에 할 일이 있었으므로 그런 건 큰 문제가 되지 않았다. 또한 정부가 쥐꼬리만한 내 장학금을 빼앗아갈 거라고 믿지도 않았다. 그런 일이 일어나진 않았지만 우리 가족은 나를 걱정했으며, 나는 자유클럽에 회원을 끌어들이는 데 어려움을 겪어야만 했다.

당시의 정치는 퀘벡인의 생활에 깊숙이 영향을 주었다. 마을에 아스팔트 포장이 되느냐, 어떤 단체가 스포츠 행사를 여는 권한을 갖느냐, 식당이 주류판매권을 갖느냐, 그리고 대학이 모금을 하느냐 하는 등의 문제가 당파적인 이해에 따라 결정됐다.

부패를 감추는 '민족주의'

두플레시는 전지전능한 사람처럼 보였다. 피에르 트뤼도 같은 그의 정적들은 교직에서도 쫓겨났다. 그의 친구들이 저지른 불법행위는 경찰들이 눈감아 주었고, 부패는 체제의 워낙 큰 부분이었으므로 대다수 사람들은 부패의 사슬을 수용하게 되었고 은근히 부패를 향유하기를 기대하였다.

두플레시는 군중들에게 이렇게 말하곤 했다. "나는 내 친구들을 돕고 있습니다. 당신들이 내 입장에 있다면 어떻게 하겠습니까?"

그러면 군중들이 대답했다. "모리스, 우리도 친구들을 돕곤 합니다.”

그의 권위는 로마 카톨릭 교회로부터 나오고 있었다. 교회는 두플레시의 ‘앞잡이’가 되려는 사람들에 대해 무엇이 옳고 그른지를 판단하는 중재자를 자임하면서 교회의 지위를 이용했다. 그들은 퀘벡 사람들을 가난하고 촌스럽고 교육받지 못한 상태로 유지시키고, 이승의 삶은 천당으로 가기 위한 험난한 통로에 지나지 않는다는 교회 설교에 예속되게 하는 데 뜻이 맞았다. 사회는 권리가 아닌 특권에 기초하고 있었고, 복종하고 감사하는 마음은 사람들의 정신에 있어서 필수불가결한 부분이었다.

심지어 1960년대 말, 나는 자신이 만드는 주보(週報)를 통해 우리들이 유니온 내셔널에 추종하는 것은 그들이 우리에게 테니스 코트를 제공해주기 때문이라고 주장한 교구 목사와 싸운 적이 있었다. 햇병아리 변호사가 선거 기간 중에 목사에게 자기 할 일이나 하라고 말한 것은 조부 시대의 스캔들과 흡사한 것이었다. 나는 교회 쪽을 향해 확성기로 그를 비난하곤 했기 때문에 이것은 스캔들보다 더한 것이었을지도 모른다.

민족주의는 두플레시의 후원과 부패를 위한 또 다른 일면이었다. 한 친구는 내게 이렇게 말하곤 했다.

“두플레시는 자신의 더러운 부분을 감추기 위해 퀘벡 주의 민족주의를 이용했어.”

한편, 부친께서는 내게 북아메리카에서 프랑스적 요소의 생존은 퀘벡이 캐나다와 연합하는 것에 달려 있다고 가르치셨다. 그는 경험으로부터 이를 터득하고 있었던 것이다. 부친께서는 당신의 가족이 일자리를 찾아 미국으로 이동하는 퀘벡 사람들의 물결 속에 섞여보았기 때문에 젊은 날을 뉴햄프셔 주에서 보냈다. 그들은 경제 상황이 나아지자 모리시로 되돌아왔지만, 부친은 캐나다 밖에서의 프랑스어 사용 주민의 운명에 대해 결코 관심을 포기하지 않았다. 그는 뉴잉글랜드에서 프랑스어를 지키기 위한 단체인 '캐나다-아메리카 연맹(Association Canado-Américaine)'의 지도자로 45년 동안이나 일했다. 또 미국 매사추세츠 주나 심지어는 미시간 주에서 발행되는 프랑스어 주간지를 구독해 보셨기 때문에, 루이지애나 주와 미국 서부에서 벌어진 프랑스의 역사에 대해서 알 수 있었다.

미국에서의 프랑스 영향력의 동화와 상실은 캐나다에서 무슨 일이 일어나는 것과 기막히게 대조가 되었기 때문에 부친은 언제나 캐나다를 좋은 방패로 간주하였다. 그는 물론 퀘벡 바깥에서 프랑스계 캐나디안이 겪는 어려움을 알고 있었으며, 또 어떻게 하면 프랑스어를 사용하는 소수가 캐나다에서 생존하고 번영할 수 있는지에 대해 걱정을 하곤 했지만 결코 영어사용 주민을 비난하지 않았다. 그의 자세는 늘 긍정적이었고 과거에 얽매이기보다는 미래의 문제에 관심이 많았다.

부친께서는 당신이 그렇게 존경하던 좌익 자유주의자 로리에 밑에서 강인한 캐나디안이 되었다. 자유당이 새 국기를 만들었을 때 부친은 이렇게 말했다. "로리에가 캐나디안 국기를 갖게 될 것이라고 말했는데 이제 우리는 그것을 갖게 되었다." 부친은 자랑스러워하시며 국기를 자녀들에게 모두 하나씩 사주었다. 때때로 그는 내 선거구 마을에서 나를 대신해 국기 게양식을 거행해주었고 애국심을 고취하는 짧막한 연설을 해주었다.

바로 그런 애국심으로 인해 그는 2차대전 중 징병을 지지한 모리시 지역의 몇 안 되는 사람 중 한 명이었다. 많은 프랑스계 캐나

고향 호숫가에서 수상 스키를 타는 장 크레티앙.

부인 앨린느와의 다정한 한때. (사진 제공:캐나다 총리실의 J. M. 카리세)

아버지 웰리 크레티앙과 어머니 마리의 결혼 사진. 웰리는 21살, 마리는 17살이었다. ⬆

귀여운 손자, 손녀들과 함께. (사진 제공: 캐나다 총리실의 J. M. 카리세) ⬇

⬆ 1978년, 독일 본에서 열린 정상회담에서. 왼쪽부터 프랑스 대통령 지스카르 데스탱, 장 크레티앙, 피에르 트뤼도, 영국의 로이 젠킨스.

⬇ 1982년, 헌법에 서명하는 장 크레티앙과 엘리자베스 영국 여왕.

1984년, 당권 선거운동에서 환호하는 지지 대의원들에게 답례하는 장 크레티앙. ⬆

1984년, 당권 경쟁에서 승리한 존 터너와 함께. ⬇

⬆ 야당 의원으로서 집권 보수당을 향해 보이 스카우트 경례를 하는 장 크레티앙. 천진난만하고 유머러스한 그의 표정이 재미있다.

⬇ 1985년, 회고록 『위대한 캐나다를 꿈꾸며』 출판 기념회에서 전 총리 피에르 트뤼도와 함께.

1993년, 제20대 캐나다 총리 취임식에서. ⬆

하원에서의 총리 연설. 이를 지켜보는 의원들의 갖가지 표정이 흥미롭다. (사진 제공:캐나다 총리실의 J.M. 카리세) ⬇

◪ 1995년, 핼리팩스에서 열린 G7 정상회담에서 각국 수반들과 함께. (사진 제공:캐나다 총리실의 J.M.카리세)

◪ 1996년, 분리주의자인 블록 퀘벡당 당수 루시앙 부샤와 함께. 퀘벡 분리주의에 대한 반대투쟁은 장 크레티앙의 일관된 정치노선이었다.

◪ 빌 클린턴 미국대통령과 함께 골프를 치러 가면서.

디안들은 2차대전은 유럽의 전쟁이므로 그들은 개입해서는 안 된다고 느꼈다. 회고해보면 이는 잘못 판단한 것으로 보이지만, 당시에는 특히 미국이 전쟁에 개입하는 것을 꺼려했고 프랑스가 항복을 한 상황이어서 평화주의자들의 주장이 먹혀들었다.

그러나 부친은 캐나다는 전쟁에 참전해야 하며 연합군은 전쟁을 계속해야 한다고 생각했다. 그는 징병 실시 여부를 묻는 국민투표에서 '찬성'에 투표했는데, 그는 이것이 당신의 자식들이 군 복무를 자원하게 하는 자신의 책임이라고 생각했다.

아들 둘은 군 입대가 허락되지 않았다. 한 명은 의사였고, 다른 한 명은 시력이 너무 나빴기 때문이었다. 셋째는 입대해서 포병 대위가 되었다. 부친께서는 가족 중 한 명이 자원했다는 표시로 거실 창문에 별 모양의 장식물을 하나 걸 수 있게 된 것을 매우 기뻐하셨다. 나는 소년시절 형에게 보내는 음식과 옷을 상자에 챙기곤 했다.

그러나 우리 가족의 경험은 일반적인 것이 아니었으며, 시류에 기꺼이 반대방향으로 가는 우리 가족의 적극성은 내 정치 인생 동안 정신의 내면에 흐르는 어떤 태도를 형성했다.

실패로 돌아간 첫 시위주도

정치 참여를 일종의 지적인 실습으로서 재미삼아 시작했지만 나는 정치가 사회를 변화시키는 영향력 있는 수단이라는 것을 차츰 이해하게 되었다. 예컨대, 한번은 퀘벡에서 민주화 학생집회를 주도한 적이 있다. 50~75명의 학생들이 하원 방청석에 들어가 의원들에게 팜플렛을 나눠주기로 되어 있었다.

그러나 어떤 학생이 계획을 누설시켜 우리가 방청석에 도착했을 때 그곳에는 학생 한 명당 경찰 두 명씩이 대기하고 있었다. 몇 명의 학생 정도가 구호 한두 개를 외쳤을 것으로 생각하는데 나머지는 너무 겁에 질린 나머지 옴짝달싹하지 못했다. 결국 첫 시위는 대실패로 끝나고 말았다.

또 한번은 두플레시에게 직접 항의를 했다. 법대 1학년 학생들은 개정된 퀘벡 법안의 사본 하나를 필요로 했다. 만일 유니온 내셔널의 지지자라면 그들은 그랑 알레에 있는 우아하고 고풍스런 석조건물인 의원 전용 르네상스 클럽에 갈 수 있었을 것이고 사본 하나를 공짜로 얻을 수 있었다.

나머지 사람들은 10달러씩을 지불하지 않으면 안 되었다. 그것은 지나친 불공평으로 비쳤다. 그래서 한 친구와 나는 두플레시에게 항의를 하기로 결심했던 것이다. 그 친구 또한 자유당원이었지만 그는 변호사를 수세대에 걸쳐 배출한 트로와 리비에르 가(家) 출신이었다. 그의 부모는 두플레시의 집안을 잘 알았고, 두플레시의 여비서는 그 친구의 어머니를 잘 알았다. 그의 어머니는 또한 내 조부께서 두플레시의 선거구에서 자유당 지역 책임자를 지냈으므로 우리 집안의 몇몇 사람을 알고 있었다.

"두플레시를 만나고 싶습니다." 우리는 비서에게 말했다.

"무슨 용건이지요?" 비서가 물었다.

"항의할 게 있어서요. 두플레시씨가 우리와 얘기할까요?"

두플레시는 우리를 반갑게 맞아 의사당 내 수상의 소접견실로 데리고 갔다. 그 방은 꽃과 유명 화가의 그림들로 장식되어 있었는데 고급품에 대한 감각은 그의 성격을 반영하는 것 같았다. 또 다른 부분은 좋은 시절, 복싱, 그리고 야구에 대한 그의 감각을 보여주었다. 그가 비록 트로와 리비에르의 기득권 출신이긴 하지만 그는 기득권을 가진 정치인에 대해 반감을 갖고 있는 것처럼 보였으며, 상당히 보수적이고 종교적이면서도 대단히 노는 걸 즐기는 사람이었다.

정말 그는 우리와 재미있는 시간을 보냈다. 그의 눈은 반짝거렸고 작은 체구에도 불구하고 정력이 넘치는 이미지를 보여주었다. 그는 사회의 어느 누구도 권리를 가지고 있지 않고 특권만을 누리고 있다는 생각을 옹호했다.

"학생들이 대학에 다닌다면 그것은 여러분들이 특혜를 받고 있기 때문입니다."

우리는 반대 의견을 제시하고 유니온 내셔널의 학생들만 책을 공짜로 구하는 것은 불공평하다고 주장했다. 두플레시는 이렇게 반박했다.

"그것은 여러분들이 진실된 신봉자가 아니기 때문입니다. 다른 학생들은 신념을 가지고 있고 신념은 그들에게 보답을 합니다. 그러나 나는 여러분들이 와줘서 기쁘며 한 가지 거래를 하겠습니다. 각각 10달러씩 내는 대신 10달러만 내면 내가 여러분에게 책 두 권을 주겠습니다."

자유클럽의 회장으로서 나는 1956년도 퀘벡 주 지방의회선거에 깊숙이 관여하였다. 힘겨운 선거였다. 생모리스 지역 출신의 지방의원은 르네 아멜(René Hamel)이었다. 1942년 징병 반대 시위를 주도했던 좌파이자 퀘벡 민족주의자 정당인 블록 포퓰레르(Bloc Populaire : 1940년대 퀘벡 주를 중심으로 활동했던 좌파 민족주의자 정당―역자) 후보로 1945년 선거에서 당선된 두 명의 연방 후보 중 한 명이었는데 그는 대단한 웅변가였다. 1952년 아멜은 자유당 지방의원이 되었다. 그는 반대에 매우 능숙했기 때문에 두플레시는 그를 미워했다. 그들은 물과 불 사이 같았다. 두플레시는 내 선거구에 와서 이렇게 말하곤 했다.

"여러분들이 아멜에게 투표한다면 여러분들이 바라는 다리를 놓지 못할 것입니다."

그래서 나는 연설로써 대답했다. "나는 헤엄을 쳐서 강을 건널 것입니다. 그러나 결코 무릎을 꿇어 건너지는 않을 것입니다."

그 당시 우리들은 생각하기도 싫은 정치 집회들을 열었다. 매일 밤 나는 아멜과 페르낭 D. 라베른(Fernand D. Lavergne)이라고 불린 좋은 친구와 함께 선거구에서 연설을 했다. 라베른은 내게 중요한 영향을 준 사람이었다.

그는 셔위니건의 노동조합에서 출발해 수년간 지역 노조 대표를 지냈다. 그는 정규 교육을 받지 못한 사람이었지만 피에르 트뤼도는 라베른이 자신이 만나본 사람들 중 가장 지적인 노조 지도자였다고 말했다. 그는 또한 놀라운 견해를 가진 사람이었다. 그는 두플레시라면 진저리를 쳐서 좋은 자리를 내놓고 서스캐처원으로 이사를 갔는데 그는 영어를 했지만 그의 대가족은 영어를 못했다. 가족이 적응할 수 없었으므로 그들은 돌아와야 했던 것이다. 1957년 연방 총선거에서 그는 생 모리스 라플레시 지역에서 자유당 대신 CCF(Cooperative Credit Federation, 협동신용연맹 : 1930년대 서부지역에서 태동한 북미 최초의 사회주의자 정당―역자) 후보로 출마해 선전했다. 나도 그에게 투표했었을지 모른다. 정말로 그에게 매료되었다고 기억한다.

아멜은 1956년에 승리했고 그가 1958년 퀘벡 자유당 당권을 놓고 장 르사지와 경쟁을 할 때 나는 그를 도왔다. 아멜은 훌륭한 국회의원이었고, 때때로 문제를 일으키는 사람으로 보인 블록 포퓔레르의 당수인 조르주 라팔므(Georges Lapalme)가 병으로 자리를 비울 때 당수 대행을 맡기도 했지만, 우리는 선거 자금이 없었다.

'조용한 혁명', 그 이후

1960년의 지방 선거에서 아멜은 대단히 모욕적인 패배를 당했던 반면, 르사지는 승리했다. 나는 그때까지 변호사 활동을 하면서 셔위니건에서 수석 선거 조직책으로 일했다.

우리 지역구의 연방 의원은 J. A. 리처드(J. A. Richard)였다. 그는 토리당의 디픈베이커가 1958년 선거에서 압승할 때 다수당인 자유당 후보를 꺾었던 인물이다. 생모리스 선거구는 자유당에서 안심할 수 있는 곳이 아니었다. 결국 이 지역구는 1945년 선거에서 블록 포퓔레르에게 넘어갔고, 그 뒤의 지방의회 선거에서 유니온 내셔널과 퀘벡당에게 넘어가기도 했지만, 1958년 선거에서는 리처드가 동정표를 얻어 다시 당선됐다.

그는 유창한 연설가는 아니었기에 하원에서 많은 연설을 하지는 않았다. 그럼에도 그는 많은 사랑을 받았고 열심히 일했고 멋있는 신사였다. 그러나 1962년에 이르러서는 그의 연령이 문제가 되었다. 많은 자유당 조직책들은 우리가 그와 함께 패배할 것으로 생각했고, 그들 중 몇 사람은 내게 출마를 권했다. 그들은 내가 정치가가 되기 위해 변호사가 되었다는 것을 알고 있었으며, 리처드를 대신해 나를 지명할 준비가 돼 있었다.

리처드의 아들 중 한 명이 내 가까운 친구여서 나는 그를 매우 잘 알았다. 솔직함은 내 정치 이력에서 약점도 되고 자산도 되었지만, 나는 무슨 일이 벌어지고 있는지를 그에게 탁 털어놓았다.

"당신이 너무 나이가 들었다고 말하는 사람이 간혹 있는데 그들은 제가 당신을 대신해 출마하기를 원하고 있습니다. 만일 당신이 출마를 않는다면 제가 출마할 것입니다. 그러나 당신이 나서면 저는 포기할 겁니다."

그가 말했다.

"장, 당신은 내 막내아들보다도 젊지 않소? 내가 다음에 한 번 더 한 다음 당신에게 기회를 주겠소."

그래서 리처드씨는 1962년 연방 총선거에서 자유당 후보로 지명되었다. 우리는 지명대회를 열기 위해 큰 강당을 빌렸는데 막상 이 대회에 참석한 유권자는 너무나 적었다.

몇 주 후 사회신용당(Social Credit : 서부지역에 본거지를 두었던 보수적 정당-역자)도 같은 강당에서 집회를 열었는데 엄청난 숫자의 군중이 모여들었다. 사회신용당은 비정상적인 시기 동안에 퀘벡 주 시골 지방에서 부상했다. 디픈베이커의 토리당은 1958년 이후 침체를 면치 못하고 있었으나 평범한 프랑스계 캐나디안들 사이에는 자유당은 자신들과 어울리지 않는다는 분명한 느낌이 있었다. 자유당은 지나치게 엘리트주의적이었고 또 지나치게 몬트리올적이었다. 그 공백은 지역 지도자인 레알 카웨트(Réal Caouette)가 이끄는 신용당에게 넘어갔는데, 그는 내 선거구 출신이었다.

카웨트는 세련된 사람은 아니었지만 사람들의 마음을 기막히게 잘 읽어 그들의 좌절을 그럴듯한 방법으로 표현할 수 있었다. 그는 지방의 극소수 사람들, 봉급생활자, 실업자, 은행 융자를 갚기 위해 일생을 피곤하게 사는 사람들 편에 섰다. 그리고 그는 그들의 언어로 연설을 했다.

"여러분은 빚더미 위에서 태어나서 결국 빚더미 위에서 죽고 말 것입니다."

그는 이렇게 말하곤 하면서 경제적, 지적 기득권층의 오만과 위선을 공격했다.

이같은 공격 방법들은 두플레시의 죽음과 르사지의 승리 이후 이 지역을 뒤흔들어놓은 '조용한 혁명(the Quiet Revolution : 1950년대 퀘벡 주에서 일어났던 의식개혁 운동. "프랑스계 캐나다인들의 지위를 격상하자"는 캐치프레이즈로 퀘벡의 근대화·공업화를 촉진시켰으며 프랑스계의 정치·사회적 지위를 향상시켰다. 이것이 분리주의 운동의 모태가 되었다―역자)'이 야기한 불확실성에 대해 말하고 있었으므로, 특히 호소력이 있었다.

이 두 가지 사건은 거의 20년 동안 퀘벡에서 억눌려온 현대화로의 동력들을 풀어놓았다. 전 사회는 정말 대단히 짧은 기간 내에 엄청난 도약을 했다. 목사와 수녀들은 속세의 교사들로 대치되기 시작했고, 학교 제도는 규모가 커지면서 중앙집권적 단위로 재편되기 시작했다. 판금되었던 서적들도 볼 수 있게 되었고, 텔레비전은 세계에서 무슨 일이 벌어지고 있는지를 시골 마을에까지 알려주었다.

그리고 정부는 높은 세금과 공공 부채를 가져다 줌으로써 경제적으로나 사회적으로나 강력한 세력으로 자리잡게 되었다. 이러한 폭발은 교육, 예술, 경제 면에서 환영할 만한 발전을 빚어냈는데, 이는 사람들이 편하게 느껴온 오래 된 기관들에 대해 마치 불도저처럼 움직여 반발을 불러올 만큼 빠른 속도로 수많은 전통을 깔아뭉갰다. 카웨트는 이를 보수적인 대중주의자들의 반발로 구체화했고 이것이 다른 어떤 것보다 낫다고 표현했다.

그러나 그는 사회신용당의 '우스꽝스런 돈(funny money : 사회신용당의 경제정책을 빗대어 하는 말―역자)' 아이디어 이상의 다른 해결책을 갖고 있진 않았다. 그는 이렇게 말했다.

"상점에 물건들은 산더미처럼 쌓여 있는데도 아무도 사지 못하는 그런 제도는 어딘가 잘못되어 있습니다. 사람들은 돈이 없기 때문에 물건을 사지 못합니다. 만일 정부에서 돈을 더 발행한다면 사람들은 돈을 더 많이 갖고 더 많은 것을 사게 될 것입니다. 보다 많은 구매는 보다 많은 일자리를 만들고, 일자리는 보다 많은 물건과 자본을 만들게 되며 모든 사람들이 좀더 많은 구매를 하게 될 것입니다. 오타와의 고집불통 은행가가 돈 인쇄기를 돌리려 하지 않기 때문에 통화가 부족한 것입니다."

이 주장이 단순했던 만큼 보통 사람들이 이 논리에 반박한다는 것은 쉬운 일이 아니었다. 은행가와 관료들이 그들에게 적대적이라는 호소가 먹혀들었기 때문이었다.

신용당원들은 으레 언론으로부터 외면을 받았지만 그들은, 특히 카웨트가 연설을 할 때 많은 사람들을 불러모아 그들에게 확신을 주었다. 그는 언어 그 자체와 퀘벡 독립 아이디어를 포함하여 수많은 사회적 금기들을 깎아내리는 적절한 역할을 맡았는데 군중들은 이런 이유로 그를 좋아했다.

1962년 선거에서 사회신용당은 J. A. 리처드를 약 1만 표 차이로 눌렀다. 나는 리처드 집 부엌에서 라디오에서 나오는 선거 결과를 듣고, 그에게 이 나쁜 뉴스를 전해주었다.

"리처드씨, 이번에 우리는 참패했습니다."

심지어 지역 선거담당관이 투표함에 몇 장을 더 투표해 리처드가 자신의 공탁금을 잃지 않으려 했다는 뜬소문이 돌기도 했다.

그러나 존 디픈베이커의 연방 토리당은 가까스로 이겨 소수당 정부를 구성했고, 1963년에 또 다른 선거를 실시하지 않으면 안 되었다. 리처드는 물러났고, 지방 자유당은 전당대회를 열었다. 나는 5백 표를 얻었고 내 경쟁자는 약 10표를 얻었다. 불행하게도 총선거에서 이긴다는 것은 훨씬 더 어려웠다. 9개월 전 리처드를 참패시킨 사회신용당의 현역 의원과 맞서야 했다. 나는 이렇게 말하곤 했다.

"9개월이란 시간은 라미씨를 꺾기에 충분한 시간입니다."

17세에 시집와서 19명을 낳은 어머니

성공한 중소기업인에 속한 제라르 라미(Gérard Lamy)는 정치적으로 매우 세련된 사람은 아니었지만 1962년 선거에서는 정말 운좋게 당선되었다. 그가 상대방을 공격하는 데 단골로 써먹은 소재는, 자신은 경험이 많고 15명의 자녀를 두었는 데 반해 크레티앙은 겨우 스물아홉이라는 얘기였다. 페르낭 D. 라베른은 종종 찬조연설을 하곤 했는데 그는 대단히 재미있는 사람이었다. 그는 말을 더듬는 사람이었는데 청중을 압도하는 촌철살인의 언변을 적절히 구사하는 데 말 더듬는 버릇을 기막히게 이용했다. 이런 식이었다.

"라미씨는 자신이 열 열 열다섯 명의 자녀들을 갖고 있기 때문에 우리더러 자신에게 투 투 투 투표해야 한다고 워, 워, 워, 원하고 있습니다. 토리당 후보인 펠레린씨는 그가 열네 명의 아, 아, 아이들이 있으므로 자신에게 투, 투, 투표를 하라고 워, 워, 원합니다. 나는 겨우 아홉 명의 아, 아, 아이들밖에 없으므로 그와 경쟁을 할 수 없기 때문에 출마를 하지 않았습니다. 라미씨는 열, 열, 열다섯 명의 아이들이 있으므로 많은 이점을 갖고 있습니다. 그러나 그가 나머지 사람들과 같다면 그는 좀 역시 웃겼을 게 틀림없습니다. 장이 겨우 스물아홉이라는 것은 사실입니다. 종교적으로 우리는 오직 한 여, 여, 여, 여자 이상은 허락되질 않습니다. 그래서 만일 그가 열, 열, 열다섯의 아, 아, 아이들을 가졌다면 우리는 그에게 물어볼 몇 가지 질문을 갖게 됩니다. 신사 숙녀 여러분, 우리가 바라는 것은 한 사람의 대표자이지 재, 재, 재생산자는 아닙니다."

나는 그랑 메르(Grand'Mère)에서 열린 전체 후보 토론회에서 라미에게 똑같은 논법을 사용했다.

"만약 선거가 자녀 수의 문제라면 우리 부모는 열아홉 명의 자식을 낳았기 때문에 아버지가 총리가 되어야만 합니다."

라미는 정말 미치다시피 했으며 격노한 나머지 욕설을 서슴지 않았다. 그의 지지자들 사이에서도 그에게 등을 돌리는 사람이 나왔고, 사람들은 그에게 지옥에나 가라고 소리치면서 모욕을 주었다. 대단한 소동이었다. 그래서 내가 마이크를 잡고 이렇게 말했다.

"신사 숙녀 여러분, 라미씨는 여러분들의 국회의원입니다. 그의 말을 제발 들으십시오. 2주 후면 아무도 더 이상 그의 말을 듣지 않게 될 겁니다."

라미는 선거운동에서 패배하자 두 번이나 화를 냈다. 모든 이들이 그에 당혹했다. 나는 결국 2천 표 차이로 그를 꺾었다.

연설 중에 사용하는 속어, 감정, 농담 등으로 인해 나는 퀘벡의 지식인 사회로부터 언제나 정치적 대가를 치러야만 했다. 그러나 생모리스 계곡은 화려한 스타일의 대중주의자 정치인들이 인기가 있는 지역이었다.

두플레시와 J. A. 몽그레인(J. A. Mongrain)은 트로와 리비에르 출신이었고, 아멜과 라베른은 셔위니건, 모리스 벨레마르(Maurice Bellemare)는 샹플랑(Champlain), 그리고 사회신용당의 레알 카웨트와 카밀 상송(Camille Samson)은 역시 모리시 출신이었다. 나는 대중주의자들과 대항해야 했기 때문에 그들로부터 배웠고 심지어 그들을 능가하려는 노력도 했다. 이런 행동이 곧잘 지식인들에게 충격을 주었고 그들을 흥분시켰다. 그래서 그들은 나의 내세울 게 없는 초라한 배경을 과장하거나 내가 교육받지 못한 사람이라고 결론을 내렸다.

사실, 우리 집안은 풍족함과는 거리가 멀었지만, 내가 성장한 라 배(La Baie) 셔위니건의 노동자계급 마을에서는 성공한, 거의 귀족적인 집안으로 알려졌다. 부친께서는 제지공장에서 일하면서 자치 마을의 사무장을 맡았는데 그는 당신의 자식들을 대학에 보내기 위해 과외의 일자리를 갖고 있었다.

모친 마리(Marie)는 자식들에 대한 욕심 면에서는 똑같이 정력적이었다. 어머니는 열일곱에 시집을 오셔서 열아홉 명의 자녀를 낳으셨는데 그들 중 영아기(期)를 버티고 살아 남은 아이들은 아홉이었으며 나는 그중 열여덟 번째였다. 그 당시 하느님은 인간이 얼마나 많은 자녀를 가질 수 있는가를 결정했다. 대부분의 출산은 집에서 이뤄졌으며, 아버지의 첫마디는 언제나 똑같았다.

"제발, 쌍둥이만 아니길……."

그때 부친은 어머니와 갓난애의 건강에 대해 묻고는 이렇게 말했다.

"음, 국에 물을 더 넣어야 하겠는데."

자녀교육에 강박관념 가졌던 어머니

우리는 큰 정원이 있는 벽돌집에서 살았는데 어머니는 정원에 야채, 딸기, 장군풀 등을 재배했다. 어머니는 겨울철을 나기 위해 통조림, 잼 등을 만들면서 학교에 가지 않은 5~6명의 아이들을 키우며 대단히 억척스럽게 일했다. 어린 동생들 세 명은 10센트를 하루 용돈으로 쓰고 형들이 입던 옷을 물려 입었어도 우리 가족은 그렇게 빈곤에 굶주리지는 않았다.

부모님이 저축하는 돈은 모조리 교육비로 들어갔는데 셔위니건에는 정규 대학이 없었기 때문에 우리는 기숙사가 딸린 학교로 멀리 떠나지 않으면 안 되었다. 부모님들에게 옆집의 부유함은 부러움의 대상이었는데 교육이야말로 당신의 자식들을 부유하게 만들 수 있는 길이었다.

이런 생각은 그 당시, 이런 시골에서는 아주 드문 강박관념이었다. 대부분의 집안에서 자녀를 단지 공장에 보내기 위해 키우는 그런 마을 분위기와 비교해 이는 우리 부모를 특이한 사람들로 보이게 했다. 2~3천 명이 사는 마을에서 자녀를 대학에 보내는 집안은 서너 집밖에 지나지 않았다. 사실, 어머니는 자녀 교육 문제에 관심이 많았고 표준어를 사용했기 때문에 이웃들과는 쉽게 어울리지 못했다.

우리 부모의 이런 노력은 결국 훌륭한 결과를 낳았다. 나보다 스물세 살이나 위인 큰형 모리스는 저명한 산부인과 의사가 되었고 예술 후원자로 활동하고 있으며, 내 막내 남동생은 몬트리올에서 평판이 좋은 의학 연구자로 있다. 형 한 분은 약사이고, 다른 두 분은 사업을 크게 하고 있으며, 누이 둘은 간호사로, 또 다른 누이는 사회봉사원으로 일하고 있다.

문제가 있었다면, 그것은 내가 집안에서 말썽꾸러기로 간주되었다는 점이다. 막내 세 명, 기(Guy), 나 그리고 미셸(Michel)은 언제나 수많은 말썽을 일으켜 졸리에트(Joliette)의 학교 교장 선생님은 가엾은 우리 부모에게 이런 편지까지 보냈다.

"나는 이들 중 단 한 명도 되돌아오는 것을 원치 않습니다. 나는 이미 경험할 대로 했습니다."

아버지께서는 우리들 중 어느 누구도 남을 위해 선행을 할 만큼 충분한 선행 기록을 보여주지 못했다고 말씀하시곤 했지만 이것은 어린 시절의 방종에 불과했다.

하지만 내 문제는 내가 교실에서 말을 잘 듣겠다는 노력을 포기한 그 기간이었다. 또 큰 문제는 내가 아파서 1년간 학교를 쉬는 바람에 똑똑한 막냇동생 미셸과 같은 반이 되었다는 점이었다. 첫달, 둘째달, 셋째달에는 미셸이 1등, 나는 2등을 했다. 4개월째는 그는 여전히 1등을 했지만 나는 5등을 했다. 7개월째도 그는 계속 1등을 했지만 나는 13등으로 밀려났다.

게다가 내가 비록 수년간 동네 당구장에서 시간을 때운 덕택에 주먹으로 내 자신을 지키게 되었다고는 하지만, 나는 오른쪽 귀가 먹고 입이 비뚤어진 선천적 기형을 부끄럽게 여겼다. 당구장은 봉급날이나 선거운동 기간 중에는 매우 활기가 있었다.

어머니는 나를 나쁜 길로 빠지지 않게 하기 위해 숱한 노력을 기울였다. 어머니는 내가 어려움을 겪고 있다는 것도, 형들 이상으로 기숙사 학교를 싫어한다는 것도 알았기 때문에 내게 더 많은 관심을 쏟았다. 예컨대 내가 트로와 리비에르에서 학교에 다니고 있을 때 나는 이미 장래의 아내와 데이트를 하고 있었다. 어머니는 기숙사를 찾아올 때 앨린느를 데리고 와 오후 내내 우리들만 남겨놓고 사촌집을 방문하러 떠나곤 했다. 불행히도 어머니는 예순둘이 되던 해에 돌연 심장마비로 돌아가시고 말아 내가 어떤 사람이 되는지를 보시지 못했다.

그러나 아버지는 아흔셋까지 사셔서 그의 꿈이기도 했던, 집안에서 정치가가 탄생한 것을 기뻐하셨다. 그는 언제나 내게 정치가가 되기 위해선 변호사가 되어야 한다고 주입시켰는데, 정확히 스무 살 되던 해에 나는 정치를 하기로 결심했다.

아버지는 또한 내 딸 프랑스가 변호사가 되어 폴 데마레(Paul Desmarais)의 아들이며, 전력회사 회장인 안드레 데마레(André Desmarais)와 결혼했을 때 기뻐했다. 그 회사는 '콘솔리데이티드 배더스트(Consolidated-Bathurst)'를 소유하고 있었는데 이 제지회사는 아버지가 평생 동안 일을 했던 바로 그 회사이기도 했다. 그는 이렇게 말하곤 했다.

"나는 프랑스계 캐나디안이 그 공장을 소유하게 되는 날까지 살 수 있다고 생각해본 일이 없단다."

그는 돌아가시는 날까지 정력적으로 일하셨다. 수십 년간 정신없이 일하신 후에 그는 일흔 살 되던 해부터 세계 여행을 시작하셨다. 여든다섯이 될 때까지 그는 소련, 이스라엘, 터키, 시리아, 그리스, 이탈리아, 그리고 멕시코를 포함한 약 35개국을 여행했고, 아흔 살이 되던 해에는 프랑스의 생미셸 산을 올라갔고, 크레티앙 가문이 최초로 생겨난 로쉐(Loches)의 작고 아름다운 로와르(Loire) 마을을 방문하기도 했다.

따라서 내가 연설을 할 때 종종 쓰는 언어는 내가 배우지 못했다거나 가정교육이 잘못됐다는 것과는 아무런 상관이 없다. 이것은 내 선거구의 노동자계급과 친밀하게 지내려는 희망에서 비롯된 것이다. 나는 처음 정치를 시작할 때 골수 좌파였다.

나는 돈을 버는 일에 골몰하지 않았다. 내가 만일 그렇지 않았다면 그 당시 하원의원이 받았던 1만 달러의 연봉을 위해서 3만 달러 수입의 변호사 생활을 포기하진 않았을 것이다. 나는 노동자계급의 변호사였고, 그래서 당시 대부분의 전문직업인이 셔위니건 남부로 진출하는 경향에도 불구하고 나는 일부러 첫 번째 집을 셔위니건 북부의 노동자계급 지역에 지었다. 내 오랜 친구들은, 비록 그들 중 많은 이들이 관청에 들어갔거나 사업을 시작했지만 노동자계급 출신이었으며 내 선거구 연합의 회장은 언제나 블루칼라였다. 변호사들이 내게 무엇을 도와줄 수 있느냐고 물었을 때 나는 이렇게 대답했다.

"고향에 남으십시오."

정치는 친구들의 게임

　우리 선거구에서 자유당이 노동조합과 노동자들의 지지를 받고 있었으므로 내 목소리는 언제나 노동자계층을 의식하여야만 했다. 우리는 두플레시에 대항했던 정당이었고 나는 자유주의 원칙을 위해 교황과 싸운, 용맹스런 좌파의 믿을 만한 후예였다. 많은 나이든 자유당원, 개혁주의자 자유당원들이 내가 그들의 열렬한 투쟁 전통을 이어받았다고 보았기 때문에 그랑 메르에서 열린 전체 후보 토론회에 나타났다.

　그러나 내 조직은 대부분 내 또래의 사람들로 이뤄져 있었다. 그들은 얼마간 르네 아멜의 지방팀이었던 선거구의 책임자들 중에서 나이든 사람들을 밀어내고는 선거운동의 핵심 업무인 재무, 홍보와 호별 방문 같은 것들을 넘겨받았다. 그들 밑에 나는 모든 소지역마다 지역장을 뒀는데, 그들은 보통 약 10개의 투표소를 가졌고 각각의 지역장은 투표소 책임자팀을 거느렸다. 그들은 틈나는 대로 투표 명부를 열람하고 자유당 지지자들을 점검하기 위해 만났으며, 부동층한테는 로비를 해야 할지 아니면 후보와 만나도록 초청해야 할지를 집중 연구했다. 당 소속이 그렇게 엄격하지 않은 오늘날에는 더 어렵게 되었지만 그것은 여전히 일어나고 있다. 기본적으로 조직은 나를 신뢰하고 정치를 좋아하고 우정을 돈독히 하는 사람들의 그룹이었다.

　정치는 친구들의 게임이다. 그들이 서로를 위해 좋은 일을 하고 싶고 스스로가 하는 일에 대해 대단한 자부심을 갖는 것이다. 작은 도시나 마을에서 투표소 책임자와 교구 목사는 그들이 자신의 후보들에 대해 투표하도록 하는 책임이 있기 때문에 지역의 거물들이며 이를 모르는 사람이 없다. 그들은 이러한 행동을 사회에 대한 일종의 봉사라고 여겼다.

아버지는 일생 동안 4~5개의 투표소를 관리했으며 그들이 언제나 자유당을 지지하도록 만드는 자신에 대해 자랑하는 것을 좋아했다. 부친은 이를 위해 일을 했고 사람들을 설득했으며 때때로 표를 모으기 위한 나머지 모종의 약속도 했다. 우리는 그를 자랑스럽게 여겼다. 선거와 선거 사이에는 연설자들이 참석하는 모임도 있어 기금을 모았다.

나는 일년에 서너 차례 당 사무처 직원들을 만났는데, 예컨대 매년 성탄절이 되면 나는 지역구의 자유당원 5백 명 이상을 초청하는 리셉션을 열었다.

수많은 사람들이 오고 간다. 때때로 일꾼들이 싫증을 느끼면 새로운 피를 찾아야 하고, 일을 하지 않고 안주하려고만 하는 고참 일꾼들을 쫓아내야만 한다. 만약 승승장구하고 있을 경우라면 이것은 대단히 어려운 일인데 이렇게 계속되면 그 당 조직은 너무 녹슬어서 진짜 싸워야 할 때 싸울 수 없게 된다. 새로운 열정을 가진 젊은이들에게 자리를 내주지 않으려는 그들을 도태시킬 명분이 거의 없기 때문이다.

결국, 모든 사람은 한 명의 지원자이다. 내가 정치를 하면서 범했던 가장 후회막심한 실수는 정치 초년병 시절에 선거구에 치밀하고 강력한 지구당을 만들려고 했었던 것이다. 그것은 지역 내의 모든 일에 쓸데없이 간섭하는 작은 도당이 되었다. 사람들은 학교 이사회에 들어가기 위해, 부시장이 되기 위해, 시장이 되기 위해 우리들에게 접근하곤 했으며, 우리 또한 그들이 거기에 합당한지를 심사하곤 했다.

그러나 나는 일찍 교훈을 배웠고 그것을 잘 이해했다. 내가 하원의원이 된 직후 나는 당시 르사지(Lesage) 정부의 장관인 르네 레베크(René Lévesque)로부터 셔위니건에서 주의회 자유당 공천을 줄 적당한 인물을 추천해줄 수 있느냐는 부탁을 받았다. 나는 영어 액센트로 프랑스어를 쓰며, 퀘벡 의회에 들어가고 싶어하는 유명한 의사인 클라이브 리들(Clive Liddle)을 추천했다.

그러나 레베크는 민족주의의 열기가 한창일 때에 영어사용 주민을 지명한다는 것은 최악의 선택이라고 생각했으며, 나 또한 그의 어리석은 논리를 받아들일 정도로 제정신이 아니었다. 리들이 어쨌든 지명전에 도전하였을 때 나는 지구당에 그에게 투표하지 말라는 지시를 내렸고, 결국 그는 능력이 떨어지는 사람에게 패배했다.

리들은 내게 복수하기 위해 1965년 연방 하원의원 선거에 신민당 후보로 내게 도전했다. 그는 내 표를 많이 잠식하긴 했지만 사회신용당 후보의 표를 더 많이 빼앗아가는 바람에 나는 초선 때보다 훨씬 많은 표차로 당선되었다.

그는 내게 중요한 것을 가르쳤다. 그것은 볼일이 없는 곳에 끼어드는 것은 친구를 적으로 만들기 때문에 위험하다는 것이었다. 내가 한 사람을 밀어주면 20여 명의 훌륭한 자유당원이 등을 돌리거나 불쾌해했다. 그래서 나는 그 지구당을 폐쇄했고, 그 신화는 20여 년이 지난 지금에도 살아 있다. 오로지 크레티앙 지구당의 지원 때문에 이겼거나 패했다고 여전히 믿는 사람이 있을지도 모르겠지만 그건 터무니없는 오해이다. 리들의 경우, 나는 1965년 총선 이후 그를 만나 이렇게 말했다.

"내가 당신에게 했던 것처럼 당신이 나에 대해 노력한 것은 존경할 만한 일입니다.”

결국 그는 자유당 편으로 다시 되돌아왔고 우리는 그가 죽을 때까지 좋은 친구가 되었다.

우리 팀이 선거운동을 하고 있는 동안에도 나는 무작정 밖으로 나가 거리, 집 문앞, 공장 입구에서 사람들을 만났다. 악수를 하고 사람들을 만나는 것은 텔레비전의 영향력이 커지고 있는 요즘도 여전히 중요하다.

한 유권자가 처음으로 어떤 후보를 만나는 순간은 정치심리학적으로 대단히 중요하다. 그것은 배워야만 하는 기술이며 어떤 사람들은 선천적으로 타고나는 자연스런 능력이다. 만일 당신이 유권자를 행복하게 또는 편안하게 만들면 그 표는 당신에게 온다. 그렇지 않고 만일 서두르거나 긴장하거나 서툴고 자만하면 당신은 그 표를 영원히 잃게 된다.

이것은 일반적인 법칙이지만 물론 이 틀에 맞추지 않고도 성공한 의원들이 많다. 부지런함, 지성, 당내 제휴, 그리고 행운은 또 다른 요소이다. 선거구에서는 나이들고 음침한 사람부터 원기왕성하고 자유분방한 사람까지 당선돼 오타와로 보낸다. 내 지역구에서는 연방과 지방 차원에서 당과 사람을 선택하는 데 있어서 다소 다른 지역과는 달랐다.

29세에 아버지의 꿈 실현

스물아홉 살이던 1963년 4월, 나는 소수당 정부인 자유당 소속으로 레스터 피어슨(Lester Pearson) 총리 아래서 하원의원에 당선되었다. 의원들이 요즘에는 신뢰를 잃었을지도 모르지만 의원 자신과 그 가족들에게 있어 당선은 언제나 가슴 벅찬 감동의 순간이다. 정치 세계의 무자비함에도 불구하고 정치인들은 모두 바로 이 순간에 어떤 기쁨과 자부심을 맛본다.

나는 전에도 오타와에 여러 번 가본 적이 있는데 한번은 레스터 피어슨이 당수로 선출된 전당대회 때였다. 나는 하원의원으로서 평화탑 밑을 처음 걸었던 순간을 잊지 못한다. 나는 그때 내가 스무 살 때 돌아가신 어머니를 생각하면서 목이 메었었다. 그러나 다른 한편으로는 당신 집안에 정치가가 탄생하는 게 꿈이었던 아버지의 소망이 마침내 실현되었다는 사실에 기쁘기도 했다.

1963년 오타와는 영국계 도시였다. 경비원, 여급, 그리고 수리공을 제외하고는 프랑스어를 쓰는 사람이 거의 없었다. 프랑스계 캐나디안들은 이곳이 캐나다의 수도가 아닌 것처럼 이질감을 맛보았다. 우리는 서서히 이것을 변화시키기 시작했다. 매우 촌스럽고, 프랑스어밖에 사용하지 못하는 사회신용당 소속 의원들의 오타와 진출은 이곳을 달라지게 했다. 다소 교육받지 못한 면은 없지 않았지만 그들은 아주 분명했고 프랑스어 서비스가 부족하다고 불평하는 데 부끄러움을 느끼지 않았다.

자유당과 몇몇의 토리당 의원조차 시끄럽게 굴었고 피어슨은 이에 공감했다. 한번은 그가 내게 이런 말을 했다.

"우리가 캐나다에서 했던 일 중 가장 큰 실수는 빅토리아 여왕 시절에 몬트리올 대신 오타와를 수도로 선정한 것입니다. 수도를 영어 사용 도시로 만들었기 때문에 그것은 잘못된 조치였어요."

그는 그 실수를 시정하기로 결심했고, 우리는 점진적으로 개선해나갔다. 모든 종류의 서비스에서 2개 국어 사용이 가능하게 되었고, 더 많은 사람들이 직장과 가정에서 프랑스어 사용을 고집하게 되었다. 오타와의 특성은 지금 완전히 변했다.

내가 처음 오타와에 왔을 때만 해도 나는 영어를 거의 못했다. 더듬더듬 읽을 수는 있었지만 의사소통과 이해는 매우 어려웠다. 나는 영어를 배우기로 결심했다. 국회의사당에는 영어 교사가 없었으므로 나는 혼자서 공부해야만 했다. 한 가지 방법은 「타임」과 「뉴스위크」를 매주 꼼꼼히 읽는 것이었는데 이것은 미국 문제에 대한 이해를 도왔다. 나는 영어사전을 손에서 놓지 않았고 발음 문제는 두 가지 언어를 다 구사하는 아내의 도움을 받았다.

내가 영어를 배우기로 결심한 데는 아내에게 열등감을 느끼지 않으려는 심리가 작용했다고 종종 농담을 하곤 했는데, 내가 2개 국어를 말할 수 있게 되자 아내는 이번엔 스페인어를 익혔다. 그녀는 언어감각이 타고나 지금 4개 국어를 말한다. 그녀는 내가 형편없는 학생이라는 사실을 알았다.

보다 실제적이고 재미있는 방법은 뉴펀들랜드의 릭 캐신(Rick Cashin), 브리티시 컬럼비아의 론 바스포드(Ron Basford), 그리고 토론토의 도널드 맥도널드(Donald Macdonald)와 '모' 모로('Mo' Moreau)와 같은 영어사용 의원과 친구관계를 맺는 것이었다. 그들은 모두 출세가도를 달리고 있는 사람들이었다. 즉, 캐신은 뉴펀들랜드의 어부노조 지도자, 바스포드는 법무장관, 맥도널드는 재무장관, 그리고 모로는 광업회사 회장으로 있었다. 모로가 특히 도움을 많이 주었다. 그는 젊은 시절 프랑스어를 사용했다가 그 후에는 줄곧 영어를 사용하게 되었다. 따라서 나는 그가 프랑스어를 다시 공부하도록 도와주었고, 그는 내게 영어를 가르쳐주었다.

우리는 정기적으로 통상 릭 캐신의 사무실에 모이는 야심만만

한 젊은 정치가 그룹에 속했다. 캐신은 살아 있는 뉴펀들랜드인이었다. 그가 술을 책임지었기 때문에 우리는 그를 '연방 총리'라고 불렀다. 나는 술을 마시지 않았는데, 이것은 내가 정치를 시작하면서 아내와 약속한 것 중의 하나였다. 그러나 나는 영어를 잘하기 위해 그들의 대화를 경청하는 데 많은 시간을 보냈다. 오랫동안 그들이 농담을 할 때 왜 그들이 나를 보고 웃고 있는지를 이해하지 못했다. 그러나 나는 새로운 단어 몇 개를 알아들었고 이 영어 테스트를 결코 부끄럽게 여기지 않았다. 이로 인해 많은 웃지 못할 일들이 벌어졌다.

아내로부터 영어를 배우다

한번은 캐신과, 핼리팩스 출신의 자유당 의원으로 노바스코샤 주의 수상이 되었고 훗날 트뤼도 정권의 각료를 역임한 게리 리건(Gerry Regan) 사이에 바닷가재가 뉴펀들랜드 주와 노바스코샤 산(産) 중 어느 지역의 것이 맛이 좋은지를 놓고 심각한 언쟁이 벌어진 일이 있다. 그래서 캐신의 사무실에 있은 파티에서 나더러 심판관이 되어달라고 했다. 그날 밤 사람들은 백포도주를 너무 많이 마셔 누가 이기느냐에 신경을 쓰지 않았다. 대화는 온통 정치 얘기였고 초대된 사람들이 모두 마리타임(The Maritimes : 캐나다의 대서양 연해주. 뉴펀들랜드, 노바스코샤, 프린스에드워드 섬, 뉴브런즈윅 주를 가리킴 — 역자) 출신이라 영어로 얘기했다. 누군가 내게 어떻게 해서 지난번 선거에서 사회신용당의 아성인 선거구에서 당선될 수 있었는지를 물었다. 나는 더듬거리며 대답했다.

"열심히 뛰었다. 여러모로 열심히. 모든 공장에 찾아가서 모든 사람과 악수를 했다. 때때로 작업시간이 다섯 시에 끝나 사람들이 너무 빨리 지나가는 바람에 내가 악수를 나눌 시간이 없었는데 하는 수 없이 나는 그들의 '브라스(bras ; 가슴)'만을 접촉했다."

물론 나는 '브라스'를 '팔'을 의미하는 단어로 사용했다. 전부 떠나갈 듯이 웃어댔다.

"그래 그게 자네가 선거에서 이긴 방법이란 말이지. 이 형편없는 프랑스인 같으니라구."

또 한번은 당시 「르 드브와(*Le Devoir* : 1910년에 창간된 몬트리올의 민족주의 계열의 프랑스계 신문－역자)」의 편집장인 클로드 라이언(Claude Ryan)에 관한 질문을 받았다. 나는 대답했다.

"매우 중요합니다. 모든 정치인이 그의 글을 읽고 있습니다. 그는 상담받기를 좋아하고 충고를 잘해줍니다. 그러나 그는 조금 과장이 심합니다. 만일 여러분들이 라이언씨 앞에 서면 여러분은 마치 교황 앞에 서 있는 기분이 들 겁니다. 여러분은 거의 마루에 무릎을 꿇고 그의 '바그(bague ; 반지)'에 입을 맞추지 않으면 안 될 겁니다."

'바그'라는 말은 '링(ring)' 대신에 내 머리속에서 나온 말이다. 사람들이 하도 웃어서 나는 뒷말을 이을 수가 없었다. 그러나 내 말이 뭐가 그렇게 우스웠는지 나는 이해하지 못했다.

나는 여전히 영어에 문제가 많다. 처음 배울 때부터 저지른 실수들이 있는데 나는 이 실수를 만회할 수 없었다. 그럼에도 많은 캐나디안들은 매우 사려깊었다. 그들은 수년 동안 텔레비전과 연설에서 내가 조금씩 나아지고 있는 것을 지켜보았고 이런 과정은 친밀감을 자아냈다. 거리나 공항에서 마주치면 그들은 으레 "당신은 작년에는 아주 형편없었는데 지금은 좋아지고 있습니다."라 거나 "오늘밤 당신이 얘기한 것을 다 알아들었어요."라고 말하곤 했다.

나는 한동안 어떤 언어 교사에게 배우기도 했다. 그녀는 대부분 문법과 발음을 고쳐주었다. "당신은 '자팬'을 '샤팡'이라고 발음하지 않는 것을 배워야 해요." 등이었다. 하루는 그녀에게 액센트를 도와달라고 했더니 그녀는 "전혀 그럴 필요가 없어요."라고 거절하며 말했다. "내가 라디오를 켜놓고 있을 때 당신은 연설을 하고 있습니다. 연설하는 사람이 당신이라는 것을 나도 알고 모든 캐나다인들도 압니다. 당신은 계속 그렇게 해야 합니다." 그런 까닭에 종종 모리스 슈발리에(Maurice Chevalier)와 나는 영어에 프랑스어 액센트가 그대로 있도록 연습해야만 한다고 농담삼아 되뇌곤 했다. 프랑스어 액센트는 나의 전매특허가 되었다.

내가 국회의사당에서 처음으로 얘기를 나눈 사람은 당시 신민당 의원이었고 현재 오타와에서 저널리스트로 있는 더그 피셔(Doug Fisher)였다. 내가 영어를 잘 못하는 것 이상으로 그는 프랑스어를 거의 몰랐으므로 대화가 어려웠지만 유쾌한 조우였다. 나는, C. D. 호웨(C. D. Howe)를 패배시킨 남자로서 피셔를 존경하는 페르낭 D. 라베른으로부터 그에 관한 얘기를 듣고 있었다. 그러나 포트 아서(Port Arthur)에서 피셔는 나를 하원으로 데리고 갔다. "당신은 저쪽에 앉게 될 겁니다." 그가 뒷줄을 가리키면서 말했다.

"알겠습니다." 내가 대답했다. "그러나 언젠가 나는 저쪽에 앉게 될 겁니다." 나는 정면 의자를 가리켰다.

이때 피셔가 좋은 충고를 해주었다. "앞쪽 의자로 가는 사람들은 일하는 사람들입니다.”

내가 대답했다. “걱정하지 마시오. 나도 열심히 일할 겁니다.”

1960년대 초반은 캐나다 정치사에서 소용돌이의 시기였다. 퀘벡 민족주의가 말 그대로 퀘벡에서 폭탄이 터질 만큼 폭발적이었다. 긴장의 심각성을 이해한 피어슨은 그 문제를 해결하기 위해 자신을 희생하였다. 그는 오타와에 ‘프렌치 요소’의 기초를 쌓았는데 많은 사람들은 훗날 이것을 전적으로 피에르 트뤼도 공으로 돌렸다. 트뤼도는 피어슨의 기초 위에 건설한 것이다. 그러나 피어슨은 많은 저항에 부딪쳤으며, 여러 차례 좌절을 맛보기도 했다. 그는 기 파브로(Guy Favreau), 모리스 라몽타뉴(Maurice Lamontagne), 그리고 르네 트렘블레(René Tremblay)와 같은 훌륭한 각료들을 곁에 두고 있었다. 그런데 이들은 야당과 언론으로부터 부당한 대우를 받고 있었다. 그것은 어떤 면에서 치욕이었고 지금도 이것을 생각하면 화가 치밀어 온다.

파브로는 정치를 시작하기 위해 공직생활을 그만둘 때까지 법무차관의 보좌관으로 일한 탁월한 사람이었다. 피어슨은 그를 법무장관, 하원 원내총무, 그리고 그의 퀘벡 주 대리로 임명하였고, 신참에게는 지나칠 만큼 그의 말을 전적으로 신뢰했다. 파브로는 온갖 잡다한 것까지 걱정을 할 만큼 모든 책임을 떠맡았으며 결국 일 때문에 죽고 말았다. 그는 관료주의 속에서 하찮은 문제로 하급 관료들로부터 시달려야 했다. 후속 조사에 따르면 파브로는 일에 있어서 올바른 결정을 내렸지만 자신의 부서와 협의하는 데 실패했다. 그 이유로 그는 무자비하게 쫓겨났다.

파산하기 바로 직전의 가구업자로부터 가구를 사들이는 불운을 경험한 라몽타뉴와 트렘블레는 퀘벡 출신의 매우 뛰어난 교수들이었다. 그들의 이름이 빚쟁이 명단에 올라갔기 때문에 두 사람의 명성은 금이 갔으며, 결국 투쟁하기보다는 사직하는 쪽을 선택해야만 했다. 라몽타뉴는 상당한 도덕적 지적 순수성을 간직한 사람이었으며, 트렘블레는 자신의 생애 동안 한 번도 적을 만든 적이 없는 점잖은 신사였다. 그들은 잘못한 것이 없었음에도 그들의 경력은 상처를 입었고, 그들의 가족은 디픈베이커가 자신의 정치적 이유로 악용한 부당한 스캔들에 의해 타격을 입었다. 그는 잔인했다. 우리들은 그 공격 대상이 프랑스계 캐나디안이었다는 게 결코 우연은 아니라고 느꼈다.

디픈베이커는 프랑스계 캐나디안들을 증오하지는 않았지만 그가 1958년 선거에서 압승을 한 이후에 퀘벡이 그를 버렸다는 사실을 용서하지 않았다. 그는 여러 면에서 독특한 사람이었다. 예를 들면, 자신의 거창한 장례식과 기념물을 준비하게 했을 때 보여준 것처럼 그는 스스로를 위대하게 생각했으며, 또한 놀라울 만큼 광기어린 연설을 하곤 했다. 그가 아무런 메모도 없이 그와 같은 대단한 쇼를 보여줬기 때문에 나는 하원에서 그의 연설을 듣기를 즐겼으며 우리는 정치 노선의 차이에도 불구하고 같은 하원의원이라는 이유에서 서로를 좋아했다. 내가 그의 당내 적들에 대항하여 자신에게 유리한 쪽에 줄을 설 때마다 그는 내게 고맙다는 뜻을 전해오곤 했다.

그러나 그는 매우 불공평했다. 만일 우리들을 다른 나라 정치인들과 비교한다면 캐나다가 대단히 정직한 정치인과 높은 수준의 공공 서비스를 갖고 있는 나라임을 알게 될 것이다. 이것은 실수를 저지르는 사람이 전혀 없다는 것을 말하는 것은 아니지만 정부 내와 개인적인 분야에서는 아마도 사실일 수 있다. 디픈베이커가 파브로, 라몽타뉴, 그리고 트렘블레를 비난하는 진짜 이유는 '썩은 사과들'을 내쫓기 위한 것이 아니라 자유당에 복수를 하자는 데 있었다.

"그 소년을 욕하지 마시오"

또한 토리당 안에는 고집불통의 사람들이 있었을지도 모른다. 틀림없이 새 캐나다 국기를 영국 상선기로 교체해야 된다는 그들의 반대는, 물론 어리석고 감정적인 것으로 보였다. 나는 이것을 "대영제국의 역습"이라고 불렀다. 하원의 토론에서 토리당은 「신이여 여왕을 보호하소서(God Save the Queen : 1980년 이전까지의 캐나다 국가. 재집권한 트뤼도 정부는 캐나다의 단결을 위해 영국과의 관계를 가급적 줄이려는 노력을 했고 그 일환으로 국가를 「오! 캐나다」로 바꾸게 된다 - 역자)」를 노래하면서 메스꺼운 행동을 보여주었는데, 이것은 우리가 성취하려고 노력했고 오늘날 캐나다인들이 자부심을 갖고 있는 단풍잎 국기에 대한 이성을 잃은 행동이었다. 이것은 아마 캐나다가 성숙한 국가로 자라기 위한 정신적 충격이었는지 모른다.

국기(國旗) 논쟁이 한창이던 어느 날 밤 나는 의사당 건물의 엘리베이터에 다른 의원들과 함께 타고 있었다. 엘리베이터는 2층에서 섰는데 거기에는 더 많은 의원들이 올라가기 위해 기다리고 있었다. 그러나 프랑스어를 사용하는 엘리베이터 안내원은 더 탈 수 없다고 판단하고 엘리베이터 문을 닫아버렸다. 3층에는 사환 소년 한 명만이 기다리고 있었다. 안내원은 그를 엘리베이터 안으로 비집고 들어오도록 했다. 같이 있던 토리당 소속의 밥 코우츠 (Bob Coates)는 의원이 아닌 어린애만 태웠다고 그 안내원을 무능한 프랑스계 캐나디안이라고 꾸짖었다. 당시 공공(公共)부 장관으로 있던 조지 맥일레이스(George McIlraith)가 끼어들었다. "그 소년을 욕하지 마시오. 그는 제 할 일을 했을 뿐이오. 내가 데리고 있는 아이요."

여러분은 이때의 긴장감을 짐작할 수 있을 것이다.

우리가 모두 내리자 코우츠는 맥일레이스의 넥타이를 움켜잡고는 거칠게 다루기 시작했다. 나는 코우츠의 상의 옷깃을 잡아 벽 쪽으로 밀어붙였다. 우리는 서로를 무안하게 쳐다보고는 가버렸다. 1965년의 일이었다.

시대는 변했다. 이제 코우츠와 나는 아주 좋은 친구가 되었고, 그는 진보보수당의 당수 브라이언 멀로니(Brian Mulroney, 1984~92)가 퀘벡 사람들을 토리당으로 영입했기 때문에 멀로니의 열렬한 지지자가 되었다.

피셔에게 약속했던 대로 나는 열심히 일했다. 얼마 걸리지 않아 나는 마이크 피어슨과 좋은 관계를 유지하게 되었고 이윽고 정무차관에 임명되었다. 이 자리는 어떤 면에선 명예직이었다. 정무차관은 어떤 공식적 혹은 법적 역할이 없었으며, 모시고 있는 장관들이 원하는 것은 어떤 것이든 도와야 했고, 장관이 허락하는 범위 내에서 도울 뿐이었다.

그러나 피어슨 시대에는 그 자리는 언제나 장관 재목으로 인정받고 각료가 되는 가도에 들어섰음을 뜻하는 표시였다. 뒤에 트뤼도는 제도를 바꿔 더 많은 의원들을 경험하게 했는데, 만일 장관과 함께 일을 했으면 다음에는 평의원으로 돌아갔다. 두 가지 방법은 각각의 장점이 있으며 어느 것이 나은지는 분간하기 쉽지 않다.

나는 피어슨이 야구를 좋아하기 때문에 나를 주목했다고 곧잘 농담을 했다. 나는 운동 경기에서 스타가 되어본 적이 없지만 언제나 모든 포지션에서 경기를 잘하는 편이었다. 만일 유격수가 필요하다면 유격수로 출전할 준비가 되어 있었고, 만일 포수가 필요하면 포수 마스크를 쓸 준비가 되어 있었다. 내각에서의 내 경력에서 볼 수 있는 것처럼 나는 빈자리를 메우는 일에 능숙하다. 나는 민첩하지 않았다기보다는 연습이 부족해 스포츠 스타가 되지 못했지만, 하루는 골키퍼, 다음날은 센터, 그리고 그 다음날은 수비수로 출전하는 게 더욱 재미있었다. 어쨌든 피어슨은 내게 정치인들과 언론인들 간의 소프트볼 경기에 참여할 것을 요구했다. 피어슨은 우리 팀의 코치였고, 「사우덤 뉴스」 지(紙)의 찰스 린치가 바로 상대팀 코치였다. 린치는 머리숱이 많은 소란스러운 사람이었다. 그가 영어사용 주민은 다소 미련하고 복종적이라고 말해 나는 놀랐다. 우리는 그 게임을 이겼다. 그리고 피어슨이 매우 기뻐했기 때문에 나를 정무차관으로 임명한 게 아닌가 하고 생각한다.

우리를 보다 밀착하게 만든 매우 심각한 사건이 있었다. 1964년, 셔위니건의 주(州)의회 의원으로 르사지 내각에서 법무장관을 역임했던 르네 아멜이 판사로 임명되었다. 그의 선거구가 유니온 내셔널의 아성으로 에워싸여 있으므로 이곳은 자유당의 취약 지구였다. 르네 레베크는 퀘벡 정부에서 천연자원장관으로 임명돼 막 정치인 생활을 시작하려는 단계였으며 보궐선거 책임을 맡고 있었다. 그가 그 자리를 요구했는지는 확실치 않지만 그 자리가 조직에 관하여 그에게 가르치고 지방 퀘벡에 들어가도록 했기 때문에 내 추측으로는 그가 그 자리를 요구했을 것으로 본다. 돌이 켜 보면, 그가 거대한 야심을 갖고 있었다는 것은 분명했다. 레베크가 셔위니건을 방문했을 때 그는, 훗날 자신과 아주 가까워졌고 퀘벡인 소유의 철강회사인 시드벡의 회장이 된 구(舊) 자유당 가문 출신인 내 친구 장 폴 지니악(Jean-Paul Gignac)과 대화를 나눴다. 지니악은 이렇게 말했다.

"우리 선거구에서 아멜을 대신하고 이 지역에 영향력을 행사할 수 있는 가장 적합한 사람은 젊은 연방 의원인 장 크레티앙밖에 없습니다."

이렇게 되어 레베크는 나를 불렀고, 나는 그를 만나러 퀘벡 시로 갔다.

르네 레베크는 분리주의자

당시는 '조용한 혁명'이 일어나고 있던 시대로, 퀘벡 시는 흥미있는 장소가 되어가고 있었다. 레베크는 전기회사를 국영화하는 일을 책임지고 있었으며, 비록 셔위니건이 경제적인 위협을 받았지만 나는 그 정책을 지지했다. '셔위니건 수도와 전기'는 전기를 특별 가격으로 공급하도록 건설되어 '셔위니건 화학공장'과 지역의 다른 산업 시설에 전기를 공급하였다. 레베크는 이 협상이 계속될 것임을 어느 정도 믿게 했는데 실제로 이것은 몇 년간 더 끌었다. 그러나 점차적으로 그 개념은 퀘벡의 모든 주민은 똑같은 전기료를 내야 한다는 것으로 발전되어, 결국 퀘벡 전기회사는 셔위니건 공장들에 대해 염가의 전기공급을 중단하기에 이르렀다.

이러한 조치는 셔위니건의 쇠락을 가져왔다.

레베크와 나는 조르주 V(Georges V)에서 점심을 함께 했다. 그의 차를 타고 갔는데 그는 아주 좁은 공간에 주차를 해야만 했다. 약간의 여유 공간이 필요했는데 그는 앞뒤의 차 두 대를 쿵 소리가 나게 밀침으로써 쉽게 공간을 만들었다. 그는 다른 자동차들에 어떤 상처도 입히지 않았지만 그것은 따라 하기에는 소란스런 일이었다. 점심 식사를 하면서 그는 나보고 연방 정계에서 떠나라고 설득했다. 나는 솔깃하기도 했지만, 왜 내가 연방 정계에서 지금까지 이뤄낸 것을 포기해야 하는지에 대해 확신이 서지 않았다. 나는 그에게 말했다.

"저는 오타와에 희망찬 미래를 갖고 있습니다. 이제 제 나이 서른이고 하원 법률위원회 위원장이며 이제 저는 막 알려지기 시작하려는 순간입니다."

나는 직접적으로 요구하지는 않았지만 각료 자리를 원하고 있음을 넌지시 비췄다.

"장, 오타와는 5년 이내에 우리를 위해 존재하지 않게 되니 당신은 오타와에 있어봐야 별 장래가 없소."

레베크가 말했다.

자유당 천연자원장관의 말이었기 때문에 나는 충격을 받았다. 내가 되물었다.

"하지만 레베크, 당신은 분리주의자입니까?"

그가 말했다.

"아, 아니오. 나는 연방주의자요. 장, 그 말은 당장 잊어버려요."

그는 너무 많은 얘기를 해버렸다.

그날 이후로 나는 레베크가 분리주의자라는 것을 알았으며, 그의 지적 정직성에 관해 중대한 결론을 내렸다. 1985년에 들어서 이제 그는 더 이상 분리주의자가 아니라고 주장하지만 이것은 전형적인 일이다. 즉, 그는 손바닥으로 해를 가리려 하는 것 같았다.

어쨌든, 그는 내게 퀘벡 정부에 자리를 약속할 만한 위치에 있지는 않았지만 나를 데리고 장 르사지를 만나러 갔다. 나는 그가 생 로랑 정부의 장관 시절 퀘벡 자유당의 당수를 맡기 위해 오타와를 떠나기 전에 그를 만난 적이 있었고, 그 또한 1960년 지역 선거 이후로 나를 잘 알고 있었다. 나는 르사지가 형식적이고 다소 자기만족적인 사람이라고 생각했지만 그는 매력이 있었다. 그는 내가 퀘벡에서 일을 잘할 것이고 나를 미래의 사람이라고 말하면서 자신은 젊고 경험 있는 사람이 필요하다고 했다. 그가 지난 일요일에 들었다는 성가의 한 소절을 암송했기 때문에 그날이 강림절 첫 주였다고 기억한다.

"무화과 나무를 보아라, 모든 나무를 보아라. 나뭇잎의 싹이 나기 시작하면 여름이 멀지 않았음을 알게 되리."

내가 내각에 들어가게 될 것임을 그가 이런 식으로 말했을 걸로 나는 추측했다.

얘기가 곧 오타와로 흘러들어가 르사지가 내게 중앙 당무회의를 그만두고 셔위니건의 보궐 선거에 출마하는 게 어떠냐고 설득했던 것으로 미뤄 그는 내가 확신하고 있는 것으로 보았던 것 같다. 당시 연방과 퀘벡 자유당은 적잖은 경쟁 관계에 있었으며 그 소문은 금방 피어슨 총리에게 전해졌다. 그는 나를 자신의 집무실로 불러 이 보도가 사실인지를 물었다. "예, 그럴 생각입니다." 내가 대답했다.

당시는 피어슨에게는 어려운 시기였다. 그는 프랑스계 캐나디안들을 돕기 위해, 초기 단계의 분리주의와 싸우기 위해 많은 일을 하고자 노력하고 있었다. 그러나 그가 앞으로 나가려고 할 때마다 무언가 자꾸 그를 뒤로 잡아당겼다. 마치 진흙탕 속에 빠진 자동차가 나오려고 발버둥치는 것과 비슷했다. 그가 물었다. "장, 당신은 캐나다를 믿고 있소?"

"물론 캐나다를 믿습니다." 이렇게 말하면서 나는 무언가에 놀랐다. "총리, 당신이 원한다면 나는 떠나지 않겠습니다."

"아니오, 지금 당장 여기서 결정하지 마시오. 집에 돌아가서 일주일 정도 시간을 두고 생각해보시오."

"그러나 우리는 소수당 정권입니다."

그가 말했다. "걱정하지 마시오. 캐나다는 없어지지 않습니다. 시간을 가져야 하오."

그래서 나는 서위니건으로 돌아가 열아홉 명의 친구와 아내에게 내가 어떻게 해야 하는지에 대해 상의를 했다. 그중 열일곱 명은 내게 퀘벡 시로 가라고 권했다. 당시 퀘벡에는 우체국, 부두, 그리고 실업보험 창구 외에는 연방과 관계가 없었다. 일자리든 학교든 후원회든 간에 지방과 관련된 모든 활동은 돈이 지방에서 나오기 때문에 지방적이었다.

그러나 페르낭 D. 라베른과, 매우 지성적인 변호사로 현재 퀘벡 대법관으로 있는 마셀 크레트(Marcel Crête) 두 친구만은 오타와에 남으라고 권유했다. 그들은 내가 오타와에서 인정받고 있다고 느꼈으며, 아마도 1966년까지 르사지가 맞게 될 곤경에 대해 어느 정도 짐작하고 있었는지 모른다. 내 개인적 의향은 퀘벡으로 가는 거였지만 나는 언제나 라베른과 크레트의 충고를 존중했다. 크레트가 회사 이사로 보수적 입장을 보일 때 라베른은 노조 지도자로 대단한 좌파였으므로 두 사람은 내 판단에 균형을 잡아주는 저울추와도 같았다. 양쪽 다 정치에 대한 탁월한 식견을 갖고 있었다.

"쩨쩨한 자식!"

우리는 트로와 리비에르 법원의 변호사로 일했고, 불행히도 지금은 불타 없어진 낡고 화려한 호텔인 샤토 드 브와(Château de Bois)에서 종종 친구들과 함께 점심을 먹기도 했다. 하루는 네 명이 식사를 하던 중 '조용한 혁명'의 초기에 분리주의를 지지했다는 이유로 해고된 연방 공무원 마셀 샤푸(Marcel Chaput) 건을 놓고 토론을 벌이게 되었다. 나는 분리주의자였던 적은 한 번도 없지만 다소 좌파 쪽인 데다 내 자신의 성향을 고수해야 된다고 믿었으므로 샤푸 편에서 영국계를 공격했다.

다른 변호사 중의 한 사람인 기 레브룅(Guy Lebrun)이 나를 비난했다. "당신은 지금 무책임한 소리를 하고 있습니다. 당신은 영국인을 알지도 못하고 그들을 거의 만나기조차 하지 않았소. 당신은 그들과 얘기를 해본 적도 없고 영어도 모릅니다. 당신은 이제까지 살아오면서 기껏 오타와에 한두 번 왔을 뿐이기 때문에 나는 당신에게 놀라고 있는 겁니다. 나는 당신이 지성인이라고 생각했소. 영국계들은 그들의 편협한 생각을 '멍청이'라고 하는데 그것은 지금 우리를 두고 하는 말 같소."

이것은 좋은 친구로부터 듣기에는 거북한 말이었다. 레브룅이 나를 심하게 비판해서 나는 마음의 상처를 입었다. 후에 나는 셔위니건으로 약 32km를 혼자서 차를 몰고 갔다. 약 8km를 달리면서 나는 "쩨쩨한 자식!"이라고 소리쳤다. 다음 8km를 달리면서는 어떻게 하면 차분해질까를 궁리했다. 또 다음 8km를 달리면서 그가 말한 것을 생각하기 시작했다. 그 말 속에는 진실이 담겨 있었다. 내가 집에 도착할 때쯤 되어서 나는 속으로 중얼거렸다. "그래, 내가 좀더 신중해야만 해. 아무런 지식도 없이 흥분해서 마구 지껄여서는 안 되지." 이 사건이 있기 전, 내 모든 사고방식과 배경으로 인해 나는 지역 정치에 관심이 많았다. 이후에는 보다 넓은 분야, 캐나다 전체에 대해 관심을 갖게 됐다.

아내 역시 오타와에 남으라고 얘기해 나는 세 명의 친밀한 조언자들의 말을 따라 그 주말에 피어슨에게 전화를 걸어 퀘벡으로 가지 않겠다고 말했다. 나는 그가 몹시 반길 줄 알았는데 그의 목소리는 어딘가 가라앉아 있었다. "장, 대단히 고맙소." 이것이 그가 말한 전부였다. 후에 알았지만, 그의 또 한 명의 프랑스계 캐나디안 각료가 직권 남용과 관련된 또 다른 스캔들에 연루되었다는 소문을 막 들었던 직후였다. 이 일로 인해 결국 그는 자리를 물러나게 되었다.

그러나 다음날 피어슨은 평상시의 쾌활한 자신으로 되돌아갔다. 그는 하원에서 내게로 와서 나와 악수를 했다. 비록 그가 내게 어떤 것도 약속해주지 않았지만 내가 캐나다를 선택한 것에 대해 그는 감사하는 것 같았다.

의원, 장관, 정부의 파워게임

국회의원은 왜 소리를 지르나

많은 국민들은 하원을 이해하지 못한다. 그들은 텔레비전에서 우리들이 서로에게 고함을 치는 것을 보고는 우리들을 어리석은 패거리 정도로 치부해버린다. 때때로 내 아내까지도 이런 말을 하곤 했다. "장, 당신은 하원에서 너무 자주 고함을 쳐요."

그러나 때때로 나는 소리를 질러야 한다. 이것이 어떻게 들리는가를 떠나 거기에는 이유가 있다. 하원은 근본적으로 토론하는 사회이다. 국민들은 우리들이 자신들의 연금 수표를 감시하지 않거나 법안에 쉼표를 삽입하지 않는지를 주의깊게 보고 의아하게 생각하지만 우리들의 관심은 정책의 다양한 방향이다.

이것은 물론 영국 하원이 그 모델인데, 의원들은 노트 없이 연설을 하는 의원들을 격려하며, 만일 의원들이 준비해온 원고를 그대로 읽는다면 하원 의장은 규정에 어긋나는 이를 제지할 수 있다. 또한 프랑스처럼 방청석에서는 어떤 발언도 허용되지 않으며, 익명의 보좌관이 쓴 원고도 허용되지 않는다. 정책이나 행동에 관해 이견(異見)이 있을 경우에는 방해, 질문, 개인적인 충돌도 있을 수 있다. 왜 이렇게 하고, 그것은 무엇인가? 그것은 인간의 경험에서 비롯된 것으로 그 목적은 진리를 찾고, 변화를 주고, 정부의 의중을 알기 위해서다. 우리는 국가에 대해 떠들고 있는 게 아니라 의원 개인으로서 다른 의원들과 대립하고 있는 것이다.

텔레비전에 비치는 이런 행위들은 나쁜 영향을 줄 수도 있다. 텔레비전 카메라가 의사당 내에 있고 수백만 명의 사람들이 선량(選良)들의 토론에서 무엇이 중요한 것인지를 알기 위해 경청하고 있다는 사실을 의원들은 깜빡 잊는다. 텔레비전은 어떤 의미에서 침입자와 같다. 나는 텔레비전 중계를 반대하지 않지만 이것은 관행을 변화시켜왔다.

점점 더 많은 원고들이 장황하게 읽히는데 아무도 그 연설이 연설자 개인의 견해인지, 아니면 뒤에서 써준 사람의 생각을 반영하는 것인지를 모른다. 빽빽한 방청석, 취재에 열을 올리는 꽉찬 기자석, 그리고 모든 사람들이 눈과 귀로 직접 역사의 현장을 목격한다는 긴장감이 자아내는 흥미진진한 분위기를 텔레비전의 안방 중계가 빼앗아가기 때문에 위대한 토론과 위대한 토론자들은 점점 더 드물어져 가고 있다. 의원들이 상대편 의원이 아닌 카메라를 의식해 발언을 하게 되므로 몸싸움조차 점점 인위적으로 보일 뿐 아니라, 하원 자체도 알맹이가 다 빠져나가고 집집마다 안방에 전달됨으로써 그 신성스럽고 신비한 향기를 잃게 될 것이다.

질의 시간에도 옛 정신은 살아 있었다. 난처한 질문, 야유, 웃음과 함께 장관들은 곤경에 빠지게 된다. 그들은 대중으로부터 혹은 공무원들 뒤에 몸을 숨길 수 없다. "정직하라! 정직하라!" 이것이 하원의 요구다. 우리가 너무 심하게 공격하게 되면 철회를 하거나

의장과 국민들의 분노를 사게 된다. 한편 어떤 장관이 중대한 실수를 하게 되면 정부 전체가 몇 주 동안 흔들리게 된다. 집권당이 표결에 대비하기 위해 아무리 하원 뒷자리에 앉은 많은 수의 평의원들을 확보하고 있다고 하더라도, 의회의 정면석에 앉은 의원들은 무능하거나 우스꽝스럽게 보이지 않아야 된다는 압박감 속에 있게 된다. 그리고 인간이란 존재가 원래 그렇듯, 때때로 평의원들도 어떤 특정한 장관을 물러나게 하여 입각 기회를 잡아보자는 기대에서 야당 의원들에게 어떤 각료를 계속 몰아세우라는 쪽지를 건넬 것이다.

이것이 하원에 진정한 힘을 부여한다. 예를 들면, 1984년 12월, 질의 시간에 멀로니 총리는 사회복지의 보편성 문제에 관해 자신의 입장을 명확히 밝혀야 했다. 그는 많은 조건들을 내걸었고 시시한 소리를 지껄이고 있었다. 그러나 그는 야당으로부터의 공격을 받을지도 모른다는 강박관념에 사로잡혀 재무장관에게 책임을 전가한 뒤, 부유층으로부터 돈을 거둬들여 가난한 계층에게 써야 한다고 말했다. 다음해 봄이 되자 멀로니는 생각을 바꿔 예산안에서 연금의 물가연동제 폐지를 승인했다. 하원에서 압력이 다시 재개되자 그는 또다시 힘없는 장관을 희생양으로 썼다.

많은 국민들은 하원은 정부가 하라는 대로 하는 고무 도장과 같은 역할에 불과하다고 믿고 있다. 모든 사람이 소비세 법안의 세부 사항과 관세 수입을 어떻게 끌어모으느냐에 열중할 수 있는 것은 아니다. 그러나 대다수 텔레비전 시청자들은 법안이 상정되는 상임위원회에 대해 별로 느끼지 못한다. 입법의 미세한 부분은 그 분야의 전문가들로 구성된 위원들이 심사한다. 국제 문제에 관심이 있는 어떤 의원이 그 분야의 위원회에 임명될지도 모르며,

그렇게 되면 NATO(북대서양조약기구) 문제에 권위를 갖게 되고, 그 사람의 권위는 정부에 영향을 주게 된다. 위원회는 법안이나 국별(局別) 예산을 심의할 때 증인을 소환할 수 있으며, 또 위원회는 사람들을 접촉, 이들의 의견을 수렴해 의견을 작성하는 소위원회를 구성할 수도 있다. 종종 위원회는 예산이 지나치게 많이 들지 않는다면 정부에서 무난히 받아들일 수 있는 초당파적인 안건을 상정한다.

미사일 배치에 반대

퀘벡 주 출신 의원들은 대개 캐나다 서부의 운송 문제에 대한 인식이 부족하며, 앨버타 주 출신 의원들은 대개 대서양의 어업에 관한 관심이 부족하다. 그러한 경우의 일반적인 관행은 소속 정당을 믿고서 한 표를 던지는 것이다. 이것은 의원들이 단지 양(洋)처럼 나약한 사람이라는 것을 뜻하지는 않는다. 내가 하원에 출석한 첫날 양 같은 의원이라는 비난을 받았기 때문에 이 점을 잘 안다.

당시 의제(議題)는 보마르크 미사일을 캐나다 영토 내에 배치하는 데 동의해야 하는가 하는 것이었다. 캐나다가 배치에 동의하도록 되어 있었으므로 자유당의 입장은 그것을 받아들이라는 것이었지만, 선거 기간 동안에 나는 그 정책에 반대한다고 공약했던 것이다. 피어슨은 선거가 끝날 때까지 가만히 있으라고 내게 메모를 건네기도 했는데, 이미 신문의 톱기사에는 퀘벡의 자유당 후보가 보마르크 배치에 반대한다는 제목이 큼직하게 뽑혀 나왔다. 이미 엎질러진 물이었지만, 솔직히 말해서 이것은 정말 큰 타격이었다.

국회가 열리자마자 그 안건에 대한 투표가 있게 되었다. 자유당은 여소야대(與小野大) 정부였으므로 사실 내 고민은 이만저만이 아니었다. 루시앙 카르댕(Lucien Cardin) 국방장관보는 나를 만나러 왔다. 나는 그에게 이렇게 물었다.

"루시앙, 우리는 정말 위임을 받은 것이오, 그렇지 않소? 알다시피 나는 퀘벡의 변호사이므로 문서를 보고 싶소. 서류에 위임이 나와 있소?"

카르댕은 독특한 방법으로 일을 처리했다. 그는 내게 기밀 문서를 볼 수 있도록 도와준 적이 있었다. 그는 나를 추밀원(the Privy Council Office)의 작은 방으로 데리고 가 기밀 문서들을 내 앞에 놓고 가버렸다. 나는 혼자 남게 되었는데 불행하게도 모든 문서가 영어로 되어 있었다. 그 문서 속에는 내가 알지 못하는 단어가 너무 많았는데 그 뜻을 물어볼 수 있는 사람도 없었을 뿐 아니라 나는 내 영어 실력이 그렇게 형편없다는 것을 인정하고 싶지가 않았다. 물론 결국 전보다 더 영어에 자신이 없어졌다.

그때 나는 본회의장 밖의 한 화장실에서 손을 씻고 있던 더글러스 하크니스(Douglas Harkness)에게 달려갔다. 그는 아주 점잖은 신사로 보수당 정권의 국방장관을 지냈으나 디픈베이커가 보마르크 미사일 배치를 거부함으로써 장관직에서 물러났다. 아주 서툴기 짝이 없는 영어로 내 사정을 얘기하자 그가 이렇게 대답했다.

"젊은 양반, 당신이 나를 안다면 토리당원으로서 어떤 사람인지를 알 것이오. 장관직에서 물러난다는 것이 내게 그렇게 사사로운 문제가 아니네. 캐나다 정부가 임무를 맡았기 때문에 내가 그렇게 했을 뿐이오.”

나는 이 말에 감복했다. 나는 하원에 들어가서 자유당에 투표를 했다. 그러나 다음날 나는 순진한 실수를 저질렀다. 나는 제안 설명을 하기 위해 자리에서 일어섰다. 아주 조마조마한 순간이었다. 나는 야유를 받았고 「르 드브와」 지는 나를 순진하기 짝이 없는 양이라고 평했다. 아버지께서는 당신의 아들이 어리석은 국회의원으로 불린 것에 대해 대단히 모욕을 느꼈고 역정을 내셨다.

그럼에도 불구하고 내 의원 생활은 순식간에 시작됐고 나도 재빨리 움직였다. 앨런 맥노튼 하원의장은 나를 좋아했다. 그는 자유당 평의원이 각료들에게 질의를 할 차례가 되면 종종 캐신, 바스포드, 그리고 다른 ‘반항아 의원’들 옆에 앉아 있는 나를 건너다보곤 했다. 우리들은 많은 질문을 함으로써 야당의 법안을 끈질기게 물고늘어졌기 때문에 그들은 그 법안을 정해진 시간 내에 통과시키지 못했다. 오래 걸리지 않아 나는 중대한 개혁을 달성할 만큼 충분한 요령을 터득했다.

‘에어 캐나다’, 법안 통과

1964년에 나는 ‘트랜스 캐나다 에어라인’의 명칭을 ‘에어 캐나다’로 바꾸길 원했다. 퀘벡에서 이 시기는 격렬한, 때때로 폭력적인 민족주의의 시대였는데, ‘트랜스 캐나다 에어라인’이라는 옛 이름은 프랑스어로 번역하기가 어렵다는 이유 때문에 증오의 상징처럼 되어 있었다. 독자적으로 상정한 이 법안을 나는 하원 첫 회기에 통과시키려고 노력했으나 실패하고 말았다. 사실상 평의원 한 사람이 어떤 법안을 발의해 통과시키기란 거의 불가능한 일이다.

개인별 법안에 대한 토의는 오후 5시에서 6시 사이에 하루 한 시간밖에 없었으므로 많은 의원들이 출석하지 않았다. 그런 법안들은 그 시간에 통과되지 않으면 상정 법안 목록의 맨 뒤쪽으로 밀리게 되어 다시는 얼굴을 드러내기 어렵게 된다. 각 당은 그 법안에 관해 발언할 수 있고, 정부는 어떤 의원으로 하여금 그 법안에 관한 발언을 오후 6시까지 하게 함으로써 그것을 폐기시킬 수도 있다. 나는 어떻게 하면 또 다른 방해를 피할 수 있을까를 궁리했다. 그 법안을 다음 회기로 넘어갈 법안 순서의 맨 처음으로 가져가기 직전에 나는 한 가지 꾀를 생각해냈다.

나는 퀘벡 출신의 토리당 의원인 레미 폴(Rémi Paul)을 만나러 갔다. 그는 대단히 보수적이었지만 퍽 유쾌한 사람이었다. 그에게 말했다.

"내가 '에어 캐나다'에 관한 법안을 발의했는데 토리당 의원들이 이것을 폐기시키려고 하고 있습니다. 이것은 퀘벡의 입장에서는 아주 좋지 않은 일입니다. 도와주십시오. 최소한 좋은 말이라도 해주십시오."

폴이 그러마고 했다. 나는 이번에는 밴쿠버 출신의 신민당 의원으로 프랑스어를 할 수 있는 밥 프리티(Bob Prittie), 사회신용당의 레알 카웨트에게 찾아가 똑같이 부탁했다. 그렇게 나는 각 당의 발언자들을 내 편으로 끌어들인 것이다. 그리고 그들에게 다시 가서는 이렇게 말했다.

"당신이 너무 길게만 발언하지 않으면 이 법안은 통과됩니다."

토리당이 명칭 변경에 대해 강력히 반대하고 있었으므로 레미 폴을 설득시키기가 가장 힘들었지만 그도 결국에는 승복했다.

그래서 그 법안이 상정되었을 때 나는 일어서서 매우 짧으면서도 자극적이지 않은 발언을 했다. 나는 새 이름의 2개 국어 표기의 장점을 언급할 수도 있었지만 그보다는 아주 단순한 논리로 일관했다. 즉, '에어 캐나다'는 보다 짧고, '트랜스 캐나다 에어라인'은 더 이상 캐나다를 횡단 비행하지 않고 있을 뿐 아니라 약자가 TCA인 항공사가 두 개나 있다, '트랜스 카리비안 에어라인'과 '트랜스 콘티넨탈 에어라인'이 그것이다, 운운. 그때 폴이 일어나 소리쳤다. "동의합니다." 프리티도 기립해 말했다. "동의합니다." 그리고 카웨트도 기립해 말했다. "동의합니다." 5시 15분, 더 이상 발언자들이 없었으므로 그 법안은 두 번째 독회 만에 통과되었다.

규정대로라면 그것은 법안 순서대로 전부 통과될 때까지 기다려야 했을 것이다. 사실 이것 때문에 다른 법안들은 잔여 회기로 연기되었다. 정부로서는 무엇보다도 비용 문제 때문에 명칭 변경을 달갑지 않게 생각했지만 오후 6시 이전에 이것은 통과되었다. 훗날 나는 피어슨 총리로부터 무리없이 문제를 해결해준 데 대해 감사한다는 매우 정중한 내용의 서한을 받게 되었다.

장관 인사의 비밀

이것은 의원 한 사람이 할 수 있는 재미있는 사례였으나 유감스럽게도 언론에서는 평의원의 활동에 관심을 갖지 않았다. 국회의원들에게 지역구는 매우 중요하며 그들의 지역 활동이 눈에 보이지 않고 뉴스 가치가 없다고 해도 귀중하고 필요한 일이다. 그들은 국민과 정부를 연결시켜주는 옴부즈만 같기도 하고 지역구에서 국회로 내보낸 대사이기도 하다.

의원들은 수천 가지에 관심을 갖고 있다. 노년 연금 수령 문제로 고민하고 있는 사람에서부터 기업을 하기 위해 자치시에 사업권을 요구하는 사업가에 이르기까지 그들은 지역구 대표단을 맞아 각료들이나 관리들과의 면담을 주선하며 지역 사회 활동의 후원자로 봉사하며 때로는 다급한 상황에 처한 여행자의 여권을 급히 만들어주기도 한다. 의원들은 선거 기간 중에 유권자들의 말을 들어야 하므로 아무 일도 할 수 없으며, 대민 봉사를 하는 기간 외에는 정식 직업을 가질 수도 있다. 그들 대부분은 다시 당선되기 위해 사력을 다해 뛴다.

게다가 그들은 각료들에게 영향을 미치는데 국민들은 이를 거의 알아차리지 못한다. 1963년 총선거 직후에 있은 어떤 정당 연회에서 나는 나와 같은 평의원들이 뒷좌석에 앉아 있기 때문에 장관들이 앞좌석에 앉아 있다는 사실을 깨달았다. 그것은 스물아홉 살의 자만심이었는데 내가 장관이 되어서도 이것을 잊지 않았다. 국회의원들과 좋은 관계를 유지하고 의원들을 곁에 두는 노력은 자못 중요하다. 헌법 개정에 관한 토의가 진행되는 동안 나는 늘 헌법 일괄안에 반대하는 자유당 평의원들의 반대발언을 들었다. 반대하는 사람 중의 한 명은 얼마 뒤에 나를 당수 후보로 지지하기조차 했다.

많은 국회의원들이 가장 효과적으로 능력을 발휘하는 곳은 정당의 비공식 간부회의인데 여기서 일어나는 일은 보도되지 않고 비밀에 부쳐진다. 농업이나 지역 개발과 같은 여러 가지 문제를 놓고 지역 간부회의나 특별 간부회의가 열리는데 그 중 가장 중요한 것은 국회 개원 중 매주 열리는 일반 간부회의다. 이것은 질의와 불만, 보고서와 정책 개발, 현안문제와 일반 토의의 장(場)이 된다. 집권당의 회의에는 물론 연방 총리와 각료가 출석하는데 여기서 평의원들은 결정적으로 자신을 평가받게 된다. 때때로 의원들은 하원에서 마땅히 하는 일이 없기 때문에 언론의 주목을 끌지 못하는 경우가 있다. 그러나 그들은 때때로 간부회의에서 발언 기회를 얻어 논리 정연한 발언을 하게 되고 그들의 견해는 주목을 끈다. 그리고 각료들은 종종 야당 의원과 기자들로부터 받는 비판보다 같은 여당 의원으로부터 받는 솔직하고 논리 정연한 공격에 더 곤욕을 치르기도 한다.

이따금 언론과 대중에게 잘 알려져 있지 않은 어떤 의원이 어느 날 갑자기 각료에 임명될 수도 있다. 종종 간부회의에서 당수의 관심을 끈 일련의 조정능력으로 인해 어떤 의원을 임명하는 경우도 있다. 그러나 안타깝게도 많은 훌륭한 의원들이 인정을 받지 못하거나 그들의 영향력에 걸맞은 대우를 받지 못하고 있다는 데 문제가 있다. 간부회의에서 확실하게 인정을 받은 사람들은 그 사실을 공개적으로 자랑하지 않는 경향이 있다. 왜냐하면 이러한 사실이 외부에 알려졌을 경우 자신들이 비밀 누설의 첫 번째 혐의자가 되기 때문이다. 그들은 자신들의 끈질긴 중재로 각료를 설득시켜 어떤 결정을 바꿨다는 사실조차 깨닫지 못한다. 해당 장관이 의원들에게 찾아와 "내가 이 일을 이 방향으로 결정하는 데는 당신의 짤막한 발언의 영향이 컸소."라고 말하는 경우는 거의 없다.

내가 장관으로 있을 때 그렇게 자주 하지 못한 것을 후회하지만, 정치라는 미친 세계에서는 그러한 제스처가 위선적인 친숙함의 표시로 비칠 가능성도 있다. 그리고 모든 평의원들은 그러한 결정이 내각 안에서 이뤄지고 영예 또한 그곳으로 가는 것을 안다.

문제는 이기심이라는 것이다. 몇몇 의원들이 의회 제도의 안에서 선출되어 내각에 기용되었기 때문에 두 부류의 정치인들이 나타난다.

어떤 사람들은 지역구나 관리하면서 간부회의나 위원회에 공헌하면서, 그리고 역사에 깊은 족적을 남기지 않은 채 평의원으로 남아 있는 것에 만족한다. 발언할 때 한 번도 엉뚱한 얘기를 해본 적이 없는, 매우 훌륭한 의원이며 대단히 지성적인 친구가 한 명 있다. 그러나 그는 야망을 가지고 있지 않았다. 그는 유명한 변호사로 친구들의 권유에 의해 정치판에 들어온 사람이었는데 지역에서 토리당 의원을 꺾기도 했다. 그는 오타와에 들어와서도 유권자 관리만 했지 결코 장관이 되려고 노력하지 않았다. 훗날 그는 고등법원의 판사가 되었지만 대법원 판사로의 승진 기회를 잡지 않았다. 그는 편하게 사는 것을 원했고 그가 인생에서 원하는 것이 무엇인가를 알았다.

분명한 사실은 많은 의원들이 내각에 들어가길 원하지만 자신의 능력이나 지성과 상관없는 이유로 인해 좌절하고 만다는 것이다. 그러나 정말 장관이 되고 싶다면 열심히 일하고 장관의 자질을 갖추라고 주장하고 싶다. 한편, 지역적 안배 혹은 연령, 성별, 그리고 인종적 대표성으로 인해 내각에는 종종 최고 수준이 아닌 사람들이 들어오기도 하는데 이 때문에 각료가 갖춰야 할 자질이 배제되는 경우도 있다. 선임자가 상원의원과 중요 상임위원장을 지명하는 미국에서처럼 오랜 기간 봉사하면 자동적으로 자리가 보장되는 것은 아니다. 의원들의 실망은 대중의 관심이 당권에만 집중되어 있고 평의원의 노력에 대해서는 무관심할 때 생겨난다.

언론을 대하는 노하우

그러한 관심 집중은 개인에게만 불공평할 뿐만 아니라 전체적인 조직 또한 해치게 된다. 언론에서 선거를 의회 차원이 아닌 총리 차원으로 보도하기 때문에 의회는 다소의 관련성을 잃게 된다. 국회의원 선거의 고전적인 개념은 자신의 선거구를 대표하는 282명의 사람을 선출하는 것이다. 이론적으로는 내 고향 셔위니건의 유권자들이 장 크레티앙에게 표를 던지면 한 명의 자유당 의원이 나오게 된다. 내일 나는 토리당이나 무소속 혹은 공산당이 될 수도 있지만 나는 의석을 내놓지 않아도 된다.

다시 이론적으로 따지면, 선출된 개인들이 모여 의회를 구성하고 그들의 심판관으로서 의장을 선출하며 정책에 따라 협력 관계를 형성하게 된다. 점차적으로 장관과 연방 총리는 부상한다. 이것이 전통적인 영국의회 제도로 귀족들이 국가적인 문제를 해결하기 위해 모일 때 비로소 이러한 제도가 움직이기 시작한다.

그러나 언론의 속성과 미국의 대통령제와 유사한 캐나다 제도로 인해 선거가 점점 더 정당 당수간의 대결로 되어갔다. 1984년 토리당이 압승했을 때, 질 낮은 후보들이 우세한 정당 공천을 받아 당선되는 반면 양질(良質)의 의원들은 대거 낙선되었다. 그래서 의원들의 업적, 인간성, 그리고 지적 능력은 지역 선거운동에서 중요치 않은 것으로 간주된다. 50명 정도의 의원만이 당락에 영향을 주었을 것으로 나는 생각한다. 나머지 사람들은 당수의 매력과 우세한 당에 소속되었다는 행운에 의존하는 경향을 보였다. 의원들이 점점 주변적이고 소모적이며 당수에 좌우될 위험성이 있다. 물론, 평의원들이 교체될 수 있다는 것을 안다면 당수에게 솔직한 조언이나 비판을 할 각오가 되어 있는 사람은 거의 없을 것이다.

미국의 대통령제와 같은 견제와 균형의 장치가 없으므로 이것은 캐나다 제도가 안고 있는 함정이다. 나는 캐나다 의회제도를 선호하지만 그 발전 과정에서 너무나 많은 사람들이 당수의 의지와 인기에 의존하고 있는 게 아닌가 하는 문제점을 발견했다. 그것은 소수 사람들의 퍼스낼리티가 언론의 정상적인 정치 토론을 빼앗기 때문에 주로 일어나고 있다.

1984년 자유당 당수 자리에 도전했을 당시 나는 그와 같은 생생한 기억을 갖고 있다. 몇 달 동안 내 말과 행동은 큰 뉴스가 되었으나 몇 주 뒤 있은 연방 총선에서는 내가 자유당 입후보자를 위해 무려 95개 지역구에서 선거운동을 했음에도 내게 관심을 갖지 않았다.

내 생각으로는 언론은 사설보다는 뉴스가 되는 것이 무엇인지를 결정하느냐에 따라 영향을 받고 있다. 정치인들과 공무원들은 사설을 읽고 이에 영향을 받지만, 대부분의 유권자들은 편집인이 선거를 어떻게 보느냐에 따라 좌우되지 않는다. 내 기억이 정확하다면, 1980년에 트뤼도는 1백 명이 넘는 신문 편집자 중에서 오직 네 사람으로부터 찬성을 얻었지만 그는 다수당이 되었다. 1965년, 클로드 라이언이 「르 드브와」 지 사설에서 퀘벡 지역구에서 당선되어야 할 5명의 자유당 후보 가운데 내 이름을 꼽았을 때 나는 대단히 기뻤다. 그는 정당보다는 후보 개인을 지지하기를 좋아했다. (그가 트뤼도가 아닌 나를 추천했다는 사실을 생각하면 지금도 웃음이 나온다. 나는 트뤼도가 라이언을 용서했다고 생각지 않는다.) 나는 그 사설에 기분이 너무 좋았다. 나는 여러 날 동안 이 사실을 연설에서 자랑했다. 그러나 얼마나 많은 유권자가 라이언의 사설에 대해 관심을 기울였다고 생각하는가? 1백 명? 2백 명? 놀랍게도 단 두 사람뿐이었다. 두 사람은 내 동생과 교육수준이 높은 회계 직원이었다.

일반적으로 나는 캐나다 언론에 대해 비판적이지 않다. 개인적으로 나는 언론으로부터 꽤 잘 다루어져왔으며 불편한 관계에 있는 몇 사람이 있긴 하지만 비교적 저널리스트와 좋은 관계를 유지해왔다. 나는 모리스 두플레시처럼 잘 써달라고 부탁하며 촌지를 주거나 불리한 기사가 나오면 협박하는 것 같은 구식 방법이 아닌 전문적인 방법으로 언론을 대했다. 언론을 전문적으로 대하면, 그들 역시 똑같은 방법으로 대해준다는 것을 발견했다. 오늘날 언론인들은 자신의 직업에 대한 자부심을 돈보다도 훨씬 중요하게 생각한다. 그러나 기자들과 얘기를 할 때는 그 상황에 주의할 필요가 있다. 만일 기자들도 아는 것을 오프 더 레코드(off the record)를 전제로 털어놓았다면 아마 해로울지도 모른다. 그렇지 않고 과거에 그들을 정직하게 대했다면 기자들 또한 정직하게 대할 것이다.

내가 언론과 맞서 싸운 것은 1975년에 일어났다. 당시 「글로브 앤 메일(*The Globe and Mail*)」지는 내가 다른 판사에게 영향력을 행사했다고 퀘벡 주 법관인 케네스 맥케이(Kenneth Mackay)의 말을 인용해 보도했다. 법원이 부도에 대한 결정을 유보해 회사 자산이 동결되었으므로 내 선거구의 한 회사가 6개월간 문을 닫고 4백 명의 근로자들이 해고되었다. 이 일이 내 책임이라고 느꼈기에 나는 당시로서는 다른 방법이 없었으므로 담당 판사에게 전화를 걸었다.

"언제까지나 판결을 미루시렵니까? 내게는 직장에서 해고된 4백 명의 근로자가 있습니다. 당신이 어떤 판결을 내리든 저는 상관없습니다만 이들이 직장으로 돌아갈 수 있게만 판결을 내려주십시오."

신문사와 싸워 피아노를 받아내다

이런 얘기가 공개된 이후 나는 그 판사와 다시 전화통화를 했다. 그는 내가 자신에게 영향력을 행사하려 했다는 사실을 부인하는 편지를 쓰게 된 것을 기뻐하고 있었다. 나는 편지 사본을 맥케이 판사에게 보냈고 그렇게 되자 그는 즉각적으로 그의 고소를 취하함과 동시에 그가 잘못했음을 인정하는 편지를 변호사에게 보내 이를 시인했다.

그러나 그 편지를 잘못 두는 바람에 며칠 동안 내 이름이 「글로브」 지(紙)에서 더럽혀졌다. 결국 맥케이의 편지와 사과 내용이 신문에 공개되었다. 그래도 화가 가시지 않아 나는 「글로브」 지 편집국장에게 전화를 걸었다.

"나는 어제 하원에서 충분한 설명을 했는데도 당신 신문에서는 이를 다뤄주지 않았습니다."

그가 대답했다. "우리 회사에 통역사가 없기 때문이오."

"좋소. 만일 내가 책임이 있다고 말했었다면, 단언하건대 당신은 재빨리 통역사를 구했을 것이오. 만일 그렇지 않은데도 그랬다면 나는 당신을 고소할 것입니다.”

내가 말하자 그가 대꾸했다. “지금 협박하는 겁니까?”

애초에 고소할 의도가 없었으므로 스스로 함정에 빠지고 만 셈이었다. “그럴 생각은 아니오. 이건 약속입니다.” 나는 변호사이자 내 친구인 피에르 제네(Pierre Genest)에게 전화를 걸었다.

이 건은 몇 년간을 끌었다. 문제는 내가 계속 승승장구하는 가운데 손해배상을 청구하고 있다는 데 있었다. 우여곡절 끝에 결국 나는 3천 달러를 받아냈다. 변호사는 이 돈을 내 아내에게 전해주면서 이런 말을 했다. “당신 남편은 단 10센트도 받을 자격이 없으니 당신이 사고 싶은 것을 마음대로 사십시오.” 그래서 아내는 피아노 한 대를 들여놨다. 이제는 언제 어떤 사람이 우리 집을 방문하더라도 나는 아내, 아이들, 그리고 ‘글로브 앤 메일 피아노’를 소개한다.

저널리스트를 대하는 가장 좋은 방법은 그들을 프로페셔널로 대하는 것이다. 부정적으로 보이길 원하는 사람은 아무도 없다. 그러나 언론을 조종하려고 하는 것보다 자신의 약점과 단점을 솔직하게 말하는 게 좋다. 나는 항상 모든 기자들이 똑같이 나와 접촉할 수 있고 그들을 똑같이 대하려고 노력했다. 언론사는 우리 집 전화번호를 갖고 있으며 어떤 기자가 다른 사람들과의 접촉에 실패한 뒤 일요일 밤 우리 집으로 전화하는 것에 대해 불쾌하게 생각지 않았다. 자연스럽게 몇몇 기자들과는 그들의 특이한 개성과 인품 덕택에 더 친해졌지만 언론인 누구와도 친구처럼 지내자는 내 원칙에서 벗어나지는 않았다.

어떤 정치인들은 언론이 본래 좌파라고 간주한다. 분명한 것은,

대부분의 기자들은 경제적 엘리트에 속하지 않는다. 그들은 보통 훌륭한 교육을 받았지만 평범한 시민의 생활 방식대로 살아간다. 그래서 그들의 시각은 그런 사회적 지위를 반영한다. 게다가 많은 저널리스트들은 천성적으로 기득권층과 싸우길 좋아하는 독립적인 사람들이다. 그렇지 않았다면 그들은 이익이 많은 어떤 일이나 안정적인 일을 하게 될 것이다. 또한 정부를 지지하기보다는 정부를 비판하는 것이 그들의 직업적 전통이다. 역설적인 사례는 패트릭 오캘라한(Patrick O'Callaghan)이 「에드먼턴 저널」 지의 발행인으로 있을 때 일어났다. 내가 법무장관으로서 권리장전을 통과시키기 위해 뛰고 있을 때, 패트릭 오캘라한과 지독하게 싸운 적이 있었다. 그는 경찰의 수색으로 서류 일부가 자신의 사무실에서 압수된 이후 장전을 근거로 이 사안에서 이긴 최초의 사람이 되었다. 그 문제로 그에게 전화를 걸어 성가시게 하는 것도 재미있었다.

그러나 정말 혼란스러운 일은 오늘날 진정한 기자가 되길 원하는 기자들이 점점 줄어들고 있는 것 같다는 점이다. 그들은 절망한 칼럼니스트나 논설위원처럼 보인다. 그 옛날의 기자들은 사실을 밝히기 위해서 피나는 노력을 했고 기사의 정확성에 자부심을 가졌다. 그들이 놀라운 묘사를 구사하고 사건의 분위기를 만들었지만 그 바탕은 어디까지나 '사실'이었다. 오늘날 기자들의 자부심은 평론가가 되는 것에 있는 것처럼 보인다. 신문의 모든 면이 위선적인 견해로 가득 차 있다. 이것이 지나칠 때 화가 치밀어 오르는데 퀘벡의 분리문제에 있어서 종종 그렇다. 하지만 나는 그런 언론과 더불어 사는 법을 배웠으며 그런 보도에 대해 쓴웃음을 짓기도 한다. 그것은 결국 언론의 자유다. 많은 경우 편집국장 자신

들도 무엇이 어떻게 돌아가고 있는지를 모르고 있었으며 그들은
평등 의식에 사로잡혀 있었다.

재무위원회를 지원한 이유

1965년까지 나는 퀘벡 언론에서 종종 자유당의 패기에 찬 '새로
운 전사'로서 호의적으로 언급되었다. 내 두 번째 회기 동안 총리
의 정무차관으로 있으면서 나는 의회 개원식 칙어에 찬성했다. 나
는 에어 캐나다 명칭 변경을 발의했으므로 위원회에서 열심히 일
했다. 곧 내 이름이 신문의 예비 장관 후보자 명단에 나타나기 시
작했다. 한때는 조지 맥일레이스가 법무장관, 내가 법무차관에 임
명될 거라는 추측도 있었지만 루시앙 카르당이 법무장관으로 승
진되어 영국계 캐나디안인 래리 페넬(Larry Pennell)의 보좌를 받
았다. 그럼에도 나는 1965년 선거 이후에 기대를 크게 걸었다.
피어슨은 다수당 정부를 보장하는 일종의 도박으로서 선거를
실시하는 게 어떻겠느냐고 물어와 나는 선거 실시에 반대한다고
조언했다. 나는 이렇게 말했다. "소수 정부인 우리들로서는 그것
을 견뎌내야만 합니다." 그러나 그는 내각, 특히 그의 자문관 겸
재무장관인 월터 고든(Walter Gordon)으로부터 선거를 실시해야
된다는 압력을 받고 있었다. 피어슨은 온타리오 주 알고마
(Algoma)에서 있은 지명대회에서 연설해달라고 나를 초청했으며
그 뒤 선거운동 기간 중에는 그의 실세 행정보좌관인 매리 맥도널
드(Mary Macdonald)를 그 대신 나와 함께 그곳에 다시 보냈다. 나
는 형편없는 영어로 연설을 했는데 심심풀이 삼아 한 차례 매리를

세워 프랑스어로 통역하게 했다. 그녀는 내가 만나기로 되어 있는 사람에 관한 모든 정보를 전해주었는데, 이를테면 무슨 일을 한 사람이라든지 성격은 어떻다든지 하는 것이었다. 그런데 나는 그녀에게 그들 앞에서 재차 그 정보를 반복하게 함으로써 그녀를 귀찮게 했다. "나는 당신에 관해 이걸 알기로 되어 있든지 또는 당신에게 이걸 말하게 되어 있습니다." 참으로 재미난 놀이였다.

피어슨이 새 발전안(案) 얘기를 꺼냈을 때 나는 그와 함께 알고마 동부에서 선거운동 중이었다. 자유당은 퀘벡에 세 명의 특별한 후보를 내보냈는데 그들은 장 마샹(Jean Marchand), 제라르 펠치에(Gérard Pelletier), 피에르 엘리어트 트뤼도였다. 물론 나는 그들에 관해 듣고 있었다. 마샹은 유명한 노조 지도자로 두플레시에 거칠게 대항한 최초의 사람이었으며, 펠치에는 마샹과 가깝게 일했던 저명한 저널리스트였고, 그리고 트뤼도는 급진적 지식인으로서의 명성을 얻고 있었다. 나는 트뤼도를 만난 적은 없지만 그는 페르낭 D. 라베른의 친구로서 때때로 노동 조합 일로 셔위니건을 방문하곤 했다.

"자네는 우리와 함께 출마하게 될 세 사람을 어떻게 생각하나?" 피어슨이 내게 물었다.

나는 좋은 일이라고 생각했다. 뛰어난 세 사람의 오타와 입성(入城)은 퀘벡에 진을 치고 있는 똑똑한 퀘벡인들의 흐름에 타격을 줄 뿐만 아니라 이것은 연방 자유당을 다시 세우는 데 있어 피어슨의 위대한 업적으로 기록될 것이다. "그러나 나는 트뤼도라는 사람과는 문제가 있습니다." 내가 말했다. "그는 어디서든 당선되기가 힘들 겁니다." 사실 그에게 적당한 지역구를 찾는 일이 어렵다는 것이 입증되었다. 나는 트뤼도가 프랑스어 사용 지역구를 원하고 있는 것으로 들었지만 그는 몬트리올 교외의 영어 사용 지역에서 당선되었다.

당시 피어슨은 이렇게 말했다.

"알겠지만, 장, 이 결과는 자네의 희망처럼 빨리 자네가 장관이 되지 못하게 할지도 모르네."

나는 당시의 상황을 이해하고 있었으므로 그렇게 기분 나쁘지는 않았다.

"총리 각하, 저보다 나은 사람이 있다면 저보다 앞서 그들을 밀어주십시오."

다른 소수당을 만든 선거 이후 마샹은 내각에 들어갔지만 펠치에와 트뤼도는 의사당 주변에서 뭔가를 찾아보려고 주춤거렸다. 그래서 나한테도 좋은 기회가 있는 것처럼 보였다. 나는 정무차관이자 퀘벡의 시골 출신이었다. 이것은 몬트리올과 퀘벡 시 출신 장관들의 우위에 균형을 맞추게 했다. 나는 피어슨의 요청에 따라 지방 정치에는 관여하지 않았다. 마샹은 공개적으로 내가 장관이 될 차례라고 말했고, 피어슨도 내가 임명될 것으로 암시했다. 입각은 기정 사실처럼 보였고 기자들도 내게 자주 전화를 걸어 질문을 던지고 추측을 하기도 했다.

그러나 막상 조각 내용이 발표되었을 때 몬트리올 지역 의원으로 후에 퀘벡 주의 부총독이 된 장 피에르 코테(Jean-Pierre Côté)가 내 대신 입각했다. 어느 누구도 예상치 못한 결과였으므로 나는 어떤 모략이 있었던 게 아닌가 하는 추측을 했다. 이것은 고발할 성질이 아니었다. 증거가 없었기도 했지만 코테는 좋은 친구일뿐 아니라 훌륭한 장관이 되었다. 그는 나보다 연상이었고 매우 호감이 가는 친구였으며 그의 선거구 책임자는 당시 피어슨측의 퀘벡 지도자였던 기 파브로의 처남이었다. 내 경우는 파브로를 위협한, 권력 교체를 대변했던 인물인 마샹의 지지를 확보함으로써 도움을 받게 될지도 모르는 상황이었으나, 나는 항상 독립적이었고, 어떤 면에선 고독했다. 당시로서는 나는 정치적 이단자이기까지 했다. 그래서 나는 어떤 사람과 보다 가까워지고 내각에서 신뢰를 주고받는 사이가 되기 위해 파브로를 비난할 수 없었다. 당시 운수성 장관으로 노련한 자유당 전략가인 잭 피커스길(Jack Pickersgill)이 파브로를 대신해 피어슨에게 가서 퀘벡에 대한 지역안배로서 코테를 입각시켜줄 것을 요청했다고 한다.

내가 총리 집무실 옆에 서 있었는데 피어슨이 나를 발견하고 들어오라고 했다. 그가 말했다.

"장, 내가 당신 대신 코테를 지명해서 화가 나 있는 것 같소."

"당신에게 화를 낼 수는 없습니다, 피어슨씨." 나는 무척 낙담해 있었지만 이렇게 말했다. "왜냐하면 나는 당신의 결정에 이의를 제기할 만한 그런 위치에 있지 않기 때문입니다."

피어슨은 어떤 사람에 대한 격려와 호감을 거둘 수도 있었다. 그때 그는 내게 이런 말을 했다.

"장, 당신은 언젠가 이해하게 될 것이오. 내가 당신을 미첼 샤프 재무장관의 정무차관으로 임명하려 한 이유를 말이오. 당신은 이 자리에서 많은 것을 배우게 될 것이고 나는 당신이 최초의 프렌치 캐나디안 재무장관이 되길 바라고 있소. 만일 오늘 내가 당신을 각료로 발탁했었더라면, 그 자리는 내가 코테를 임명한, 전통적으로 프렌치 캐나디안들이 앉곤 하는 체신장관이라는 자리였을 것이오. 그러나 이것이 당신이 더 큰 일을 하는 것을 방해하지 않을는지 모르겠구려."

이 말은 진실이라기보다는 친절함의 표시로 한 말이었다. 결국 나중에 이 말은 예언이었음이 밝혀졌다.

그가 재무 분야를 염두에 둔 이유가 있었다. 내가 초선의원이 되었을 때 피어슨은 자유당 소속 의원 전원에게 설문지를 돌려 자신이 희망하는 상임위원회를 적도록 했다. 나는 언젠가 내 친구인 장 폴 지니악과 셔위니건에서 몬트리올로 드라이브를 하면서 그 설문지 얘기를 꺼냈다. 그리고 재무위원회를 지원하고 싶다고 말했다. 사회신용당과 대결하기 위해서는 나는 그들의 '우스꽝스런 돈' 이론에 맞서기 위해서 금융정책에 관심을 갖게 되었다. 지니악이 말했다.

"아주 좋은 생각이군. 당신은 젊기 때문에 보다 중요한 것을 배울 필요가 있소. 사실 재무 분야에 대해 아는 프렌치 캐나디안은 많지 않소."

그래서 나는 최초이자 유일하게 재무위원회를 지원했다. 훗날 피어슨은 영국계든 프랑스계든 재무위원회에 지원한 의원은 내가 유일했기 때문에 충격적이었다고 고백했다. 그는 나를 하원 재무 금융위원회에 배치했고 이것이 나를 샤프에게 보내겠다는 아이디어의 단초가 되었다. 내가 이렇게 한 데는 결과를 기다려야 하는 두 가지 목적이 있었다. 이것은 최초의 프랑스계 캐나디안 재무장관이 되겠다는 야심을 갖게 했으며 또한 이것은 피어슨에게 피에르 트뤼도를 그의 정무차관으로 임명하도록 했다.

장관에 임명되기 전, 미첼 샤프와의 협력은 흥미있는 경험이었다. 그는 내 정치 인생의 훌륭한 스승이었다. 그는 내게 정부 기구의 모든 것에 대해 가르쳐주었을 뿐 아니라 경제 분야의 석사과정 강의를 해주었다. 나는 그에게서 깊은 인상을 받았으나 월터 고든과 더 가깝게 지내왔었다. 당에서 나는 좌파로 비쳤고, 샤프는 우파로 분류되었다. 당시는 의료보장 도입과 관련된 논쟁과 자유무역 대 보호주의의 토론이 당에서 벌어진 대격전의 시기로 번번이 고든과 진보주의자들은 샤프의 반대편에 섰다. 나는 이 싸움에서 모시고 있는 장관을 옹호해야 한다고 생각했다. 마침 그는 내게 상당한 영향력을 행사했다.

자유당 내의 소수파였으므로 우리는 기습 투표에 대비하여 의석을 지켜야만 했는데 미첼의 방에서 그와 여러 시간 동안 얘기를 나눈 밤이 수없이 많았으며 병중의 그의 아내는 때때로 그를 곁에서 지켰다. 가족들이 셔위니건에 있었으므로 나는 미첼의 집에 자주 놀러 가곤 했으며 이러다 보니 결국 나는 그의 가족처럼 되었다. 그는 누가 집에 오든지 나를 머물게 했으며 나는 그들이 얘기하는 것을 경청했다. 어떤 결정을 하고 난 뒤에 나는 그에게 왜 그런 결정을 했는지 혹은 왜 그렇게 하지 않았는지를 물었고, 그때마다 그는 그 이유를 내게 설명해주었다. 우리는 정부의 메커니즘, 관료들의 동기, 국제 통화 시스템 등 모든 것에 대해 토론을 했다.

실전을 통해 경제를 공부하다

차츰차츰 나는 밥 브라이스(Bob Bryce), 루이 라스민스키(Louis Rasminsky), 사이먼 리스먼(Simon Reisman)과 에드가 갤랑(Edgar Gallant)과 같은 위대한 공직자들에 대해서 알게 되었다. 그들은 훌륭한 생각과 높은 청렴성을 겸비한 경험이 많은 인물들로서 공공선을 위해 계략과 사교계를 멀리하면서까지 몸바쳐 일했다. 그들은 언제나 나를 편하게 해줬으며, 또한 인내심이 대단했고 내게 큰 도움을 주었다. 그래서 나는 그들과 만나는 게 어떤 대학에서 공부하는 것보다도 더 낫다고 생각했다.

내가 임명된 다음날 미첼은 나를 캐나다 은행의 총재, 부총재, 재무차관 등 거물 인사들만 모이는 어떤 모임에 초대했다. 한 시간 반 동안 그들은 채권 현안과 관세율과 미결 상환에 대해 토론했고 나는 놀라움과 경외감으로 이 토론을 지켜봤다. 재무 분야는 여전히 내게는 사뭇 신비로운 것이었다. 모임이 끝난 후 미첼이 내게 말했다. "장, 자네가 오늘 들은 것은 아주 중요한 비밀이네. 어떤 사람에게도 단 한마디도 해서는 안 되네."

"미첼, 걱정하지 마십시오. 저는 아무것도 이해하지 못했습니다."

미첼의 경제 강의는 내가 퀘벡 독립의 경제적 영향에 관한 두 건의 연설을 준비하는 데 중요한 배경 설명이 되었다. 앵글로 기득권층의 대변자라고 공격받게 될 것을 알았기 때문에 나는 의도적으로 재무성의 프랑스어 사용자인 에드가 갤랑, 제라르 베이유 (Gérard Veilleux), 미셸 베나(Michel Vennat), 그리고 자크 맬윈 (Jacques Malouin)을 선발해 나를 돕도록 했다. 나는 이 주장이 다섯 명의 프렌치 캐나디안의 작품임을 알리고 싶었다.

아니나 다를까 르네 레베크는 나를 시대착오적인 관리의 대변자라고 비난했다. 1966년 그는 여전히 자유당원이었지만 주권 연합 아이디어를 구상하고 있었다. 그는 이 문제를 자유당의 로버트 부라사(Robert Bourassa)와 상의했는데 훗날 퀘벡 주의 수상이 된 그는 분명히 말했다. "이것은 크레티앙이 야기시킨 심각한 사안이다." 물론 내 연설은 경제적인 관점에서 독립을 반대하는 주장을 전개해 많은 관심을 불러일으켰다.

피어슨은 분명히 샤프와의 공동 작품과 관련, 긍정적인 보고를 들었고 내 명성은 점점 높아져갔다. 내 이름은 다시 한번 예상 각료 후보로 하마평이 됐다. 1967년 4월 어느 날 아침, 나는 피어슨의 집무실로 호출을 받았다. 한창 개각이 있을 거라는 소문이 나돌 때였다. 다른 의원들이 로비를 하고 있다는 것을 알고 있었지만 나는 이번에는 발탁될 것으로 기대하고 있었다. 야심으로 꽉찬 속좁은 생각으로, 나는 장관이 될 만한 자격이 있다고 느꼈다. 피에르 트뤼도도 역시 그날 아침 나와 함께 기다리고 있었다. 피어슨이 그를 먼저 방 안으로 불러들였을 때 나는 그가 큰 자리를 차지하게 될 것으로 알았다. 그는 법무장관이 되었고 나는 재무부 소속의 무임소장관에 임명되었다. 나는 기분이 대단히 좋았다. 트뤼도, 나, 그리고 통계청의 무임소장관으로 발탁된 존 터너는 나란히 4월 4일에 장관 선서를 했다.

퀘벡 주 간부회의의 '늙은 전사'들 사이에서는 두 명의 신참 의원이 각료에 임명된 것에 대해 불평이 없지 않았는데, 트뤼도와의 첫 만남을 생각할 때 나는 어떤 아이러니를 발견했다. 1965년 총선거 직후였음에 틀림없다. 1963년을 전후로 해서 퀘벡 자유당 의원들을 작위적으로 '구(舊)파'와 '신(新)파'로 나눈 것은 불공평하고 독단적이었지만 언론은 그 차이를 강조했고 모든 사람들이 이를 알고 있었다. 퀘벡 당원대회 의장을 선출하는 선거가 있었는데 두 그룹은 각각 자파 후보를 밀었다. 내 친구인 제랄드 라니엘 (Gérald Laniel)은 '신파'로 출마했고 나는 그를 지지했는데, 사실 그는 내가 추천한 사람이었다. 공교롭게도 그는 단 한 표 차이로

지고 말았다. 트뤼도가 그를 찍지 않았던 것이다. 만일 동률이었다면 의장은 우리측 후보를 찍기로 되어 있었다. 트뤼도가 의장 선거를 망쳐놓았던 것이다. 나는 그에게 달려가 욕을 해댔다.

그는 이렇게 변명했다. "하지만, 장, 나는 이 친구들을 모르지 않소? 그들은 연설도 하지 않았으니 내가 어떻게 어느 쪽에 투표를 할지 결정을 하라는 말이오?"

"하지만 내가 라니엘을 추천했을 때 그 의미를 알아챘어야 했던 것 아닙니까. 그가 '신파' 친구라는 표시였습니다."

내가 이렇게 되받자 다시 트뤼도가 말했다.

"용서하시오. 내게는 '신파'도 '구파'도 없었소. 나는 그 친구들을 몰랐고, 그래서 어느 쪽도 찍지 않았던 거요."

"하지만 내가 라니엘을 추천하자 이것을 인상깊게 생각하지 않았습니까?"

"나는 전혀 그런 적 없었소." 그가 말했다.

"뭐라고요, 피에르. 당신은 정치에 관해 좀더 배우는 편이 낫겠소. 그렇지 않으면 성공하지 못할 것입니다." 나는 실망했고 '신파' 측 의원들은 이 자유분방한 사고방식을 가진 사람에게 화가 치밀어 있었다. 나를 더욱 난처하게 한 것은 논리와 객관성 면에서 트뤼도가 옳았다는 점이었다.

기억하건대, 6개월인가 8개월 뒤에 비공개로 열린 연방 및 지역 재무장관 회의에서 트뤼도와 나는 연방 파견단의 일원으로 참석했다. 우리 두 사람은 샤프가 의사 진행을 리드하는 것을 보고는 놀랐다. 그는 통찰력이 있었고 차분했으며 문제를 꿰뚫어보는 능력을 소유하고 있었다. 어느 순간인가 트뤼도는 "프랑스어만 할 줄 안다면 이 친구는 훌륭한 수상이 될 수도 있겠는데."라고 말했다. 나중에 샤프는 기자회견을 가졌는데 트뤼도가 "미첼 뒤에 서서 우리 사진이 신문에 실리는 것이 좋은 아이디어가 될지도 모르겠소."고 내게 말했다. 이 말은 우리들의 지역구 활동에 도움을 줄 뿐 아니라 퀘벡 출신 의원들이 그 회의에 참가했다는 것을 보여주게 된다는 것을 의미했다.

"트뤼도, 당신은 금세 배웠군요." 내가 말했다.

당시 내각은 지금 국회의사당 동관(東館) 박물관의 일부분이 된 곳에서 모였다. 테이블 주위에는 모든 참석자들이 앉을 수 있는 좌석이 마련되어 있지 않았으므로 둘째 줄에 의자가 준비되어 있었다. 보통 둘째 줄이 초선 의원들이 앉는 자리라고 느꼈을 것이다. 만일 어떤 사람이 출석하지 않으면 그 자리로 옮겨 앉을 수도 있는데 그것은 언제나 스릴을 느끼게 한다. 선서를 한 바로 다음날, 나는 매우 훌륭한 재무차관인 밥 브라이스와 함께 걷고 있었다. 늘 그랬던 것처럼 그가 연장자이고 훌륭한 사람이어서 그를 먼저 들어가도록 했는데 이날만큼은 그가 나더러 먼저 들어가라고 손짓했다.

"이제 당신도 어엿한 장관입니다."

나는 놀라서 이렇게 대답했다.

"아닙니다, 아니에요, 밥. 당신과 같은 관료들이 실제 권한을 가진 사람들이라는 것을 압니다. 나는 환상을 갖고 있지 않습니다. 먼저 들어가십시오."

하지만 그가 계속 고집하는 바람에 결국 내가 먼저 들어갔다.

파문을 일으킨 장관으로서의 첫 연설

내각에 들어가기 전까지 미첼 샤프로부터 많은 얘기를 들었기 때문에 나는 내각이 어떻게 돌아가는지를 잘 알고 있었다. 내각에서 모든 결정이 이뤄지는 것으로 알고 있던 평의원들은 낙담을 하게 되었고, 각료 또한 실제 권한이 총리에게 있다는 것을 깨닫게 되면서 비슷한 실망을 느낀다. 의사 진행 중 장관들의 흡연을 허락해야 되느냐 마느냐와 같은 하찮은 사안을 제외하곤 각료들에겐 투표권이 없다. 거기에는 토론과 의사결정이 있을 뿐이다. 이론적으로는 총리가 모든 결정을 하게 되어 있다. 만일 총리가 내각이 합의한 사항에 항상 반대하고 나선다면 물론 각료들은 사임을 하게 되고 총리는 오랫동안 자리를 지킬 수 없을 것이다. 일반 국민이 알고 있는 것과는 반대로 피어슨은 트뤼도보다 덜 합리적인 사람이다. 그는 자신의 견해가 있었고, 대부분의 시간을 그가 하고 싶은 일을 하는 데 보냈다. 장관들이 책상을 내려치며 서로에게 욕지거리를 해대는 험악한 상황이 내각에 벌어지곤 했다. 피어슨은 그러한 혼란 속에서 이렇게 말하곤 했다.

"점심 시간입니다. 내가 그 문제를 알아서 하겠습니다."

이것이 그가 원하는 대로 하려는 것임을 알아차리는 사람은 거의 없었다.

피어슨의 행정부는 무질서하게 보였지만, 그것은 허약한 국가 관리나 방향 감각의 상실과는 다른 것이었다. 그는 장관들을 다루는 데 아주 대단히 거칠었으며 어떻게 맞서 싸워야 되는지를 알았다. 하지만 그것은 고통스런 시간이었으며, 그에게 떠넘겨진 문제들은 국기(國旗)와 복수 국어주의와 같은 논란이 많은 사안들이었다. 또한 대단히 무책임한 야당 당수와 타협해야 하는 것과 같은 소수당 정부가 흔히 겪는 어려움이 있었다. 디픈베이커는 자신의 정치적 목적과 부합되기만 하면 사안을 가리지 않고 무엇이든지 얘기를 했다. 이것은 최소한 내가 받은 인상이었다. 피어슨은 마치 하느님이 자신을 총리 자리에 앉힌 것으로 생각했던 것 같았다. 그리고 피어슨은 자신의 운명을 거역했다. 그는 언제나 화난 사람처럼 보였는데 그 이유는 당내에서 자신을 비방하는 사람이 있었기 때문이었을 것이다. 그래서 그는 자신이 임명한 각료들의 스캔들을 일부러 과장함으로써 그들의 불운을 악용했다.

이것은 피어슨 내각에 나쁜 인상을 주었다. 분명한 것은 모든 각료들이 힘이 있는 게 아니라 미첼 샤프, 월터 고든, 앨런 맥키큰(Allan MacEachen), 폴 마틴(Paul Martin), 라이오넬 셰브리에(Lionel Chévrier), 그리고 기 파브로와 같은 인물들이 힘 있는 사람들이었다고 역사는 말한다. 피어슨 내각에는 든든한 배경과 확고한 생각을 가진 사람들이 많았다. 이러한 것들은 때때로 분파적이고 허약한 내각을 구성했으며 하루가 멀다고 언론에는 이념적, 정치적 투쟁 기사가 등장했다.

정부 내부의 공공연한 불화는 캐나다보다는 미국 정계에 더 흔히 있는 일이다. 그 이유는 미국에서는 내각에 연대감이 없기 때문이다. 아마도 피어슨은 외교관으로 워싱턴에 근무하는 동안 인내하는 것을 배웠는지 모른다. 보통 피어슨이 곤란을 겪고 있을 때 그 주변에는 각료들이 모여들었다. 거친 성격에도 불구하고 그는 서툰 면을 거의 보이지 않았으며 그의 외교관 경험은 그가 위기에 빠졌을 때 현명하게 대처하도록 도와주었다. 그의 유쾌한 어색함은 모든 사람들이 그를 돕도록 만들었으며 그에게는 훗날 트뤼도에게 느낄 수 없었던 따뜻함이 있었다. 사람들은 트뤼도의 지성을 존경하지만 반면에 피어슨은 그의 인간성 때문에 존경을 받는다. 우리 모두는 그가 위대한 인물이었다고 생각했다.

장관으로서 나의 첫 연설은 분란을 일으켰다. 퀘벡이 하나의 주(州)로서 특별한 지위를 누려야만 하는가 하는 주제로 나는 토론토의 캐나다-독일협회에서 연설을 했다. 당시 그것은 대단히 중요한 현안이었다. 영어로 말해야 되었으므로, 나는 2개 국어를 구사하는 보좌관인 존 래이의 도움을 받았다. 그는 현재 온타리오주 신민당 당수인 밥 래이(Bob Rae)의 형이다. 나는 1965년 스위스에서 그를 처음 보았는데 그의 부친은 주(駐) 스위스 캐나다 대사로 근무하고 있었다. 나는 그때 아내에게 이런 말을 했었다. "내가 장관이 된다면 저런 친구를 보좌관으로 두고 싶소."

그에게 보좌관 자리를 제의했을 때 그는 스물한 살이 되어 막 투표권을 갖게 되었다. 그는 킹스턴 시 퀸즈 대학 신문의 편집장을 지내기도 했으며 한때 그의 꿈은 저널리스트가 되는 것이었다. 따라서 그는 내 아이디어를 바탕으로 자신이 작성한 연설문이 캐나다 전역에 걸쳐 보도되고 평가를 받을 때 대단한 스릴을 맛보곤 했다. "저널리스트로서 사설을 쓰는 데 얼마나 오랜 시간이 걸리는지 아십니까?"라고 말하면서 그는 웃곤 했다. 훗날 그는 몬트리올의 전력회사 부회장이 되었고, 1984년 내가 당수직에 도전했을 당시 선거본부장을 맡기도 했다.

어쨌든 나는 첫 연설에서 이렇게 말했다.

"특별한 위치를 선호하는 사람들은 종종 그들 자신이 분리주의자임을 인정하지 않으려 하는 분리주의자들입니다."

이 문제는 법무장관의 특권에 속하는 것이어서 나는 원고의 초안을 트뤼도에게 가져가 보여주었다. 그는 이렇게 말했다.

"당신이 옳소. 이것은 그들에게 상처를 주게 되고, 당신은 곤경에 처할 것이지만 당신이 옳은 건 분명하오."

허파에 바람이 단단히 들어간 나는 "이것이 내가 믿는 것이라면 이것이 바로 내가 말해야 할 것이다."라고 생각했다. 그래서 나는 연설 원고를 챙겨 들고 존 레이와 함께 토론토로 갔다. 호텔에 도착한 뒤 래이가 프런트 데스크로 다가가 "예약된 장 크레티앙 장관과 보좌관의 방 열쇠를 주십시오."라고 말했다.

그러자 호텔 종업원이 되물었다.

"당신 누구요?"

래이의 나이가 스물하나이긴 하지만 열다섯처럼 보인다는 사실을 상기해야만 한다.

"보좌관이오."

"저리 가라, 얘야."

얼굴이 벌게져서 돌아온 래이에게 내가 말했다.

"존, 걱정하지 마시오. 내가 처리하겠소."

이번에는 내가 프런트 데스크로 가 말했다.

"장 크레티앙 장관과 그의 보좌관 방 열쇠를 주십시오."

"누구십니까?" 종업원이 되물었다. 내가 서른셋에 장관이 되었다는 것을 염두에 두어야 한다.

"장관이오."

그럼에도 그 종업원은 어느 쪽 열쇠도 내게 주지 않았다. 이상하게 일이 꼬이기 시작했다.

연설 원고는 잘 전달이 되었지만 번역상의 문제가 있었다. 래이의 원고가 프랑스어로 번역되었는데 나는 미처 이 원고가 언론에

배포되기 전에 번역된 원고를 꼼꼼히 점검하지 못했다. 번역자는 '종종'이라는 단어를 빼먹어버려 내 연설은 이렇게 나갔다. "특별한 위치를 선호하는 사람들은 그들 자신이 분리주의자임을 인정하지 않으려 하는 분리주의자들입니다."

이 조그만 실수 하나로 인해 나는 퀘벡 정계에 소용돌이를 일으켰다. 나는 정계에서 영원히 끝장난 것으로 생각했다. 퀘벡 언론들은 일제히 아우성쳤고, 퀘벡의 모든 지식인들이 나를 공격했으며 심지어 가족과 친구들조차도 내가 실수를 저질렀다고 생각했다. 정말 끔찍한 일이었다.

회고해보면, 이 사건과 관련해서 중요한 것은 내가 원고를 트뤼도에게 가지고 갔을 때 그가 내게 한 말이었다. 그는 이렇게 말했었다. "장, 우리는 언제나 우리가 원하는 것을 알고 있소." 그가 '우리'라고 말했을 때 나는 그가 '나'를 의미하는 것으로 추측했다. 왜냐하면 나는 그보다 열다섯 살이나 어렸고 그가 1950년대에 「시테 리브르(*Cité Libre* : 몬트리올에서 발행되는 월간지로 지식인들이 주독자층임−역자)」 지(誌)에 그의 사상을 자신있게 발표했을 때 나는 학생에 불과했었다. 그는 말을 계속했다.

"우리는 늘 연방주의자였소. 퀘벡의 특별한 지위를 원하는 지식인들을 보시오. 그들은 두플레시가 교육 분야에서 제대로 못했으니 연방정부가 교육 문제를 떠맡아야 한다는 것과 마찬가지요. 우리는 당시 그 발상에 반대했소. 우리는 헌법이 존중되어야 하며 교육은 주(州)정부의 책임이며 만일 두플레시가 책임을 다하지 못했다고 생각하면 그를 내쫓아야 한다고 말했소. 우리는 여전히 헌법을 믿고 있소. 만일 헌법에 부적당한 것이 있으면 그것을 바꾸는 작업을 할 수 있지만, 그러는 과정에서도 우리는 헌법을 존

중해야 하오. 우리는 생각이 같았으며 우리가 가는 방향을 알고 있기 때문에 결국에는 우리가 옳았다는 것이 입증될 것이오.”

나는 1년 뒤 이 사람이 캐나다의 총리가 될 줄은 꿈에도 생각할 수 없었다.

좌파들의 비난

1967년 가을이 되자 피어슨이 물러날 때가 되었다는 여러 가지 징후들이 나타났다. 나는 그가 10년간의 정치투쟁에서 아주 피로를 느꼈을 것으로 생각한다. 11월 들어, 나는 소식통으로부터 피어슨이 몇 주 내에 사임을 발표하게 될 것이라고 들었다. 나는 이 정보를 트뤼도가 집권하면 재무장관으로 내정돼 있는 도널드 맥도널드에게 말한 기억이 난다. 그는 하원의원 생활 5~6년이 지나고도 여전히 정무차관으로 있었기 때문에 불평을 했고 다음 선거가 끝나면 다시 변호사로 돌아갈 것을 심각하게 고려하고 있었다. 나는 “아무것도 말하면 안 됩니다.”고 다짐을 주었다. “몇 주 내에 당신 생각을 바꿀지도 모를 어떤 큰일이 일어날 것이오.” 아니나 다를까, 피어슨이 사임했고 맥도널드는 정치를 계속하기로 결심했다.

그러나 피어슨은 사임하기 전인 1968년 1월, 나를 국세장관에 임명했다. 그 자리는 논란이 많은 자리는 아니었으며, 나는 관세 및 소비세, 징세(徵稅)를 담당하는 두 명의 뛰어난 차관을 두었다. 비록 사무실 복도 한구석에 내 사진이 걸려 있었지만 나는 이 분야에서 강렬한 인상을 주었다고는 말할 수 없다.

모든 사람들은 당권 경쟁에 정신이 팔려 있었다. 1967년 가을 앨버타에서 전당대회가 열렸다. 폴 마틴, 로버트 윈터스(Robert Winters), 폴 헬리에르(Paul Hellyer), 존 터너, 앨런 맥키른, 조 그린(Joe Greene)과 미첼 샤프와 같은 많은 장관들이 출마 연설을 하기로 합의했는데 이것이 피어슨을 분노케 했다. 피어슨은 이들 장관들에게 오타와에 남아 있으라고 말했다. 그는 "크레티앙이 연방당을 대표하게 될 것"이라고 말했다. 이것은 내 생애에서 가장 고달픈 임무의 하나가 되었다. 앨버타 주 사람들은 거물 장관들이 모두 오지 못하게 되자 실망이 컸고 피어슨을 욕하게 되었는데 그 대신 영어 실력이 형편없는 셔위니건 출신의 어린 친구가 온 것이다. 나는 뜨겁게 환영받지는 못했지만 어찌 된 일인지 살아 남기는 했다.

사실상, 나는 캐나다 서부지역의 주에서 비로소 이름이 알려지기 시작했다. 캐나다 건국 1백 주년 여름 동안 나는 아내와 딸 프랑스와 함께 국철(國鐵) 편으로 캐나다 모든 주를 여행했다. 이것은 내 인생에서 가장 잊지 못할 여행이 되었다. 매니토바와 서스캐처원에서 연설을 하면서 나는 열흘 동안 여러 도시를 돌아다녔는데 카우보이 대축제인 캘거리 스탬피드(Stampede)를 구경했고 밴쿠버와 에드먼턴을 방문했고 그곳에서 지금도 친한 친구와 지지자들로 남아 있는 자유당원을 만났다.

당수를 선출하는 전당대회가 소집되자마자 나는 미첼 샤프를 위해 뛰었다. 그는 자신이 출마해야 하는지를 내게 물어봤는데 나는 당당하게 소신을 밝히라고 그를 격려했다. 샤프는 내 스승인 동시에 나는 그의 정무차관을 지냈고 그의 이념을 따라야 하는 신참 장관으로서 책임감을 느꼈다. 종종 나는 샤프를 우파라고 믿는 좌파 동료들을 상대로 내가 그를 지지하는 이유를 변호해야만 했다.

내 자리는 내부가 아닌 외부로부터 어려움에 직면한 것으로 보였을지도 모른다. 나는 어떤 문제에 있어서 교조주의자가 돼본 일이 없었다. 이것은 자유당원이 되는 문제에 있어서 대단히 중요한 일이었는데, 기존의 대중적 이미지에 대해 걱정할 필요가 없이 상황에 따라 결정을 내릴 수가 있다는 것을 뜻한다. 만일 사회주의자라면 사회주의 경향이 어떤 특정한 문제에 있어서 적절한 해결책을 제시하지 못한다 할지라도 모든 결정은 그 경향에 순응해야 하며, 혹은 그렇지 않으면 자신의 행동에 대해 당과 언론에 해명해야 한다. 마찬가지로 만일 보수주의자라면, 자신의 결정은 보수주의 경향에 따라야 한다. 어느 쪽이든 간에 경향은 결정보다 더 중요하게 된다.

다소 미미하긴 하지만 그러한 일은 자유당 내에서 일어나고 있다. 즉 일부 장관들은 그들이 당 내에서 좌파냐 우파냐 하는 문제에 대해 사로잡히게 된다. 만약 그들 자신이 좌파 쪽에 서 있다면 그들은 모든 논쟁에서 좌파 쪽에 서야 한다는 압력을 느끼며, 반대로 우파에 속하면 그들은 우파에 밀접해야 한다는 강박관념을 갖게 된다. 나는 내각에서 어느 편에도 속해본 적이 없었으므로 장관으로서 양쪽 사이에서 자유롭게 행동할 수 있었다. 나는 현안들을 직접 보고, 그 토론을 경청할 수 있었고 무엇을 할 것인가에 대해 결심을 할 수가 있었다. 어떤 이들은 이런 나의 행동을 잔꾀와 기회주의라고 보았을지도 모르지만 나는 이를 독립적이고 적절한 판단이라고 여겼다. 나는 샤프가 좋은 친구이면서 가장 뛰어난 사람이라고 생각했기 때문에 그를 지지했다. 퀘벡 출신 하원의원들이 지역 출신을 밀어야 한다거나 좌파들이 배신했다고 비난해도 나는 개의치 않았다.

트뤼도, 캐나다를 눈부시게 하다

장 마샹이 출마할 것이냐를 놓고 추측들이 무성했지만 나는 그가 서투른 영어와 건강 문제를 걱정하고 있다는 것을 알았다. 크리스마스 전후에 트뤼도가 뛰어난 후보가 될 것이라는 생각이 싹트기 시작했다. 그는 비상한 사람이었고 1968년 2월 헌법회의에서 법무장관으로서 많은 호감을 주었는데 이때 퀘벡 수상이었던 다니엘 존슨과의 협상에서 이겼다. 전통적으로 퀘벡 수상들은 퀘벡 출신의 연방 장관들을 얕잡아 보길 좋아했다. 존슨은 트뤼도를 사임시키기 위해 그를 마운트 로열(Mount Royal : 몬트리올의 한 선거구로 영어 사용 주민이 많이 사는 지역-역자) 출신의 의원이라고 몰아세웠는데 이것은 트뤼도가 영국계에 의해 선출되었다는 것을 퀘벡인들에게 상기시키는 비열한 공격이었다. 트뤼도는 그 대결에서 이김으로써 동시에 언론의 스타로 부상했다.

같은 기간 동안에 몬트리올에서는 자유당 전당대회가 열렸고 나는 샤프를 돕고 있었다. 마샹은 아직 후보가 아니었던 트뤼도에게 연설할 수 있도록 주선해주었으며 트뤼도는 연방정부 내에서 퀘벡은 특별한 지위를 가져야 한다는 주장과 관련, 굉장한 연설을 했다. 많은 퀘벡 출신 자유당원들은 독립 움직임의 고양에 따른 타협안으로 퀘벡의 특별 지위를 희망하고 있었는데 트뤼도는 나를 분개시킨 똑같은 논리로 그들을 공격했다. 그는 이렇게 연설했다. "우리는 잘난 게 없습니다. 우리는 똑같습니다." 그는 강인했으며 엄청난 파문을 불러일으켰다. 그는 연설가로서 놀라운 능력을 과시했다. 그는 대중에게 소리 높여 외치기보다는 말하듯 연설한 최초의 정치인이었다.

한편 만만치 않은 다크호스가 될 수 있었던 마상은 모든 사람들이 트뤼도를 지지하도록 노력했다. 그는 내게 이렇게 말했다. "당신은 우리측 사람에게 투표해야 합니다. 우리는 집안을 분열시킬 수 없어요."

내가 대답했다. "아닙니다. 미안하지만 나는 샤프 편입니다. 그건 그겁니다." 마상은 내 행동을 좋아하진 않았지만 그는 결코 내게 자신의 생각을 강요하지 않았다.

곧 트뤼도를 열렬히 좋아하는 사람들이 전국적으로 퍼져나갔다. 1968년 2월 토론토의 한 정당 집회에서 하원의원들이 북적거리는 방으로 그가 걸어들어오자 모든 의원들이 이 떠오르는 기린아를 보기 위해 앞으로 뛰어나갔다. 호텔 안은 흥분으로 가득했으며 샤프를 지지하는 의원들까지 그를 보러 우르르 몰려나갔다. 샤프의 입후보를 좌절시킨 데다 당권 경쟁 중반에 자유당 정부를 들쑤셔놓은 의회 사건이 없었다고 해도 그때 그의 꿈은 꺾이게 되었을 것이다.

의회 사건의 내막은 이렇다. 2월 어느 날 하원에서 샤프가 부가세 법안의 제3차 심의를 하던 중 투표를 요구했다. 우리 당의 원내총무는 샤프에게 법안 통과에 필요한 자유당 의원이 충분하다고 보고했다. 사실이었다. 그러나 몇몇 토리당 의원들이 영화를 보러 갔다가 무슨 일이 있나 하고 하원 의사당에 우연히 들렀다. 그래서 뜻밖에도 자유당은 투표에서 지고 말았다. 앨런 맥키큰이 자리에서 일어나 놀라운 의사 진행 솜씨로 토리당으로부터 주도권을 빼앗아 휴회를 선포함으로써 하원의 통제권을 회복했다.

대부분은 이에 동의했으나 부분적으로 1967년 디픈베이커 후임으로 신보수당의 신임당수가 된 로버트 스탠필드(Robert Stanfield)는 전임자처럼 하원에 대한 직관적 감각을 갖지 못했다. 그는 여전히 휴회와 관련된 꿈을 꾸고 있는 게 틀림없었다. 왜냐하면 자메이카에서 휴가를 보내고 있는 피어슨이 돌아와 정부를 간신히 유지할 외교적 해결책을 찾을 수 있는 시간을 벌었기 때문이다. 다음날 레알 카웨트가 "나는 그 조치를 폐지시켰지만 정부를 이기진 못했다."고 말했다. 이것은 전무후무한 발언이었다. 왜냐하면 통상적인 의회 제도에서는 재정 관련 법안에서 패배한 정부는 사임하게 되어 있었다.

샤프는 그 법안이 자신과 관련된 문제였으므로 사태의 책임을 통감했다. 그는 어느 날 밤 자신의 사무실로 핵심 지지자들을 불러 모아 당권 경쟁에서 사퇴할 의사를 밝혔다. 나는 하원으로부터 늦게 도착했는데 모든 사람들의 얼굴이 침울했다. 내가 여기에 끼어들었다.

"사퇴하지 마십시오, 미첼. 만일 여기서 물러선다면 당신은 완전히 끝나는 겁니다. 이 체제의 임기 말까지는 당신은 재무장관으로서 남아 있을지 모르지만 그것으로 당신의 장래는 끝이 납니다. 후보로 남아주십시오. 그리고 돈 문제와 다른 일에 관한 극심한 압력 때문이었다고 성명을 내십시오. 당신의 가장 중요한 임무는 조국에 대한 것입니다. 그러면 당신 친구들은 당신을 위해 선거운동을 하게 될 겁니다."

그는 그렇게 했고 나는 그를 돕기 위해 떠났다. 이때 나는 어떤 정유 재벌 소유의 비행기를 타고 서부로 날아갔다. 그는 과음을 했고 세금을 내는 것을 싫어했으며 프렌치 캐나디안에 대한 관심이 거의 없었다. 나는 술을 하지 못하는 세금을 거두는 프렌치 캐나디안 장관이었다. 나는 많은 수모를 감수해야만 했다. 그러나 여행은 자유로웠고 그는 주말 동안 내게 비행기를 빌려주었다.

에드먼턴에서 누군가 로버트 윈터스에 대해 내가 어떻게 생각하는지를 물어왔다. 그는 자유당 생 로랑 총리(1948~57) 밑에서 공공부(公共部) 장관을 지낸 바 있는 미남에다 언제나 웃음을 잃지 않는 베이 스트리트(Bay Street : 토론토의 금융가를 말하며, 상류층 출신이라는 뜻으로 쓰인다 – 역자) 출신의 후보였다. 1958년에 토론토에서 사업에 뛰어들었다가 1965년 피어슨의 지원을 받아 재계 대표로 자유당의 인기를 높이기 위해 복귀했다. 그는 공직에 있으면 민간 부분에서 더 일을 잘할 것 같고 반대로 공직을 떠나면 공직에 더 어울릴 것 같은 사람이었는데, 그가 다시 정부에 돌아왔을 때는 요란한 선전에도 불구하고 그는 감각이 형편없이 무뎌져 있었다.

나는 윈터스에 대해 대단히 비판적이었다. 그는 샤프에게 자신은 경선에 뛰어들 의사가 없으며 샤프를 지지할 것이라고 밝혔으나, 이윽고 압력을 받아 마음을 바꿨는데 이것이 샤프의 정치적 기반과 전략을 약화시켰다. 그래서 나는 그에 대해 좀 험악하게 말했다. 나는 그를 가리켜, '폭스바겐 엔진을 단 캐딜락'이라고 불렀다. 이 표현은, 그가 그보다는 나은 사람이었으므로 적절하지는 않았지만 나는 그가 우스꽝스럽게 보이기를 원했다. 당연히 이 말은 그에게 흘러 들어갔고 나는 만일 윈터스가 총리가 되었었다면 (사실 거의 될 뻔했다) 장 크레티앙은 셔위니건으로 가기 위해 짐을 꾸릴 수밖에 없었을 것이다.

물론 사프를 위해 내가 주로 해야 할 일은 퀘벡에 있었다. 나는 약 70명의 하원의원이 그를 지지하도록 했다. 나는 자유당 연합 책임자를 아는 선거구에 가서 이렇게 말했다. "모든 사람이 트뤼도를 지지하고 있으므로 여러분들은 별 도움이 되지 않을 것입니다. 왜 나를 돕기 위해 샤프에게 투표하지 않습니까?" 나는 그런 식으로 내 선거구의 옛 친구들과 사람들을 설득했고, 그들은 이런 설득에 대해 썩 내켜하지는 않았음에도 불구하고 이를 받아들였다. 샤프는 매우 세심한 사람이어서 전당대회 일주일 전에는 여론 조사 회사에 의뢰해 그의 지지율을 다시 한번 조사하도록 했다. 종종 대의원들은 두세 명의 후보자들에게 지지를 하겠다고 말하거나 아예 거짓말을 한다. 내가 그 조사 결과를 보진 않았지만, 그는 내 책임 지역인 퀘벡의 지지가 가장 두텁다는 것이 입증되자 대단히 놀랐다고 말했다. 그러나 전체적으로는 그의 지지표는 부족했으며 결국 사퇴를 결심했고 C. M. '버드' 드루리(C. M. 'Bud' Drury), 장 루크 페펭(Jean-Luc Pepin), 그리고 나를 포함한 그의 지지자들 대부분과 함께 트뤼도를 밀기로 했다. 샤프에 대한 동정에도 불구하고 개인적으로 나는 그가 전당대회에서 상처받는 것을 보고 싶지 않았기 때문에 어떤 면에서 다행이라고 생각했다.

샤프는 내게 트뤼도에게 전화를 걸어 앞으로 벌어질 일에 대해 설명하고 면담을 주선하도록 부탁했다. 트뤼도는 몬트리올의 어머니 집으로 가 전당대회에 대비해 휴식을 취하고 있었다. 그가 오타와로 돌아와 샤프를 만났을 때 나는 두 사람의 조직을 통합하라는 임무를 맡고 있었다. 결국 샤프의 이런 선택은 윈터스와의 대결이 아슬아슬한 가운데 트뤼도가 승리하는 데 중요한 요소가 되었다.

트뤼도는 1968년 4월 6일 전당대회에서 당수가 되었고 여세를 몰아 6월 총선거에서도 다수당이 되었다. 그는 자신의 참신한 스타일과 탁월한 비전으로 국가를 눈이 부시게 했고 언론을 흥분케 했다. 전당대회 직후, 존경받는 퀘벡의 사상가이며 갑작스레 죽기 전까지 복수국어 및 복수문화 왕실위원회의 공동 의장을 지낸 안드레 로랑도(André Laurendeau)에 의해 나도 그런 분위기에 휩싸였다.

로랑도는 이렇게 말했다.

"장, 믿을 수가 없소. 지성인이며, 작가이며, 정치와는 거리가 먼 사람인 트뤼도와 같은 남자가 캐나다 총리가 되리라곤 미처 생각하지 못했네. 전당대회 직후 나는 한밤중에 잠에서 깨 내가 꿈을 꾸고 있는 게 아닌가 했소."

지도자가 갖춰야 할 조건

잊지 못할 인디언과의 만남

1968년의 선거 기간 동안 나는 브리티시 컬럼비아 주에서 선거 운동을 하고 있었는데 누군가 내게 이런 질문을 던졌다.

"크레티앙씨, 트뤼도 정부의 인디언 정책은 어떤 겁니까?"

나는 당시 국세장관으로서 다소 놀랐다.

"솔직한 대답을 듣고 싶습니까? 나는 그 문제에 관해 전혀 아는 게 없습니다."

좌중은 웃음바다가 되었다. 그로부터 3주 후 트뤼도는 내게 '인디언 문제 및 북방개발 장관' 자리를 맡으라고 권했다.

밴쿠버에서 이 발언을 한 직후여서 나는 생각지도 않았는데 트뤼도는 이 문제를 다르게 보고 있었다. 그는 이렇게 주장했다.

"아무도 당신이 이 문제에 관해 선입견이 있다고 말할 수 없을 것이오. 사실상, 당신은 어떤 면에서 유사한 배경을 대변하고 있소. 소수 그룹 출신에다 영어도 서툴고 가난도 알고 있으니 말이오. 당신은 인디언을 이해하는 장관이 될지 모르오."

젊은 보좌관인 존 래이와 장 푸르니에(Jean Fournier)도 장관직을 수락하라고 종용했다. 그들 두 사람은 학창시절 북방에서 일한 경험이 있어 그곳에 푹 빠져 있었다.

결국 나는 장관직을 맡기로 했다. 나보다 앞서 7년 동안 7명이 인디언 문제 장관 자리를 거쳐갔다. 나는 6년하고도 1개월 3일, 그리고 두 시간 동안 그 자리에 있었고 그 문제에 관한 모든 것을 사랑했다. 가장 아름다운 추억은 재임 중에 북방 지역을 여행하면서 친절한 사람들을 만나고 특이한 아름다움을 간직한 외진 곳을 가본 것이다.

15년이 지난 지금도 나는 준주(準州)인 노스웨스트 테러토리(Northwest Territory)의 코퍼마인(Coppermine : 북위 67.54° 상에 있는 작은 항구로 북극해로 통한다 — 역자)을 1970년대 초, 북방 개척 1백 주년 되던 해에 아내와 두 아이, 그리고 누이와 함께 방문한 일을 생생하게 기억한다. 화창하긴 했지만 살을 에는 듯한 끔찍하게 추운 날씨였는데 성공회 교회 강당에서 환영 행사가 열렸다. 남자들은 웃고 있었고 여인네들은 아기들에게 젖을 먹이고 있는 가운데 선물과 덕담을 유쾌하게 주고받았다. 이 마을에는 한 번도 장관이 방문한 일이 없었다.

의례가 끝날 즈음 이누이트(구 에스키모)들은 특별 행사를 보여주길 원했고 그들은 인디언 말로 리듬에 맞춰 캐나다 국가 「신이여 여왕을 보호하소서」를 불렀는데, 노랫소리가 교회 안에 울려퍼졌고 끝부분에서는 '아멘'이라고 했다. 프렌치 캐나디안들은 영국 왕실이 많은 프렌치들에 대한 정복을 상징하기 때문에 영국 왕실을 거북하게 생각했다. 그러나 그날 밤 나를 당혹하게 한 그 어떤 것을 이해했다. 이들은 그들 교회의 책임자에게 바치는 노래를 하고 있었다. 그들이 너무나 아름답고 예절 바르게 노래를 불러 내 누이는 눈물을 흘리기도 했다.

인디언 문제 및 북방개발 분야는 그 범위와 권위로 인해 흥미 진진했으며 나는 스스로를 북아메리카의 마지막 황제처럼 유쾌하게 여기곤 했다. 이 기간은 아마도 내 인생에서 정책을 결정하고 집행한 측면에서 가장 생산성이 높았던 시기였을 것이다. 트뤼도가 인디언 및 북방 문제에 개인적으로 관심이 대단하다는 것을 모르는 사람이 없었으므로 들뜬 분위기가 부서 전체를 장악하는 것처럼 보였다. 그는 "장, 당신 거기 가서 일 좀 하시오."라고 말한 적이 있었고, 그는 1969년 내가 결정한 정책이 일으킨 현안과 토론에 관여하였다.

트뤼도와 나는, 인디언들이 보호구역에 살고 인디언법의 강제를 받아야 하므로 그들은 차별의 희생자라는 비판에 마음고생을 했다. 그들은 자신들을 2류 시민으로 간주하고 있었고 보호구역은 빈민 지역처럼 보였다. 그러나 우리가 인디언들에게 그들의 땅을 돌려줘 그들이 원하는 대로 하도록 하고, 그들을 다른 캐나디안과 동등하게 대하기 위해 진지하게 인디언 부처를 폐지하겠다는 제의를 하자 그들은 이 움직임에 충격을 받았다. 해롤드 카디널(Harold Cardinal)과 같은 인디언 지도자는 "만일 그렇게 한다면 당신네들은 우리들을 동화시킬 것이고 우리는 캐나다 국민으로 사라지게 될 것"이라고 말했다. 그들은 문화적 '학살'의 위협에 대해 얘기하면서 그들 입장에서 긍정적인 행동이 필요하다는 데 동의했다. 그 후 인디언들은 스스로를 존속하도록 선택하였기 때문에 아무도 보호구역이나 특별법에 관한 낡아빠진 수사적 과장을 사용할 수 없었다.

당시로서는 이 문제들이 매우 예민한 현안이어서 인디언과 함께 어떤 일을 하려고 하면 항상 주요 신문의 머릿기사가 되곤 했다. 왜냐하면 캐나디안 사회에는 인디언에 관한 일종의 죄의식이 자리잡고 있었기 때문이다. 어떤 사람들은 내가 인디언들과 의도적으로 협의하고, 협상과 토론의 기구인 인디언협회 결성을 부추겨 부처의 일거리를 만듦으로써, 반대쪽 입장을 재정적으로 지원하고 있다고 비난하기도 했다. 그것은 사실일지 모르지만, 그들이 나를 곤란한 입장에 처하게 했을지라도 인디언들에게 자신들의 견해를 표현할 수 있는 기회를 주는 것은 필수적이라고 나는 생각했다.

가스 수송관 건설과 인디언 권리

나는 인디언들의 모임에 참석하곤 했는데 그들은 내게 욕을 퍼붓기도 했다. "백인 친구, 당신은 한 입으로 두 가지 말을 하고 있고, 우리를 속였고, 우리들에게 형편없는 땅을 주었으며, 조약을 파기했소." 그들은 수차례 이같이 말했고, 언론은 또 틈만 나면 크레티앙이 또 한번 호되게 얻어맞았다고 보도하곤 했다. 나는 언제나 좋지 않게 보였고 이미지가 나빠졌다. 이것을 바로잡기 위해 이런 모임에 참석할 때마다 내가 발언을 할 수 있도록 해놓은 뒤 욕을 한 인디언들을 초청했다.

"여보시오, 내게 한턱 내시오. 일구이언한 백인이나 부정직한 말을 한, 어떤 것이라도 거짓말을 한 백인에 대해 말해주시오. 우리가 당신들로부터 땅을 빼앗았고, 우리가 협정을 존중하지 않은 것에 대해 말해주시오. 솔직하게 말하시오.”

나는 인디언들이 그들의 분노와 절망을 털어놓게 하는 한편 홍보상의 문제점을 없애기 위해 노력했다. 그들은 이 문제에 대해 보다 호의적으로 받아들였고 우리는 그 후 실질적인 문제로 옮겨 갈 수가 있었다.

한번은 북부 서스캐처원 주의 한 연로한 추장이 이런 말을 했다. “크레티앙씨, 옛날에 나는 인디언 문제 장관을 만나기 위해 1백 마일을 카누를 저어갔고, 장관은 기차에 탄 채 지나치면서 손을 흔드는 게 고작이었소. 이제 나는 당신 옆에 앉아 당신에게 얘기하고 있고, 당신은 밤이 깊어질 때까지 내 얘기를 몇 시간이나 듣고 있소.”

이것은 완성되기까지 몇 세대가 걸릴 중요한 시작이었다. 내가 아주 만족스럽게 생각하는 것 중의 하나는 10년 뒤 헌법에서 인디언 원주민의 권리가 소중하게 다뤄진 것이었다.

우리 부처의 반대 입장을 지원하는 것 외에도, 우리 부처는 퀘벡 북부 지방의 이누이트(Inuit)와 크리(Cree) 족에게 그들이 소유지에 대한 정당한 대가를 받을 때까지 제임스 만(허드슨 만에서 온타리오 주 쪽으로 움푹 들어간 만을 가리킴 — 역자) 지역에서 지방 수력발전소 건립에 반대하는 투쟁을 하도록 자금을 제공했다. 이것은 정치적 모험이었는데 그 이유는 이런 행동은 바로 퀘벡 경제 재건의 열쇠로 이 프로젝트를 시장에 내놓았던 자유당 총리인 로버트 부라사에게, 또한 몇천 인디언 원주민의 권리 때문에 수만 명이 직업을 잃을지도 모른다고 우려하고 있는 강력한 노조에 반대하는 것을 뜻했다. 그러나 나는 인디언 원주민의 권리를 더 중요하게 여겼다.

싸움은 법정으로 번졌다. 인디언 원주민의 변호사 제임스 오라일리(James O'Reilly)는 그 프로젝트를 중지시키는 명령을 얻어내는 데 성공했다. 그것은, 내게는 부라사로부터 협상을 이끌어내는 훌륭한 도구가 되었다. 나는 원주민 지도자들에게 이렇게 말했다.

"중지명령을 유보시키고 협상하는 동안에는 공사를 진행할 수 있게 하시오. 언제든지 공사를 중지시킬 수 있다는 위협은 부라사 머리 위에 칼을 걸어두는 것입니다."

변호사로서의 직감과 연방정부 변호사들의 조언은 사건이 항소된다면 중지명령은 확정판결이 나지 않을지도 모른다는 것이었다. 나는 오라일리가 유리할 때 그만둬야만 한다고 생각했다.

오라일리는 인디언들을 위해 많은 일을 한 뛰어난 변호사였지만, 그는 이 문제에 푹 빠져 있어서 대법원에 올라가도 내내 유리한 판결을 보장할 수 있을 것으로 생각했다. 우리는 이 문제로 논쟁을 벌였는데 하루는 그에게 퉁명스럽게 물었다.

"짐, 당신은 크리족 편입니까, 환경적 측면 아니면 경제적인 측면이 중요하다는 겁니까?"

인디언 지도자들은 그를 지지했다. 불행하게도 그들은 소송에서 졌고, 항소심에서 그들의 협상 도구도 잃어버렸다.

그러나 한편으로는 부라사는 내 조언에 따라 협상을 시작했고 존 차차(John Ciaccia)를 협상 대표로 임명했다. 차차는 퀘벡 의회 소속이었으며 한때 인디언부 차관 보좌관으로 있었다. 그가 퀘벡 정부를 대신해 나를 만나러 왔을 때 나는 인디언들의 공평한 정착을 위한 방안에 관한 메모를 그에게 건네주었다. 그것은 크리, 이누이트, 그리고 퀘벡 사이에서 도출된 협정안의 기초가 되었다. 물론 완벽한 협상은 아니었지만 이것은 인디언들이 지방 정부와 신탁 자금, 땅, 그리고 사냥과 낚시 특권을 가지고 벌인 최초의 커다란 성과였고, 협정 이후의 최초의 성과였다.

나는 또한 매켄지 강(Mackenzie River : 북극해에서 북미 대륙으로 흐르는 강-역자) 계곡의 원주민들에게 적절한 해결책을 가져다 주기 위해 개발건(件)을 이용하려고 했다. 그 문제는 알래스카 프루드호 만(Prudhoe Bay)의 아메리칸 천연 가스를 미국 시장에 들여오기 위한 계획이었다. 수송관이 계곡 밑으로 건설되어야 했으므로 그 지역의 원주민들은 어떤 불안정한 권리를 갖고 있었다. 제임스 만 프로젝트에서는 내 역할이 분명했었지만 이번만큼은 내 자신과 갈등을 겪어야 했다. 즉, 인디언 문제 장관으로서는 인디언 입장에서 반대해야 했지만 북방개발 장관의 입장에서는 개발에 찬성해야 했다.

나는 가스 수송관 건설이 캐나다에 도움을 줄 것으로 믿었는데 그 이유는 미국인들이 이 프로젝트에 자금을 대는 것이 궁극적으로는 북방의 캐나다 가스를 캐나다 시장에 수송할 수 있게 한다고 보았기 때문이다. 그러나 나는 인디언들과 환경주의자들로부터 인디언들을 위해 최상의 협상을 이끌어내야 한다는 공공연한 압력을 받았다. 그래서 연방정부는 1972년 이 문제를 조사하게 될 조사위원회를 구성하기로 결정했다. 내 추천을 받아들여 정부는 브리티시 컬럼비아의 신민당 당수를 역임한 바 있으며 변호사로서 원주민의 토지 소송건에 관여해본 적이 있는 대법관인 토마스 버저(Tomas Berger)를 위원장으로 임명했다.

버저는 인디언들이 사는 북방의 전 지역을 여행하면서 공청회를 열어 놀라운 성황을 이뤘다. 공청회는 인디언들에게 말하고 참여하는 기회를 주었기 때문에 훌륭하게 끝났는데 그는 수송관 건설에 대한 인디언들의 반대를 모든 개발에 대한 반대로 해석했다.

나는 인디언들 대부분이 짐승을 잡기 위해 덫을 놓고 낚시를 하는 그런 생활로 돌아가길 원하지 않는다는 것을 알았으며, 개발이 궁극적으로 정착과 안정적인 직업을 가져다 준다는 것을 버저가 보여주길 바랐다. 그는 수백 명의 인디언들에게 직업훈련을 시키고 고용하라고 미국 회사들에게 요구할 수 있었으며, 미국 회사들이 지역 원주민 사업에 투자해 손해를 보는 한이 있더라도 그 물품을 구매하고, 인디언들이 운영하는 사냥과 낚시용 캠프 건설에 자금을 지원하도록 권유할 수 있었다. 버저의 임무는 어떻게 파이프라인을 건설할 것인가를 우리들에게 설명하는 일이었다. 대신 그는 파이프라인을 건설하지 말자고 했다. 그는 수송관 건설을 10년간 연기하자고 제안했다.

나는 실망했지만 그 제안이 인기 있는 것이어서 정부도 이에 동의할 수밖에 없었다. 대부분의 사람들은 이 점을 놓쳐버렸다. 그들은 건설 연기가 미국인들의 진출을 막거나 오타와 정부를 막아내는 것으로 생각했던 것이다. 사실, 그것은 인디언들로부터 협상 수단을 빼앗아갔다. 수송관 건설이 중단되자마자 인디언 요구를 해결하라는 더 이상의 여론 압력도 사라지게 되었다.

여론과 정치의 함수 관계

여론은 항상 정치에 영향을 주지만 의사결정은 여론의 향배와는 무관하다. 때때로 트뤼도는 여론조사 결과를 가지고 정부를 비판하기도 했지만 그는 그가 옳다고 생각한 중요한 문제에 관해서 만큼은 대중들이 뭐라고 해도 자신의 마음을 바꾸지 않았다. 그러나 만일 그가 그렇게 중요하지 않은 일이라고 생각했다면 여론의 추이를 지켜봤을지 모른다. 대중은 또한 지극히 감정적이다. 성공한 정치인은 대중의 분위기를 읽어낼 수 있을 뿐만 아니라 대중을 자기 쪽으로 끌어들이는 기술도 가져야 한다. 대중은 논리보다는 분위기에 의해, 이성보다는 본능에 의해 움직인다. 즉 이것은 정치인들이 이용하거나 아니면 막아내야 하는 것이다.

곤경에 처했을 때나, 특히 협상을 할 때 대중의 참여는 매우 큰 효과를 가져올 수 있으므로 나는 곧잘 현안을 공개적인 문제로 만들었다. 예를 들면, 어떤 선거구협회로부터 한 발 물러서 있는 사람이 막대한 영향력을 가질 수도 있다. 정부는 전체 사회의 보편적인 이익을 고려해야 하므로 정부 정책은 언제나 당의 정책과 똑같을 수는 없다. 그러나 지도자들은 지방의 불만을 사지 않기 위해서 소속 의원들과 보조를 맞추지 않을 수 없다. 그래서 각료들과 의원들 사이에 교체가 있게 되는 것이다.

그러나 참여 자체가 의사 결정을 의미하는 것은 아니다. 어떤 결정이 자신의 입장과 차이가 있을 때 사람들은 자신의 의견이 반영되지 않았다고 말할 것이다. 모든 문제에는 다양한 견해가 있으므로 어려운 일이긴 하지만 궁극적으로는 누군가 통제해야만 한다. 이것은 참여가 아무런 소용이 없다는 것을 의미하는 것은 아니다. 다만 의사 결정자는 무엇이 옳고 현실적인 문제인지, 누가 누구를 위해서, 그리고 무엇을 위해서 주장하는지에 대한 정치적 판단을 해야 한다.

예를 들면, 노조 지도자들은 독특한 시각을 보일지도 모르지만 그들이 정말로 언제나 캐나다 노동자를 위한 주장을 한다고 볼 수 있는가? 만일 그들의 기구가 정말 대의적(代議的)이라면 왜 노동자들은 NDP(New Democratic Party : 신민주당. 사회주의 계열의 정당으로 CCF의 후신임 – 역자)를 지지하지 않는가? 따라서 정치인들은 이러한 모든 것을 가늠하고 결정해야 한다. 만일 어떤 정치인이 바른 방향으로만 통제한다면 그는 오랜 기간 권력을 잡을 수 있을 것이다. 반대로 만일 그가 잘못 통제하면 그는 쫓겨날 것이다.

내가 버저 위원회에서 발견했던 것처럼 여론을 움직인다는 것은 잔꾀로 보일 수도 있지만 그것은 또한 놀라운 효과를 가져올 수 있다. 인디언 문제 및 북방개발 장관으로 재임하면서 나는 4년 만에 국립공원 10곳을 개장했다. 지난 40년 동안 오직 국립공원이 겨우 네 곳 문을 열었었는데 어떻게 이러한 일이 가능했겠는가? 여론을 이용하고 공공 행정에서 대중들을 이용했기 때문에 가능한 일이었다.

1970년을 전후한 시기는 자연보호와 생태계 보존 운동의 초기 단계였으므로 이것은 우리에게 유리하게 작용했다. 브리티시 컬럼비아에서 밴쿠버 섬의 서부 해안에 있는 해변과 희귀한 숲을 보호하기 위해 우리는 퍼시픽 림(Pacific Rim) 국립공원을 만들기를 원했다. 우리는 여러 곳의 대학에서 빅토리아 시민들과 생태론자들의 지지 집회를 가졌으며 당시 브리티시 컬럼비아 수상이었던 W.A.C. 베네트(Bennett)를 사무실로 찾아가 만났다. 그가 자유당도 아니고 또 독단으로 정부를 운영하는 감도 없지 않았지만 나는 항상 그를 좋아했다. 그는 내가 퀘벡에서부터 친숙했던 유쾌하고 시골 냄새가 나는 대중주의자 정치인이었다. (내가 재무장관이 되었을 때 그는 죽어가고 있었다. 나는 그에게 조언을 듣기 위해 전화를 하곤 했는데 그는 기꺼이 한 시간 동안 애기를 해주었다. 내 더듬거리는 영어 구사가 그를 재미있게 했으므로 그 역시 내 애기 듣는 것을 좋아했다고 생각한다.)

"베네트씨, 오늘밤 연설을 위해 두 종류의 원고를 준비해놨습 니다. 퍼시픽 림 국립공원 건설을 도우려는 일에 만일 당신이 '노' 라고 말한다면 나는 당신을 쩨쩨한 남자라고 말할 것입니다. 반면 에 당신이 '예스'라고 말하면 나는 당신을 괜찮은 사람이라고 말 할 겁니다. 어떤 연설을 하는 게 좋다고 보십니까?"

내가 이렇게 말했더니 그가 웃으며 답했다. "좋아, 국립공원을 하나 더 만들지."

"당신을 위해 국립공원을 만들겠소"

북방 지역에서 국립공원을 하나 더 만드는 것은 한결 쉬운 일 이었다. 왜냐하면 인디언 문제 장관과 북방개발 장관의 동의만 얻 으면 되는데 나는 양쪽을 다 맡고 있었기 때문이다. 그러나 나는 그 지역에서 생산되는 광물, 석유, 수력전기에 접근하고자 하는 자원 이해에 맞서 투쟁해야만 했다. 나는 열렬한 자연보호주의자 가 돼본 적은 없지만 언제나 자연을 사랑하는 사람이었다. 캐나다 는 너무나 아름다운 자연을 가지고 있으므로 이것을 다음 세대를 위해 최상의 상태로 보존하는 것이 나의 임무라고 느꼈다. 내가 노스웨스트 테러토리의 나한니(Nahanni) 강과 유콘 테러토리의 클루아네(Kluane) 들녁을 처음 보았을 때 나는 이들을 영원히 지 키고 싶었고 결국 그렇게 했다.

한번은 그린란드 옆 배핀(Baffin) 섬의 팡니르퉁(Pangnirtung)에서 브로턴(Broughton) 섬으로 비행하고 있던 중 우리는, 머리 위에 눈부신 얼음덩이를 이고 수천 피트 아래의 바다로 꽂혀 있는 바위 벽들로 이뤄진 광대하고 장엄한 피오르드 위를 저공으로 지나갔다. 나는 자못 흥분해서 아내에게 "여보, 이곳을 당신을 위해 국립공원으로 만들겠소."라고 말했다. 집무실로 돌아와서는 지도를 가져오게 한 뒤 펜으로 5,100㎢를 그었다. 그날은 이 면적이 매우 크게 느껴졌는데, 3백 년 후에 아무도 누가 이렇게 한지를 모르면 어떻게 하지, 라고 생각했던 기억이 난다. 그러나 어떤 친구가 "그가 누구였든지 간에 똑똑한 친구였어."라고 말할지도 모른다.

또 한번은 앨런 맥키큰과 케이프 브레턴(Cape Breton) 국립공원을 여행하고 있었는데 그가 "왜 당신은 당신의 선거구에 공원을 만들지 않습니까?"라고 물었다. 사실 퀘벡에는 국립공원이 단한 곳도 없었으며 그런 시도 또한 무위로 그쳤다. 나는 다시 시도하기로 결심했다. 내가 처음 생모리스 계곡에 공원을 만들자는 아이디어를 꺼냈더니 내 부하 한 명이 "공원을 만들려면 아름다운 지역이 필요한데 늪지대에 국립공원을 만들 수는 없습니다."라고 말했다.

"당신, 나와 함께 가봅시다."라고 내가 말했다. 그는 자기 대신 보좌관을 보냈다. 우리는 셔위니건 근처의 어떤 언덕 마루의 천연 조망대에 올라갔다. 나는 아름다운 호수들, 처녀림, 그리고 로랑시앙(Laurentians)의 오래 된 바위들을 가리켰다. "저기, 내가 말한 늪지대를 보시오."

모리스 계곡 일대에 공원을 만드는 게 기막힌 아이디어라는 점을 퀘벡 정부에 설득하기는 더욱 어려운 일이었다. 유니온 내셔널 내각에서는 의견이 갈리고 있었다. 관광장관인 가브리엘 루비에르(Gabriel Loubier)는 공원을 만들자는 입장이었지만 현재 토리당의 체신부 장관(당시는 퀘벡 정부에서 주정부간의 문제를 전담하고 있던 장관) 마셀 마세는 민족주의적 이유를 들어 이 아이디어에 반대했다. 루비에르는 장난삼아 내 앞에서 마세를 이렇게 놀렸다.

"장, 그를 보시오. 마셀은 눈부신 미래가 있잖소. 그는 젊고, 미남이고, 지적이고, 분명하고, 열심히 일하는 사람이오. 장, 당신에게 말하는데 그가 조금만 더 경험을 쌓는다면…… 내 후임자로 관광장관이 될 수 있을 것이오."

마세의 가슴이 부풀었다 꺼져버리는 것을 볼 수 있었다.

협상은 지지부진했고 유야무야되는 것처럼 보이기도 했다. 퀘벡 정부는 주 안에 국립공원으로 지정되는 곳이 없을 것이라고 발표했다. 우리는 몬트리올 포럼에서 연방의원들과 지방의원들 간의 자선 하키 시합 직전에 만났는데 루비에르는 흥분하고 있었다. 그는 흥분이 채 가시지 않은 목소리로 "마세 때문에 졌으므로 아이스 링크 위에서는 그를 놓치지 않겠소."라고 말했다.

1만 2천 명의 관중 앞에서 벌이는 우스꽝스런 아이스 하키 경기였다. 나는 졸리에트에서 마세와 같이 대학을 다녔으므로 그가 훌륭한 하키 선수가 아니라는 것을 알고 있었다. 그래서 그가 퍽을 잡았을 때 나는 그를 쾅 소리가 나게 넘어뜨렸다.

그래도 나는 공원 건설을 포기하지 않았다. 나는 공원 건설에 찬성하는 운동을 조직해 지방 정치인들에게 압력을 넣고자 했다. 상업회의소에서 노동조합까지 모든 사람이 여기에 관련되었다.

시민 위원회, 슬로건, 청원 등이 있었고 모든 정치인은 공개적으로 난처한 상황에 직면했다. 즉 그들은 "국립공원에 찬성합니까? 그렇습니까, 그렇지 않습니까?"라는 질문에 답해야만 했다. 이 현안은 1970년의 지방 선거에서 요인으로 작용했다. 왜냐하면 자유당은 공원 건설을 지지했으며, 민족주의자들은 연방의 간섭이라는 이유로 이를 반대했다. 선거에서 자유당이 이겼고, 부라사는 집권 직후 우리에게 계속 밀고 나가라고 격려했다.

자연보호론자들의 지원에 힘입은 공원 건설은 내가 장관으로서 다른 임무를 수행하는 데도 유리했다. 내 책임 중의 하나는 북방지역 개발이었으며 균형 있는 발전을 도모해야 한다는 신념은 공원 건설에 대한 나의 애정과 모순되지 않았다. 틀림없이 나는 보퍼트 해(Beaufort Sea : 북극해 앞바다 – 역자)에서의 석유 탐사를 몇 차례 허용했다. 그 지역에 석유가 매장돼 있는지를 밝혀내는 일은 캐나다 에너지 정책상 대단히 중요한 일이었으므로 나는 시추공을 뚫도록 허락하는 방법 외에는 다른 길이 없었다. 그 자리에서 물러난 뒤 내 후임자인 저드 부캐넌(Judd Buchanan)은 보퍼트 해에서의 시추 기한을 연장하는 허가를 받기 위해 또 한번 선박 시추를 허락하려고 했다. 부캐넌은, 환경론자들의 말을 들었을 것으로 보이는 트뤼도의 반대에 부딪쳤고 그는 내게 중재를 요청해왔다. 나는 선박 시추가 인공섬 시추나 얼음 플랫폼보다 훨씬 안전하다고 주장하며 이 문제를 내각에 공론화시켰다. 그런데 이미 탐사 회사측은 그 방법을 쓰기로 허가를 받아놓은 상태였다.

트뤼도가 다소 놀란 듯 물었다. "누가 처음 시추 업자들에게 허가를 내주었지?"

"제가 했습니다." 내가 대답했다.

"하지만 만일 폭발이 일어난다면 무슨 일이 벌어질 줄 아시오?"

"내가 날아갈 것을 알고 있습니다, 총리 각하."

우리들은 내가 모험을 하고 있고 결단을 내렸다는 점을 이해했다. 만일 어떤 실수라도 한다면 그것은 내가 책임을 져야 할 일이었다.

제도와 기구에 충성하는 관료 조직

외부의 정치적 책략 이외에, 오타와에서 일을 성사시키려면 관료들을 움직여 당신 편으로 만드는 게 꼭 필요하다. 관료주의에 대한 최초의 공부는 정치인이라기보다는 관료에 가까웠던 미첼 샤프로부터 배운 것이었는데 그는 정말 모르는 게 없는 교사였다. 나는 그가 일단 결심하기만 하면 어떻게 공무원들과 마찰 없이 그들로 하여금 자기의 목표를 따르게 하는가를 지켜보았다. 아주 빨리 나는 장관과 직업공무원들 사이에 친밀한 유대관계를 만드는 것이 얼마나 중요한가를 깨닫게 되었다. 결국 정부라는 것은 그들 두 집단 사이의 이해로 뒤얽힌 사회인 것이다.

장관은 부하 공무원들에게, 장관은 공무원들의 친구인 동시에 공무원들은 장관의 충실한 동지라는 점을 설득시켜야만 한다. 그래야만 모든 사람이 한 팀으로서 일을 할 수가 있다. 만일 장관이 공무원들을 믿지 못한다면 그는 어느 곳에도 가지 못할 것이다. 나는 의견, 의지, 고집이 세다는 이유로 어떤 관료를 미워하거나 두려워한 적이 없다. 오히려 이런 성격들은 내가 높이 평가하는 것들이다. 아는 것은 힘이며, 대개 이들은 그들의 지식으로 인해 힘을 갖게 된다. 물론 장관은 정치적인 입장에서 사실과 견해들을 평가하고 이들에게 압도되지 말아야 하지만, 대체적으로 관료들이 보다 힘이 있고 현명하면 장관은 그만큼 유리하다.

내가 장관과 관료들 사이가 긴밀한 관계를 유지해야만 한다고 주장하는 것이 관료조직이 파당적이어야 한다는 것은 아니다. 연방 공무원 자리를 자유당이 전부 독차지한다고 국민들이 비난할 때마다 나는 항상 놀랐다. 예를 들면, 오타와의 선거구는 최소한 자유당만큼의 토리당을 선출한다. 또 다른 예는, 나는 어떤 관료에게 그의 정치적 성향을 물어본 기억이 없다.

내가 재무장관으로 있던 1979년, 빌 후드라는 차관을 두었는데 나는 그의 배경과 발언으로 미뤄 그가 토리당이었다고 생각했지만 전혀 물어보지 않았고 상관도 하지 않았다. 사실, 나는 그가 매우 뛰어난 관료였으므로 트뤼도에게 그를 차관으로 임명해달라고 요청하기까지 했다. 아이러니한 것은 조 클라크(Joe Clark) 정권 시절, 토리당은 그를 교체했다는 것이다. 그런 경험많은 관료가 있었으면 1979년 12월 예산안의 정치적 위험성을 미리 발견할 수 있었을 텐데도 토리당은 그를 기용하지 않음으로써 스스로의 붕괴를 재촉했던 것이다.

캐나다 관료주의는 집권당이 아닌, 제도와 기구에 절대 충성하는 전통을 가지고 있다. 자연히 그들은 어떤 부처에서 일하면서 동시에 장관을 위해서도 봉사를 한다. 그들은 장관이 투쟁할 때는 그를 돕고 장관이 성공하면 그를 축하하고, 그리고 장관이 실패하면 함께 고통을 감수할 뿐 그의 목적은 특정 정당의 승리에 있지 않다. 그들의 목적은 국가의 선이다. 때때로 자유당이 오랫동안 집권해온 탓에 정치권과 행정부의 차이가 미미하게 보이는 경우가 있는데 그렇다고 해서 그 차별성이 존재하지 않는 것은 아니다. 토리당이 집권하자 자유당 정권에 봉사했던 같은 공무원들이 역시 토리당 정부를 위해 일할 때 이 점은 드러난다. 내 경험에 비춰 보면, 원하는 것을 분명하고 혼란되지 않게 관료들에게 설명하면 아무런 문제도 없다.

정치를 하면 친구가 없어진다

내가 인디언 문제 및 북방개발 장관으로 재임하던 시기(1968~74)는 팽창의 시기와 일치했는데 그것이 관료 집단과 나라 전체에서 내 명성과 인기에 도움을 주었다. 팽창 시기의 장관들은 어떻게 많은 돈을 쓸 수 있고 어떻게 예산을 따낼 수 있느냐로 평가를 받았다. 부처를 키워나가는 그럴듯한 이니셔티브는 끝이 없기 때문에 돈을 쓰는 일은 쉬운 일이었다. 당시는 우리 부처에게는 영광의 나날들이었다. 예산을 따내는 일은 일종의 속임수였다. 트뤼도가 특히 언제나 호의적이었으므로 내각에서 아이디어를 파는 데는 큰 어려움이 없었지만, 내각의 결정에 대해 우선 순위에 따라 얼마의 예산을 지원하는가를 결정하는 기구인 국가재정위원회를 통과시켜야만 했다. 재정위원회에서 결정이 어떻게 이뤄지는지를 파악하는 데는 시간이 오래 걸리지 않았고, 나는 내 경력에 비춰 일찍 위원으로 임명되었다. 철학자들에게 이런 경우를 철학적으로 해석해보게 하면 어떨까 하고 나는 생각했다. 즉, 나는 현금이 있는 곳에 있고 싶다.

트뤼도가 나를 재정위원회에서 다른 더 힘있는 장관 자리로 바꾸려고 한다는 소문을 들었다. 나는 이제까지 트뤼도에게 불평하지 않고 어느 것도 요구하지 않은 것을 자부심으로 여겨왔지만 이번만큼은 그에게 찾아가 위원회에 있게 해달라고 부탁했다. 운이 좋아 그가 동의했다.

읽어야 할 서류가 산더미처럼 많고, 분석해야 할 서류가 쌓여 있고, 그리고 끊임없이 회의가 이어지기 때문에 많은 사람들은 재정위원회를 지루한 곳으로 알고 있었지만 나는 정말 이곳이 좋았다. 내가 좋아한 것은 이곳이 늘 결정을 하기 때문이었다. 나는 지루하고 지적인 만족을 얻는 토론보다는 언제나 결정을 내리는 일을 편하게 느꼈는데 아마도 이는 내 성격이 참을성이 없기 때문이었을 것이다. 그래서 나는 정례적으로 그 위원회에 출석하는 것을 즐겼고, 수십 건의 기탁안이 통과될 때까지 자리를 지켰다. 사실, 마지막까지 자리를 지킨 것은 전략 중의 하나였다.

당시 재정위원회 회장 겸 의장은 몬트리올의 웨스트마운트(Westmount : 부유한 영국계가 많이 사는 선거구 – 역자) 출신으로 연방 하원의원을 지낸 저명한 인사인 버드 드루리였다. 배경과 매너로 인해 그는 경제계에서 신임을 얻었지만 대부분의 사람들이 생각하는 것보다는 덜 우파였다. 나는 그가 사회 문제에 깊은 관심을 갖고 있다는 사실을 알았다. 나는 또한 그가 주재하는 회의가 대단히 길다는 것도 알았다. 세 시간 정도 지나고 나면 대부분의 장관들은 자리를 뜨게 되고 곧 드루리와 나 단둘이 남게 되었다. 그래서 나는 저녁 8시가 되면 드루리가 집에 갈 준비를 한다는 것을 알고는 내 관심 항목을 주례 안건의 맨 밑에 포함시키는 법을 터득했다. 나는 저녁 8시 직전에 이렇게 말하곤 했다.

"버드, 우리는 영원히 살아 남을 공원을 하나 만들 기회가 왔습니다. 이것은 돈의 문제가 아닙니다. 왜냐하면 50년 이내에 그 땅은 개발될 것이고 그렇게 되면 다시는 기회가 없기 때문입니다."

드루리가 이렇게 대답했다.

"좋소, 장. 그렇게 합시다."

트뤼도의 허락 없이는 어느 누구도, 어떤 것도 하지 못한다는 신화가 있다. 그러나 내 경험으로는, 트뤼도는 자신의 전문 분야에서 잘하고 문제를 일으키지 않는 장관을 보면 기뻐했다. 나는 내 자신의 북방 제국을 가졌을 뿐 아니라 재정위원회에 속해 있었던 데다 내게 주어진 일에 만족하고 있었다. 그래서 나는 다른 장관들이 그랬던 것처럼 총리의 총애를 받으려고 졸라대지도 않았다. 사실, 한번은 트뤼도가 나를 자신의 옆에 오게 하더니, "장, 당신 나한테 화가 나 있소?"라고 물었다. "당신은 오랫동안 나와 얘기를 하지 않고 있습니다."

"아닙니다. 모든 것이 다 좋은데 왜 내가 총리 각하를 귀찮게 해야만 합니까? 나는 화가 날 일도 없으며, 내가 하는 일은 피곤한 일이 아닙니다."

정치를 하면서 가장 실망한 일 중의 하나는 주위에 좋은 친구가 거의 없는 대신 많은 동료들만 생긴다는 것이다. 정치 생활이란 대부분의 사람들이 아는 것 이상으로 요구받는 게 많다. 매주, 매일마다 내각 혹은 위원회 혹은 하원에서 똑같은 사람을 만나지만 그들은 한결같이 바쁘고 허둥댄다. 저녁에는 대사관 리셉션이나 모금 만찬 혹은 가족들과 함께 하는 모처럼의 자리와 같은 사교적 행사가 있다. 그래서 정치인은 우정을 돈독하게 할 시간을 갖지 못한다. 보통 그들은 함께 일하는 사람들, 다리를 쭉 펴고 업무 이외의 화제로 얘기하는 30분의 여유가 있을 때인 퇴근 무렵에 함께 있는 이들과 매우 가깝게 된다. 이들은 집 현관 문이 열려 있을 때 들르는 의원 혹은 의원 보좌관, 측근들일지 모르지만 언제나 사무실에서 밤늦게까지 일하는 사람들은 내각의 동료인 경우는 거의 없다.

어떤 이들은 트뤼도와 가깝게 보임으로써 경력을 쌓아나갔지만 나는 독립성을 지키고 싶었기 때문에 일정한 거리를 유지하는 쪽을 선택했다. 항상 트뤼도의 이름을 은근히 내비치는 사람들처럼 힘이 있지도 않았지만 나는 성공한 정치인이 되기 위해 나 자신으로 남아야만 했으며, 내가 획득한 권력에 취해 적을 만들지 않았다. 내가 트뤼도의 친구가 되려고 결코 노력하지는 않았지만 그가 나에 관해서 좋게 얘기하고 있다는 것을 알았다. 일부 장관들, 심지어는 중요 부처의 장관들까지도 트뤼도가 자신을 칭찬하지 않는다고 불평을 하곤 했는데 그는 천성적으로 칭찬에 인색한 사람이었다. 직업상의 인간 관계에서는 마치 어린애처럼 어깨를 두드려줄 필요가 있다고 그는 생각했다.

수년 후, 트뤼도와 나는 퀘벡 주의 주민투표와 헌법 문제로 다투고 난 뒤 보다 가까워졌다. 트뤼도가 막역한 친구를 필요로 하지 않는 것 같아 내가 그의 절친한 친구라고 말한 적은 없지만, 만일 그가 좋은 친구의 명단을 작성한다면 내 이름도 거기에 올라가기를 바라곤 했다. 트뤼도는 지극히 사적인 사람이었고, 지나칠 만큼 자부심이 강했으며, 어떤 면에선 수도승처럼 보였다. 물론 나는 감히 그의 집을 찾아가 현관 문을 두드리거나 맥주나 한잔 하자고 그를 밖으로 불러낼 엄두를 내지 못했다. 우리가 의사당에서 나란히 앉아 있을 때도 나는 그에게 재미있는 신문 기사 혹은 그가 아직 읽지 못했을 것으로 보이는 책에 관한 언급을 하곤 했다. (마치 사생활의 침범이라도 되는 것처럼 그는 자신이 읽은 책에 관해서도 거의 말하는 법이 없었다.) 이러한 대화들은 매우 즐겁긴 했어도 전체적으로 볼 때 우리들의 우정은 엄격히 직업적이었다.

트뤼도는 독재자였나?

이미 다 언급했지만, 나는 트뤼도를 초청한 기막힌 행사를 잊지 못한다. 1984년 1월, 아내는 나의 50세 생일을 기념해 깜짝 파티를 주선했다. 그녀는 트뤼도를 초청했고 그에게 경제 공황기에 퀘벡에서 유행했던 시골 냄새가 물씬 풍기는 옛날 노래를 부르게 했다. 그는 노래를 불렀고 시도 암송했으며 유쾌한 시간을 보냈다. 정말 기막힌 저녁이었다. 오후 5시에 시작한 파티는 다음날 새벽 5시가 되어도 끝날 줄을 몰랐다. 나도 끔찍한 목소리로 노래를 했다.

내각에서 트뤼도는 대다수 캐나디안들이 상상하는 것 이상으로 남의 말을 경청했고 타협도 했다. 물론 그는 자신의 이상, 캐나다의 비전, 자신의 목표를 갖고 있었으며 이것들은 언제나 내각이나 당과 일치하는 것은 아니었다. 그러나 지도자는 선도할 권리를 갖고 있으며 그렇기 때문에 총리가 되기가 어려운 것이다. 지도자는 일상적인 차원에서 많은 사람들의 감정을 무시해야 하며, 초조한 의원들과 수군거리는 관료들, 그리고 반대하는 동료들을 데리고 대중이 지켜보는 가운데 직무를 수행해야만 한다.

자신의 이상이 도전을 받거나, 내각에서 어떤 문제의 본질에 접근하려 할 때 그는 상대편의 반대 논리의 바탕을 뒤엎는 치밀하게 준비된 의문점을 제기할 뿐 아니라 토론에서는 지성과 지식을 총동원할 만큼 무자비했다. 때때로 그가 자신의 지위를 암시하는 말투로 끼어들어 제지하는 것도 목격했다. 대다수 장관들이 트뤼도가 모든 문제를 꿰뚫어보고 있다고 생각하고 있고, 더 나아가서는 그를 기쁘게 하길 원하는 각료들조차 있었으므로, 그는 큰 어려움 없이 자기 곁으로 많은 사람들을 끌어들일 수가 있었다.

물론 이것은 인간의 본능이긴 하나 장관들이 끊임없이 트뤼도 앞에서 연기를 하고, 그가 어느 방향으로 가는지를 냄새 맡으면서 자발적으로 따라다니는 것은 성가실 수도 있다. 때때로 트뤼도는 갑작스레 야당의 논리를 지지하여 누가 진정으로 자신들이 간직해온 것에 대해 믿는가를 알아봄으로써 아부를 시험하기도 했다.

그러나 나는 트뤼도가 독재자였다는 의견에는 결코 동의하지 않는다. 종종 그가 생각했던 것을 알게 되면서 나는 그 자신이 원하는 방향이 있음에도 불구하고 장관들의 견해를 수용하는 것을 보았다. 그는 참을성이 비상한 사람이어서 모든 사람에게 하고 싶은 말을 하도록 내버려 두었고, 그들이 말하는 것을 주의깊게 들었다. 때때로 그는 지나치게 인내했고 관대하기도 했다. 많은 사람들이 매주 4~5시간씩 내각에서 만나고 다시 위원회에서 보고하게 되면 머지 않아 똑같은 논리, 똑같은 일화, 똑같은 수사법이 재반복되고 있는 것을 깨닫게 된다. 매우 빈번히 트뤼도가 사회봉을 내려놓기를 바랐을 것이다.

말을 지나치게 많이 하는 대부분의 장관들은 원래 목표를 이루지 못하는 것을 알게 되었다. 그들의 아이디어는 반복되고, 지루하고 뻔한 내용이 되어버려 결국 초점을 잃게 되었다. 종종 나는 신임 장관들에게 조용히 있도록 충고했는데, 내 스스로도 침묵하는 것을 배우는 데는 오랜 시간이 필요했다. 이 때문에 적절한 시기의 간섭은, 단순히 트뤼도의 관심을 끌기 위한 혹은 총리의 입장을 지지하기 위한 일련의 간섭보다 큰 효과를 가져왔고 그의 관심을 불러일으켰다. 일반적으로 말하는 사람이 듣는 사람보다 불리하므로 나는 말하기 좋아하는 성미를 죽여야만 했다.

나는 또한 트뤼도가 논쟁에서 이기게 하는 것이 그의 기호를 만족시켜준다는 것을 깨달았다. 그래서 그는 생각보다 실제는 대단히 부드러웠는데 아마도 그것은 그의 지적 강렬함에 매료된 사람들에게 어떤 위무(慰撫)가 필요하다는 것을 깨달았기 때문일 것이다. 그의 천성은 도전하고, 유발시키고, 시류에 역행하는 것이었으며 그는 이 과정에서 적을 만드는 것에 대해선 개의치 않았지만, 이런 스타일이 결정을 해야 할 때 그가 전체주의자적인 태도로 행동했다는 것을 의미하진 않았다.

리더십의 첫째 필요조건은 다양한 지식

정치를 가까이서 본 한 사람의 관찰자로서 나는 리더십에 필요한 몇 가지 자질을 발견했다. 첫 번째는 지식이다. 지도자는 어떻게 조직이 기능하는지를 알아야 한다. 이것은 정부 조직만을 뜻하는 것이 아니라 사업, 노조, 대학을 포함한 전체적인 사회, 경제 시스템을 의미한다. 트뤼도는 그의 전 인생에 걸쳐 조직을 배우는 학생이었다. 그는 심지어 드러난 것보다 더 많이 경제에 대해 알고 있었다. 경제 문제와 관련된 그의 판단이 옳았는지 틀렸는지는 논쟁의 소지가 있지만 그가 경제 문제에 관심을 갖지 않았다거나 지식이 없었다고는 누구도 말할 수 없다. 그의 사회주의자 이미지에도 불구하고 그는 대학에서 경제학을 공부했고 정치에 뛰어들기 전 집안의 재산을 관리했다.

두 번째의 지도자 자질은 강한 퍼스낼리티다. 지도자는 잘 팔리는 상품, 어려운 직무를 수행하는 능력으로 인해 사람들을 끌어들일 줄 알아야 한다. 또한 재미있고 색다르고 어딘가 흥미를 끄는 사람이 되어야 한다. 그리고 무신경하고 낯이 두껍고 성질을 자제할 줄 아는 능력이 필요하다. 정치 게임이라는 것이 절망적이고 신경질나고 거칠고 천박하기 때문에 자제력이 없으면 그는 실수를 범하게 될 것이다. 개인 생활에서도 거칠고 천박하게 될 수도 있다. 만일 그가 사생활에서 실패하면 그 실패는 오직 몇몇 동료와 가족에게만 알려진다. 이것은 친척들과 전혀 낯선 사람들 앞에서 그를 욕되게 하는 대중들의 관심 사항이 아니다. 이것은 왜 야심만만한 정치인들이 종종 대단히 치명적이고 사적인 실수를 범하게 되는가에 대한 이유이다. 그래서 지도자는, 자신들의 이기심이 매일 공개적으로 공격을 받는 것을 지켜보는 사람들의 지지를 유지할 수 있어야 한다.

트뤼도는 수년간 존 터너, 도널드 맥도널드, 미첼 샤프, 그리고 버드 드루리를 포함한 몇몇 중요한 각료들을 떠나가게 한 점에 대한 비난을 받아왔지만 관리상의 허점이라기보다는 캐나다 정치 제도가 원인이 되었다고 해야 한다. 예를 들면, 미국의 대통령은 오로지 8년간만 대통령 자리를 지킬 수 있고 각료들은 수시로 들어왔다 나갔다 한다. 8년 이상은 헨리 키신저나 조지 슐츠와 같은 사람들에게는 영원과도 같은 시간이 되었을 것이다. 그들은 대학이나 기업에서 정부에 들어와 일정 기간 봉사를 하다 명예와 직함을 추가해 원래 직장으로 되돌아갔다.

캐나다에서는 총리가 수십 년간 집권할 수 있고 각료들은 그들의 야망을 꺾는다고 할지라도 총리와 함께 재임이 기대된다. 한번 떠나고 나면 다시 돌아오기가 쉽지 않다. 분명한 것은 어떤 총리가 트뤼도처럼 오랜 기간 성공적일 때 어떤 이들은 다른 일을 찾아 옮겨갈 것이고, 어떤 이들은 후진들에게 기회를 주고 물러날 것이고, 또 어떤 이들은 희망 없이 그냥 머물러 있을 것이다. 만일 트뤼도가 8년만 집권하고 물러났더라면, 존 터너와 도널드 맥도널드가 내각을 떠나지 않았을 것은 분명하다.

한편, 결국 정부에 들어가기 위해 공직 생활에서의 불가피한 비난을 감수하거나 편안함을 포기하려는 사람이 거의 없기 때문에 좋은 인재를 발탁하는 것은 점점 더 어려워졌다. 특히 그들이 공직에서 물러났을 때 정치에 관여했던 것이 너무 정부에 가깝다거나 혹은 반감을 갖고 있는 것으로 알려져 좋은 일자리를 얻는 데 방해를 받게 될지도 모른다면 더욱 인재 발탁은 어려워진다. 정치가 영향력을 행사하는 데 가장 적절한 도구라고 느꼈기 때문에 많은 사람들이 그대로 남아 있었다. 전통적으로 프랑스어 사용자는, 예외가 없는 것은 아니지만 금융계와 경제계의 고위직에 있어본 적이 없었으므로 평생 동안 정치인으로 남고 싶어하는 경향이 있는 반면, 영어 사용자는 재임 기간이 끝나면 미련 없이 푸르른 목장으로 떠났다.

트뤼도는 한 번도 누구에게 어떤 자리를 약속하고 눌러 있게 한 적이 없다. 그는 자신의 자유를 구속받는 것에 대해 너무 예민해서 책략을 쓰지 못했는지 모르며, 만일 트뤼도가 사람들에게 국가를 위해 남아 있어 달라고 요구했다면 그는 보다 강력해졌을지도 모른다. 그러나 그는 자신을 포함한 어떤 사람도 없어서는 안 될 사람은 없다고 믿었고, 어떤 일 때문에 다른 사람과 무릎을 맞대는 것을 아주 꺼려했다.

예컨대, 1975년 터너가 사임했을 때 트뤼도는 곤경에 처했을 것으로 생각한다. 터너는 자신의 사적인 분야에서 얻을 수 있었던 것을 포기하면서 수년간 희생했다. 그와 그의 부인은 어떤 라이프 스타일에 익숙해져가고 있었다. 즉, 그들에게는 교육시켜야 할 네 명의 아이들이 있었고, 그리고 트뤼도가 당분간 더 총리직에 남아 있으려 한다는 사실은 명백했었다. 왜 그가 정계를 떠나느냐에 대해선 의혹이나 피치 못할 사정이 있을 수 없었다. 나는 뉴스를 듣고 그에게 전화를 걸었다. "염병할 것 같으니, 존, 당신 지금 뭐 하고 있는 거요? 지금은 물러나지 마시오. 온타리오 주 지방의회 선거에서 자유당이 앞서고 있소. 최소한 몇 주만 기다려주시오."

"이미 끝난 일이오." 그가 말했다.

"당신은 지금 트뤼도에게 뭔가 오해를 하고 있는 것 같소. 내가 그와 얘기를 해보겠소. 트뤼도를 다시 만나보겠소?"

내가 트뤼도를 찾아갔다. 그는 터너가 자기 가족들을 돌봐야 하기 때문에 사퇴했다고 말했다. 그러나 트뤼도 역시 터너를 한번 더 만나보기로 했고, 그래서 나는 그의 사임을 번복시킬지도 모른다고 생각했다. 나는 맥도널드의 도움을 구하려고 노력했지만 그는 터너의 처신에 몹시 분개하고 있었다. "지옥에 갈 수 있겠군!"이라고 그는 말했다. 내가 두 성인 사이를 왔다갔다하는 게 아니냐는 의문이 들었을 때였다. 여전히 터너가 그대로 남는 쪽으로 설득될지도 모른다고 생각했다.

다음날 터너를 그의 사무실에서 만나 커피를 마시며 얘기를 나눴다. 그는 야망 때문에 아이들을 잃고 싶지 않아 돈을 벌고 싶었다고 말했다. 터너가 정부 지출에서 20억 달러의 감축을 요구했으나 우리가 동의하지 않았기 때문에 사임하게 되었다는 루머는 그에 의해 일축되었다. 왜냐하면 그는 이 소문들이 진실이 아니라는 것을 알고 있었으므로.

1973년엔 나도 조금 다른 이유로 사임할 뻔했다. 나는 당시 건강에 문제가 있어 주치의는 심장마비가 일어날지 모른다고 진단했다. 내게는 아내와 어린 세 명의 아이들, 얄팍한 액수의 연금, 그리고 은행 융자가 낀 집 한 채가 있었는데 나는 내가 갑작스레 죽음으로써 내 가족에게 경제적인 어려움을 남겨주고 싶지 않았다. 나는 가난하게 된다는 것이 어떤 것인가를 알았으므로 건강에 몹시 신경을 쓰게 되었다. 장관 재임의 편안한 환경을 끝으로 그들이 비참한 생활을 하는 것을 원치 않았다. 그래서 나는 트뤼도에게 판사를 시켜달라고 요구했다. 내가 이런 농담을 했다.

"내가 장관이 되기에 충분한 사람이었다면 나는 어디서든지 판사가 되어야 합니다."

그가 동의했다. 하지만 1974년의 선거 이전에 내 건강은 회복되었고 나는 정부에 남기로 결정했다. 왜 트뤼도 정권 시절 프랑스어를 사용하는 장관들이 힘을 갖게 되었느냐는 질문을 받는다면 나는, 우리는 많은 영어 사용 동료들과는 달리 위험과 불리함을 무릅쓰고 눌러 앉았기 때문이라고 말하고 싶다. 그럼에도 불구하고 나는 내가 한 차례 놀란 뒤로는 그들의 선택을 비판할 수 없었다.

트뤼도의 위대한 시험

아마 정치인이 되기에 쉬운 시기는 없을 것이다. 어느 시대나 어떤 종류든 경제적인 문제와 사회적 긴장이 있게 마련이다. 그러나 트뤼도의 인기는 그에 대한 기대가 너무 높았기 때문에 1970년 대 초 가라앉기 시작했다. 사람들은 그를 기적을 만드는 남자라고 생각했지만 아무도 그렇게는 될 수 없는 일이며 그래서 실망이 불가피했던 것이다. 그의 위대한 시험은 테러 집단인 FLQ(퀘벡자유전선 : 1960~70년대 퀘벡 주에서 활동한 급진적 · 폭력적인 분리주의자 그룹 - 역자)가 영국의 통산성 조정관 제임스 크로스(James Cross)와 결국 살해되고 만 피에르 라포르트(Pierre Laporte) 퀘벡 노동부장관을 납치하고 몸값을 요구한 1970년 10월 퀘벡 위기 중에 드러났다. 트뤼도는 전쟁조치법을 발동해 이에 강력하게 대응했다.

이론적으로 나는 전쟁조치법을 적용하는 것에 반대했고 우리는 타협하려는 노력을 보여야 한다고 생각했다. 그러나 그는 내 논리를 즉각 무시했다. 그가 이렇게 물었다.

"만일 당신이 오늘 타협한다면, 다음엔 어떻게 하고 또 그 다음엔 어떻게 할 작정이오, 또 그 다음엔……."

그의 말이 옳았으므로 나는 물러섰다. 퀘벡 주 수상인 로버트 부라사와 장 드라포(Jean Drapeau) 몬트리올 시장이 군병력을 요청하는 서한을 보낸 사실 이외에도, 대중들이 불안에 떨고 있었다. 경찰이 직무를 수행할 수 없을 정도로 사태가 통제불능의 상태를 치닫고 있었다. 피에르 라포르트가 살해되었다는 얘기를 나는 북방 지역 여행 중에 들었는데 그때 내 곁에 있던 사람들의 얼어붙은 표정을 생생하게 기억한다. 현장으로부터 수천 마일 떨어진 곳에 있었지만 우리는 그 동안 당연한 것으로 생각했던 평화와 안정이 사라져버렸다고 느꼈다. 심지어 우리들의 민주적 기구들조차도 퀘벡 정부를 뒤엎으려는 사람들에 위협받고 있는 것처럼 보였다.

우리는 끔찍한 딜레마에 빠졌다. 우리는 이같은 국가적 비상사태에 대비한 적절한 법이 없었기 때문에 으시시하게 들리는 포괄적인 전쟁조치법밖에는 선택할 게 없었다. 나는 이 딜레마를 이런 식으로 묘사하곤 한다. 당신은 냉장고를 운반하고 싶은데 당신에게는 자전거와 밴 한 대씩이 있다. 냉장고를 자전거에 싣고는 멀리 가지 못할 테지만 겨우 냉장고 하나를 옮기는 데 커다란 밴을 사용한다는 것은 우습게 보일 것이다. 그 문제는 여전히 풀리지 않고 있다. 민주주의는 폭력에 반대해 자체를 방어하기 위해 사용할 수 있는 모든 수단을 사용해야 한다. 회고해보면, 법의 범위가 지나치고 불필요한 부분이 있는 것처럼 보일지 모르지만 정치 세계에는 뒷북만 치는 사람이 많은 법이다.

개인적으로 나는 군인들이 나를 여기저기 질질 끌고 다니다가 차고에 처박았을 때보다는 납치되었을 경우를 덜 두려워했다. 10월의 어느 날 밤 나는 퀘벡 주 이스턴 타운십(Eastern Township : 몬트리올 시 남동부의 영국계 밀집 지역 – 역자)을 방문하고 밤늦게 오타와로 돌아오던 길이었는데 집에 전화하는 것을 깜박 잊고 말았다. 아내는 내 친구들과 함께 나를 기다리고 있었는데 내가 자정이 되어서도 도착하지 않자 매우 초조해했다. 내 친구는 "누군가 장을 죽였다면 나 역시 그자를 죽일 테야."라고 말했다. 이것이 그 당시 거의 미치다시피 한 사람들의 분노의 일단이었다.

트뤼도는 이 위기를 매우 뛰어나게 다루었다. 당시 연방정부 외무장관였던 미첼 샤프가 만들어낸 타협안을 그는 잘 활용했다. FLQ로 하여금 텔레비전에 나와 성명서를 읽게 한 뒤 그들이 쿠바로 떠나도록 허용함으로써 영국의 통산성 조정관은 목숨을 건졌지만 트뤼도가 더 이상 타협하지 않았기 때문에 캐나다에서 오랫동안 정치적인 흑색선전은 사라지게 되었다. 그는 캐나다 전역에서 영웅이었다. 그러나 2년 후에는 누구도 그 사실을 기억하지 않았다. 국민들은 경제 침체와 긴 머리에 젊은 부인을 둔 겉만 번지르르한 남자만을 보았으며 지식인들도 그를 적대했고 그가 무례하고 비민주적이라고 말했다. 그리고 언론은 1968년에 이른바 '트뤼도 신드롬'을 부추긴 것을 후회하는 듯했다.

1972년의 선거운동 기간 중 그는 집회에 참석하기 위해 셔위니건에 왔다. 대단한 밤이었다. 강당은 꽉차고 사람들의 얼굴은 자신감이 넘쳐흘렀다. 총리가 도착하기 전에 분위기를 띄우기 위해 나는 프랑스어 속어를 섞어 신명나고 우스운 연설을 했는데 뒤에 트뤼도가 비슷한 어조로 연설을 하는 것으로 보아 그가 들어오면서 내 연설을 들었던 게 틀림없었다.

그는 내가 기안 중이었던 이른바 '바이웨이 앤드 스페셜 플레이스(Byways and Special Places)'라는 새 공원 계획에 매우 흥분해 있었다. 워싱턴 D.C. 남쪽에 있는 블루 릿지 파크웨이(Blue Ridge Parkway)를 모델로 한 이것은 퀘벡 시를 출발해 토론토까지 이어지는 기막힌 길, 유적지 답사, 원시의 공원을 건설하자는 것이었다. 트뤼도는 이 아이디어를 듣고는 이렇게 기쁨을 표현했다. "그 문제에 관해 생각해보니 우리들이 크리스마스 때 사탕 선물을 받은 어린아이들과 똑같소.” 그는 자신의 만족을 나타내기 위해 프렌치 속어로서 ‘캔디’라는 영어 단어를 사용했다. 그러나 언론은 바로 그 부분을 문제 삼아 공격했고 선거 유세 나머지 기간 동안 그는 유권자들에게 사탕을 뇌물로 제공하려 했다고 고소당했다.

비록 트뤼도 정부가 1972년 선거에서 간신히 재집권에 성공했으나 1972년부터 1974년의 시기는 흥미진진하고 생산적인 기간이었다. 내가 내각과 간부회의에서 곧잘 목격한 융통성과 타협 능력을 이 기간 배웠으므로 트뤼도에게는 좋은 시험이 되었다. 결국 그를 구한 것은 NDP 당수인 데이비드 루이스(David Lewis)였다. 자유당은 소수당이었기 때문에 NDP의 지지로 가까스로 정권을 유지할 수 있었다. 그래서 루이스는 아무도 원치 않는 선거를 막기 위해 하원에서 우리 쪽에 투표하도록 강요받았다. 어느 면에선 자부심이 강하고 교조주의적인 사람이었던 그는 2년 동안 트뤼도의 권력을 지탱시켜준다는 비난을 감수할 수만은 없었다. 결국, 그는 불신임 투표에서 토리당을 지지하기로 결심했고 선거를 요구했다.

루이스의 선언이 나오자마자 즉각 레알 카웨트는 펄쩍 뛰며 이렇게 말했다.

“NDP가 30석에서 15석으로 떨어질 것이고, 루이스는 자신의 지역구에서도 낙선할 것이오. 그는 정부를 유지시키라는 캐나디안들에 대한 책임을 저버렸기 때문입니다.”

그의 말은 사실로 드러났다.

만일 루이스가 계속 우리 쪽에 서서 소수당 정부를 유지하게 했다면, 트뤼도는 아마도 1976년에 출마를 했을 것이고, 또다시 소수당 정부가 되었을 것이다. 그러나 국민들은 소수당이 제대로 움직이지 못하는 것을 보았으므로 다수당 정부를 원하게 되어 정권을 트뤼도에게서 로버트 스탠필드에게 넘겨주었던 것이다. 트뤼도에게는 기막힌 행운이 따랐다.

정치인과 기업가의 차이

나는 행복한 전사

1974년 선거에서 승리한 뒤 트뤼도는 대폭적으로 개각을 하기로 결심했고, 재정위원회 위원장 자리에 버드 드루리 대신에 젊은 친구인 장 크레티앙을 앉혔다. 이 인사 조치는 인디언 문제 장관 시절 나에 대한 좋은 평가 때문에 나를 사회주의 성향의 장관으로 여겼던 많은 사람들을 놀라게 했다. 그러나 나는 피어슨이 첫 번째 프렌치 캐나디안 재무장관이 될지도 모른다고 말한 그날 이후로 경제 장관이 되길 원했다. 이는 내가 왜 드루리 밑에서 재정위원회에 남기를 고집했는가 하는 이유, 즉 관심을 갖고 경험을 얻기 위한 것이었다.

나는 새 자리에 대단한 열정을 가졌으며 경제 분야에서 유명해지기로 결심했다. 내가 재정위원장이 된 시기는 규제의 시기와 일치했으므로 돈을 쓸 줄 아는 사람이라는 내 명성은 사라져버렸다. 실제로 내 별명은 '노(No) 박사'가 되었다.

재무장관은 존 터너였다. 그는 1962년에 의원에 처음 당선되었고 나는 1963년에 당선되었다. 우리 둘은 아주 가까웠으며 동시에 '젊은 경쟁자'로 보였다. 그가 재무장관직을 맡기 전에 우리는 그 문제를 놓고 얘기를 했는데 나는 그에게 아주 좋은 인사 이동이라고 말했다. 그의 야망은 트뤼도의 후임이 되는 것이었는데 이는 영어 사용자와 프랑스어 사용자가 교대로 당수가 되는 자유당의 전통에 비춰 일리 있는 얘기라고 생각했다. 그리고 터너는 그 시기가 오면 내가 자신을 지지할 것으로 믿었던 것임에 틀림없다. 내가 재정위원장에 임명된 후 그와 처음 만난 자리에서 그는 적자 폭을 줄여보겠다고 말했다. 터너와 나는 트뤼도에게 갔다. 터너는 그에게 5억 달러의 삭감을 요구했는데 이 액수는 당시 전체 예산이 오늘날보다 훨씬 작았기 때문에 엄청나게 보였다. 예산을 삭감하려면 정치가 험악해진다.

트뤼도는 "그렇게 하시오, 장. 우리가 밀어주겠소."라고 말했다.

나는 훗날 추밀원의 서기로서 원로 공무원이 된 고든 오스발드스톤(Gordon Osbaldeston) 재무차관을 만나 말했다.

"고든씨도 알겠지만, 정치적으로 우리가 10억 달러를 삭감한다고 해도 심각하게 나빠질 게 없소. 이게 가능하겠습니까?"

결국 우리는 10억 7천만 달러를 줄였다.

아마도 내가 조금은 거칠었다. 나는 동료들과 지독한 논쟁을 벌였고 낙농업자에게 지급하는 보조금을 삭감하기로 하자 친구이자 농업장관인 유진 위일런(Eugene Whelan)이 일단의 성난 농부들에 의해 우유 세례를 받기도 했다. 트뤼도는 조성된 긴장감을 느낄 수 있었음에도 존 터너처럼 나를 지원했다. 존 터너는 자기와 같이 싸울 사람이 있다는 것을 고맙게 여겼다.

어떤 면에선, 나는 행복한 전사(戰士)였다. 나는 힘이 있었고 옳은 일을 하고 있다고 생각했다. 나는 자제심을 잃지 않기 위해 버드 드루리, 로버트 안드래스, 론 바스포드, 장 피에르 고에(Jean-Pierre Goyer), 그리고 프린스에드워드 섬(PEI) 출신의 단 맥도널드와 같은 각료들을 포함한 위원회의 훌륭한 장관들과 긴밀하게 협력했다. 우리는 수많은 정치적인 판단을 내렸고, 많은 결정이 국회 의사당의 토론에 부쳐졌다. 나는 모든 사람들이 회의에 참석하기 전에 간결한 질문을 준비해야 한다고 주장했고, 안건들을 서둘러 통과시키기 위해 많은 질문은 허용하지 않았다.

이런 시스템은 내게 큰 타격을 가져다 주었지만 타격이 영원히 갈 수는 없었다. 어느 날 밤 총리 관저에서 저녁식사를 하고 있는데 내게 전화가 걸려왔다. 추밀원 서기에서 은퇴한 고든 로버트슨(Gordon Robertson)의 전화였다. 로버트슨은 내각 내의 위원회 제도를 발전시켜 행정 선진화를 가져온 위대한 공직자였다. 모든 고위 공직자들이 거기에 있었고, 식사와 감사장 수여가 끝나고 이 시스템의 강점과 단점에 대한 비공식 토론이 있었다.

그런데 어떤 사람이 그만 중대한 일을 저지르고 말았다. 그는 "나는 방금 어떤 조사를 끝냈는데"라면서 입을 열었다. "상임위원회에 심의되기 위해 회부되는 모든 안건 중 95%는 재정위원회로부터 자금 지원을 받느냐에 따라 승인이 납니다. 그러나 재정위원회에 회부된 50%의 안건만이 승인을 받습니다."

곧 모든 사람들이 재정위원회의 권한에 대해 불만을 터트리기 시작했다. 내각보다도 더 영향력이 큰 것으로 비칠 지경이었다.

그러자 트뤼도가 내 쪽으로 몸을 돌려, "혹시 우리가 자리를 바꿔야만 하는 것 아니오?"라고 농담을 걸었다.

"그거 괜찮은 생각인데요!"라고 내가 받아넘겼다.

이것은 종말의 시작이었다. 얼마 가지 않아 예산 배분을 결정하는 재정위원회의 권한이 현저하게 줄어들었다. 대신에 '엔벨롭(envelope)' 시스템이라는 제도가 생겼는데 이 안에서 '사회' 부문 장관들이 함께 파이를 분배했고 '경제' 장관들도 똑같이 했다. 모든 사람들에게 무엇이 일어나는지를 알게 하고 의사결정에 참여하게 허락하자는 것은 좋은 의견일 수 있다. 1980년, 나는 사회 개발장관으로서 사회 엔벨롭 의장이 되었는데 그 자리는 여전히 힘은 있었지만 내가 재정위원회에서 가졌던 권한의 절반밖에는 되지 않았다.

이 위원회의 개혁은 고든 로버트슨에 의해 시작되었고 마이클 핏필드(Michael Pitfield)에 의해 수행되었는데 두 사람 다 복잡하고 말이 많은 사람들이었다. 그들은 장관들의 시간과 정력을 너무나 많이 뺏었고, 너무나 많은 서류들을 만들어냈으며, 힘있는 장관들조차도 종합 판단서를 제출해야 했으므로 훨씬 더 나약한 결정을 초래했다. 하지만 의도 자체는 순수했다.

첫째는 계획에 의해 정부를 현대화하자는 것이었다. 만일 아침에 트뤼도 앞에서 '계획'이라는 단어를 사용했다면 하루종일 그의 관심을 잡아둘 것이다. 때때로 사람들은 그가 듣고 싶어하는 것을 연기했고, 때때로 그들은 자신들의 계획과 합리화에 열중하기도 했지만 일반적으로 그 개혁안은 일리가 있었고 필요했다.

두 번째는 관료주의적인 고관들로부터 힘의 우위를 줄이고 이를 장관들에게 돌려주자는 것이었다. 상임위원회는 장관들에게 모든 부처에서 무슨 일이 벌어지는지 알 수 있게 하고, 모든 결정에 참여할 수 있고, 관료적인 결정에 우위를 갖는 정치적 결정에 힘을 부여하자는 것이었다. 과거에는 대부분의 장관들은 정부가 전체적으로 무슨 일을 하는지 전혀 알지 못했다. 이 새 제도 아래서는 그들은 정부가 문제가 있다면 이를 알 수 있었고, 토론에도 참여할 수 있었다.

물론 이런 모든 토론은 적지 않은, 때때로 지나칠 정도의 인내를 요구했을 뿐 아니라 장관 차원의 참여가 최종 결정을 하는 것과 일치하지는 않았다. 어떤 면에서 장관들이 더 많이 참여하면 할수록, 결정이 자신이 생각한 방향과 결코 일치하지 않으므로 실망은 더 커지게 마련이다. 보다 강력한 힘을 느끼기보다는 무시받았다는 느낌만 들 것이다. 번번이 총리가 결정하거나 고위 공무원에게 자신의 영향력 일부를 위임할지도 모른다. 더 많은 책임감을 갖고 의사결정을 장악하려는 일부 장관들은 언제나 있게 마련이고 다른 장관들은 항상 그들의 의사에 반해 결정이 이뤄지면 이를 따르지 않을 것이라고 생각한다. 이는 그들이 힘이 없기 때문이라곤 말할 수는 없고 단지 다른 사람이 더 많은 힘을 갖고 있을 따름이다. 재무장관은 언제나 힘이 있고, 상임위원장들도 힘이 있을 수 있다. 어떤 장관들은 오랜 경험, 뛰어난 행정적인 기술, 폭넓은 관계, 제도에 대한 고도의 이해 등의 이유로 파워를 갖는다. 다른 이들은 강력한 정치적 기반을 갖고 있거나, 마치 총리가 모든 문제에 있어서 자신의 말을 듣는 것처럼 꾸미는 능력으로 힘을 행사하기도 한다.

타협과 조정을 배워야 살아 남는다

장관이 강력하게 살아 남으려면 타협과 신속함을 과시해야만 한다. 그가 자신의 부처에서 강력한 권위를 가지고 있을지 모르지만 내각에서는 각료 중의 한 명, 즉 총리의 또 다른 자문관에 불과하다. 그는 무엇을 하는가에 관해 들을 수 있으며, 중요한 문제와 관련 그가 할 수 있는 선택은 그것을 하든가 아니면 거부하는 일이다. 그런 생존과 성공은 판단의 문제이다.

정치인들은 언제나 살얼음판 위를 스케이팅할 줄 아는 감각을 지녀야 하지만 언제 빙판에 구멍이 생기는지 결코 알 수 없다. 정치인들은 그들이 수년에 걸쳐 이뤄놓은 모든 것을 단 하루 만에 잃어버릴 수도 있다는 점에서 대단히 아슬아슬한 삶을 살고 있다. 이것은 정치인들이 왜 많은 아드레날린을 쏟아내는가에 대한 설명이 된다.

또한 총리와 내각의 동료들을 걱정해야 할 뿐 아니라 총리 비서실과 추밀원 본부에도 역시 힘있는 선수들이 있다는 점을 명심해야 한다. 총리 비서실은 자신들이 총리를 가까이에서 모신다는 데서 힘을 얻기 때문에 어떤 결정이 총리의 말인지 보좌진들의 말인지 결코 분간하지 못한다.

추밀원 본부는 실제적인 영향력을 위해 자신들이 갖고 있는 정보 취합 시스템을 이용함으로써 힘을 얻는다. 조정은 행동보다 점점 더 중요해지고 있다. 타협은 모든 사람의 이익을 지켜주는 방법으로 점점 더 중요해지고 있다. 신속함, 책임감, 그리고 부처의 신선함은 제국 건설에 영향을 주지 않는다. 마이클 핏필드가 추밀원 책임자로 간 이후 그 자리는 더욱 막강해져서 중요 부처의 장관들조차 추밀원을 두려워하게 되었다. 그는 신비로우면서도 두려움을 주는 사람이었고 매우 지적이었고 트뤼도와 가까웠으며 어딘가 초연한 면이 있었다. 또한 그는 웨스트마운트 배경을 가지고 있기 때문에 장관들을 다소 얕잡아 보는 것으로 사람들은 생각했다. 그를 잘 알게 되었을 때에야 그가 그렇지 않고, 그의 매너는 사람들을 불편하게 만든다는 것을 깨달을 것이다.

그러나 만일 당신 밑에 있는 차관이 당신이 요구하는 것을 듣지 않고 재무장관이나 추밀원의 말을 듣는다고 가정해보라. 당신 소속 상임위원회에서 내린 결정의 문안들이 추밀원이나 총리 비서실에서 수정된다고 생각해보라. 이것이 선의의 실수인지, 어떤 사람의 허튼 소리인지 혹은 총리의 의중인지를 알지 못한다. 총리 비서실에서 전화가 걸려와 당신이 하고 싶지 않은 어떤 일을 하라고 요청한다고 가정해보라.

그것이 우두머리의 지시 혹은 파워 플레이에서 어떤 사람의 이름 팔기인가? 그럴 때 이에 대항하겠소? 아니면 포기하겠소? 그 명령을 거부하고, 이 특별한 사람에게 반대할 수 있겠습니까? 총리와 감히 대결하겠습니까? 매번 총리에게 전화할 수도 없고, "이 지시가 정말 당신이 한 겁니까?"라고 물어볼 수도 없다.

이때가 장관의 경험, 지성, 숙련, 그리고 비중이 두각을 나타낼 시점이다. 몇 초 사이에 수비 벽이 뚫린 틈을 향해 달려가는 풋볼 선수처럼 자신의 직관과 행운에 기대를 걸어야만 한다. 만약 저항하기로 결심한다면, 또 그것이 어떤 이의 장난이라면 더 이상 그 지시를 듣지 않을 것이다. 그러나 만일 총리에 저항하고 반대한다면 아마도 매우 빨리 알게 될 것이다. 결코 저항을 하지 않으면, 당신이 재무부, 추밀원, 총리 비서실로부터 전달되는 모든 메모에 '예스'라고 말하면 그때부터 당신은 항상 약자가 되고 자신 외에는 비난할 사람이 없게 된다.

내 경력은 그런 실례들로 꽉차 있다. 내가 재정위원장으로 거칠기 이를 데 없던 시절 나는 반드시 예술 부문이나 외국 원조는 삭감하지 않았다. 트뤼도를 즐겁게 하는 것이 곧 나를 즐겁게 하는 것이라는 사실을 나는 알았다. 한번은 트뤼도가 국립미술관이 이탈리아의 거장 로토(Lotto)의 대작을 사들이고 싶어하는데 이 그림을 살려면 재정위에서 1백만 달러는 지출해야 한다고 언급했다. 내가 "로토 퀘벡입니까? 혹은 로토 캐나다입니까?"라고 농을 걸었지만 나는 이 말의 메시지를 알아들었고 결국 국립미술관은 그 그림을 사들였다. 그러나 다른 경우는 사람들이 트뤼도가 이것 혹은 저것을 원한다고 내게 귀띔했지만 나는 주의를 기울이지 않았다. 그 사람은 '그 지독한 크레티앙이 제 할 일만 하고 있다'라고 속으로 중얼거렸을지 모르지만 그는 이를 트집잡지 않았으며 그래서 나는 무사했다.

1980~83년에 나는 사회개발장관으로 있으면서 대단히 심각한 문제를 해결해야만 했다. 예산의 배분은 공개적으로 이뤄지고 있었다. 은행 제도를 발전시켜 모든 부처의 장관들이 그들의 돈을 테이블 위에 올려놓은 뒤 그것을 나눴다. 나는 그 과정에서 무례하고 감각이 둔하다고 욕을 먹기도 했지만 진짜 문제는 관료들의 등장이었다. 관료들은 이 자리에 있을 이유를 찾아냈고 관료의 제국을 지키기 위해, 그들의 이익을 방어하기 위해 갑자기 나타나 논의된 모든 것을 상관에게 보고한다. 결과적으로 이 회의는 솔직함이 결여되어 있었다. 관료들은 그들의 장관들에게, 요컨대 다음과 같이 말함으로써 대든다. "당신이 좋게 지내려면 우리의 요청을 받아들이면 된다."

만일 장관이 성공하게 되면 그때는 관료들은 "아, 우리 장관이 힘이 너무 세서 못하는 게 없다."라고 말하곤 한다. 그러면 언론에서는 장관의 힘이 세다고 말하면서 관료들이 좀더 힘을 갖기를 기대한다고 한다. 이것은 실질의 문제가 아니라 힘의 문제였으므로 하루는 내가 "돈 나눠주는 것은 나와 장관들이 하겠으니 나머지 사람들은 전부 나가시오."라고 선언했다. 나는 심지어 내 밑에 있는 차관조차도 한동안 배석하지 못하게 했다.

그때 나는 동료들에게 이런 말을 했다. "만약 우리에게 3억 달러의 수요가 있다고 합시다. 그런데 우리가 쓸 돈은 1억 달러입니다. 투표합시다. 솔직하게 투표합시다. 만일 관료들이 당신의 우선 순위와 다른 것을 요구하고 있다면 나한테 정치적 우선 순위를 말해주시오. 만일 여러분이 기대한 것보다 적게 돌아온다고 해도 걱정 마시고 나를 비난하시오. 그 분노는 내가 책임지겠소."

그들은 일을 사랑했다. 그들은 "저 지독한 크레티앙 같으니라구! 내가 네 개를 요구했는데 하나밖에 들어주지 않았다."라고 말하면서 동시에 나가버릴 수 있었다. 물론 관료들은 흥분했다.

트뤼도가 나를 자기 집무실로 불러 "당신은 이렇게 할 수 없소."라고 말했다.

"하지만 잘되어가고 있습니다."라고 내가 대답했다. 그리고 나는 꿈쩍도 하지 않았다.

국가에너지계획(NEP) 정비

정치에서 소수파 대열에 합류한 전형적인 사건은 1982년 내가 에너지장관이 되어 국가에너지계획(National Energy Program, NEP : 캐나다 자본에 의한 국내 자원의 우선적 개발을 시도하는 연료정책-역자)을 현실의 변화에 맞게 정비하려고 했을 때 일어났다. NEP는 캐나다의 에너지 공급을 보장하고, 자급자족을 고무하고, 해당 부문에서 캐나디안의 소유권을 증대시키기 위해 1980년에 도입되었다. 이것은 원유 가격이 배럴당 80달러까지 오를 것이라는 전 세계적인 예측에 기초하고 있었다. 그러나 원유 가격은 30달러 밑으로 곤두박질쳤다. 단지 이 이유 하나만으로 이 계획은 3년 뒤 수정을 필요로 했는데, 여기에는 어떤 진지한 수정에도 반대하는 강력한 힘이 작용하고 있었다.

트뤼도는 NEP에 강경한 것으로 알려졌다. 에너지장관으로 있을 당시 이를 도입했던 재무장관 마크 라롱드(Marc Lalonde)는 내가 그의 작품에 대해 어떻게 할지 모른다며 눈치를 살피고 있었다. NEP 출범 초기부터 관여한 우리 부처의 몇몇 고위 관료들은 이를 이용해 그들을 모략할 궁리를 했다. 사실, 그 계획에 관계한 핵심적인 인물 대부분이 공직을 떠났음에도 남아 있던 관료들도 변화가 필요하다고 인정은 하고 있었지만, 해당 부처는 NEP에 깊숙이 관련돼 있었고 내가 라롱드가 하지 않으려 했던 어떤 일을 하려고 하자 내부에서 저항했다.

예컨대, 내가 해양 유전과 관련해 뉴펀들랜드 주와 협상을 벌이는 동안 이것이 문제가 되었다. 우리 부처의 몇몇 관료들은 내가 제의하려고 준비한 협상안에 내가 너무 양보한다면서 동의하지 않았다. 뉴펀들랜드 주정부측은 내가 약속한 것을 실천할 수 없는 사람이라고 주장하면서 우리 내부의 갈등을 협상 테이블에서 빠져나가는 명분으로 삼았다.

그들은 나와 트뤼도를 몰랐다. 어떤 점에선, 아마도 재무부나 추밀원측의 불만을 대변하는 것으로 보이는 한 고위 관료가 외유 중인 트뤼도에게 내 제의를 보고했다고 말했다. 뒷날 나는 트뤼도에게서 다음과 같은 반응을 들었다. "장에게 좋은 일이라면, 내게도 당연히 좋은 일이다." 그래서 나는 자유로워졌지만 준비한 것을 납득시킬 수 없었고 그렇게 하고 싶지도 않았다. 나는 NEP의 원칙과 목적을 믿었고 단순히 세부적인 것만을 고치기를 바랐던 것이다.

사업가가 정치에서 성공할 수 없는 이유

몇 년 뒤 나는 재정위원회에서 다른 자리로 갔다. 트뤼도와 핏필드는 어떻게 하면 위원회가 막강해질 수 있는지를 알 수 있었고, 그 쩨쩨한 크레티앙이 여전히 있는 한 자신이 그 영향력 아래서 벗어날 수 없다고 생각했을 것으로 본다. 나는 당연히 이 인사이동에 불만을 표시했다.

트뤼도는 나를 어느 자리에 보내든지 간에 편안해하고 행복해하기 때문에 내 인사가 가장 어렵다고 말하곤 했다. 그는 내게 산업통상부를 권했지만 내가 거절하자 고든 오스발드스톤을 보내 나를 설득하려고 했다. 오스발드스톤이 재정위원회의 차관이 되기 전에 그는 통상조정관으로 있었고 당분간 정부에서 떠나려던 참이었다.

"그래 당신은 내가 통상부로 가는 게 정말 그렇게 중요하다고 생각하는 겁니까?" 내가 물었다. "이게 내가 해야만 하는 일이라고 당신은 분명히 확신하고 있소?"

그는 "그렇습니다."라고 대답했다.

"좋소, 그렇게 하겠소. 다만 당신이 내 차관으로 같이 간다는 조건으로만 받아들이겠소."

가엾은 오스발드스톤은 그만 함정에 걸려들었고, 그래서 우리 두 사람은 1976년에 통상부로 옮겨갔다. 나는 그 부처에 딱 1년 있었지만 내 존재를 알리기 위해 말썽 많은 현안을 만들어내는 버릇을 버리지 않았다. 며칠 지나지 않아 나는 베네수엘라의 신(新) 철도 건설과 이에 필요한 장비를 공급하는 정부의 계약 체결을 돕기 위해 베네수엘라로 날아갔다. 결국 그 계획 자체가 취소되었지만 우리는 가까스로 계약의 절반을 따냈다.

두 번째 현안은 섬유와 의류에 대한 수입 물량 제한이었다. 그 당시 경제는 60%가 수입이고 40%는 국내 생산이었다. 이런 상황은 우리나라의 기업체들을 쓰러져가게 했다. 나는 소비자들과 국내 기업의 경쟁력을 위해 계속 국경을 개방해놓으려 했지만 국내 산업이 자체의 생산성을 증대하기 전까지는 산업을 보호해야 한다는 압력이 거셌다. 게다가 우리나라의 무역 상대국은 우리가 수입하는 것보다 훨씬 적게 수입하고 있었다. (미국인들이 캐나다가 반쪽 산업을 원하는 보호주의자가 되었다고 비난하는 반면, 자신들은 섬유와 의류를 20%밖에 수입하지 않았다.) 내 해결책은 캐나다 산업, 업계와 노조 양쪽 모두와 협상을 하는 것이었다.

나는 이렇게 말했다.

"좋소, 일정 기간 쿼터를 부과하겠소. 하지만 당신들은 생산성을 증대시켜야 합니다. 그리고 같은 기간 동안 평균 인플레이션 증가율보다 가격을 높일 수는 없습니다. 더 많은 품목을 생산함으로써 이익을 내고 임금을 올려야 합니다. 만일 그렇게 하지 못한다면, 나는 무역 장벽을 닫는 속도만큼 국경을 빨리 열 것입니다."

기업은 이윤이 나는 쪽으로 움직인다. 비록 자동화로 인해 물건을 만드는 데 필요했던 많은 노동자들이 해고되어 고용 면에서는 하락이 있었지만 실제로 가격 상승률은 인플레 상승률보다 낮았고 생산성도 현저하게 높아졌다. 내가 재정위원회에서 관료들과 얼마나 거칠게 싸웠는지 알려졌기 때문에 업계에서는 약속을 지키려고 했던 것 같다. 경제계 사람들은 정부에서 감시를 하지 않은 채 퀘터제를 부과하는 장관은 없었다고 줄기차게 말했다.

"하지만 내가 권위를 가지고 있지 않소?" 그들에게 물었다.

"그렇습니다, 전에는 결코 없었던 일입니다."

"그러나 내가 권위가 있지 않소?"

"예, 그렇지만……."

"그러면 나는 그대로 하겠소."

내가 산업통상부에 있으면서 내려야만 했던 가장 곤혹스러운 결정은 캐나다 항공의 챌린저호(號) 개발에 대한 재정 지원을 제공하느냐 마느냐였다. 이 문제는 전임자의 책상 위에서 몇 달 동안이나 묵혀 있었던 것이었고 내가 이 문제를 떠맡았을 때는 비행기 개발 계약 시한이 몇 주 남지 않은 상태였다. 나는 결정을 해야만 했다. 우리 부처의 고위 관리들은 의견이 갈렸으나 나는 이 프로젝트가 한번 도박을 걸어볼 만하다고 생각했다.

좋은 일이냐 그렇지 않느냐 하는 결정은 지혜가 필요한 토론이 될지 모른다. 왜냐하면 세계 경제가 불경기일 때 챌린저호는 시장에 타격을 주기 때문이다. 그러나 당시로서는 그 프로젝트는 일리가 있었고 캐나다 항공산업에 커다란 결실을 약속했다. 내가 지원하기로 결정을 내릴 당시 오스발드스톤은 아직 재정위원회를 떠나지 않은 상태였고, 내 후임자인 밥 안드래스는 아직 거기에 대해 충분한 지식이 없는 상태여서 나는 한 달도 안 돼 챌린저호에 1억 달러 이상을 지원할 수 있었다.

북방개발 장관으로 있으면서 광업과 석유회사와 많은 접촉을 갖긴 했지만 내가 재계 사람들을 폭넓게 알게 된 것은 산업통산장관 시절이었다. 하지만 그들을 안다는 게 그들의 친구가 된다는 것은 아니었다. 내 친구들은 주로 변호사, 관리, 지역구 사람들이나 다른 정치인들이었다. 정치인은 으레 다른 정치인들과 숨막히는 경쟁을 벌이고 분명히 재벌보다는 저널리스트들과 자주 만난다. 왜냐하면 오타와는 경제인들이 오고가는 경제의 중심지가 아니어서 사회 활동을 하면서 이들을 사귀기란 무척 어렵기 때문이다. 아마도 이것이 내가 그들로부터 어떤 부담도 받지 않은 이유가 될 것이다.

주요 정당의 운영비가 거의 기업가들로부터 충당되던 시절에 어떤 정치인이 자신의 독립성을 지켜나간다는 것은 대단히 어려운 일이었을는지 모르지만 정치자금 모금법 개혁 이후 극소수 몇몇 의원들은 대체로 기부금에 의존하고 있다. 내 경우에는 선거 경비의 95%가 지역 유권자들의 기부금으로 충당되었다. 지역 사업가들과 블루 칼라 노동자들이 함께 참석하는 1인당 1백 달러 하는 저녁 모임도 개최했다. 정당의 힘이 강력했던 시절에는 모금원들이 몇몇 부자들에게서 거액을 거둬들이기도 했지만 이제 이것은 옛날 얘기가 됐다.

물론 캐나다는 일부 영향력 있는 경제계 지도자들과 몇몇의 전통적인 부유층이 있지만 그들은 유럽이나 미국에서와 같이 사회 활동에서 눈에 띄거나 막강한 것 같지 않다. 그들은 침해를 받거나 패쇄된 것 같지는 않았지만 권력 기반은 약화되었다. (실제로

노동운동은 경제계보다는 보다 많은 안정적인 엘리트들의 지원을
받는 것 같다. 수십 년이 지나도 똑같은 지도자들이 계속 집회에
나타난다.)

　나는 사업은 사업이고 정치는 정치라는 사실을 일찍 배웠다. 훌
륭한 정치인이 된 사업가가 거의 없다는 것이 그 증거이다. 사업
가들은 땅 위에서 한 구멍을 파, 유전을 발견해내 수백만 달러를
벌었기 때문에 그들이 모든 일에 자신이 있다고 생각할지 모르나
그런 재능과 행운은 부자가 되기에 필요했던 것일 뿐이지 국회에
서 성공하는 데 필요한 재능이나 행운과는 다르다. 어떤 사람이
기막힌 야구 선수가 될 수 있지만 이것이 만일 그를 아이스 하키
팀에 집어 넣는다고 해서 그가 아이스 하키 링크 위에서 두각을
나타내리라는 것을 의미하지 않는다.

　대부분의 기업인들은 매우 제한적이고 전문화된 지식을 갖고
있는데 이것은 종종 편협한 시각을 갖게 한다. 위대한 은행인들은
은행과 관련된 모든 것을 알지 모르지만 농사 짓는 일과 사회 봉
사에 관해서는 별로 아는 게 없다. 훌륭한 심장 전문의가 훌륭한
보건사회부 장관이 될 수 없는 것과 마찬가지로 위대한 금융인이
위대한 재무장관이 될 수 있다고 가정하는 것은 합리적이지 못하
다. 법무장관으로서 언제나 그럭저럭 변호사를 다룰 수 있는 사람
은 변호사뿐이다.

나와 협상한 은행가들

캐나다 경제계는 많은 부분에서 그들의 사고방식을 바꾸고 그

158

들의 지식을 넓혀야만 한다. 때때로 나는 정부의 재정 적자나 정부의 간섭에 대해 불평하는 기업인들의 말을 들어왔고, 때때로 나는 기업인들로부터 곤혹을 당했고 이런 질문을 받아왔다. "정부의 보조금은 어떤 게 있습니까? 연구개발에 대한 정부의 보조금은 어디 있는 겁니까? 우리들과 경쟁하는 수입품들을 규제할 생각입니까?"

모순은 도처에 널려 있다. 세계 원유가가 상승할 때 규제 완화를 원하던 사람들은 세계 원유가가 내려가자 이번엔 보호를 바라고 있다. 시장에서 자유경쟁을 외치는 사람들은 시장이 쪼개지는 것을 걱정하기 때문에 자기 분야에서는 독점을 희망한다. 그들이 그런 노력을 하지 않아야 한다는 게 아니라, 언제나 두 가지 선택을 다 할 수는 없다는 것이다.

규정을 준수하라. 경쟁력 있는 기업을 키우기 위해서 송유관이나 통신 분야, 다른 어떤 분야든지 간에 독점이나 준독점의 특별한 케이스가 허용되어야 한다고 정부가 결정한다면, 이들 기업이 제시하는 서비스의 가격이 소비자들을 보호하기 위해 규제되어야 한다는 것이 합리적이지 않다는 말인가? 국민들은 이들 기업에게 돈을 찍어낼 권리를 부여해야 한다는 말인가?

정상의 기업을 잡아라. 큰 회사만이 감당할 수 있는 비용으로 이 도시에서 저 도시로 편지와 서류를 운반하는 배달 서비스의 경우도 있지만, 그러나 오타와 대학에서 공부하고 있는 인디언 학생의 편지를 올드 크로(Old Crow)에 사는 그의 어머니에게 전달하는 것은 다른 문제다. 그렇지만 만일 민간 부문에서 최고의 기업이 참여하고 공공 부문에서 최악의 기업이 참여한다면 앞서 말한 그런 기업인들은 우체국이 돈을 낭비하고, 잘못 관리되고, 무능력한 정부의 전형적인 보기가 되고 있다고 비판하곤 한다.

은행의 경우를 보자. 어떤 면에서 오타와 정부는 모든 은행의 지분을 최고 10%로 제한함으로써 미국인의 상업은행 인수를 막으려고 했다. 캐나다 은행가들은 이 제도를 마찬가지로 다른 캐나디안들의 인수 움직임 혹은 도전을 막아내는 데 이용했다. 그러나 은행가들은 클럽에 가 비싼 점심을 먹으며 정부의 간섭에 대해 폭언을 계속했다. 결국 정부로서는 외국 은행들이 어느 정도 경쟁의식을 가질 수 있도록 유도하기 위해 은행 제도를 개방하지 않으면 안 되었다.

내가 에너지장관으로 있을 당시 자유당 정권은 파산 위기에 직면했던 돔 페트롤륨(Dome Petroleum)을 구제했다. 세계 원유가가 급락했고 돔 사(社)는 어려운 시기에 값비싼 교훈을 얻었다. 돔 사를 구제하는 것은 내가 마지막으로 하고 싶었던 일이었다. 우리 부처의 과제는 국가에너지계획의 논란 이후 에너지 부문에 평화로운 분위기를 가져오는 것이었다.

논란의 초점은 정부가 오일 업계에 너무 자주 개입하는 게 아니냐는 것이었다. 몇몇 사람들은 돔 사가 파산하도록 그대로 놔둬, 돔 사가 살아 남아야 하는지에 대해서는 시장 원리에 맡기라고 조언을 하기도 했지만 돔 사가 파산했을 경우 그 대가는 캐나다 오일 업계를 아찔하게 했을 것이다. 돔 사가 파산했다면 이것은 수백 하청업체들의 손실과 그 회사에 수십억 달러를 빌려준 금융기관들에 심각한 결과를 가져다 주었을 것이다. 결국 나는 은행과 돔 사 사이의 협상을 주선했는데, 이 협상이 그들을 살렸고 정부에는 단 10센트도 부담을 주지 않게 되었다. 결국 우리들이 은행을 살렸지만 그들은 이를 우리들의 공(功)으로 돌리려 하지 않왔다.

내가 협상한 은행가들 중에는 러셀 해리슨(Russell Harrison)이라는 CIBC(Canadian Imperial Bank of Commerce) 회장이 있었다. 그는 자유당에 정말 호의적일 수 없는 사람이었다. 나는 재무장관 시절 그와 몇 차례 논쟁을 벌인 경험이 있는데, 조 클라크 총리 시절 내가 야당 의원일 때 그는 내 전화에 아무런 응답이 없었다. 돔 사(社) 문제에 조인을 하면서 나는 "우리가 파트너가 되었으니 내 전화에 응답 좀 해줬으면 합니다."라고 말했다.

그의 생명을 구해줬다는 사실에도 불구하고 그의 기분을 언짢게 만든 것은 내가 정부와 민간 부문의 보기 좋은 협력을 기념하는 사진을 찍어두자고 요구했다는 사실이었다. 그날 밤 직전, 진보보수당의 하비 안드레(Harvie Andre)는 텔레비전에 나와 '공산주의자들'이 또 다른 오일 회사를 수중에 집어넣으려 한다고 말했다. 나는 네 명의 인상 좋은 '동료들'이 나 자신을 변호해주길 원했다. 그들 중 어느 누구도 내 옆에 앉으려 하지 않았지만 나는 편안한 상태로 있었다. 내가 했던 것은 은행가들에게 기념 사진에 친필로 "10억 달러에 감사함"이라고 쓰게 하는 것이었다.

편협하기 짝이 없는 일부 기업가들

지식있는 기업가들은 그들 자신이 경제 문제에 있어서 교조주의적이 되어서는 안 된다는 것을 알고 있다. 실제로 어떤 종류든 정부의 개입 없이 캐나다에서 건설된 것은 거의 없었다. CPR은 보수당 정부의 도움으로 건설되었으며, 심지어 앨버타의 러히드

(Lougheed) 정부조차도 항공회사를 사들였고 천연가스 가격을 통제했다.

캐나디안들은 항상 서로 돕고 산다. 2천5백만의 인구밖에는 되지 않는 나라에서 모든 일이 치열한 경쟁 속에서 이뤄질 수는 없다. 만일 철도 요금이 규제된다면 열차가 다니지 않게 될 것이다. 만일 판매이사회가 없다면 농업 생산량은 감소될 것이다. 만일 수입 쿼터제를 실시하지 않으면 국내 의류 섬유업계는 하룻밤 사이에 망해버릴 것이다. 예를 들면, 대서양 연안의 기업들은 시장에 그들의 제품을 경쟁력 있는 가격으로 내놓기 위해서 수송 보조금이 필요한 반면, 다른 지역의 기업들은 수출지원특별융자와 연방 해외통상조정관들의 도움을 받고 있다. 모든 경제 행위에는 똑같은 종류의 간섭이 있게 마련이고, 미국을 포함한 모든 국가도 마찬가지다. (만일 어떤 캐나다의 왕실 공사(公社)가 방해와 비용이 지나쳐서 미국 민간 부문의 방위 계약을 성가시게 했다면 스캔들이라고 아우성쳤을 것이다.)

민간 부문은 자체적으로 할 수 있을 만큼만 하도록 허락해야만 하지만 정부의 도움을 곧이곧대로 거절할 기업인은 거의 없다. 그들은 진정 필요한 것을 안다. 만일 선 라이프 보험회사의 간부 임원이 그들 스스로 결정하고 그들의 연금을 정하고 그들의 자리를 클럽의 다른 멤버에게 넘겨줄 수 있다면, 그것은 캐나다 정부가 미국인이 인수하지 못하게 하고 선 라이프를 자매 회사에 넘기도록 허용했기 때문이다. 그 안에서 보험계약자는 주식보유자가 되었다.

재무장관 시절 내가 선 라이프 보험회사측에 몬트리올에서 토론토로 본사를 이전하는 문제를 퀘벡 주 주민투표가 끝날 때까지만 미뤄달라고 요청했던 사실을 그들은 기억하고 있을 것으로 나는 생각했다. 왜냐하면 본사 이전은 퀘벡 분리주의자들에게는 폭탄 같은 효과가 될 것이었기 때문이었다.

그러나 그들은 "그럴 수 없습니다. 우리는 민간 부문이므로 우리들은 스스로 결정을 내리겠습니다."라고 내게 대답했다. 어떤 관료들보다도 편협하기 짝이 없는 민간 부문의 종사자들은 신성불가침의 권력을 가진 사람들이 아니다. 그들은 정부의 행위 때문에 파워를 가지고 있었다. 그러나 여전히 그들은 국가적 위기 중에 장관이 부탁한 합리적인 요청을 받아들이지 않으려 했다. 그들은 여전히 정치인들을 깔보고 있었던 것이다.

캐나다 정부가 장려금을 제공해야 하는 특별한 분야가 두 곳 있다. 첫 번째는 지역 개발이다. 장려금이 없다면 모든 게 중부 캐나다의 산업 중심지대로 집중될 것이다. 이미 온타리오 주의 오샤와부터 해밀턴까지 이어지는 지대는 하나의 거대한 도시로 변해 토론토 시민들이 야외 칵테일 파티에 초대받았을 때 차를 몰고 갈 것인지 아니면 비행기를 타고 갈 것인지를 결정해야 될 날도 머지 않을 것이다.

좋은 서비스, 값싼 주택, 자연과의 접촉, 그리고 일을 열심히 하는 사람들이 있는 아름답고, 조금은 개발이 덜 된 작은 마을이 그렇게 많은데도 왜 모든 사람들이 토론토나 몬트리올에 살아야만 하는지 도무지 알 수가 없다. 다른 곳이라면 절반 값에 두 배는 큰 집에서 사는 게 가능한데도 도시 생활의 편의에 대한 높은 요구 때문에 비좁은 주택에 엄청난 비용을 치러야만 한다. 아마도 정부 보조금의 부족으로 인해 공장이 문을 닫아버리자 사람들이 일자리를 찾아 도회지로 떠나갔고, 그런 큰 주택들은 빈 집으로 남는다. 그러나 수백만 달러의 부가세가 도로, 하수도, 상수도 센터를 건설하고, 그 밖에 새 공장, 업무용 빌딩, 그리고 도시 이주자들로 가득한 교외의 서비스를 위해 쓰여져야만 한다.

사람들은 보스 옆에 있는 것을 좋아하고 활력이 넘치는 곳에 있기를 원하는데 이런 경향은 어떤 면에선 인간의 본성이다. 그들이 직원들로 북적거리는 고층 건물 내에서보다는 지방을 시찰 중인 보스의 눈에 띄고 좋은 인상을 심어주려 한다고 주장할 수 있지만 모든 사람이 이 문제를 그런 식으로 보지는 않는다.

고려해볼 만한 삶의 질이 있다. 그러나 아파트 단지의 시민보다는 작은 마을의 어떤 사람이 더 낫다는 사람들도 있다. 그리고 더 많은 사람들이 퇴근 후 발디딜 틈도 없는 지하철을 타는 대신 호수로, 골프 코스로, 바다로 나갈 수 있는 곳에서 격조있는 삶을 살고 싶어한다. 여기에는 역시 경제적인 측면의 이익도 있다. 조그만 마을에서 1년에 3만 5천 달러를 버는 사람이 5만 달러 나가는 큰 집에서 산다. 반면에 같은 액수를 벌면서 중간 사이즈의 아파트에 집세로 매월 1천 달러씩을 내며 슈퍼마켓을 운영하는 사람들보다 이 시골 마을 시장의 가게들의 살림살이가 훨씬 낫다.

내가 재정위원장으로 있을 때 우리는 오타와로부터 1만 종의 직종을 지방으로 분산시켰다. 일부 직종은 마테인(Matane), 퀘벡, 세인트로렌스(St. Lawrence) 강의 남부 강변의 작은 마을로 옮겨야만 했다. 관료들은 우리가 그곳으로 기꺼이 이사가겠다는 괜찮은 사람들을 찾지 못할 것이라고 경고했다. 실상은 36명의 자격이 충분한 사람들이 지원했다.

비슷하게도 우리들은 신기술과 통신 시스템으로 인해 캐나다 전역의 시읍이 정부 데이터센터에의 접근이 가능하게 되었을 때,

시읍에서 놀라울 정도로 높은 생산성 증가율을 보였고 어떤 경우에는 그들의 생산 속도가 너무 빨라 시스템이 그것을 따라잡을 수가 없었다. 피고용인들은 자신의 고향에서 좋은 직업을 갖게 되면 더욱 기뻐한다. 즉 서드베리나 셔위니건과 같은 산업 도시는 서비스 분야가 다양하다.

미국과 경쟁해서 살아 남기 위해서는…

지역 개발은 비경제적이라고 주장하는 사람들은 보다 폭넓은 시야를 가져야만 한다. 신도시의 하부구조를 건설하는 데 드는 비용은 도대체 무엇인가? 이 지역들이 도시에서 야기되는 인플레 압력을 잠재울 것인가? 인생의 질은 무엇인가? 캐나다는 청정함, 안전함, 그 넓이로 인해 전 세계로부터 부러움을 사고 있다. 만일 결과로만 평가한다면, 우리는 아마도 이 나라의 문을 닫고 미국의 선 벨트 지대로 이주해야 했을 것이다. 그러나 우리는 여기에 남기로 선택했고 같은 이유로 지역 개발은 우리 경제 정책의 핵심 사항으로 남아야만 한다.

항상 정부의 도움을 필요로 하는 두 번째 분야는 수출에 주력하는 회사를 돕는 것이다. 세계 시장의 경쟁은 날로 치열해져가고 있고 국내 회사들은 종종 정부로부터 보조금, 특혜, 편의를 제공받고 있는 다른 나라의 회사들과 경쟁을 하고 있다는 것을 알게 된다. 많은 경우에 있어 캐나다도 똑같이 해야만 한다. 그리고 이것은 국제 무역에 있어 수많은 어려움 중의 하나에 불과하다. 엄청난 노력과 인내가 필요하고 사업을 하는 방법과 사업 윤리의 기준이 각 나라마다 놀라울 만큼 다양하다.

그러나 전체적으로 캐나다 국민들은 그들의 해외에서의 성공에 관해 지나치게 미온적인 태도를 보였다. 우리들은 마치 우리가 업적보다는 실패에 대해 얘기하는 것을 좋아하는 것처럼 실패한 사례에 초점을 맞춰왔다. 산업통산장관으로 여행을 하면서 나는 수많은 국내 기업들이 세계 시장에서 1차 상품부터 첨단 기술에 이르기까지 모든 것을 판매하는 데 있어서 공격적이고 효율적이고 경쟁력이 있다는 것을 볼 수 있었다.

많은 국민들은 미국인들이 엄청난 규모로 캐나다에 투자하고 있다는 사실에 신경을 쓰고 있다. 전체적으로는 좋은 현상이지만 문제점이 있다고 생각한다. 일부 미국 다국적회사들은 좋은 법인(法人) 시민이지만, 다른 기업들은 그렇질 않다. 그러한 차이들은 항상 뉴욕 본사의 자세나 캐나디안 사장의 퍼스낼리티의 다양함에 좌우된다. 분명히 대다수 미국 회사들은 외국 시장에서 어떻게 살아 남을 수 있는가와 관련된 충분한 경험이 있고 그들이 존재하는 데에 명백하고 긍정적인 혜택이 있다. 그들은 자본, 최신의 기술과 경쟁력을 가지고 덤벼든다. 내가 산업통상장관으로 있을 당시 나는 외국인 소유 문제에 관련, 비록 거기에 미국인들이 포드 캐나다 사(社)가 자동차를 쿠바에 판매하는 것을 원치 않았을 때와 같은 시기상의 문제가 있음에도 불구하고 내가 이를 긍정적으로 느꼈기 때문에 유연하게 검토하기조차 했다.

기본적으로 미국 사업가들은 캐나다에서 물건을 구매하려고 할 때 어떤 질문에 대답하거나 어떤 조건과 맞닥뜨리는 것을 항상 반대해왔다. 그들은 거기에는 어떤 의문도 조건도 있어서는 안 된다고 주장한다. 토리당 정부는 FIRA(외국투자조사위원회)의 이름을 인베스트먼트 캐나다로 변경함으로써 미국인들이 FIRA가 없어졌다고 느끼게 해 그들을 기분좋게 할 수 있었다.

그러나 외국 투자가들은 여전히 그들이 변호사들을 고용하고 서류를 제출하고 승인을 얻어야만 한다는 사실에 못마땅해하고 있다. 이름이야 어떻든 간에 법은 살아 있고, 이 법은 미국인들이 좋아하지 않는 것이다. 그러나 모든 국가가 외국인을 통제하는 법을 가지고 있다. 이제 이것은 미국 내에서는 대수로운 문제가 아닐지도 모르지만 만일 아랍권이 제너럴 모터스 사(社)와 보잉 사(社)를 인수하려는 움직임을 보였다면 미국인의 대응이 어땠을지 상상할 수 있을 것이다. 이미 어떤 미국 주에서는 캐나디안의 투자 확대에 대한 엄격한 대응이 있어왔는데 그 정도는 캐나다에서 미국인들의 투자에 못 미치는 것이었다. 한 가지 사례를 보면, 캐나다에 있는 어떤 캐나다 회사를 인수하려고 한 어떤 캐나디안이 미국 플로리다 주로부터 항의를 받았는데 그 이유는 이 회사의 본사가 그곳에 있었기 때문이었다.

중요한 문제는 많은 미국인들이 캐나다를 텍사스 주나 오하이오 주와 크게 다르지 않은, 또 다른 한 주로 여기고 있다는 데 있다. 우리가 독립 국가로서의 움직임을 보일 때 그들은 놀라곤 하지만 우리가 선택할 수 있는 것이 무엇이란 말인가? 만일 우리가 아메리카 합중국 소속 주라면 우리는 워싱턴의 상원의원과 하원의원들에게 우리들의 불만을 얘기하고 이익을 주장할 수도 있을 것이다. 하지만 우리는 미 합중국의 한 부분도 아니고, 또 그렇게 되길 원하지도 않는다.

한편 우리는 세계에서 미국 상품의 최대 고객이다. 이것만으로도 미국은 우리들에게 특별한 배려를 해야 한다. 그러나 보통은 그렇지가 않다.

나는 캐나다의 경우를, 지미 카터 대통령 시절의 부통령이었던 월터 먼데일(Walter Mondale)의 경우에 비교하는데 먼데일 자신도 이에 동의하고 있다. 캐나다를 법안에서 제외하려는 어떤 조치도, 다른 이유로 캐나다에 감정을 갖고 있는 두 상원의원의 방해 때문에 행정부가 할 수 있는 일은 사실상 아무것도 없다는 것이다. 미국 헌법에 대통령과 의회의 권한을 분리해놓았기 때문에 협상이 복잡할 뿐 아니라 미국의 국내 정치 문제를 끌어들이므로 미국인과 협상하는 것은 종종 대단히 절망적인 일이다. 때때로 이것은 미국 정부가 말만 거창하게 하는 기회를 제공한다.

자유무역의 함정

캐나다가 미국의 보호주의로부터 피해를 입지 않는 방법은 자유무역 정책으로 캐나디안의 미국 시장 접근을 보장해주는 것이라고 말하는 사람도 있다. 내 관심은 캐나다가 정치적으로 생존할 수 있느냐 혹은 자유무역의 결과가 두 나라의 통합으로 가지 않겠느냐는 데 있다. 다양한 국가로 이뤄진 유럽공동시장에서조차도, 뚜렷한 정체성과 문화 역사를 갖고 있는 국가에서도 주권이 위협받는 게 아니냐는 우려 때문에 통제 해제를 망설이게 된다. 캐나다가 미 합중국의 미약한 파워와 여러 주들에 의해 위협받고 있을 뿐만 아니라, 미국 북동부로부터 남부 선 벨트 지역에 이르는, 기업체와 인력을 흡인하는 비슷한 경제적 힘에 의해 공격을 받을 것이다.

우리가 더 춥고, 더 전통적이고, 뉴잉글랜드보다도 더 멀기 때문에 자유무역 협정 하에서는 캐나다가 일자리가 많은 국경 남쪽의 미국에 천연 자원만을 수출하지 않게 된다는 보장이 없다. 미국은 그들이 원하는 것은 뭐든지 다 할 수 있기 때문에 그와 같은 안전 장치와 보호벽이 없이는 우리는 아마도 처참하게 당할 것이다. 자유무역만이 캐나다의 유일한 희망이고 불가피한 일이라고 주장하는 사람들은 그 잘난 아이디어와 독립 캐나다를 포기했든지 혹은 대일(對日) 경제관계와 그 결과에 대해 고려가 없었던 것 같다. 향후 10년간 캐나다 정치인들의 도전은 미국의 투자를 환영하면서 공평한 쌍방 무역을 장려하고 캐나다의 정체성을 유지시키는 적절한 균형을 모색하는 일이 될 것이다.

또 다른, 아마도 미국과의 긴밀한 관계에 있어서 보다 중요한 측면은 평화와 안보의 문제이다. 캐나다는 나토(NATO)의 회원인 동시에 북아메리카 방위 시스템인 NORAD의 멤버이다. 캐나다는 두 개의 방위 동맹을 신뢰하기 때문에 그 안에서 우리의 임무는 계속될 것이지만 그 이슈에는 논쟁의 소지가 많다.

트뤼도 정부는 현실적인 입장에서 캐나다의 역할을 검토하고자 노력했다. 우리는 필요에 의해 중요치 않은 배역을 맡았고, 캐나다의 국방비는 예산에서 꽤 큰 덩어리이긴 하지만 광범위한 구조 속에서는 최저에 불과하다는 것을 알게 되었다. 이 문제가 제기되면, 캐나다가 국방비에 얼마를 써야 하는지에 토론의 초점이 모인다. 결국 우리들은 인플레이션을 감안해 연간 3%까지 증액하기로 동의했는데 이 어려운 결정은 적자가 늘어난 그 시기에 이뤄졌다. 우리의 동료들, 국방장관과 국방부 관료들, 캐나다 군, 그리고 방위 로비단은 한결같이 "그거 잘한 일입니다. 그것은 캐나다의 임무에 대한 적절한 표시입니다."라고 말했다. 그러나 곧 이들 대부분은 6%, 9% 등으로 증액을 요구하는 압력을 가하기 시작했다. 분명히 그들은 다른 사람들처럼 증진시켜야 하는 그들 나름의 이해가 있지만 연방정부로서는 사회의 다른 요구와 비교해 그들의 요구 사항을 저울질해야만 하고 상징적인 혜택 이상의 보다 실질적인 것을 판단해야만 한다.

미국이 캐나다보다 훨씬 막중한 역할과 많은 돈을 갖고 있을 뿐만 아니라 미국의 국방비 역시 경제성장과 대단히 긴밀한 연관을 갖고 있다. 미국 군부는 거대 회사를 지원하고 막대한 연구개발비를 승인해 민간 분야에서까지 기술의 진보를 가져온다. 재원의 규모가 그러한 가능성을 만든다. 그러나 미국에게 있어 최저 수준이라고 할지라도 우리에겐 압도적이다. 우리나라의 국방비는 그와 같은 부수적인 이익을 가져올 수 없으므로 미국의 경우와 비교하는 것은 대단히 적절치 못하다.

일단 동맹을 맺고 나면, 캐나다는 비록 작긴 하지만 어떤 역할을 해야 할 의무가 생긴다. 이것은 왜 자유당 정부가 미국 정부로 하여금 미국의 크루즈 미사일 시험 발사를 캐나다 지역에서 하도록 동의했는지에 대한 이유이다. 이것은 어려운 결정이었다. 트뤼도의 글로벌 이니셔티브(Global Initiatives : 1980년대 초 트뤼도가 발표한 평화·협동·군비해제 플랜―역자)에서 보여주는 것처럼 우리 모두는 평화를 사랑했고 트뤼도의 단순한 논리, 즉 군비 경쟁을 멈추게 하는 가장 단순한 방법은 신형 무기의 연구개발을 봉쇄하는 것이라는 주장을 지지했다. 이것은 우리가 노력하고자 한 꿈이었다.

한편 러시아는, 미국이 미사일 배치를 사실상 끝냈을 때 러시아

제 SS-20 미사일의 배치를 증가시키고 있었다. 나토(NATO)는 균형이 이미 깨졌다고 판단했으므로 유럽 동맹국들은 더 많은 미제 미사일을 자국 영토 내에 들여놓는 데 동의하였고 캐나다는 소련에 시위하기 위해 크루즈 미사일 시험발사에 대해 동의함으로써 우리가 이런 움직임에 무관심하지 않았다는 것을 과시했다.

이제 이 논쟁은 다른 쪽으로 흘러가고 있다. 군비 상의 균형이 유지되었는지, 혹은 어느 쪽이 탄두, 발사대, 잠수함 등에서 우위를 점하고 있는지를 파악하기란 항상 어려운 일이긴 하지만 군비 경쟁을 통제해야 할 시간이 다가왔다는 것이다. 어느 쪽이든 간에 전 세계를 수차례 파괴할 수 있는 위치에 있으며, 그렇게 할 수 있다는 위험성은 점점 더 현실화되어 가고 있다. 사람들은 군비 경쟁의 어리석음을 깨달아가고 있으며, 또한 세균전과 핵무기 사용을 금지시키자는 압력이 증가하고 있다.

이것은 캐나다가 미국의 '스타 워즈' 조사에 관여하기 전, 이를 진지하게 검토한 작업을 보다 의미있게 한다. 이것은, 이번에는 우주 공간에서 벌어지는, 또 다른 군비 경쟁의 상승 작용을 불러오는 불안정한 힘이 될지도 모르는 일이다. 캐나다가 하나의 동맹국이고 상대적으로 작은 배역을 맡고 있긴 하지만 미국 정부가 하는 모든 일에 박수만 치는 게 우리의 역할이라고 하는 것은 우습기 짝이 없는 일이다. 캐나다는 신중한 조사와 자유로운 검토 후에 캐나다의 입장을 정립시켜야 하며, 만일 필요하다면 우리가 영국, 독일 혹은 러시아에게조차 동의하지 않는 것과 같은 방법으로 미국의 입장에 찬성하지 않는 것도 생각해볼 수 있다. 이것은 성숙한 국가의 표시다. 물론 미국은 우리에게 최고의 친구지만 이러한 관계도 진실로 받아들이는 것을 허용해야 한다.

첫 프랑스계 재무장관에 임명

정치 상황이 급격히 바뀌는 바람에 나는 산업통상부에 오래 있지 못했다. 르네 레베크와 퀘벡당이 퀘벡 주에서 집권을 했고, 로버트 부라사가 퀘벡 자유당 당수직에서 물러났고 퀘벡에서 부라사의 자리를 나더러 맡으라는 압력이 적지 않았다. 동시에 1975년에 존 터너 연방 재무장관 후임자인 도널드 맥도널드는 공직 생활의 은퇴를 고려하고 있었다. 1962년 이후 하원의원으로 선출된 그는 가족들과 더 많은 시간을 갖고 싶어했고, 변호사 생활로 돌아가고 싶어했다. 그는 트뤼도 다음의 총리가 되기 위한 '강한 집념'도 갖고 있지 않다고 말했다. 생각지도 않게 내가 그의 사임 결심을 재촉하였는지도 모른다.

1977년 여름, 셔위니건 근처의 피에(Piles) 호수의 여름 별장에 맥도널드와 그의 아내 루스(Ruth)가 우리 부부를 찾아왔다. 우리 네 사람은 수영도 하고 골프도 즐기고 파티에 참석했으며, 저택에 수백 점의 퀘벡 그림과 온갖 음반을 소장하고 있는 내 오랜 친구 집을 방문하는 등 기막힌 주말을 보냈다. 우리들은 노래도 하고 재미있는 얘기를 나눴는데, 지금도 나는 맥도널드가 동틀녘에 스코틀랜드 전통춤을 추던 모습을 기억하고 있다.

한번은 맥도널드와 산책을 하던 중 내가 이런 말을 했다.

"알겠지만 당신의 미래는 대부분 내 손 안에 있고, 내 미래는 대부분 당신 손 안에 있소."

"어째서 그렇소?" 그가 되물었다.

"나는 지방 정계로 나가야 되는지를 결정해야만 하는 입장이

오. 정부가 두 명의 중진급 장관을 한꺼번에 양보할 수 있다고 생각지 않기 때문에 만일 내가 퀘벡으로 가면 당신은 오타와에 남게 될 것이오. 만일 당신이 오타와에 남는다면 나는 강제로 퀘벡 시로 가야 될지도 모르는 일이오. 만일 당신이 사임한다면, 아마도 트뤼도가 나를 재무장관으로 임명할지도 모른다는 기대 때문에 나는 연방 정계에 남게 될 것 같소."(이것은 당시 언론의 추측이었는데 나는 다른 경쟁자들을 물리칠 것으로 생각했었다.)

이 대화가 그의 결심에 하나의 요인으로 작용했는지는 알 수 없지만 어쨌든 맥도널드는 9월에 사임을 했다.

트뤼도는 장관 임명에 관해서는 언제나 세심했다. 그는 장관들을 인터뷰해 그들이 어떤 일을 하고 싶어하는지를 알고 있었고 그들의 희망 사항을 노트에 기록해두었다. 물론 그는 마이크 피어슨 시대 이후로 내 야망이 재무장관이라는 것을 알았으며 한때 내가 재정위원장에 지명되었을 때 나는 조만간 그 자리에 오르게 될 것으로 추측했었다. 나는 이것이 종종 정치적 매장이었다는 것을 알았지만 여전히 그것을 원했다.

1977년 9월 드디어 내 꿈이 이뤄졌다. 트뤼도와 내가 의사당 내 계단을 올라가고 있었다. 그가 잠시 멈춰 서서는 내게 말했다. "장, 당신을 재무장관에 임명하겠소."

내가 대답했다. "대단히 기분 좋습니다."

5 재무장관과 재계, 그 긴장의 관계

나는 모험을 즐기는 남자

나는 모험을 감수하고 신속하게 움직이는 것을 즐기는 남자다. 이런 성격이 나를 정치적으로 성공하게 하기도 했지만 곧잘 문제를 일으키기도 했다. 내 정치 경력에서 가장 극적인 극한(極限) 정책의 보기는 1978년 봄 내가 재무장관으로서 첫 예산안을 제출했을 때에 일어났다. 동료나 일부 관료들로부터 경고를 받지 않았다고는 말할 수 없지만, 내가 만일 그들의 조언을 듣지 않았다면 그것은 내가 나라를 위해 옳고 중요하다고 생각한 어떤 것을 하고 싶어했기 때문이다.

경제 성장을 지속시키기 위한 수단으로서 소비자 욕구를 자극하는 것은 그 당시의 경제적 필요였다. 한 가지 분명한 방법은 판매세를 감면함으로써 품질 좋은 값싼 상품을 만드는 것이었다. 연방정부의 판매세는 감춰진 세제였다. 즉, 상품이 만들어지고 공급되는 과정에 부가되어 최종 판매가에 노출되었다. 세제 감면이 반드시 저가(低價)로 나타나는 것은 아니다. 왜냐하면 감면분(分)이 생산자나 중간상인들의 호주머니로 들어가 버릴 수도 있기 때문이다. 다른 한편, 지방정부 판매세는 구매 당시의 소매 가격에 부가되므로 감면분은 소비자의 주머니 속에 틀림없이 남게 될 것이었다.

내 계획은 예산안이 상정되기 이전에 모든 주와 협의를 하여 그들로 하여금 오타와 정부로부터의 재정 보조금을 받는 대가로 판매세를 낮추도록 하는 것이었다. 만일 연방과 지방 예산이 상호 오해의 결과를 피하고도 남을 만큼 협조적일 수 있다면 거기에는 부가적인 특혜가 있을 수 있다. 브라이언 멀로니는 그가 종종 언급한 것처럼 협의나 연방-지방 간의 협조도 짜내지 않았다.

문제는 예산안을 둘러싸고 존재하는 오래 된 기밀성 때문에 발생하는 것이었는데 나는 주정부로부터 철석 같은 동의를 받아낼 수가 없었다. 나는 "내가 이렇게 했다면 그것을 하시겠습니까?"라고 말하는 게 고작이었다. 퀘벡 정부와의 토론이 가장 골치아팠는데 나는 퀘벡당과는 신중하게 대처해야 된다는 것을 깨우쳤다.

이 점을 염두에 두고 나는 자크 파리조(Jacques Parizeau) 퀘벡주 재무장관, 그의 온타리오 주 파트너인, 지적이고 합리적인 정치가인 맥커(McKeough)와 다시 접촉했다. 우리 세 사람은 몬트리올의 보나벤처 호텔에서 근사한 저녁식사를 했는데 이 모임은 파리조의 비위를 맞추기 위한 것이었다. 덩치가 큰 그는 자신의 특권적 배경으로 인해 인생에서 보다 세련된 것만 즐기도록 태어났으며 영국 군주의 태도가 몸에 배어 조금도 겸손한 구석이라곤 없었다.

나는 재무장관 모임에서 파리조와 같이 있었던 것을 기억한다. 토론의 주제는 왜 인플레이션과 실업률이 전통적인 경제학 이론과는 정반대로 동시에 상승하는가 하는 문제였다.

파리조는 조끼 주머니에 엄지손가락을 집어넣은 채 겸손한 목소리로 입을 열었다. "여러분, 우리는 대학에서 배운 모든 것을 잊어버려야 합니다."

"파리조씨, 나는 처음부터 그것을 배운 적이 없었으므로 잊어버리지 않겠소." 내가 목소리를 높였다.

파리조에 대한 인상

파리조의 자신감에 경의를 표하는 것이 언제나 입장을 관철시키는 유일한 수단이었으며, 그래서 나는 몬트리올의 기막힌 저녁식사에서 초라한 파이를 먹었다. "뭘 어떻게 해야 할지 모르겠소. 만일 당신이 내 경우라면 무엇을 하겠소?"라고 내가 말하자 그는 분명히 자신에게 상의를 해온 것을 기뻐했다. "아이고, 당신은 훌륭합니다, 자크." 내가 말했다. "만일 당신이 분리주의자가 아니었다면 나는 당신을 캐나다 은행의 총재로 임명하겠소."

이것은 바로 그의 약점을 건드렸다. 그는 "나는 너무 보수적이어서"라고 말했다. "나는 존 A. 맥도널드(John A. Macdonald) 경을 위해서라면 훌륭한 재무장관이 되었을 것입니다."

이기심을 자극해 그를 끌어들이는 데 시간이 오래 걸리지 않았다. 식사 끝무렵에 그가 지방세를 낮추는 협정안을 제시하도록 유도했다. 물론 문건으로 남긴 것은 아니었지만 어쨌든 나는 재무장관의 말은 서류 한 장보다도 훨씬 더 가치있다고 주장했다. 만일 내가 모든 주들과 협상할 만큼 확신을 갖고 있지 않았다면 틀림없이 나는 예산안에 판매세 안건을 상정하기 위해 혈안이 되었을 것이다.

그 예산안은 1978년 4월에 상정되었다. 9개 주는 판매세를 낮추겠다고 선언했으나 파리조만은 퀘벡 주가 어떻게 해야 되는지를 생각해봐야겠다며 시간이 필요하다고 했다. 나는 동료 장관들에게 "걱정하지 마십시오."라고 말했다. "그가 한 말이 있소. 그는 신사이므로 다른 분들처럼 기대에 부응할 겁니다."

내가 순진했다고 말하는 사람도 있었지만 나는 내 자신이 혁신적이고 솔직했다고 생각했으며, 따라서 퀘벡당이 나를 파멸시키려 하지는 않을 것이라고 생각했다. "괴롭게 될 겁니다"라고 말하는 사람도 있었지만 나는 파리조의 체면을 지켜주었다.

그는 교육 수준에 비춰 내 추측보다 훨씬 존경할 만한 사람이 못 되었음이 드러났다. 퀘벡은 판매세를 한꺼번에 내리지 않았다. 대신 특정 품목에 한해 일부 세금을 폐지했지만 내가 세수 손실액을 충당해주겠다고 주정부에 제시한 재정적 보상을 여전히 요구했다.

나는 다만 퀘벡 주 의회가 파리조를 따라와 주지 않고 그에게 크레티앙과 협상할 권리를 주지 않았기 때문에 포기할 수밖에 없었을 것으로 추측할 따름이었다. 내각의 신임을 얻지 못하고 약속을 지키지 못하는 재무장관은 자리에서 물러나는 길 외에는 없다. 만일 파리조가 자리를 걸고 밀어붙였다면 그는 내각의 동의를 얻어냈을지도 모르는 일이었다. 대신 그는 정치적인 점수를 얻기 위해 다른 사람들과 보조를 맞췄다. 그는 맺어놓은 협정을 파기했고 오타와 정부에 돈을 요구했다.

나는 분명히 말했다.

"안 됩니다. 협상은 협상입니다. 협상이 없다면 돈도 줄 수 없습니다."

이것은 지독한 말싸움으로 발전했다. 퀘벡 민족주의자들, 언론, 퀘벡 출신의 간부들 대부분, 심지어는 내각에서조차도 내가 포기해야만 한다고 말했다. 나는 철저하게 고립되어 있음을 절감했다. 매일 퀘벡 텔레비전 뉴스와 신문은 내 반대자들의 얘기들로만 꽉 채우고 있었다. 내 주변에는 나를 옹호하는 사람이 거의 없었고 내 입장을 설명할 기회도 없었다. 친구들과 지역구의 지지자들은 우리 집에 전화를 걸어 아내 앨린느에게 이렇게 말하곤 했다.

"왜 장이 이 문제에 대해 그렇게 고집을 피우는지 모르겠소. 그가 늘 그렇게 고지식했던 건 아니잖소."

"그는 결코 포기하지 않을 겁니다. 나도 그를 포기하지 않게 할 겁니다. 남편이 파리조의 말을 믿기 때문에 그가 옳습니다."

아내는 대답했다.

나도 그 사실을 믿었고 아내와 부하들도 믿었지만 다른 사람들은 그것을 믿거나 문제 있다고 생각하는 것 같지 않았다. 나는 다시 맥커에게 내 증인이 되어달라고 요청할 수도 있었으나 이는 그가 온타리오 주 토리당이고 연방 토리당이 나를 엉망으로 만들어 놓았기 때문에 그를 곤란하게 할 것이었다. 그가 공개적으로 이 문제에 끼어들기를 바라지는 않았지만 나는 그가 조 클라크와 르네 레베크에게 크레티앙이 옳고 파리조가 협정을 가지고 장난을 치고 있다고 보고했다고 들었다.

이것은 나를 고집불통으로 만드는 정도를 넘어 명예에 관한 문제였다. 결국 내가 다른 주들에게 약속을 했고 판매세의 감면이 퀘벡과 온타리오 주의 산업 시설에 대한 독점적 특혜가 아니라는 것을 특히 서부와 대서양 쪽의 캐나다 주들에게 믿게 하는 일에 많은 설득이 필요했기 때문에 그 문제 이후로 퀘벡 주와 특별한 협정을 할 수가 없었다. 그러나 나를 거꾸러뜨리려는 압력은 믿을 수 없을 만큼 대단했다.

나는 트뤼도에게 이렇게 말했다. "당신이 내게 정책을 변경하라고 한다면 나는 그렇게 할 겁니다. 하지만 나는 당신이 임명한 재무장관이 어떻게 되는지를 지켜볼 것이고 그때 가서 결단을 내릴 겁니다."

트뤼도는 나를 지지했다. 그는 "뭐든지 하고 싶은 대로 하시오."라고 말했다.

나는 디픈베이커가 총리가 되었을 때를 기억했는데 그는 서부 지역의 모든 농부들에게 작은 액수의 촌지를 보냈고 이것이 그들을 영원히 그에게 묶어두는 역할을 했다. 이것은 위기에서 벗어나게 하는 방법으로 나를 고무시켰다. 퀘벡 정부에 제시한 판매세의 감면 액수만큼 경제적인 보상을 하는 대신 나는 퀘벡 주민들에게 직접 현금에 상당하는 수표를 보내기로 결정했다. 즉 퀘벡의 모든 납세자에게 85달러씩을 보내는 것이었다.

그 파장은 상당 기간 지속됐는데 나는 처음에 가냘픈 희망을 품고 있었다. 어느 날 오후 나는 오타와의 리도 운하 옆에서 기자와 인터뷰를 하고 있었다. 마침 운하로 유람선이 지나가고 있었는데 배에 타고 있던 어떤 남자가 나를 향해 소리쳤다. "어이, 장, 언제 내 85달러를 보내줄 거요?" 수표가 배달되기 시작하자 퀘벡의 상점들에는 85달러짜리 특별 상품이 등장했다. 그리고 나는 퀘벡당 소속 의원을 만나기까지 했는데 이 사람은 그의 수표를 지방 예산국에 보내기보다는 주민들의 요구가 빗발치자 퀘벡 정부가 현금으로 바꾸는 것을 인정했다고 말했다.

민족주의의 값어치

언젠가 나는 라디오 방송의 상담프로 쇼에 출연하고 있었는데 어떤 여인이 내게 전화를 걸어 내가 주정부의 권리를 침해하고 퀘벡당을 협박했다고 욕지거리를 해댔다. 어떤 말로도 나는 그녀를 설득할 수가 없었다. 마지막에 가서 그녀에게 이런 질문을 했다. "그건 그렇고, 부인, 그 수표로 뭘 하셨습니까?"

"아, 현금으로 바꿨죠."라고 그녀가 말했다.

나는 그 말을 되받았다. "부인, 그게 바로 한 가지 사실을 입증하는 겁니다. 당신의 민족주의라는 것도 85달러의 가치밖에 없는 겁니다."

그녀는 전화를 내동댕이치듯 끊어버렸다.

폭풍의 기세는 여전히 꺾일 줄 몰랐다. 어느 날 나는 아내에게 그만둘 생각이라고 했다. "나는 내가 재정 분야에서 대단히 뛰어날 걸로 믿고 있었소."라고 내가 말했다. 나는 무척 실망하고 있었다.

아내는 침대로 아침 식사를 가지고 와서는, "당신은 지금 훌륭한 아침식사를 드시고 있으니 일어나 다시 싸우러 나가세요."라고 말했다.

국회로 차를 몰고 가던 중 나는 '자유당이 갤럽 여론조사에서 3~4% 앞서고 있다'는 뉴스 보도를 들었다. 그래서 여전히 나를 비난하고 있던 퀘벡 간부회의에 참석했을 때 나는 심각한 목소리로 말했다. "아시다시피, 당신들이 옳소. 나는 엄청난 실수를 범했고 우리 당은 이것 때문에 회복하기가 어려울 거요. 왜, 그렇습니까? 바로 오늘 아침 나는 갤럽에서 우리가 겨우 3~4% 앞서고 있다는 보도를 들었습니다."

그 직후 무슨 이유에선가 모든 사람들이 고수해온 대원칙이 사라지는 것 같았으며 결국 퀘벡 정부는 휴전을 선언했다.

이 사건은 트뤼도와 재무장관들과의 관계를 설명해주는 좋은 사례였다. 그는 거의 늘 장관들이 하고자 하는 대로 그들을 밀어주었다. 그는 장관들에게 자신의 견해를 알게 하면서도 한편 자기 의견을 내세우기보다는 듣는 편이었다. 그는 결코 공개적으로 다른 장관들 앞에서는 거의 논쟁하는 법이 없었다.

내가 그의 집무실에서 재무장관으로서 인계받은 임금과 가격 통제를 해제하는 문제에 대해 토론하고자 했을 때도 이런 태도는 분명했다. 나는 '거품' 효과를 우려했기 때문에 예상보다 일찍 그 조치를 해제하길 원했다. 즉 임금 상승과 물가 상승의 압력이 누적되면 그것이 폭발하여 통제 조치가 효력을 잃는 순간이 발생한다는 논리였다. 신속하고 충격적인 끝맺음이 오래 지속될 압력을 피할 수 있으리라는 게 내 의도였다.

트뤼도와 많은 고위 자문관들은 그 통제 조치가 잘 시행되고 있고 정치적으로도 인기가 있었으므로 이 프로그램이 더 유지되기를 바랐다. 내가 마음을 바꿀 생각이 없다고 말하자 트뤼도가 이런 말을 했다.

"우리는 낙타를 물가까지만 데리고 갈 수 있을 뿐 낙타가 물을 마시게 할 수는 없소."

그래서 나는 내심 최선이라고 생각한 것을 할 수 있었다. 나는 다소 자의적으로 해제조치 날짜를 못박았고 그럼으로써 내 부처의 많은 경제전문가들조차 놀라게 했을 만큼 통제조치가 순조롭게 해제되었다.

경제는 우울한 과학이라고 불린다. 처음 경제를 이해하게 되면 당신은 경제가 그렇게 우울하다는 사실을 발견하지 못할지도 모른다. 하지만 경제가 상당한 부분에 있어 과학이라는 것도 발견하지 못한다. 예산안의 하나를 공개한 후 가진 리셉션에서 나는 전문가들과 내빈들에게 이 예산안이 캐나다 달러에 미칠 영향에 대해 내기를 걸도록 했다. 캐나다 은행의 총재는 지나치게 머리 회전이 빨라 여기에 끼지 않았지만 모든 사람이 테이블 위에 25센트씩을 걸었다. 세 명을 제외한 모든 사람들은 달러화가 올라갈 것으로 추측했다. 실상은 달러값은 떨어졌다.

정확하게 예측한 세 명 중 두 사람은 경제전문가가 아닌 나와 내 보좌관인 에디 골든버그였다. 세 번째 사람은 재무부 출신의 경제전문가인 시드 루빈오프였는데 그는 자신의 예측을 이런 식으로 설명했다. "경제학 교재는 달러화가 절상된다는 전제하에서 시장을 분석한다. 그러나 시장은 미쳐 있으므로 달러화는 내려갈 것이다."

나는 경제를 교과서에서 배우지 않고 수년 동안 밥 브라이스, 사이먼 리스먼, 루이 라스민스키, 제랄드 부에이, 토미 쇼야마(Tommy Shoyama), 그리고 빌 후드(Bill Hood)와 같은 지적이고 현실적인 견해를 갖고 있는 관료들의 얘기를 들으면서 경제를 공부했다. 나는 미첼 샤프의 사무실에서 열린 그들의 토론을 쫓아다니며 들었고, 재정위원회에 그들이 제출한 보고서를 읽었으며, 내각에서 그들이 벌인 논쟁을 경청했다. 나는 이것이 나를 하버드 대학이나 베이 스트리트 출신처럼 재무부에 적격인 사람으로 만들었다고 믿는다.

재무장관에 필요한 요건들

다른 모든 부처와 마찬가지로 재무부 역시 장관과 관료들의 합작 투자회사다. 관료들은 장관에게 매일 경제 현황, 이자율, 인플레이션, 달러화, 지불준비금, 생산성과 성장률 등 장관의 판단에 기초 자료가 되는 모든 경제 지표를 브리핑한다. 장관은 현안과 경향을 보게 되고, 전문가들은 왜 이런 현상이 생기고 그 영향은 어떻게 될지에 대해 설명한다.

때때로 조건들이 지나치게 분명해서 결정을 내리기가 쉽다. 어떤 때는 육감이 전문성을 압도하기도 하고, 또 다른 경우는 정치 논리가 경제 논리보다 중요하기도 하다. 예를 들면, 세제(稅制)의 허점을 막는 일은 경제적으로는 이익이 있을지 모르나 정치적인 재난이 될지도 모른다. 즉 재무장관 자신이 국민들의 저축률이 너무 높다고 확신을 하고 있는데 무엇 때문에 인기 높은 퇴직저축계획을 폐지시키겠는가?

경제·정치적인 세부사항을 제외하면, 부처 내부에서 항상 광범위한 토론이 일어났다. 이런저런 학파로 나누고, 다시 또 세분하는 일은 경제학자들의 천성이다. 결국, 해결책들을 완벽하게 신뢰한다면 모든 사람이 부자가 되었을 것이다. 예산안을 심의하기 전, 나는 의견 차이를 놓고 건설적인 토론을 벌인 공무원들을 격려했다. 갈브레이드 추종자(the Galbraithians)들이 프리드만 추종자(the Friedmanites)들을 공격했고, 경기를 부양해야 하는 시점이라고 믿는 사람들은 재정 적자를 줄여야 할 시점이라고 믿는 사람들과 논쟁을 벌였다. 모든 이들이 완전 고용, 적절한 인플레이션, 그리고 공평 과세라는 개념 정의를 가지고 싸웠다. 모든 사람들이 직업을 갖고 있거나 경제가 최대한 팽창하여 돌아가는 게 완전 고용을 뜻하는 것인가? 여기에 성장의 여지가 있는 것인가, 혹은 성장이 인플레이션을 불러오게 되는가? 지출을 줄임으로써 회계상의 균형을 맞추어야 하는가, 아니면 세금을 올려서 그렇게 해야 하는가?

물론 궁극적으로는 재무장관은 경제 이론이 아무리 흥미롭거나 중요하더라도 여기에 골몰하면서 허구한 날을 보낼 수 없다. 현실은 냉정하고, 결정은 내려져야 한다. 그렇다고 재무장관이 특정한 과정에 영원히 얽매이게 된다는 뜻은 아니다. 세상이 변하듯 다른 방법도 필요하게 되고 과거의 방법은 재검토되어야 한다. 인플레이션은 당분간 가장 심각한 문제가 될지 모른다. 인플레이션을 잡으려는 조치가 취해질 때 인플레이션은 최우선 과제에서 뒤로 빠져버리고 실업 문제가 등장한다. 그러고 나면 적자가 또 걱정거리가 되고, 등등. 재무장관은 정부 내에서 총리를 포함한 그 밖의 어떤 사람들보다도 숱하게 어떤 일을 조치할 필요가 있는지를 결정해야 하며, 그는 동료, 부처, 그리고 넓게는 사회와 협의한 뒤에 어떻게 할지를 결정한다.

어느 땐가 나는 감세를 주장하는 부처 공무원들과 지리한 싸움을 벌이기도 했다. 공무원들로 하여금 자신의 입장을 당당하게 옹호하게 함으로써 나중에 나는 공개 석상에서 스스로를 지키는 것을 배울 수 있었다. 나는 갑자기 멈춰 서서 말했다.

"재무장관이 감세에 반대한 것은 부처 역사상 처음 있는 일이 될 게 틀림없습니다. 보통 감세를 주장하는 사람은 정치인이고 관료들은 이에 대해 반대해왔습니다."

나는 또 "역사상 감세를 원하지 않은 정치인이 틀림없이 몇 명은 있었을 겁니다."라고 말했다.

"그렇습니다." 토미 쇼야마가 대답했다. "허버트 후버입니다." 그래서 우리는 세금을 깎았다.

재무장관 노릇을 하려면 융통성이 요구된다. 그래서 나는 적자와 같은 이슈에 대해 정부는 교조적일 수 없다는 주장을 늘 해왔다. 미국의 레이건 행정부는 워싱턴 회계의 균형을 맞추겠다는 공약을 내걸고 당선되었을지 모르지만 4년간 열심히 일하고도 연방 적자는 5백억 달러에서 2천2백억 달러로 올라갔다. 공화당 지지자들이 입에 달고 다니면서 수많은 캐나다 기업인들까지 물들인 그 상투적이고 낡아빠진 어법을 사용하지 못하도록 했기 때문은 아니다. 사실상 많은 토리당원들에게 천국이 되어온 미국은 1931년 이래 겨우 8~9차례 균형 회계를 기록했을 뿐이며, 이것의 대부분은 고집 센 민주당원에 의해 이뤄졌다.

분명한 사실은, 세금이 빚의 이자를 갚는 데 쓰여져야 하고 다른 서비스는 결과적으로 방치되므로 어떤 나라도 골치 아픈 적자를 원하지는 않는다는 것이다. 내가 재정위원회에 있을 때 내게 '노(No) 박사'라는 별명이 붙은 것은 적자에 대한 나의 관심 때문이었으며, 내가 재무장관 재임 중 제출한 두 번의 예산안에서 적자폭이 미미하게 증가했었는데 이것도 GNP와 예산과 연관시켜보면 감소된 것이었다. 연방정부의 빚은 재무장관이면 누구나 염두에 두고 있어야 하는 중요한 요소가 되었음에 틀림이 없다. 그러나 이것도 유일한, 실제 진행 중인 다른 모든 요소들에 상관없이 가장 중요한 고려사항이 될 수는 없다.

종종 경제적 성공으로 찬사를 받는 일본도 국민 일인당 적자는 캐나다보다 더 크다. 선진 7개국 재무장관 회담 및 일본 관료들과의 모임에서 나는 그 이유를 물었다. 그 이유가 재미있었다. 일본인들은 거의 수입의 4분의 1에 해당하는 많은 돈을 저축하므로 정부는 돈이 경제로 유통되게 하기 위해 막대한 적자 운영이 불가피하다는 얘기였다. 캐나디안들도 미국인들의 두 배 이상인 수입의 14%라는 큰 액수를 저축한다.

사실 정부는 국민들에게 세제 혜택을 제공함으로써 저축을 유도하는데 이것이 발전에 필요한 재원이 된다. 시간이 지날수록 그 재원의 축적은 막대해진다.

기업과 정부가 다른 이유

수많은 국민들의 저축 수단 중 하나는 정부가 발행하는 저축 채권을 사두는 일이다. 이들 저축 채권이 최상의 투자 대상이 아닐지는 몰라도 국민들은 채권이 안정성이 있다고 믿는다. 심지어는 내 부친조차도 당신이 어렵게 번 돈을 채권에 투자했다. 부친이 돌아가셔서야 내 몫이 손에 쥐어졌는데 그 돈은 원래 가치보다 인플레이션으로 약 3분의 1로 줄어들어 있어 부친이 그 돈으로 자신의 여생을 더 즐겼었더라면 하는 아쉬움이 남았다. 그러나 나 역시 저축의 일정 부분을 내 자신의 안정성 혹은 내 아이들, 손자들에게 물려주기 위해 채권에 투자할 것 같다. 이는 인간의 본능이다.

　요점은 인플레와 국세의 무조건 지방 교부 이후에 수입이 이자를 갚는 데 상당 부분으로 지불된다는 것이며, 정부는 상대적으로 빚을 갚는 데 거의 돈을 쓰지 않았다는 데 있다. 한 국가의 신용도가 떨어져 돈을 빌려주는 국가가 없고 국가의 채권을 매입하지 않을 때는 틀림없이 제한이 생기지만, 그러나 캐나다의 적자는 그런 막대한 것과는 거리가 멀다. 많은 수의 캐나디안들은 여전히 정부 채권을 민간 부분의 그것보다 선호한다. 나는 자유당을 극도로 싫어하는 토리당 은행인들에게 그 이유를 묻곤 했다. "당신들은 당신의 개인 저축을 캐나다 저축 채권에 투자하십니까, 아니면 크라이슬러 사(社)와 매시 퍼거슨 사(社) 친구들의 채권을 사십니까?"

　여러분이 적자에 관한 논쟁에서 정치논리가 경제논리만큼 중요하다고 깨달을 때만이 그러한 모순은 일리가 있다. 공화당을 지지하는 기업인들은 로널드 레이건이 미국의 재정 적자를 엄청 늘려놓았는데도 그를 숭배한다. 자유당 재무장관인 앨런 맥키큰이 기업가들의 목표에 부합한 혹은 남용된 세제(稅制) 인센티브를 중단함으로써 세입을 늘리려고 시도했을 때 토리당 기업가들은 악을 쓰며 그를 비난했다. 다른 말로 하면, 업계에서는 세금 감면을 원하지만 감면 그 자체만을 원하는 것은 아니다. 최소한 자유당이 주도한 감면은 원하지 않았다. 그러나 토리당측이, 자유당이 고맙다는 말 한마디 듣지 않고 도입했던 방만한 연구개발비를 삭감했을 때 우는 소리는 없었다.

　기업가들은 정부의 적자 규모를 놓고 "만일 회사를 저런 식으로 경영했다면 우리들은 파산했을 것"이라고 말하는데, 그들은 단지 눈에 보이는 것만 가지고 말하고 있을 따름이다. 기업이 하는 방식으로 이윤을 내는 게 정부의 목적이 아니다. 왜냐하면 기업은 직업이 없는 가난한 사람들을 조금도 개의치 않아도 되고 비영리 기업에 서비스를 제공하지 않아도 되기 때문이다. 물론 정부도 가능하면 효율적이고도 경제적으로 운영될 필요가 있다. 대부분의 기업들이 기업 공개를 요구받는 경우와 마찬가지로 정부는 지속적인 대중의 감시에 견뎌야 한다고 생각한다. 그러나 본질적으로 공공 부문과 민간 부문을 비교하는 것은 사과와 오렌지를 비교하는 것과 같다.

이런 차이점들과 불평에도 불구하고 정부와 기업의 관계는 일반에 비치는 것처럼 그렇게 나쁘지는 않았다. 자유당 정권 시절에는 정부와 기업 간에 셀 수도 없는 협조와 협의의 실례들이 있었다. 나는 내 재임 중에 어떤 다른 부문보다도 업계와 보다 많이 협의를 해왔으며, 단 한 번도 국가현안에 관한 기업 위원회, 캐나다 상업회의소, 중소기업 연합, 그리고 무역 기구들의 의견을 구하지 않고 예산안을 준비해본 적이 없다.

기업의 로비는 조직적이고 재정적인 뒷받침이 충분하여 그럴듯하게 보일 뿐만 아니라 집요하다. 기업가들은 영향력이 있고 지식이 많고 함께 얘기하는 게 즐거울 정도로 정보가 많은 사람들이다. 정부에 대한 기업의 불만이 전혀 논의되지 않았던 것은 아니지만 진짜 불만은 기업이 원하는 것을 정부가 하지 않았다는 것이다. 만일 기업가가 결정을 하길 원한다면, 그 방법은 간단하다. 그들이 국회에 뽑혀와야만 한다.

노조 지도자들에게도 똑같이 적용된다. 그들 또한 자신들이 정기적으로 의논한다고 말할 수 없다. 틀림없이 그들은 우리 부처의 예산안 확정 과정의 일원이었으며, 어떤 문제와 관련해서 노조 지도자를 만나지 않았던 자유당 장관들은 없었다. 때때로 노조가 자신들의 입장을 밝히는 데 있어 기업보다 덜 집요하고 더 감정적이라는 사실을 나는 알았다. 그러나 실제적인 불리함은 노조가 NDP와 연합한 데 있는 듯싶었다. 왜냐하면 노조 지도자들은 결코 정부와 밀착한 것처럼 보일 수는 없으므로 그들은 노조원들에 대해 효과적이고 솔직한 사안을 만드는 것과 NDP에 투표하도록 하는 그들의 능력에 대한 파장을 판단하는 사이에서 고민한다.

내 생각으로는, 이것이 그들을 보다 비효율적인 대표로 만들었을 뿐 아니라 특정 이해 집단의 대변자처럼 연방 정당의 이슈를 주장하게 했다. 이것은 마치 노조들이 NDP의 정치적 대의명분을 약화시킬지 모르는 정부로부터의 특혜를 받는 데 안달이 난 것과 같다. NDP가 지방 의회에서 정권을 잡았을 때조차도 노조들은 재야에 머물러 있는 것처럼 보인다. 아마도 이것은 그들이 너무 오랫동안 야권에 있어왔기 때문에 본능적으로 정부 편에 서는 것을 불편하게 생각하기 때문인지도 모른다.

두 번째의 어려움은 고도로 분권화된 노조 연맹인, 캐나다 노조 회의의 구조에 있다. 모든 노조 지도자들은 자신들만의 연금, 파업기금, 그리고 관할권이 확보된 일종의 작은 제국을 이루고 있다. 결과적으로 노조는 협상이 정부를 상대로 이뤄지는 것일 경우 자못 어려움을 겪는다. 노조 세력은 때때로 업종과 지역에 따라 즉 브리티시 컬럼비아의 철강노동자들이 파업에 돌입하는 순간 노바스코샤의 체신노동자들은 휴전에 들어가는 시점일 만큼 그 양상이 다양하므로 총괄적인 협약은 거의 드물며, 모든 사람들을 협력하게 하는 것은 가능하지도 않다. 이로 인해 1970년대에 자발적인 임금 동결을 이끌어낼 수 없었으며 이것이 정부가 결국 임금 통제 조치를 도입할 수밖에 없었던 근본적인 이유이다.

많은 기업인들은 자유당이 금융인보다는 노동자들의 지지를 많이 받고 있다는 것을 알기 때문에 노조에 너무 유화적이라고 생각한다. 분명한 것은 트뤼도, 마샹, 그리고 펠치에는 1950년대 퀘벡 주의 노조운동에 깊숙이 관여했으며, 나는 셔위니건에서 그보다 조금 뒤에 노조 고문변호사로 일했으므로 이들의 지역구에서는 토리당보다는 자유당이 노조의 지지를 얻고 있는 것은 의심할 바 없다. 그러나 이것이 우리 정부가 편견을 갖게 한다고는 생각지 않는다. 결국 우리는 마찬가지로 NDP에 맞서 싸워야만 했다.

정치인과 행정가의 차이

셔위니건에서 나는 1965년 선거에서 NDP 후보의 강력한 도전을 받았다. 그 NDP 후보는 유명한 의사였는데 대중주의자로서의 내 지지기반과 스타일에도 불구하고 위협을 느꼈다. 나는 노조원들에게 강력하게 호소하지 않으면 안 되었다.

"여러분의 노조 지도자들은 지금 당신들의 돈을 쓰고 있습니다. 그들은 당신의 사무실을 사용하고 있고 부자 의사를 뽑기 위해 인쇄매체를 이용하고 있습니다."

과격했지만 이 말은 사실이었다. 비록 내가 노동 계층의 회사를 좋아하고, 내가 장관으로 있는 동안 노조의 본부를 방문하고, 노조관(觀)을 밝히는 등 내 방식대로 했음에도 불구하고 나는 노조 지도자의 리더십은 언제나 정부가 하는 것에 대해 반대해왔다는 것을 알았다.

업계에서는 자유당이 노조 뒤를 봐주고 있다고 생각하는 반면에 노조 지도자들은 우리들이 기업가들 편에 서 있다고 비난하였다. 이것은 우리가 중립을 지키기 위해 치러야 하는 대가였다. 장관들은 다른 분야보다도 각별히 경제계의 움직임을 주시하고 그 목소리를 들었는데 그 이유는 기업의 본질이 많은 대화를 필요로 하기 때문이다.

정치가가 되는 것과 마찬가지로, 장관들도 자기 부처의 행정가이며 모든 부처는 경제계에 영향을 미친다. 그래서 기업인들이 관세 혹은 세금 혹은 연구 프로그램과 관련, 특정한 문제를 토론하기 위해 오타와에 자주 나타났다. 노동조합은 종종 조합원들에게 직접적으로 영향을 주는 어떤 문제와 관련, 로비를 하거나 반대는 하겠지만 특정 법안의 세부사항까지 관여하려는 필요성이나 욕구를 느끼지 않는다. 한 실례를 들면, 내가 산업통상장관으로 있을 당시 노동자들과 사용자가 섬유 및 의류 수입 쿼터 문제를 협의하기 위해 찾아왔다. 그러나 일반적으로, 나는 오타와에 본부를 두고 있는 노조 지도자들보다는 토론토, 몬트리올, 캘거리 등에서 온 기업의 임원을 더 많이 만나고 있었다. 논란의 소지가 많은 문제를 다루기를 좋아하는 장관은 기업인들과 많은 시간을 소비해야 할 것이다.

오늘날 재계와 노동계를 양분하는 대단히 큰 현안은 경제전문가들을 나누는 현안과 똑같다. 즉, 적자 감축 대 고용 증대, 규제 대 규제완화이다. 여기에 간단한 해결책은 없다. 실업은 그 원인과 영향이 수년 동안 변화하였다고 하더라도 사회적·인간적 비극임에는 틀림이 없다. 실업 보험과 복지는 이런 비참함을 어느 만큼 없애주었고, 한 가정에서 많은 구성원이 직장 혹은 아르바이트 자리를 갖고 있으며, 가정은 점점 작아지고 있으며, 그리고 이른바 '지하 경제'를 통해 가욋돈을 벌 기회가 더 많아졌다. 예컨대, 셔위니건의 실업률이 놀라울 정도로 높아 보였는데도 주택 사정은 20년 전보다 좋은 상태가 되었고 가게들이 늘어났고 모든 가정에서 텔레비전과 자동차를 갖게 되었다. 사회적 '안전 망'이 의욕을 갉아먹고 남용되고 있을 뿐이라는 것이 증명되었다고 말하기도 하지만 나는 그것이 진보와 문명의 징후라고 말한다. 물론 복지는 게으른 노동력과 실종된 자존심을 의미하며, 결코 복지가 노동의 대안이 되어서는 안 되지만 노동의 성격도 마찬가지로 바뀌었다.

과거에 직업은 건설과 상품을 만드는 것을 의미했다. 어떤 남자가 숲으로 들어가 나무를 베어 공장에 가지고 오면 이것은 종이나 주택으로 바뀐다. 이제 그 사람이 한 달이 걸려서 하던 일이 기계나 로봇에 의해 불과 수분 만에 끝나게 된다. 보다 많은 것들이 적은 수의 사람들에 의해 생산되면서 수천의 제조업 일자리들이 없어졌다. 그러나 교육, 병원, 정보서비스, 금융 기관, 컴퓨터와 세일즈 분야와 같은 새로운 타입의 일자리가 생겨났다. 불행하게도 그러한 새로운 직업들은 천연자원을 최초로 개발한 지역에서 구시대의 직업들이 사라진 속도처럼 빨리 생겨나지 않았다.

폭포가 있었기 때문에 셔위니건은 발전했다. 제지공장들과 다른 산업 시설들이 값싼 전기료로 인해 유입되었다. 그러나 지금은 값싼 전기의 이점은 없어졌고, 현대화는 다른 텃세도 없애버렸으며 2천5백여 개 이상의 일자리가 내 지역구에서 사라지게 되었다. 서비스 분야, 공공 분야, 그리고 분권화 프로그램이 어느 수준까지는 그 손실을 상쇄하는 도움을 주긴 했지만 구조적인 문제는 여전히 해결되지 않았다. 이것은 캐나다 전 지역을 통해서 보이는 문제이다.

첨단 기술과 산업 전략이 마치 간편한 만병통치약인 것처럼 사람들은 말한다. 그러나 첨단 기술은 천연 자원과 대량 노동보다 많은 자본의 위험성과 숙련된 노동자를 필요로 하고, 산업 전략은 문서에 나타나는 것 이상으로 실천하는 게 어렵다. 국가, 경제와 압력들은 너무 다양화되어 거대한 계획을 성공시키기가 어렵다.

예를 들면, 세계 시장에 가격 제한이 없다고 하면 캐나다 정부는 어떤 전략으로 구리, 종이, 기름을 생산할 수 있겠는가? 국가에너지계획은 높은 원유가에 기초한 훌륭한 오일 전략이다. 모든 예측에도 불구하고 시장이 붕괴되지 않는다고 하면, 유전 탐사는 시작하기로 되어 있었고, 고용은 창출되기로 예정돼 있었고, 서부지역에서의 부가가치는 막대하게 되어 있었다. 일자리는 늘어나야 했으며 서방 세계에 있어 부가가치는 끔찍한 일이 되어야만 한다. 그리고 모든 것은 놀라운 일이 되어야만 했다. 세계 시장의 공급은 수요를 능가했으며 정부가 이와 관련지어 할 수 있었던 일은 아무것도 없었다.

"오, 크레티앙씨, 당신은 너무 현실적이고 장기적인 계획을 좋아하지 않는군요."라고 사람들은 내게 말한다. 하지만 이것은 진실이 아니다. 캐나다는 장기적인 계획을 필요로 하고 나는 많은 장기 계획을 만들었다. 나는 우리 사회가 5년 내에 필요하게 될 마이크로칩과 치과 의사의 수효를 정확히 예측한다고 생각하는 사람들과 기꺼이 토론하고 함께 일하고 있다. 그들의 예측은 유용하며, 만일 그것이 정확하다면 많은 일이 더 좋아질 것이다.

그러나 내 경험은 내가 성공의 기회 앞에서 어릿광대가 되는 것을 허락하질 않는다. 캐나다에서는 많은 사람들에 의해 너무나 많은 결정들이 간단히 내려지고 있으며 이것은 전 세계의 모든 전략에 영향을 미칠 수가 있다. 가격과 투자와 생산이 엄격히 통제되고 있는 대(大)계획의 국가에서조차도 5개년 계획은 한 번도 예정대로 실천되지 않았다.

모든 이론은 현실을 잊게 만든다

재무장관으로 있을 당시 나는 어떤 대계획을 제안했다. 나는 심지어 이것에 대해 총리, 내각, 그리고 지방 수상들, 토리당과 신민주당 등의 동의를 얻어냈다. 이 계획은 워낙 근사했기 때문에 모든 사람들이 좋아했다. 5년도 안 돼서 모든 일자리가 새로 만들어지게 되었으므로 인력 부족에 직면하게 될 것이었다. 캐나다 연방정부와 지방 정부의 국고도 흘러넘칠 만큼 충분하고 모든 적자는 해소되게 되었다. 내 계획이 현실적이라고 모든 이들이 인정했고 이를 칭찬했고 기뻐했다.

경제전문가들은 5년간 경제 성장률은 매년 6%가 될 것이라고 예측했다. 나는 자신을 위대한 경제학자라고 생각해본 일은 없지만 성장률은 다소 높은 것처럼 보였다. 우리 부처의 몇몇 관료들과 한바탕 논쟁을 벌인 뒤에야 나는 성장률을 5%로 낮췄는데 이것만으로도 여전히 계획의 대부분이 결실을 가져오게 되어 있었다.

그러나 불행하게도 현실이 도와주지 않았다. 즉 성장은 침체로 나타나게 되었고 계획 전체가 물거품이 되었다. 비평가들은 우리들이 전략을 가지고 있지 않았다고 말했지만 결과가 나온 뒤에 뭐라고 말하는 것은 쉬운 일이다. 우리는 전략을 갖고 있었으나 이것이 우리의 바람대로 작용하지 않았다.

여러 부문에 걸친 전략은 심사숙고하고 정확할 필요가 있지만 이것은 또한 현실과 부딪쳤을 때 융통성이 필요하다는 인식이 늘 병행돼야 한다. 나는 때때로 기업가들에게 이렇게 말했다.

"좋소, 당신들이 섬유 업계에서 없어지는 일자리 두 개를 보장만 할 수 있다면 나는 내 지역구에 있는 모든 섬유 공장의 문을 닫게 하겠소. 첨단 기술 분야에서 새로운 직업이 하나 생겨날 것이오."

모든 이론 속에서 삶의 현실은 빨리 잊혀지는 경향이 있다. 국내 섬유산업을 폐쇄하는 것은 국내 소비자들을 외국 생산자들의 포로로 만들어버림으로써 자국 산업의 경쟁력을 유지하는 데 드는 이상의 비용이 들 수 있으며, 또한 이것은 견딜 수 없는 사회·정치적인 결과를 불러왔을 것이다. 정치인들은 그들의 지역구 유권자들에게 책임이 있고, 결국 자신의 고향을 못사는 곳으로 만들면 선거에서 떨어진다.

캐나다는 현대 세계에 적응을 해야만 한다. 그러나 미래의 산업 전략을 요구하는 사람들은 종종 정부로부터의 간섭을 덜 원하는 사람들과 같다. 이것이 내가 그들의 주장을 받아들일 수 없는 것으로 보는 이유다.

정치는 현란한 서바이벌 게임

1978년, 트뤼도는 그답지 않게 재무부에 입김을 넣었으며 이는 그 과정에서 내 경력에 큰 타격을 주었다. 당시는 서방 세계 전역에 물가가 치솟고, 임금 동결에 드는 비용이 점점 커지고, 소득이 올라가 각국의 정부가 어떤 조치를 취해야 한다는 압력이 커지고 있던 고도 인플레이션의 시기였다. 인플레이션은 트뤼도와 내가 1978년 8월에 참가한 서독의 본에서 열린 경제 정상 회의의 주요 의제였다. 나는 이 상황과 관련해 우리 부처의 관료들과 몇 달 동안 토론을 했었으므로 본으로 가는 길에 트뤼도에게 몇 가지 가능한 해결책에 대해 설명했다.

본에서 돌아온 뒤에 트뤼도가 본 정상회담과 캐나다 경제 전반에 관련한 대(對)국민 연설을 준비하고 있을 동안 나는 셔위니건 교외의 별장에서 휴가를 보냈다. 여론조사는 줄곧 존 터너와 도널드 맥도널드의 사임 이후 자유당의 경제 정책에 대해 어두운 전망을 해왔다. 이 전망의 일부는 트뤼도가 경제 문제에 관련해 충분한 관심을 보이지 않았다는 인식에 근거하고 있었다. 트뤼도의 자문단은 텔레비전 연설을 통해 새로운 제한 조치를 발표함으로써 그러한 인상을 바로잡기를 원했다. 그러나 트뤼도는 일반론에 집착하지 않고 연방정부 지출의 20억 달러를 줄이겠다고 발표했다. 이런 발표가 있은 후 놀랍게도 언론에서는 총리의 아이디어가 재무장관에게서 나온 것이라고 공격했다. 경제에 관심을 갖지 않는다고 트뤼도를 비판하던 사람들은 이제 그가 크레티앙의 영역을 침범하고 있다고 비난하였으며, 나는 바보처럼 보이게 되었다.

이것이 의사소통상의 실패, 혹은 총리실의 파워 플레이에서 비롯되었는지에 대해 나는 딱 부러지게 결론을 내리지 못했다. 트뤼도는 내게 전화를 걸어 사과를 하면서 자신의 비서실장인 짐 쿠츠(Jim Coutts)를 사전에 내게 보내 접촉하려 했었다고 말했지만, 나는 스스로 사퇴하지 않으면 안 된다고 생각했다. 명백히 총리는 그가 해온 일을 할 권리가 있으며, 그는 마땅히 해야 하는 것처럼 감축안의 세부 사항은 내게 맡겼고 우리는 이 문제에 관해 총괄적으로 토론을 했다. 그러나 통상적으로 이런 상황에서는 재무장관은 자리에서 물러나는 게 관례였다. 퀘벡 주에서 분리주의자들이 정권을 잡은 상황에서 연방정부의 주요한 프랑스계 장관이 사임할 경우 이것이 몰고 올 영향을 우려한 나머지 나는 사임하지 않기로 결심했다.

나는 파워 게임에 대해 알 만큼 오랜 기간 정치를 했다. 정치라는 예술은 두 팔을 들고 얼굴에는 미소를 머금은 채 절벽에 등을 대고 걸어가는 법을 배우는 것이다. 정치는 현란한 불빛 아래서 벌이는 서바이벌 게임이다. 만일 이것을 배우지 않는다면 순식간에 정치 생명이 끝나게 된다. 이것은 지독히 비정하기 때문에 이를 불평할 수가 없으며 즉시 수긍하고 그대로 따라야 한다. 언론은 당신을 목표로 하고 있다. 야당도 역시 당신을 노리고 있다. 심지어는 관료들 중에도 당신을 쓰러뜨리려는 사람이 있다. 그들 모두 당신이 잘못하는 일에 대해 관심이 있고 한결같이 야망을 갖고 있다. 그래서 재무부에 있으면서 나와 불편한 관계에 있던 사람들조차도 그런 상황을 의도적으로 만들지 않았다고 할지라도 이를 이용하려 했을 것을 나는 알았다. 자연스럽게 나는 내 자신을 옹호하기 위해서 몇 가지 대응책을 강구해야만 했다.

트뤼도는 이 사건이 나와 정부에게 타격을 주었다고 생각했다.

11월용 다른 예산을 준비하던 중 트뤼도를 찾아가 얘기했다. "나는 이것을 내 이름으로 했으면 합니다. 그렇게 하도록 하겠습니까 아니면 나를 끝장나게 하시겠습니까?"

그는 "어떤 간섭도 없을 것입니다."라고 말했다.

그런 다음 나는 우리 부처 관료들의 신임을 다시 얻어야 했다. 만일 내각에서 힘을 잃었다는 사실을 관료들이 알게 되면 인생이 피곤해지는 경향이 있다. 나는 관료들에게 말했다. "좋습니다, 우리는 지금 예산안, 내 예산안을 만들려는 중이오. 그것이 잘될 것 같으면 아무도 내게 뭐라고 말하지 마시오." 나는 그들이 한바탕 크게 붙어 이겨보겠다는 듯 얼굴에 미소를 머금고 있는 것을 볼 수 있었다.

선거 일정이 잡혀 있었으므로 모든 사람들은 11월 예산은 선거용으로 편성될 것으로 여겼다. 그러나 나는 이미 내 첫 예산안에서 혁신적으로 추진했던 판매세 논생으로 대가를 지른 경험이 있었으며, 8월의 대실패는 시장과 대중들의 의식에 혼란스러움을 심어주었다.

그래서 나는 일반적으로 받아들여지는, 보다 보수적이고 안정적인 접근 방법을 택했다. 내 동료 중 몇 명은 이것이 1979년의 선거를 망칠 것이라고 항의하기도 했지만, 나는 변화를 요구하는 대중의 바람 때문에 우리는 이미 패배했다고 판단했다. 내가 바란 것은 자유당이 경제적으로 책임 있는 모습을 보임으로써 어느 정도의 지지를 건져 올릴 수 있다는 것이었다. 결국 이것은 옳은 선택이었지만 경제 호황이 항상 좋은 정치를 만드는 것은 아니라는 사실이 한동안 보다 분명해 보였다.

클라크는 선거에서 우리가 잃은 의석만큼을 이기지는 못했다.

자유당은 1963년 이래 줄곧 정권을 잡아왔다. 국민들은 10년 넘게 계속된 트뤼도 정권에 싫증을 냈지만 그렇다고 지지 집회를 열 만큼 시급한 위기 상황도 아니었다. 만일 그가 퀘벡당의 승리 직후인 1977년에 선거를 공고했었더라면 자유당은 압도적인 다수를 차지했었을 것이다. 그러나 1979년까지 많은 캐나디안들은 분리 위협이 진짜가 아니라는 잘못된 인식을 하고 있었다.

사실, 레베크가 영국계 캐나다인들을 가리켜 바보들과 압제자들의 집단이라고 하면 할수록 그들은 더욱 그에게 박수를 보냈다. 왜냐하면 그는 일종의 자학적인 죄의식에 호소했기 때문에 그의 언동이 종종 국가적 위협이 아닌 재미있는 사건 정도로 묘사되곤 했다. 그래서 캐나디안들은 트뤼도를 클라크로 갈아치우는 데 망설이지 않았고 그때 국민들은 트뤼도에게 첫 번째 기회를 상기시켰다.

나는 1979년 선거운동 기간 중 위니펙에서 어떤 여성들과 벌인 논쟁을 잊지 못하고 있다. 나는 위니펙에서 로이드 액스워디(Lloyd Axworthy)의 선거를 지원하고 있던 중 똑똑하고 분명한, 그러나 우리들에게 적대감을 갖고 있는 몇 명의 유권자들과 만났다. 나는 그들 중 한 사람에게 물었다. "부인, 누가 이 선거구에서 훌륭한 의원이 될 것 같습니까, 로이드 액스워디입니까 아니면 그의 상대입니까?"

그녀는 "로이드 액스워디죠."라고 말했다.

"그러면 재무장관으로서 장 크레티앙과 싱클레아 스티븐스(Sinclair Stevens) 중 누가 더 낫습니까?"(우파 토리당인 스티븐스는 만일 선거에서 토리당이 이기면 내 후임으로 재무장관이 된다는 소문이 나돌고 있었다.)

“장 크레티앙입니다.”라고 그녀는 대답했다.

“그러면 피에르 트뤼도와 조 클라크 중 누가 총리의 적임자입니까?”

“피에르 트뤼도지요.” 그녀는 대답했다.

“그래서 당신의 논리로 보면, 당신은 자유당에게 투표해야만 한다는 건데요.”

그녀는 분명하게 말했다. “아닙니다. 나는 항의를 하고 있는 겁니다. 나는 변화를 원하고 있습니다.”

✍ 캐나다 없이 퀘벡은 생존할 수 없다!

"레베크는 분리주의자가 아니다"

1976년 퀘벡 주 지방의회 선거에서 분리주의자 정당인 퀘벡당의 집권은 충격으로 다가왔다. 로버트 부라사가 이끌던 퀘벡 자유당이 인기가 없었다는 것은 알았지만 르네 레베크와 퀘벡당에게는 그들의 독립 의사가 치명적인 약점이 될 것이라고 나는 추측했다. 그들은 독립 주장에도 불구하고 선거에서 이겼고, 그가 추종자들에게 너무 흥분하지 말라고 주의를 주었던 선거 당일 밤 그자신이 깨달은 것처럼 당선의 이유는 꼭 그것 때문만은 아니었다. 퀘벡의 주민들은 단순히 변화를 바랐었다. 그럼에도 불구하고 나는 위기를 감지했다. 분리주의 운동은 힘을 갖고 있었다. 분리 주장은 젊은이들의 상상력을 사로잡았고, 이 운동의 지도자는 정치적 능력이 풍부한 사람이었다.

한편 트뤼도는 총리로서 세 번째 임기를 맞고 있었는데 그가 계속 총리 자리를 유지할지, 혹은 그가 사임했을 경우 어떤 결과가 나올지에 대해 누구도 예측하지 못했다. 나는 캐나다가 몇 년

이 갈지도 모를 엄청난 시련에 직면해 있음을 느꼈고, 좌절감을 맛보았다.

레베크가 프랑스어 및 영어 사용 언론에서 얼마나 인기가 높은가를 확인하고는 특히 실망이 컸다. 그는 다른 정치인들이라면 용서받지 못했을 행동과 발언으로도 용서를 받고 있었다. 심지어는 독립을 지지하지 않는 저널리스트조차도 그의 입장을 이해했다. 그들은 "레베크는 진짜 분리주의자가 아니다."라며 "그는 온건하고 믿을 만한 친구"라고 말했다. 그들은 1976년에도 이렇게 말했고, 모든 증거가 드러났는데도 불구하고 1985년에 와서도 여전히 똑같은 말을 하고 있었다.

만일 그가 때때로 분리주의자 입장에서 후퇴했다면 그것은 단지 그가 공직에서 물러났거나 정치적 위기를 탈출하기 위해서였을 뿐이다. 그러나 그런 것들은 일시적인 후퇴에 지나지 않았다. 벽에 갈라진 틈만 보이면 그는 다시 그 틈새를 뚫고 나가려고 노력했다. 레베크가 1964년 선거에서 나를 끌어들이려고 했던 그날 이후 나는 그가 골수 분리주의자가 아니라고 한 번도 의심해본 일이 없다. 그는 그때 이렇게 말했었다. "장, 오타와는 신경쓰지 마시오. 5년 내에 오타와는 우리들에게 존재하지 않게 될 거요."

그의 말이 워낙 진지했기 때문에 나는 그가 영국계의 영향이 컸던 마을에서 유년기를 보낸 탓에 마음속으로 키워왔을 어떤 명분을 발전시키는 데 있어서 장 르사지 자유당 정부의 장관이라는 자신의 지위를 이용하고 있는 게 아닌가 하고 의심했다. 르사지는 연방주의자였으나 그는 '오타와의 시종'이라는 비난에는 예민하게 반응했고, 이것은 '조용한 혁명'이 오타와로부터 권력을 점점 더 빼앗아 조금씩 독립을 쟁취하는 과정이라고 보는 사람들의 충고를 의심케 만들었다. 나는 레베크와 자크 파리조와 클로드 모랭(Claude Morin)과 같은 그의 동료들이 이미 분리로 가는 길을 걷고 있으며 한 번도 이 길에서 떠나본 일이 없다고 믿고 있다.

우습게도 레베크가 비록 1964년에 직접적인 방법으로 나를 지방 정치에 끌어들이지 못했음에도 불구하고 그는 13년 뒤에 간접적인 방법으로 이를 거의 성공시키는 듯했다. 로버트 부라사가 1976년 선거 패배 직후 퀘벡 자유당 당수 자리를 물러나자 내 이름이 후임자로 거론되기 시작했다. 친구들뿐만이 아니라 모르는 사람들까지도 내게 전화를 걸어 출마하라고 권했다.

그들은 상황이 매우 심각하고 지방 정당이 침체되어 있기 때문에 출마하는 것이 내 의무라고 말했다. 비록 내가 레베크가 패배하는 것을 간절히 원했고 그렇게 할 수 있다고 생각했지만 나는 오타와를 떠난다는 문제, 심지어는 퀘벡의 수상이 된다는 것에는 관심이 없었다. 하지만 나는 그 가능성을 배세하지는 못했다.

1977년 6월, 나는 퀘벡 사태에 대해 토론하기 위해 몬트리올의 「르 드브와」 지(紙) 편집국장 방으로 클로드 라이언을 만나러 갔다. 나는 그와 자주 만나는 편은 아니었으며 그의 엄격함과 지적 퍼스낼리티가 나와는 맞지 않았지만 언제나 그가 지식이 많고 인상적인 사람이라는 사실을 알고 있었다. 이 특별한 만남의 앞부분에서 그는 자신이 선거 전 신문 사설에서 퀘벡당을 지지했다는 사실로 인해 어딘가 방어적인 모습이었다. 그는 자신이 분리주의자여서가 아니라 부라사 정부를 물러나게 할 시점이라고 느꼈기 때문에 그렇게 했노라고 말했다. 그러나 곧 우리는 퀘벡 자유당의 장래에 관한 토론에 들어갔다. 그의 판단에 의하면, 전당대회에 출마할 능력을 갖춘 사람이 세 명 있는데 그들은 클로드 캐스통기

(Claude Castonguay), 장 크레티앙, 그리고 클로드 라이언이었다.

그가 자기 이름을 거명하는 게 부끄러워 중얼거렸기 때문인지 혹은 내 오른쪽 귀가 먹어서인지는 모르겠는데, 불행하게도 나는 세 번째 이름을 듣지 못했다. 나는 부라사 밑에서 사회복지장관을 지낸 바 있는 캐스통기의 상대적인 유리함과 나 자신을 비교해보기 시작했다. 그와 만난 뒤에 에디 골든버그가 내게 물었다. "왜 라이언 자신이 당수를 희망하는 것에 대해선 언급하지 않으십니까?"

"그가 자신을 언급했습니까?"라고 나는 두 배나 놀랐다. 내가 그 말을 듣지 못했다는 것뿐 아니라 라이언이 정치적인 야심을 품고 있다고는 상상조차 하지 못했기 때문이다. 사회에 봉사하고 싶어하는 사람이 가장 중요한 일에 종사하고 싶어한다는 것은 자연스런 일이지만 나는 라이언이 그런 식으로 정치에 뛰어드는 것을 꿈에도 그려보지 않았다. 나는 한동안 그 가능성에 대해 검토해본 뒤 다시 그를 찾아갔다.

"모든 사람은 자신이 잘해내는 일을 최상으로 합니다. 내 인생 자체가 정치였고 나는 정치에 어느 정도 소질이 있습니다. 만일 당신이 내게 「르 드브와」의 편집장을 맡으라고 한다면 그것은 하나의 조크가 될 겁니다. 당신은 작가입니다. 그게 당신 인생이며 당신은 그 분야에서 대단히 훌륭했습니다. 당신의 재능은 「르 드브와」의 편집국장이 되게 되어 있습니다. 만일 내가 당신이라면 공직에는 나가지 않을 것입니다."

나는 이 문제를 무리없이 해결하려고 노력했지만 차라리 아무 말도 하지 않았어야 했다.

당수 출마를 결심하다

라이언은 내 말을 듣고는 내가 퀘벡 자유당 당수 경쟁에 출마할 의향이 있다고 결론을 내렸고, 다음날 자신의 신문에 이를 사실처럼 보도했다. 나는 우리의 대화가 기사화가 되리라고는 생각지 못한 데다 분명히 내 장래에 관해 결심한 바가 없었는데 그의 경솔함이 내 결심을 재촉했다.

첫 번째 작업은 내 당선 가능성에 대해 분석하는 것이었다. 우선 나는 당내에서 지지도를 알아볼 필요가 있었다. 내 경험으로는 동료들로부터의 지지는 일반 국민의 지지를 가늠하는 중요한 표시로, 이것은 그들이 당신과 함께라면 이길 수 있다는 믿음을 보여주는 것이다. 내 지지자들, 주로 미셸 그라통과 존 차차는 재빠르게 숫자를 확인해 최소한 연방 의원들 중에는 14명의 동조자가 있다는 것을 알아냈는데 이것은 지방으로 나가는 후보에게는 훌륭한 기반이다. 그들은 전당대회 전까지 간부회의의 다수를 확보할 수 있다고 장담했다.

내가 두 번째로 찾아간 곳은 오타와 서섹스 가(街) 24번지의 트뤼도 총리 관저였다. 나는 그가 레베크의 집권으로 인해 근심을 하고 있다는 것을 알았지만 또한 내가 어떻게 해야 하는지에 대해 말하지 않으리라는 것도 알았다. 그는 누구에게도 어떤 일을 하라고 강권하는 법이 없었다. 그래서 그는 "장, 당신은 퀘벡으로 가야만 합니다."라고 말하지는 않았지만, 이것은 우리가 나눈 대화의 대강의 결론이었다. 여름날 저녁 노을이 오타와 강 건너편의 아름다운 퀘벡 주 하늘 위로 뉘엿뉘엿 져가고 있는 가운데 어떤 결정이 우리들 마음속에서 내려지는 것 같았다.

그러나 결정은 여전히 확실하지 않았다. 내 미래는 도널드 맥도 널드가 정계에서 은퇴했을 때 재무장관이 될 수 있느냐에 달려 있 었다. 1977년 가을에 그 일이 발생했다. 언론에서 트뤼도가 나를 오타와에 붙들어 놓기 위해 재무장관에 임명했다고 추측 기사를 썼으며 어떤 퀘벡 신문들은 트뤼도가 나를 퀘벡 당수로 신임하지 않기 때문이라고 했다.

그러나 실제로는 정반대였다. 트뤼도가 말했다.

"당신이 퀘벡으로 내려가는 것을 거절할까봐 나는 당신을 재무 장관에 임명하는 것을 망설였소. 만일 퀘벡에서 당신을 필요로 한 다면, 당신은 재무장관이기 때문에 가고 싶지 않다고 내게 말하는 것을 나는 원치 않았소."

내가 대답했다. "총리, 만일 퀘벡이 나를 필요로 한다면 망설이 지 않고 이 자리에서 물러나겠다는 것을 약속합니다."

그러나 이 약속은 많은 사람들에게 내가 더 이상 소용이 없다 고 생각하게 하는 요인이 되었다.

한편 광범위한 명분을 바탕으로 한 모종의 움직임이 클로드 라 이언 뒤에서 일어나기 시작했다. 퀘벡당의 지식인들과 투쟁하기 위해서 이것은 어떤 지도자가 필요하다는 인식이었고, 라이언은 불신임을 받은 부라사 정부와는 아무런 관계가 없다는 것이었다. 다른 사람들은 능력 있는 전직 재무장관으로 대학 시절부터 나의 좋은 친구였던 레이몽 가르노(Raymond Garneau) 편에서 일하고 있었다. 그래서 압력이 줄어들었고 솔직히 나는 살아나는 것 같았 다. 그러나 아무것도 결정되지 않은 채 여름이 훌쩍 겨울이 되어 버렸다.

그때 라이언은 자신은 후보가 되지 않겠다고 발표했으므로 언론의 관심은 다시 내게 집중되었다. 나는 라이언이 물러선다는 소식을 다른 사람도 아닌 브라이언 멀로니로부터 들었다. 나는 멀로니를 거의 모르지만 그가 일하고 있는 유명한 '퀘벡 노조부패 조사위원회'에 대해선 알고 있었다. 그가 내게 불시에 전화를 걸어 라이언에 관해 말하는 것이었다. "장, 다른 선택이 없게 됐소. 당신이 당수 경쟁에 나가야 합니다."

나는 "만일 그렇게 해야 한다면 하겠습니다."라고 대답했다.

그러고 나서 나는 레이몽 가르노에게 전화를 걸었다. "레이몽, 내게 출마하라는 압력이 너무 많소. 당신 계획은 어떻소?"

가르노의 이름은 부당하게 정치판의 진흙탕에 끌어들여져 있었고 그가 검찰 조사를 받으면서도 출마할지에 대해서는 의문이었다. 그러나 그는 마음속으로 자신이 후보가 된다는 것은 자신이 숨길 게 아무것도 없다는 증거가 된다고 생각했다. 그러나 내가 그에게 전화를 걸기 직전 검찰은 그를 무혐의 처리를 했다. "그래서 이제 내 혐의는 없어졌으므로 나는 출마할 필요도, 그렇게 할 이유도 없게 됐소. 내가 출마를 안하고 당신이 나간다면 내가 그동안 다져놓은 조직을 이용할 수도 있을 거요."

1977년이 1978년으로 넘어가자 나는 출마를 선언하지 않으면 안 될 시점에 이르렀는데, 2월에 있을 수석 경제장관 회의 직후까지 결심을 미루기로 했다. 그러나 1월 말, 가르노가 당수 경쟁에 뛰어들었고 라이언도 마음을 바꿔 그 뒤를 따르자 나의 출마는 기정 사실화되어 버렸다. 클로드 라이언은 전당대회에서 이겨 퀘벡 자유당 당수가 되었다. 나는 연방 자유당이 1979년 5월 조 클라크의 진보보수당에게 패배할 때까지 재무장관으로 남아 있었다.

조 클라크가 1년도 안 돼 총선에서 패배하고, 사임한 트뤼도가

다시 연방 자유당 당수로 복귀해 곧바로 이어진 선거에서 다수 의
석을 차지하게 되었고, 내가 퀘벡에서 퀘벡의 미래가 걸린 극적인
주민투표에서 라이언과 한판 붙게 될 줄은 아무도 짐작조차 할 수
없었다.

운명의 1980년

자유당이 1980년 2월에 재집권하자 트뤼도는 내게 다가오는 퀘
벡 주민투표에서 연방의 힘을 결집시키는 중요한 임무를 가진 법
무장관을 맡으라고 권했다. 이를 수락하는 것은 내 인생에서 가장
어려운 결정이 되었다. 보통 나는 새로운 도전을 즐겁게 받아들였
지만 이번 경우는 나를 놀라게 했다. 만일 패배했을 경우, 그 결과
는 엄청난 것이어서 이것은 나와 자유당뿐만이 아니라 국가 전체
와 관련되는 일이었다. 게다가 나는 라이언과 성격면에서 차이가
있었기 때문에 우리가 함께 일하면 언제나 문제가 발생한다는 것
이 분명해져갔다.

야당 시절 나는 예비 주민투표 조직 모임에 참석한 경험이 있
는데 그때 라이언이 나와는 어떤 일도 같이 하고 싶지 않다는 의
사를 분명히 밝혔다. 그는 아마도 내가 자신에게 정치인이 될 재
능이 없다고 말한 것을 가슴에 새겨두고 있었는지도 모른다. 어쨌
든, 그는 대단히 불쾌하게 생각했고 마크 라롱드와 안드레 윌레
(André Ouellet)는 얼마 뒤 내게 이런 말을 했다. "당신이 받을 비
난을 왜 내가 받아야 합니까?"

나는 이를 트뤼도에게 말하면서 그가 제의한 법무장관보다는

외무장관을 맡는 게 나을지도 모른다고 말했다. 그러자 트뤼도는 이런 말을 했다.

"장, 나는 당신을 이해하지 못하겠소. 집이 불에 타고 있는데 당신은 파리, 런던, 워싱턴 등지를 돌아다니고 싶다는 말이오?"

여전히 나는 결심을 할 수가 없었으며 내 가까운 고문들도 내가 어떻게 해야 할지에 관해 의견이 갈리고 있었다. 결국 나는 트뤼도에게 말했다. "피에르, 왜 당신은 내게 큰형이 막냇동생을 위해 일하는 것을 권하지 않는 겁니까?"

"좋소, 장, 당신이 법무장관이고, 검찰총장입니다. 당신은 사회개발성장관이고 주민투표와 헌법을 책임져야 합니다. 큰형이 신임을 얻지 못하고 있다고 막내아우가 말하지 않기를 바랍니다."

그래서 나는 트뤼도의 소방수가 되었다.

지방 입법 기관 아래서의 주민투표는 '가(Yes)'와 '부(No)'의 세력이 산하 기관 속에서 편을 갈라야만 했다. 라이언은 '부'측의 책임을 맡았다. 조 클라크가 총리로 있을 때는 연방정부는 개입하지 않았다. 왜냐하면 클라크와 그의 자문관들은 주민투표를 퀘벡인들에 의해 치러지는 끝없는 집안 싸움이라고 보았기 때문에 거기에 특별한 역할이 있을 리 없었다. 퀘벡당 정부가 모든 마을마다 퀘벡 기를 달고 부분적인 메시지를 통해 잠재의식 속의 민족주의적 슬로건을 심는데도 그는 심지어 퀘벡 주 내에서 연방정부 홍보조차 하지 못하게 했다. (예를 들면, 안전벨트용 광고 선거운동에 '퀘벡에 몸을 단단히 매라'가 나왔다.) 퀘벡 출신의 의원조차도 자연히 선거운동에 참여할 수 없었다.

나는 클라크의 진지함을 의심하지는 않지만 이 문제에 관련한 그의 판단에 의문을 가졌고 그가 집권하는 동안 무슨 일이 일어날지를 염려했다. 알려진 것처럼 클라크는 선거운동 기간 동안 셔위니건과 리무스키에서 연설을 했고 나는 그와 같이 연단에 선 것을 자랑스럽게 여겼다. 그는 '노(No)' 전략을 돕기 위한 일환으로 퀘벡을 방문한 지방 정부 수상들, 연방 의원들을 포함한 수많은 공인과 개인 중의 한 사람이었다. 연방정부의 자금과 홍보를 동원한 반격, 퀘벡 의원들의 자기 선거구에서의 전력 투구, 트뤼도의 위대한 연설 등에도 불구하고 '노(No)'표는 60 : 40으로 간신히 이겼다. 찬성표가 10 %만 더 나왔더라면 역사가 다시 씌어질 뻔했다.

그러나 라이언은 트뤼도의 재당선 직후 임시 연방정부를 내켜 하지 않았다. 그는 자신의 권위가 혹시 약화될지 모른다는 점에 신경을 썼고 혼자서도 싸움에서 이길 수 있다고 믿었다. 그는 혼자서 이기기를 원했는데 그것이 문제였다.

그의 입장에서 보면, 의원들은 그들의 형제들이나 누이들에게 애기할 때와 같이 제한적으로만 쓸모가 있었을 뿐 의원들의 연설 및 집회와 그들의 자존심을 세워주는 일이 얼마나 중요한가를 알지 못했다. 그에게 있어 주민투표는 지적 토론이었고 그가 논쟁에서 이기고 있는 동안 분리주의자들은 퀘벡 주민들의 가슴을 사로잡고 있었다. 그의 이상을 분석해보면 논리적이고 옳았지만 그것은 독립 국가, 자랑스럽고 자유로운 국민, 그리고 대담하고 용기 있는 과거와의 단절에 대한 감성적인 호소처럼 청중들을 사로잡지는 못했다.

라이언은 결국에 가서 퀘벡 자유당 대책본부에 연방정부 도움의 불가피함이나 유리함을 받아들이게 되었지만 그는 결코 자신이 트뤼도와 직접, 매일 협의할 수 없는 대신 나와 함께 일을 해야 된다는 것을 받아들이지는 않았다. 그는 처음에 내가 어떤 큰 위원회의 부의장이 되기를 바랐다. 나는 그 자리가 내가 대표하고 있는 파워와 유권자들에 적절한 권위를 주는 자리가 아니었으므로 거절했다. 왜냐하면 그 위원회가 작았고 연방 대표성도 제한적이었으며 일만 지독히 많았기 때문이었다. 나는 한 번도 뚱뚱해져 본 일 없는데 선거운동 기간 중 무려 7kg이나 체중이 빠졌다.

매일 아침 나는 오타와에서 의원들, 각료들, 캐나다 정보 사무국에서 나온 고문들 혹은 고위 관료들을 만나 그들의 의견을 듣고 보고하기도 했다. 일주일에 한 번씩은 하원의 질의가 끝난 뒤에 라이언의 집행위원회 회의에 참석하기 위해 몬트리올로 차를 몰았다. 매일 밤, 나는 각기 다른 선거구에서 연설을 했다. 그리고 오타와로 돌아와 다시 다음날 아침을 시작했다.

여론조사는 불리했고, 신경은 예민해질 대로 예민해져 있어, 의견 차이가 곧잘 긴장 상태로 발전하곤 했다. 어떤 경우엔 트뤼도는 공개적으로 '노(No)' 전략이 어떻게 되어가는지에 대해 짜증을 내기도 했다. 그의 불만은 나처럼 현장에 가까이 있지 않은 몇몇 자문관들의 정보에서 비롯된 것이었기 때문에 트뤼도와 그들은 모두 사태를 과장되게 보았다. 나는 그에게 대놓고 반박해야만 했는데 그는 내 말을 수용했고, 내가 보스를 비판한 것은 라이언의 자존심을 조금은 세워주기까지 했다.

물론 우리들은 많은 문제를 가지고 있었다. 우리의 첫 번째 공개 회의는 일종의 재난이었다. 회의는 아이스 하키 경기장인 치쿠티미(Chicoutimi)에서 열렸다. 빙판 위에 베니어판을 깔았는데 실내는 등골이 오싹할 정도로 추웠다. 약 3천 명이라는 비교적 많은 군중이 몰렸지만 대회 준비위원회측은 애당초 6천 명이 모일 것으로 발표했으므로 언론에서는 우리들이 실망했다고 보도했다.

우리는 레베크가 포르뇌프에서 열었던 회의보다 무려 6배나 많은 사람을 모았음에도 불구하고 그가 작은 공간에 5백 명의 사람들을 빼꼭하게 채웠기 때문에 언론은 레베크의 회의를 대성공이라고 평했다.

우리 회의의 진짜 문제는 준비위원회측이 발언자를 무려 24명이나 정해놓았다는 데 있었다. 한 사람당 2분씩 말하기로 되어 있었지만 어느 누구도 2분 내에 말을 끝내는 사람은 없었으므로 모든 발언자가 계속 연설을 지연시켰다. 내가 말할 때가 되었을 때는 군중들은 배고픔과 피로에 지친 나머지 자리를 뜨고 있었다. 나는 너무 화가 났기 때문에 외침과 절망으로 가득 찬, 내 인생에서 가장 형편없는 연설을 하고 말았다.

그러나 우리들은 실수로부터 배운 게 있었고 그 뒤부터는 모든 회의에는 발언자를 다섯 명으로 제한했다. 즉, 그 지방에서 가장 잘 알려진 사회자, 미셸 레모아난(Michel Lemoignan)이라는 유니온 내셔널 회장 직무대행, 사회신용당의 카밀 상송, 클로드 라이언과 나였다. 상송은 나와 같은 거리에서 태어났고 대단히 보수적인 사람이었지만 무척 웃기는 사람이었다. 우리는 모리시를 유명하게 만든 대중주의자 연설 스타일을 같이 사용했다.

나는 "누가 독립 후에 대사가 되겠습니까?"라고 묻곤 했다. "누가 운전기사가 딸린, 보닛에 깃발을 단 킹사이즈의 캐딜락을 타게 될 것입니까? 그 사람은 여러분도 될 수 없고 그렇다고 나도 아닙니다. 그 사람은 극소수의 사람이 아닙니다. 그들은 그랑 알레와 외트르몽(Grande-Allée and Outremont) 출신의 부르주아가 될 것입니다. 그들은 스스로를 즐길 뿐이며 무엇이 당신들에게 돌아올 것으로 보십니까?"

분리주의는 부패의 근원, 연방주의는 암

　내 연설 속에는 메인 스트리트(Main Street : 평범한 계층 출신을 뜻함. 베이 스트리트와는 반대되는 개념 - 역자)의 속어가 양념처럼 섞여 있었다. 즉 그 속에는 '르 flag 쉬 르 hood(자동차 보닛에 단 깃발)'와 같은 몇 개의 영어 단어도 포함되어 있었다. 이러한 표현들은 프랑스계 캐나다인들의 일상 속에 흔히 나오는 말로써 군중들은 정치인들이 그런 말을 하는 것은 자신들을 깔보지 않는다는 것으로 알았기 때문에 좋아했다. 하지만 나는 지식인들로부터는 엄청난 욕을 먹어야만 했다. 물론 그들 중 대다수는 분리주의자들이었다. 레베크는 속어 구사의 달인이었지만 그는 양해가 되었고 나는 그렇질 않았다. 내가 분리주의를 부패의 근원에 비교했을 때는 신문에서 항의 소리가 요란했지만, 클로드 모랭이 연방주의를 암으로 묘사했을 때는 어느 누구도 이에 이의를 달지 않았다.

　그러나 국민들은 나를 이해했다. 그들도 또한 최고급 레스토랑과 최고급 포도주를 알고 쇠등심살을 먹으면서 시위 복장을 하는 모든 사회주의자 교수들처럼 사적인 자리에서는 이렇게 행동하고 공적인 자리에서는 저렇게 행동하는 이중적인 사람들을 좋아하지 않았다. 내가 그들을 공격하면 할수록 그들은 더욱더 내가 교육을 못 받았고 닳고 닳았다고 비난했다. 그러다 한참 뒤 내가 그들에 대한 공격을 중단했는데도 그들의 험담은 멈추질 않았다. 내가 1984년 자유당 당수 경쟁에 나섰을 때 셔위니건 출신의 한 남자가 어떤 잡지에서 크레티앙은 프랑스어를 엉터리로 하기 때문에 후보 자격이 없다고 말한 것으로 잘못 인용 보도했다. 그러나 엉터리 사실을 퍼뜨린 이 친구는 나만큼 프랑스어를 말하는 매우 가까운 친구였다.

지식인들은 1950년대와 1960년대에 그랬던 것보다 오늘날 퀘벡에서 덜 영향을 받고 있는 것으로 보인다. 아마도 이것은 내가 정부에 너무 오래 있어서 신문 사설과 추상적인 이론에 영향을 받지 않게 된 것도 그 이유일 것이다. 내가 정치에 뛰어들었을 때는 「르 드브와」나 「글로브 앤 메일」의 사설이 중요한 것처럼 보였다. 이제 나는 인생이란 것이 방해받지 않고 계속 진행될 것임을 안 이상, 사설이 호의적일 때는 그것을 즐기지만 그 반대일 때는 그것을 깨끗이 잊어버린다.

시인, 가수들처럼 지식인들도 독립이라는 낭만에 사로잡혀 있다. 시인들과 가수들에게는 그럴 법한 얘기다. 새 국가를 건설한다는 생각은 아름다운 시와 노래를 짓는 데 아주 기막히고도 흥미진진한 꿈이었다. 불행하게도 이는 또한 퀘벡의 영웅들이 패배자였고, 실패했다는 것을 의미했다. 조루지 에티앙 카르티에(George-Etienne Cartier)와 총리를 지낸 윌프리드 로리에(Wilfrid Laurier, 1896~1911)와 같은 위대한 인물이 존경을 받지 못하거나 무시되는 동안 루이 조셉 파피노(Louis-Joseph Papineau)와 앙리 부라사(Henri Bourassa)는 화려하고 영감이 번득이는 사람으로 보였다. 이것은 모든 위대한 사람들은 성공하지 못한 순교자라는 아일랜드 속담과 같다.

그러나 만일 이런 현상이 그럴듯한 예술을 만든다면 이것은 더러운 사상이 된다. 일단 퀘벡의 지식인들이 분리주의에 기울면, 분리주의를 믿고 분리를 실현하기 위해 진리를 포기하고 존경과 영향력을 상실했다. 폭탄을 터트리는 범죄자들이 정치적 영웅으로 만들어지고 트뤼도, 마샹, 라롱드, 페펭과 펠치에와 같은 이상, 행동 그리고 실질적인 내용을 갖고 있는 사람들은 그들이 연방주의자라는 이유로 인해 아무것도 아닌 것처럼 무시되었다.

지식인들이 일단 이 싸움판에 뛰어들면 그들 대부분은 자신의 신용과 함께 자유도 상실하게 되고 말았다. 그들이 권력에 보다 가깝게 다가갈수록 그들은 권력에 흡수되었고 차관, 조정관 등이 되었다. 게다가 학자들이나 저널리스트들은 퀘벡 정부에 의해 명예에 상처를 입었기 때문에 원래의 자리로 복귀할 방법이 없었다. 나는 어떤 면에서는 그들이 처한 상황을 이해하는 편이다. 그들에게는 야심과 함께 부양해야 하는 가족들이 있고 퀘벡의 작가와 지식인들은 미국인들과 같은 부(富)나 큰 시장을 물려받지를 못했다. 그럼에도 불구하고 총체적인 결과는 시간이 갈수록 퀘벡 사회에 대한 그들의 영향력이 악화되게 되었다는 것이다.

나에 대한 그들의 격렬한 반발은 내가 그들의 꿈인, 퀘벡 독립의 허구를 파헤칠 수밖에 없었기 때문이었다. 이것은 하기 쉬운 일은 아니었다. 이것은 어린아이에게서 장난감을 빼앗거나 희망을 깨어버리는 일과 같았다. 이것은 꿈을 깨버리는 것과 마찬가지로 사람을 파괴시키는 것과 같은 타격을 주게 된다.

퀘벡인들은 그들의 조상이 퀘벡 시의 아브라함 평원(Plains of Abraham)의 작은 전투에서 영국군의 야간 기습공격으로 괴멸당한 이후 역사를 다시 쓰고 싶어했다. 나는 연설하면서 이렇게 말하곤 했다. "나 역시 몽캄((Montcalm : 1759년 아브라함 평원에서 제임스 울프 장군이 이끄는 영국군과 싸우다 장렬하게 전사한 프랑스군 장군-역자)을 깨워 영국군이 오고 있다고 말할 수 있었으면

하고 바라고 있습니다만 나는 거기에 있지 않았습니다." 이렇게 말하면 청중들은 "와"하고 웃음을 터뜨렸다. 이것은 우리가 직면한 심각한 현실 상황을 언급하는 방법이었다.

나는 이렇게도 말했다.

"당신들은 지금 성대한 파티를 꿈꾸고 있습니다만 흥청망청한 파티가 끝나고 나면 끔찍한 두통이 따라옵니다. 여러분들은 다시 그런 두통을 생각하고 있는 겁니까?"

어떤 면에서 퀘벡은 독립의 도취를 맛보지 않고도 이미 그 대가를 치르고 있었다. 왜냐하면 퀘벡의 장래에 대한 불확실성으로 인해 자본과 일자리가 퀘벡을 떠나버렸기 때문이다. 나는 경제 상황이 악화되면 퀘벡인들이, 내 조부를 포함한 수많은 사람들이 20세기 초에 일자리를 찾아 뉴잉글랜드로 떠났던 것처럼 떠나게 될 것이라고 경고했다. 얼마나 많은 현대의 퀘벡인들이 동화가 되지 않고 퀘벡에 돌아와 조부처럼 운이 좋을 수 있겠는가?

"민족주의는 다른 민족에 대한 증오의 표현"

나는 서방 세계의 부(富)가 퀘벡이 받은 유산의 얼마만큼을 차지하고 있는지에 대해 말했고, 퀘벡의 가스 값을 프랑스의 그것과 비교하기도 했다. 나는 독립 퀘벡이 그들의 자녀들에게 위대한 북방 지역과 로키 산맥을 구경하지 못하게 할 것을 생각하면 감정이 격해졌다. 환경과 모국어에 따라 '순수한' 퀘벡인들과 '순수하지 못한' 사람들이 있다는 의견을 대할 때면 분노를 느낀다.

나는 이런 식으로 말했다.

"당신 사람들의 혈통을 따지기 시작하면 그게 바로 인종주의며, 이것이 나를 놀라게 하고 있습니다. 파리조는 폴란드 출신 여자와 결혼했는데, 그래서 그 아이들은 무엇이 어떻게 됐다는 말입니까? 클로드 모랭은 미국인과 결혼했는데, 그래서 그 자녀들은 어떻게 투표를 해야 합니까? 우리들이 나라를 가져야 하는 것은 침실의 문제 때문이라는 말입니까?"

사람들은 폭소를 터뜨렸다. 그러나 나는 문제의 핵심을 건드렸다고 생각했으며 더 과격해져야 한다고 믿었다.

어느 날 레베크가 트뤼도는 그의 모친의 이름이 엘리어트였으므로 순수한 퀘벡인이 아니라고 말한 것으로 보도되었다. 트뤼도와 점심을 먹으면서 내가 이 얘기를 꺼내자 그가 노발대발하기 시작했다. 그는 자신이 영어 사용 사회에 흡수되기가 쉬웠던 어린 시절의 상황에서 프렌치 캐나디안으로 남도록 선택되어진 것에 대해 자랑스럽게 여겼다. 치밀어오르는 분노기 그에게 어떤 영감을 불어넣었고 그에게·가장 뛰어난 연설을 하게 만들었다. 주민투표가 한 주도 남지 않은 시점인 5월 14일 몬트리올에서 그 연설은 행해졌다.

많은 사람들이 그가 캐나다 전역을 돌면서 연설하기를 원했지만 그는 선거운동 기간 중 퀘벡에서 단 세 차례만 연설을 했을 뿐이었다. 그와 나는 그런 방법이 보다 효과적일 것이라고 판단했는데, 왜냐하면 만일 그가 똑같은 주제로 자꾸만 반복했다면 결국에 가서는 아무도 그의 말을 들으려 하지 않았을 것이기 때문이었다. 이것은 위험성이 큰 결정이었지만 몬트리올에서의 연설이 극적 효과를 뚜렷하게 했으므로 결국에는 잘된 것으로 입증되었다.

"예, 엘리어트는 어머님 이름입니다. 2백 년 전 캐나다로 온 엘리어트 가문에서 태어나셨습니다. 내 이름은 퀘벡 이름이지만 또한 캐나다 이름이기도 합니다."

어떤 이는 "민족주의는 다른 민족에 대한 증오의 표현이며, 애국주의는 자기 민족에 대한 사랑이다."라고 표현했다. 이것은 내 정치 활동에서 하나의 모토가 되었으며 퀘벡에서 내가 한 연설은 모두 다 캐나다에 대한 나의 사랑을 이런저런 방법으로 적극적으로 표현한 것이다. 연설의 대부분은 "캐나다가 최고다!"라는 외침으로 끝났다. 우리는 우리들의 업적을 자랑스럽게 생각하며 지구상에는 이른바 비참한 삶을 나누기 위해 푼돈이라도 내려고 하는 수백만 명의 사람들이 있다는 것을 안다. 그러나 우리는 또한 종종 우리 나라를 축복하는 데 부끄러움을 느끼며 우리들을 짓누르고 있는 역사적인 구분과 자기중심적인 문제들에 얽매여 있다.

나는 언제나 프렌치 캐나디안이 된 것에 대한 대단한 자부심을 가지고 있다. 이 자부심의 근원은 우리 집안의 프렌치 유산 때문이다. 나는 내 조상들이 살았던 로와르 계곡의 아름답고 자그마한 마을을 방문했을 때 맛보았던 감동을 생생하게 기억하고 있다. 이것이야말로 퀘벡의 분리주의자들이 나를 가리켜 캐나다를 옹호하는 매국노라고 부를 때 내가 이를 가소롭게 생각하는 이유다. 그들은 내가 속어를 쓰는 것이 프랑스 유산을 숭상하지 않는 것으로 보인다고 공격했지만, 내가 화려한 숙어나 자기 비하적인 농담으로 청중들을 감동시킴으로써 내가 전달한 심각한 메시지에 대해 결코 보도하거나 심사숙고하지 않는다.

나는 모든 주에서 이렇게 말했다.

"기억하십시오. 로어 캐나다(Lower Canada : 퀘벡 주의 옛 이름 ─역자)가 여러 차례 영국군과 미국군에 침공당해 심각한 위기에 빠졌을 때 몇 차례의 위기 상황에서 그들을 물리친 것은 바로 프렌치 캐나디안이었습니다. 사실상 라디슨(Radisson), 그로세이(Groseilliers) 그리고 라 베렌드리(La Vérendrye)와 같은 사람들은 개별적으로 혹은 영국 탐험가들과 함께 서부를 개척한 프렌치 캐나디안들이었습니다. 그래서 이 나라 전체는 우리들이 크게 기여하지는 못했다고 할지라도 우리들만큼이나 다른 사람들의 나라인 것입니다."

나는 나라 안에서 부(富)를 나눠 갖는 캐나다의 전통에 대해 얘기했으며, 세계에서 두 개의 위대한 언어와 문화와 관계를 맺고 있는 캐나다의 장점에 대해 말했고, 그리고 2개 국어와 2개 문화에 대한 개인들의 만족에 대해 얘기했다. 퀘벡에서처럼 서부에서도 이 메시지는 강력했고 때때로 어느 곳에서도 사람들이 수용하기가 힘들었기 때문에 나는 유머를 사용하는 것을 배웠고 매일매일의 연설에서 청중들과 친밀해지는 데 종종 이것이 윤활유가 되었다.

예를 들면, 나는 1968년 선거운동 기간 중 브리티시 컬럼비아 주의 동(東) 쿠트네이(Kootenays)에서 만난 노인의 얘기를 하고 싶다. 나는 리셉션에 가기 전 그에게 특별히 잘해야만 한다는 충고를 들었다. 왜냐하면 그는 생애 처음으로 자유당에 표를 찍기로 결심했었기 때문이다. 나는 그를 한눈에 알아봤는데 그는 멋진 구레나룻에 지팡이를 든 퇴역 영국 장교처럼 대단히 고지식하게 보이는, 자못 유별난 사람이었다. 나는 엉터리 영어로 말했다.

"선생님, 생애 처음으로 자유당에 투표를 하시기로 결심하셨다고 들었습니다. 그 이유 좀 말씀해주실 수 있겠습니까?"

그가 고함을 치듯 대답했다. "그러죠, 그 친구 트뤼도가 그 지독한 프렌치들을 꼼짝 못하게 할 겁니다."

나는 어떻게 대답해야 좋을지 몰라 이렇게만 대답했다. "대단히 고맙습니다." 나는 슬그머니 이 자리를 피했고 그가 그냥 자유당에 표를 던지게 했다.

이 얘기는 청중들의 긴장을 풀어주는 것 외에도 두 가지의 효과를 가져왔다. 이것은 아주 예민한 현안을 빈정대거나 비난 없이 문제화하고, 그 이후 캐나디안들이 성숙해졌다는 것을 암시하고 있다. 우리 아버지처럼 나도 과거의 잘못은 사소한 것으로 평가하고 미래의 희망에 집중하기를 좋아한다. 나는 영국계 캐나다와 프랑스계 캐나다 양쪽 모두 증오와 편견에 사로잡혀 있다고 본다. 서로를 이해하려는 좀더 많은 노력, 대화와 인내가 있어야 한다. 캐나다의 다양성은 애국심의 일부분이 되어왔다.

단풍잎 국기를 갖기까지

역사적으로 캐나다에 대한 우리들의 헌신은 프랑스든 영국이든 다른 곳에 대한 충성으로 방해를 받았다. 이런 충성은 우리를 갈라놓았을 뿐 아니라 우리들을 옛 체제의 부나 문화에 적응하게 만들었다. 우리는 우리들이 갖고 있는 풍부함, 즉 호수, 숲, 공간, 자유, 관용, 독자성 등을 결코 축하하지 못했다. 우리나라의 국기를 갖기 위해 얼마나 많은 시간과 고민이 필요했었는지에 대해 생각해보라. 이제 우리는 작은 식민지 국가가 아닌 세계의 7대 강국에 들어가는 국가이다. 그것도 겨우 20년 전의 일이다.

주민투표 전날 밤, 아내는 내게 "당신은 내일 밤 우리가 캐나디안으로 남게 될 것으로 생각하세요?"라고 물었다.

이것은 놀라운 질문이었다. 나는 "그럼, 우리가 이길 거요."라고 답했다. 여론조사가 혼전을 예상하고 있었지만 우리가 승기를 잡았고 대부분의 부동표가 우리 쪽으로 움직일 것으로 느꼈다. 수많은 퀘벡 가정에서 '노(No)'를 지지하도록 하는 것은 유행이나 즐거운 일이 아니었다.

형제들끼리 논쟁을 하고, 자녀들이 그들의 부모와 싸우고, 많은 손주들은 할아버지, 할머니에게 '찬성'에 표를 던지라고 설득하고 있었다. 그래서 연방주의자들에게는 그들이 투표장에 들어갈 때까지 조용히 있는 편이 오히려 쉬운 일이었다. 진실이 밝혀지는 그 순간, 마치 그들이 미국 혁명에의 가담 요청을 거절했을 때 했던 것과 샤토기에서 침략군을 물리쳤던 것처럼 나는 대부분의 퀘벡인들이 캐나다를 선택하기를 바라고 있었다.

다행스럽게도 내 판단이 옳았다. 1980년 5월 20일, 처음으로 침묵했던 다수의 목소리가 소수 엘리트의 목소리보다 크게 들렸으며 그들은 분리에 '노(No)'라고 말했다. '노(No)'표는 퀘벡 주의 거의 모든 선거구에서 이겼고, 나는 내 선거구인 생모리스에서도 이겨 기뻤고 한시름을 놓았다. 레베크는 그 자신이 이곳에서 세 차례나 선거운동을 했을 만큼 내 선거구를 반드시 이겨야 하는 곳으로 상징화했다. (그는 이 선거구가, 상당한 숫자의 영어사용 주민 사회가 형성되어 있는 트뤼도나 라이언의 지역구보다 공략하기 쉽다는 것을 알고 있었다.)

이날은 캐나다에게 있어 위대한 날이었지만 나는 승리 축하에 휩쓸렸다고 말할 수 없다. 선거 승리 뒤에 흔히 뒤따라오는 도취감 대신, 나는 어떤 사람의 꿈을 파괴했을 때 오는 슬픔만을 느꼈다. 나는 몬트리올에 있는 라디오 캐나다 스튜디오 안을 인터뷰하기 위해 걸어들어가고 있었는데 "만나봬서 기쁩니다. 오늘 밤 여기에는 우울한 사람이 많습니다."라고 말한 경비원 단 한 명을 제외하고는 모든 사람이 나를 싸늘한 침묵으로 맞고 있었다. 어떤 사람은 나와 악수를 하지 않으려고 자리를 피하기까지 했다. 물론 나는 놀라지 않았다.

이보다 앞서 라디오 캐나다를 찾았을 때 나는 여기서 기술자로 일하는 한 친구를 만나게 되었다. 나는 그가 연방주의자인 줄로 알았는데 그는 퀘벡당 당원복을 입고 있었다. 그는 "이 옷은 내 조합 카드와 같은 것"이라고 설명했다. 그는 지나치게 예민해 자신이 퀘벡당의 대의명분에 불충한 것으로 보이는 것을 원하지 않았던 것 같다.

많은 영어 사용 캐나디안들은 내가 특히 언론으로부터 받은 압력이 얼마나 컸었는지를 알지 못한다. 당시 내가 화가 나 있을 때였지만, 비로소 나는 언론이 사회에 존재하는 고통만을 반영하고 있다는 것을 알 수 있었다. 주민투표에서 승리한 순간에도 자신들이 진심으로 믿어온 것을 위해 투쟁해온 사람들에게 정말로 미안했다. 독립의 꿈에 모든 열정을 쏟아부었던 수많은 퀘벡인들이 있었고 그들은 그날 밤 목놓아 울었다.

나는 셔위니건에서 유권자들과 같이 지내고 싶었지만 라이언과 마지막 집회에 참석하기 위해 몬트리올로 차를 몰았다. 그는 내가 자신의 인기를 가로챘다고 생각해 내게 연설할 기회를 주지 않으려 했다. 그때 나는 작은 규모의 파티에 들렀고 나중에는 열여남은 명 되는 친구들과 내가 묵고 있던 호텔에서 만났다. 우리들은 화재 진화가 끝난 뒤의 소방수들처럼 축하할 힘도 없을 만큼

지쳐 있었고 긴장이 풀어질 대로 풀어져 웃고 떠들 수가 없었다. 내게 가장 행복했던 순간은 그 다음날 찾아왔다. 나는 오타와로 돌아가 하원에서 기립박수를 받았다.

선거 전에 트뤼도는 패배의 가능성에 대한 암시를 분명히 했다. 그는 "우리들의 목은 지금 단두대 위에 올라가 있어요."하고 말했었다. 나는 그 말을 모든 퀘벡 출신 자유당 의원들은 국민들의 신임을 받지 못했으므로 사퇴해야 할 것이라는 의미로 받아들였다. 많은 캐나디안들은 주민투표의 결과가 얼마나 아슬아슬했으며 심각했었는지에 대해 여전히 실감하지 못하고 있다.

때때로 감정적인 상황들은 외부에서 보다 분명하게 보인다. 1982년 워싱턴을 여행하던 중에 나는 미국의 저명한 신문인 조셉 크래프트(Joseph Kraft)를 만났다. 크래프트가 이런 말을 했다. "트뤼도가 한 것은 전례가 없는 일이었습니다. 언어나 피부색 혹은 종교에 뿌리를 둔 혁명적 성격의 운동이 폭력 없이 발전된 것은 처음 있는 일입니다. 여러분들은 민주주의를 걸고 승리했습니다."

분명히 폭력 사태가 발발할 수도 있었다. 감정들이 너무 격해 있어서 몬트리올 술집에서는 말싸움이 유혈 사태로 발전할 수 있었다.

1970년대 초, 퀘벡 주 알마(Alma)에서 어떤 마을 회의에 참석했는데 한 대단히 지적인 자유당원이 일어나 이런 발언을 했다. "크레티앙, 당신이 분리주의자들에게 독립은 결코 있을 수 없고, 연방주의자들에겐 그런 일이 일어나도록 해서는 안 될 것이라는 말을 언제 할 겁니까? 만일 미국 텍사스의 주민들이 미국으로부터 독립하려고 한다면 미 해병대가 수시간 내에 그곳에 들어오게 되고 그러면 그것으로 끝입니다.”

모든 연방주의자들이 그에게 열렬하게 박수를 보냈다.

그러나 나는 동의하지 않았다.

“우리는 민주주의 테두리 안에서 우리들의 신념을 증명할 겁니다. 우리는 그들이 캐나다에 남아 있어야 한다는 것을 설득할 것이고, 우리는 이길 것입니다. 만일 우리가 이기지 못한다면 나는 퀘벡인들의 희망을 존중할 것이고 그들이 독립하도록 할 것입니다.”

분리주의자들을 우리 편으로 만드는 데 이것은 낯선 발상이었지만 이것은 내가 믿고 있던 것이었으며, 장애물에도 불구하고 우리들이 목표를 달성한 것이었다.

돌이켜보면, 주민투표는 퀘벡당의 가장 큰 실수였다. 그때까지만 해도 퀘벡당의 전략은 퀘벡 주에 대단히 주효해서 캐나다에 상당한 위기감을 주었다. 이것은 클로드 모랭에 의해 이렇게 묘사되었다.

“우리는 캐나다가 영국으로부터 분리한 것과 똑같은 방법으로 캐나다로부터 분리할 겁니다. 우리는 한 사람 한 사람씩 떼어낼 겁니다. 여기서 조금 양보받고 저기서 조금 양보받고, 여기서 조금 저기서 조금씩 움직이면 결국에 가서는 아무것도 남지 않게 될 겁니다.”

이는 정확히 퀘벡 정부가 한 그대로였다. 이것은 국내적으로는 새로운 파워를 요구하고 밖에서는 국제적인 위치를 요구했다. 그리고 두 가지 요구 사항이 합리적으로 보였고 퀘벡 주의 이익을 최대한으로 늘리는 것으로 보였기 때문에 주민들은 이를 따라갔다. 예정대로 퀘벡이 명칭을 제외한 모든 부분에서 독립했었을 것이고 퀘벡이 돌아설 기회는 없었을 것이다. 그러나 주민투표는 그 문제가 모호했음에도 불구하고 이 현안에 초점을 맞추었다. 퀘벡 주민들은 선택을 해야만 했고 분리주의자들은 패배했다.

분리주의는 사라지지 않았다!

레베크가 사임하기 몇 달 전인 1985년까지 그는 퀘벡 독립의 아이디어가 벽에 부딪혔음을 인정했다. 연방 자유당이 벽을 튼튼히 하기 위해 벽돌을 몇 장 더 올려놓고 시멘트를 발랐다는 사실을 생각할 때 나는 뿌듯함을 느꼈다.

그러나 나는 분리주의가 영원히 사라졌다는 환상을 갖고 있지는 않다. 시계를 되돌려놓고 몽캄 장군을 일깨우고 싶어하는 퀘벡인늘은 다시 생겨날 것이다. 지구촌이 식섭 위성 중계와 첨난 기술의 영향으로 점점 작아지고 있으므로 문화 생존 압력이 어떻게 나타나고 그들이 선택하게 되는 형태가 무엇인지를 누구도 예측할 수 없다.

어찌 되었든 간에 개인적으로 나는 자부심이 강한 퀘벡인과 자존심이 센 캐나디안이 동시에 될 수 있다고 확신한다. 배타적이 아니라면, 캐나다 없이는 퀘벡은 생존할 수 없기 때문에 그 둘은 상호 보완적이다. 처자식을 먹여 살리기 위해 미국으로 떠나 한 세대도 지나지 않아 미국의 주류 속에 파묻혀 버린 퀘벡인들이 이를 증명하고 있다.

물론 프렌치 캐나디안들이 캐나다에서 그들의 언어와 문화를 지킨다는 게 항상 쉬운 일은 아니었지만 이것은 변하고 있다. 잉

글리시 캐나디안은 프렌치 캐나디안들의 숫자와 역동성의 한가운데에서 그들의 정체성을 연관시키기 시작하고 있으며 점점 더 많은 영어사용자가 프랑스어를 배우고 있다. 두 문화는 권리나 의무의 개념으로서가 아니라 개인적인 만족과 지적 희열로서 제2 외국어를 배운다는 이점을 발견하고 있다. 궁극적으로 2개 언어를 말하는 것은 캐나다에서 보편적인 경험이 되어야만 한다. 이것은 내 정치 인생에서 일관된 주제였다.

나는 장관 취임 후 첫 연설을 브리티시 컬럼비아 주 켈로나 (Kelowna) 시의 상업회의소에 하기로 되어 있었다. 나는 엉터리 영어로 이렇게 말했다.

"여러분이 서른 살이 되어서 다른 말을 배운다는 것은 고역이지만 내 애들은 내가 느꼈던 그런 문제를 경험하지 않을 것입니다. 그들은 2개 언어 속에서 자랄 것입니다. 여러분의 아이들도 똑같이 해야 합니다. 켈로나에서 프랑스어를 사용하는 소수 사람들을 위해서가 아니라 인생의 자산으로서 여기서 프랑스어를 배우게 합시다."

청중들의 3분의 2는 내게 박수를 보냈으나 나머지는 박수를 보내지 않았다. 그 이후 나는 노력과 선의가 확산되는 것을 보았고, 모든 정부 차원에서 기관을 세우고 프로그램을 만들었는데 이것은 분리주의에 대한 벽돌담이 여전히 강력하게 남아 있도록 보장할 것이다.

주민투표 선거운동은 모든 캐나디안들에게 나라의 허약함과 위대함을 동시에 가르쳐주었다. 우리가 함께 싸우고 함께 승리한 이것은 전쟁이었다. 왜냐하면 그 생각을 버리고 싶어하고, 대결을 잊고 싶어하고, 그리고 조화와 협의의 평화로운 시간을 꿈꾸고 싶어하는 사람들에게는 이것은 어렵고 쓰라린 일이었다. 2차 세계대전 후 영국이 처칠을 거부했던 것과 마찬가지로 트뤼도가 이끌어낸 어마어마한 승리에도 불구하고 캐나디안들은 그에게 대들었다.

그들은 역사의 페이지를 넘기고 다시 시작하고 싶어했다. 이것은 인간의 본성이다. 우리들은 모두 신선한 출발과 새로운 희망을 원한다. 그러나 우리는 역사의 페이지를 너무 거칠게 넘겨서 용기 있는 사람들과 역사의 교훈이 우리들의 기억으로부터 찢겨나가지 않도록 조심해야 한다.

7 조국에 대한 약속

개헌을 위한 투쟁

주민투표가 끝난 다음날인 5월 21일 오전 9시, 트뤼도와 나는 그의 집무실에서 만났다. 그가 "이제 어디로 가야 하지요?"라고 말했다. 선기운동 기긴 동인에 그는 '분리 반내'의 승리가 현 상태의 보장을 뜻하지 않게 될 것이라고 공언했었다.

그것은 개편된 연방주의에 대한 요청으로 나타나게 될 것이다. 이제 그 약속을 실천할 때가 되었다. 우리는 트뤼도 집무실에 모여 어떤 게 개편안이 될 것이고, 어떻게 그것을 달성할 수 있는지를 토론했다. 두 가지 기본적인 제안이 떠올랐는데 그것은 헌법 수정권을 영국 정부에서 캐나다 연방정부로 옮기고 권리장전을 도입하는 일이었다.

첫 번째는 상당히 단순한 것으로 들렸지만 54년간의 노력으로도 가능하지 않았던 일이다. 캐나다는 1867년 영령북미법(英領北美法 : the British North America Act)에 의거해 탄생했으며, 영국 의회의 법은 우리 스스로를 다스리는 규칙과 기관을 만들었다. 세월이 흐르면서 캐나다를 지배하는 영국의 권위가 실제적으로 사라지게 되었고, 1926년에 이르러 캐나다는 자신의 창립 문서에 대한 절대적인 통제권을 부여받게 되었다. 즉, 캐나디안들은 더 이상 BNA법을 우리들에게 맞게 개정하는 데 있어 영국 웨스트민스터(Westminster : 영국 런던의 한 행정구역으로 웨스트민스터 사원, 국회의사당, 버킹검 궁전 등이 있다. 으레 국회의사당을 가리키는 보통명사로 쓰인다—역자) 의견을 묻는 절차를 거치지 않아도 되었다. 그러한 절차가 평범한 시민을 근심과 부끄러움으로 인해 한밤중에 벌떡 일어나게 하지는 않았다고 하더라도 이는 국가적인 모욕이었다. 왜냐하면 법적으로 캐나다는 여전히 영국의 식민지였다. 국민들이 이를 알았을 때 그들은 이 상태가 끝나기를 원했다.

문제는 국내에서 벌어졌을 때 누가 헌법을 개정할 수 있느냐에 대해 연방정부와 주정부가 합의를 이룰 수 없었다는 것이었다. 오타와 정부가 단독으로 개정할 수 있는가? 만일 이게 아니라면 모든 주들이 매번 개정을 할 때마다 동의하거나 혹은 다수의 주들만, 아니면 인구가 많은 주가 동의를 해야만 하는 것인가? 그들이 개정된 수정안을 제시할 때까지 캐나다의 자존심은 상처를 입게 되고 그 절차는 그대로 남게 되었다.

트뤼도는 1970년 브리티시 컬럼비아의 주도(州都)인 빅토리아에서 있은 회의에서 거의 동의를 얻을 뻔했으나 마지막 순간에 로버트 부라사 퀘벡 주 수상이 후퇴했다. 이 동의안은 훌륭한 협상이 될 수 있었다. 왜냐하면 비록 캐나다의 모든 주들이 실제적으로 동의하지 않으면 영국은 어느 것도 개정할 수 없다는 전통이 있음에도 불구하고 퀘벡이 어떤 수정안에도 비토를 할 수 있는, 다른 주들은 전혀 혹은 조금도 법적으로 가져보지 못한 권리를 부여받았을 것이기 때문이다.

그러나 부라사는 더 많은 권한을 받아내기 위해 서명을 보류하는 쪽을 선택했고, 따라서 전체가 막다른 길에 이르게 되었다. 시간이 흐를수록 수용할 수 있는 안을 찾지 못하고 있었는데 이는 부가적인 권한을 받아내기 위한 타협 수단으로 이용되고 있었다.

권리장전을 의식한 트뤼도의 두 번째 제안은 1950년대 이후 그의 바람이었고, 존 디픈베이커가 1960년대 초 권리 법안을 도입한 이래 많은 사람들의 염원이 되어왔다. 그러나 목적은 가치가 있었지만 디픈베이커의 법은 단지 연방 법령의 한 부분에 지나지 않았다. 이것은 그 법이 연방 문제에만 적용되었고 헌법의 권리 조항에 최우선하는 법적 권위는 갖고 있지 않았다는 걸 의미했다. 주 정부는 이것을 무시할 수 있었고 법원은 이것으로 무엇을 해야 하는지에 대해 확신이 없었다. 결국 이것은 자유를 조금도 보장하지 못했다. 헌법에서 장전을 지키는 것은 그러한 제한들을 극복하게 할 것이었다.

나의 특별한 관심은 퀘벡 밖에서의 프랑스어 사용자와 퀘벡 안에서의 영어 사용자처럼 캐나다 전역에서 소수 언어의 권리를 보장해주는 일이었다. 나는 프렌치 캐나디안들이 캐나다 서부지역의 학교에서 이 권리를 잃어버릴 때 생겼던 역사적인 실수를 회복할 수 있는 기회가 거의 없다는 것을 알게 되었다. 이것이 그들의 동화를 유도했고 많은 퀘벡인들이 캐나다의 다른 지역으로 이주하는 것을 가로막았다. 매니토바, 서스캐처원, 그리고 앨버타까지도 다른 환경에 있는 프랑스어 사용자 주(州)였을지도 모른다. 실제적인 의미에서 프렌치 학교의 재도입이 역사나 서부의 성격을 변화시키지 못한다는 것을 알고 있지만 나는 이것이 국가 통합을 위한 주장으로서 중요하다고 생각했다.

개헌에서 실패가 오랜 기간 동안 계속 이어졌지만 트뤼도나 나나 성공의 기회에 현혹되지 않았다. 일부 자문관과 동료들은 오타와 정부가 일방으로 행동해야 하고 헌법수정권의 캐나다 이전, 수정안, 그리고 다소 제한된 장전을 받아내기 위해 그때마다 영국에 가야 한다고 말하고 있었다. 하지만 우리들은 주정부들과 주민투표 결과에서 발전한 선의(善意)와 목적의식을 이용해 다른 협상 테이블에 앉는 게 낫다고 믿었다.

바로 그날 오후 나는 선거와 주민투표 선거운동으로 거의 탈진한 상태였음에도 불구하고 트뤼도의 부탁을 받고 각 주의 수상들을 만나러 비행기를 타고 갔다. 사실, 나는 플로리다로 휴가를 떠날 계획이었고 아내는 또다시 휴가가 연기되자 못마땅해했다. 그녀는 "크레티앙씨에게 이 말을 전해주십시오."라며 주도(州都) 방문길에 필요한 옷을 가지러 집에 간 운전기사에게 말했다. "만일 우리가 일요일까지 플로리다로 떠나지 못하면 그에게 주권협회가 생길 것입니다."

이것은 독립을 요구하는 퀘벡당의 완곡어법을 빗댄 농담이었지만 운전기사는 웃지 않았다. 그는 내게 "부인께서 화가 단단히 나셨습니다."라고 전했다.

내가 처음으로 방문한 곳은 토론토였는데 나는 그곳의 올버니 클럽에서 토리당 수상인 윌리엄 데이비스(William Davis)와 그의 자문관을 만났다. 데이비스는 내게 뚜렷한 인상을 심어주었다. 그는 1971년의 전당대회에서 겨우 이겼고 그 후 세 번의 선거에서 두 번이나 소수당 정부가 될 뻔한 위기를 맞기도 했지만 그는 대단히 노련한 정치인으로 부상했다. 내 취향에는 때때로 그가 조금

거만하게 보였지만 그는 심지어 NDP로부터도 존경을 받는 온건한 자세로 자신을 성장시켜 나갔다.

주민투표 선거운동 기간 중에 그는 자신이 퀘벡에서 연설을 해야 하는지를 물어보았다. 나는 영국계 캐나디안이 말할 기회가 너무 적었기 때문에 연설을 하라고 했다. 그의 정부는 온타리오에서 2개 국어를 공식적으로 인정하지 않았기 때문에 그의 연설은 호소력이 없었지만 그럼에도 퍽 유용했었다.

데이비스는 헌법 토론 동안에 진정으로 내 자존심을 세워주었다. 그는 결코 자질구레한 정치를 하는 법이 없었고 그가 기여하는 것들은 언제나 높은 관록을 요구하는 것들이었다. 우리들의 첫 만남에서 그는 솔직 담백하고 강직했으며, 그리고 조 클라크와 토리당의 수상 대부분이 반대했을 때도 그는 약속을 지켰다. 그는 이렇게 주장했다.

"이것은 당파적인 현안이 아닙니다. 또 자유당 대 보수당의 문제도 아닙니다. 캐나다는 외국 국회에서 개정되는 헌법을 그대로 놔두고 영원히 갈 수는 없습니다. 그리고 권리와 자유의 장전은 성숙한 사회의 징표입니다."

그처럼 강경한 입장을 취하고도 그가 1981년 선거에서 승리해 다수당 정부를 구성했을 때, 나는 그를 경이롭게 생각했다. 이는 3년 뒤 그가 정상에서 정치를 떠나도록 했다.

영어 사용자와 프랑스어 사용자

나는 그가 사임하기 전 헌법 제133항에 의거해 온타리오 주의 프랑스어 사용자들에게 퀘벡의 영어 사용자와 똑같은 권리를 부여하도록 책임져 주길 바랐다. 나는 그에게 몇 번의 기회가 있었다고 보지만 그는 출신 주로부터의 부정적인 반응을 우려한 나머지 보다 점진적인 접근을 선택하기로 했다. 다른 모든 주에서 강요되지 않는 어떤 것을 그에게만 받아들이라고 강요하는 것은 헌법에 대한 그의 지지를 남용하는 것이라고 연방정부는 항상 느끼고 있었다. 하지만 그럼에도 불구하고 나는 그에게 압력을 넣고 싶었다.

그는 휴 세갈(Hugh Segal)이라는 가까운 자문관을 두고 있었는데 세갈의 처 빙조모인 코세트(Cossette) 부인은 셔위니건에서 살았다. 나는 그녀를 아주 잘 알았기 때문에 하루는 그녀를 이용해 그를 흥분시키자는 생각을 떠올렸다. 나는 그녀에게 전화를 걸어 온타리오의 상황을 설명하고 손녀 사위에게 전화를 해달라고 부탁했다. 코세트 부인은 그렇게 하마 했고 나는 그녀에게 무엇을 말해야 할지를 짤막하게 설명했다.

그녀는 세갈에게 장황하고 이미 말을 맞춘, 빌 데이비스에 관한 얘기를 하면서 그런 멋진 사람이 퀘벡의 영어 사용자가 가진 것과 똑같은 권리를 온타리오의 프랑스어 사용자에게 왜 주려 하지 않는지 모르겠다고 하더라는 몇몇 동네 영감들에 관한 얘기를 했다. 그녀의 설명은 워낙 흥미진진해서 분명히 세갈은 그날 밤 한숨도 잘 수 없었으며 다음날 아침 이 문제를 협의하기 위해 데이비스와 그의 고위 자문관이 참석하는 특별 회의를 소집했다. 불과 한 달 뒤 그는 내가 그 일을 뒤에서 꾸몄다는 사실을 알아차렸다.

저녁 식사 자리에서 데이비스를 만난 뒤 나는 그날 밤으로 다음날 아침 약속이 되어 있는 보수당 수상인 스털링 라이언

(Sterling Lyon)과 조찬 회동을 하기 위해 매니토바로 날아갔고, 그 다음에는 NDP 총재 앨런 블래크니(Allan Blakeney)와 점심을 하기 위해 서스캐처원으로, 다시 앨버타로 가 보수당 총재인 피터 러히드(Peter Lougheed)와 티 타임을 가진 뒤 브리티시 컬럼비아로 가서 사회신용당 총재인 윌리엄 베네트(William Bennett)와 저녁식사를 가졌다. 그들은 모두 주민투표에서 이긴 것을 기뻐했고 내 예상보다 헌법 토론을 재개하는 문제에 더 긍정적인 것처럼 보였다. 그러나 그들은 저마다 수정안과 장전에 관해 단서를 달았다.

모든 서부 주의 수상들이 훌륭한 자질을 가졌고 커다란 기여를 했지만 나는 러히드가 서부의 리더로서 목소리를 내는 것을 보고 싶었다. 그는 강직했고 분명했으며 더욱이 동료들에 대해 상당한 영향력을 행사하고 있는 것 같았다. 종종 그의 침묵은 말처럼 감동적이었으며, 나는 나른 사람들이 그의 심중을 읽으려고 눈치를 살피는 것을 볼 수 있었다. 심지어는 머리 좋은 사회주의자인 앨런 블래크니조차도 러히드에게 반대하는 것을 두려워했다. 러히드의 힘은 상당 부분은 앨버타의 이익을 지키겠다는 그의 열정과 일념에서 나왔다. 이것은 때때로 그가 국가적인 청사진을 평가하는 데 어려움을 주기도 했지만 그에게 존경받는 파워도 주었다.

그는 매우 거친 사람이 될 수 있었지만 이상하게도 나는 그가 조 클라크의 보수당 정부와 일할 때처럼 자유당 정부에 대해 과격했다고는 생각지 않는다. 내 의견으로는, 그가 클라크와는 공개적으로 필요 이상 대결적이었는데 많은 사람들이 그가 클라크의 몰락을 가져오게 했다고 그를 비판한다. 그가 총리보다는 자기 밑에 있는 평범한 장관과 협상하는 것을 좋아했다고 하더라도 나는 개인적으로 그가 늘 내게 잘 대해줬기 때문에 불평할 수가 없었다.

1980년 선거 이후 그가 나를 연방 에너지장관으로 임명하기를 원한다는 소문이 돈 적이 있었다. 내가 인디언 문제 및 북방개발 장관으로 재임할 당시 우리들의 관계는 가까워졌는데 우리는 서부지역에서 인디언과 공원 건설 등에 관련된 많은 사업을 협상했다. 그 후에 재정위원장으로서 온타리오와 앨버타가 공동으로 참여하기로 되어 있는 10억 달러짜리 오일 샌드 컨소시엄 거래인 싱크루드 메가 프로젝트(Syncrude mega-project)를 구제하는 데 그를 도왔다. 당시 연방 에너지장관이었던 도널드 맥도널드는 나를 위니펙의 한 회의에 초대했으며, 곧 그 협상은 아무런 결론도 내리지 못할 것이 분명해졌다. 일부 참석자들은 철수하고 있었고 온타리오 주와 앨버타 주는 서로 일을 망칠 궁리만 하고 있는 가운데 토론이 대결로 악화되어갔다. 나는 중립자적인 아웃사이더였으므로 협상안을 이끌어내기 위해 특히 러히드와 데이비스와 같은 주역들 사이를 오갈 수 있었다. 우리들은 그날 자정께에 하나의 결론을 얻었고 나는 서부지역을 대신해 내가 한 노력이 인정받았다고 생각했다.

서부에 대한 나의 관심

서부에 대한 나의 관심과 지식은 그 이전으로 훨씬 거슬러올라갔다. 1907년, 어머니의 집안은 셔위니건에서 앨버타의 세인트폴로 이사를 갔다. 집안에 전해 내려오는 얘기에 따르면, 외조부이신 브와베르(Boisvert)는 그가 파는 만큼의 술을 마신 유쾌한 여관주인이었다. 외조부의 아내는 매우 종교적이어서 그녀의 생각 속에는 즐거움과 쾌락은 천당으로 가는 길이 아니라 지옥으로 가는 길이었다. 그녀는 천당에 도달하기 위해 생전에 지옥을 겪어야만 한다고 믿었으므로, 말하자면 그녀는 그의 재산을 팔아 앨버타로 이주하자고 설득했다. 그들은 에드먼턴에서 마차로 사흘이 걸리는 세인트폴 교외의 테리엔(Therrien)이라는 곳을 개척했다. 외조부께서는 "내가 이곳에 도착한 이후 나는 두 배는 더 술을 마셨다."고 말씀하시곤 했다. 내가 콤바인과 절단기와 농업 현실에 대해 배운 것은 서부에서였으며, 외조부께서 틈틈이 우리 집을 방문하시는 동안에 나는 더 많은 것을 배웠다.

지금은 총 250명이 넘는 서부지역의 친척들과의 경험을 통해 어려웠던 시절을 가슴 아파했고 좋았던 시절을 함께 기뻐했다. 나는 친척들에게 종종 이런 말을 했다.

"여러분들이 전부 한 선거구에 있지 않다는 사실이 자유당에게는 너무 불행합니다. 우리는 앨버타에서 한 석밖에 얻을 기회가 없습니다."

친척들의 대부분은 내가 당권 경쟁을 하는 동안 에드먼턴의 집회에 나타났고, 나는 '서부를 위하는 크레티앙'이라고 쓴 티셔츠를 입은 채 맨 앞줄에 있는 그들을 볼 때 너무나 자랑스러웠다. 그들은 이제 서부에서 4대째가 되어 있고 프랑스어 교육을 받는 데 어려움이 있음에도 불구하고 그들 중 절반 정도는 그들의 유산을 그런 대로 유지해나가고 있다. 나는 헌법 개정을 위한 노력이 다음 세대들에게는 보다 쉬워지기를 바란다.

시간이 흐르면서 우리들이 강력한 오타와-토론토-몬트리올 삼각지대에 대한 인식을 공유하고 있다고 느꼈으므로 서부 사람들에게 점점 가까워져갔다. 이 삼각지대는 모든 부와 권력, 금융 기관, 산업 활동 등을 독차지하는 것으로 보였고 우리들은 그 속으로 뚫고 들어갈 수 없는 이방인처럼 보였다. 비록 내가 중요 부처의 장관이 되어 오타와에서 수년 동안 살아왔음에도 불구하고 퀘벡의 시골 출신이라는 이유 때문에 권력 기득권층에서 나를 깔보고 있다는 것을 느끼지 않은 적이 없었다. 나는 몬트리올 엘리트들이 살고 있는 웨스트마운트에서 열린 버드 드루리 지명 대회에 연설자로 초청되었을 때 그곳의 분위기를 생생하게 기억한다.

그때 내 기분은 캘거리 석유 회사 사람들이 중요한 대출을 받으러 토론토에 본점을 둔 까다로운 고층건물에 처음 들어갔을 때 맛보는 것과 큰 차이가 없었다. 이 감정은 초조함, 쩨쩨함이었지만 이것은 모리스나 케이프 브레턴 혹은 북부 온타리오 출신 사람들이 뼈저리게 느끼는 것만큼 서부지역 사람들도 마찬가지였다. 우리들 모두는 여러 세대 동안 도시에서 생활해온 사람들과 비교해 여전히 시골 생활에 친숙했으므로 세련미와 문화적 소양이 부족하다고 느끼게 되어 있었다.

어느 누구도 비난해서는 안 된다. 잘못은 인간의 본성에 내재해 있는 것이고 이 문제는 뉴욕에 온 텍사스 사람이나 파리에 온 프랑스 지방 출신 사람들의 경우와 똑같다. 때때로 나는 이것을 내가 극복해야 하는, 잊지 못할 불만이라고 생각하고, 다른 경우에는 내가 그렇게 여러 해 동안 권력의 근처에 머물러 있으면서 여전히 기득권층의 비난의 대상으로 남아 있다는 사실이 자랑스럽기도 하다. 어느 쪽이든 이것은 나로 하여금 캐나다의 어느 지역 출신이든, 심지어는 프렌치 캐나디안 자유당이 제대로 인정을 받지 못하는 서부지역에서조차도 보통 사람들을 이해하게 했다.

사실, 서부지역이 내각에서 강력하게 이 지역을 대변할 만큼 충분한 숫자로 자유당 후보들을 당선시켜주지 않을 때마다 나는 서부지역의 명분을 옹호하고 서부지역의 입장을 표현하고 싶었다. 나는 "내 가족을 대신해서"라는 농담을 하곤 했다.

이 문제는 종종 사실 자체보다는 인식의 문제였다. 나는 온타리오나 퀘벡 출신보다는 이 지역 출신 차관을 더 많이 두었을 것이다. 대부분의 서부지역 사람들은 그 지역 출신인 토미 쇼야마, 바실 로빈슨(Basil Robinson), 제랄드 부에이, 앨 존슨(Al Johnson) 그리고 고든 로버트슨과 같은 얼마나 많은 사람들이 공직에서 대단히 강력한 파워를 갖게 되었는지를 인식하지 못하고 있다.

그러나 정치적인 대표가 부족하다는 사실은 어떤 방법으로 극복해야 할지 모르는 문제이자 악순환이었다. 서부지역을 대표하는 의원이 적으면 적을수록 그곳이 느끼는 소외감은 커져갔다. 이것은 트뤼도가 느낀 가장 큰 절망이었다. 그는 이를 극복하기 위해 정말 많은 노력을 했고 서부지역을 위해 위대한 협상을 했지만 한 번도 성공을 거두지 못했으며 어떤 신임도 받지 못했다. 버드 올슨(Bud Olson)과 잭 오스틴(Jack Austin)과 같은 서부지역 자유당 상원의원들은 선출직이 아니면서 너무 많은 권한이 주어진다는 항의에도 불구하고 서부지역에 영향력을 미치기 위해 임명되었듯이, 오토 랑(Otto Lang)과 로이드 액스워디와 같은 서부 출신 의원들은 언제나 영향력 있는 장관이 되었다.

오토 랑이 서스캐처원 주를 위해 따낸 자금과 이권과 같은 것을 내가 퀘벡의 시골 마을을 위해 획득했었다면 내 의원직은 상원 의석보다도 훨씬 안정적이었을 것이다. 그러나 아무리 많은 보조금을 프레리의 농부들에게 주거나 곡식 수송용 열차를 수천 량 제작한다고 하더라도 이것은 달라질 게 없는 것 같았다. 문제는 돈이 아니었다는 사실이다. 돈으로 부자를 살 수 없었고, 돈으로 상실감을 보상할 수도 없다. 사실, 우리들은 돈이 모든 걸 해결해준다고 확신함으로써 서부에서의 어떤 존경마저도 잃었는지 모른다.

기업인들의 본성

언젠가 나는 재무장관 시절 밴쿠버에서 여러 기업인들을 만났다. 그들은 오타와의 자유당 정권 아래서 모든 게 얼마나 어려워졌는지에 대해 불평하고 욕을 해댔다. 이것은 기업인들이 보조금과 세금 감면을 요청하기 전에 흔히 쓰는 수법이었다.

나는 "여러분, 여러분들의 문제를 알겠습니다."라고 대답했다. "오늘 아침 내가 호텔에서 일어나 창문의 커튼을 열자 당신네들의 수많은 화려한 요트들이 항구에 정박해 있는 게 보였습니다. 그리고 나는 이렇게 생각했습니다. '저 엄청난 기계를 돌리기 위해서는 지독하게 비용이 많이 드는 게 틀림없는데. 그 비용이 끔찍할 텐데.' 그리곤 나는 천천히 걸어서 시내를 돌아봤습니다. 내가 1967년 처음 밴쿠버에 왔을 때 가장 높은 건물은 호텔 밴쿠버 하나뿐이었습니다. 그러나 이렇게 수많은 고층 오피스 빌딩들이 '끔찍한' 자유당 정권 집권 동안에 들어섰던 것입니다. 그래서 나는 당신들이 어려워지는 것은, 세 번째로 백만 달러를 버는 데 정말 힘들게 느낀다고 이해할 수 있었습니다."

분명한 사실은 밴쿠버와 캘거리, 그리고 서부 캐나다 전역에 걸쳐서 자유당이 정권을 잡는 동안 대단한 성장을 보였음에도 아무도 이것을 인정하지 않으려 했다는 것이다. 호황기에 돈을 번 사람들조차도 결코 만족해하는 법이 없었다. 이것은 사람들이 늘 더 많은 것을 원한다는 서글픈 자본주의 특징 중의 하나였다. 기대는 수입과 함께 높아지고, 갖고 있는 것에서 느끼는 행복에 대한 격려는 찾아보기가 어렵게 된다.

몇 번은 아침에 일어나 이런 말을 한다. "내가 개인 사업을 하면 더 많이 벌 수 있는데 아직도 정치판에 남아 있는 것을 보면 미친 게 틀림없소."

그러나 아내는 나를 이런 식으로 일깨웠다. "우리들은 더 이상 필요한 게 없어요. 우리는 행복하고 좋은 집이 있고 좋은 별장이 있으니까요. 그리고 우리는 우리 애들이 필요로 하는 것을 뭐든지 해줄 수 있잖아요."

그러나 기대를 제한한다는 것은 쉬운 일이 아니다. 서부 캐나다가 자유당 집권 동안 부유해졌을 때 그들은 토리당 아래서는 더 빨리 부자가 될 수 있을 것이라고 생각했다. 경제가 침체에 빠지자 서부 캐나다는 기름에 대한 수요와 세계 원유가가 폭락한 것보다는 자유당에 책임을 돌리는 것이 보다 쉽다고 생각했다. 짧은 기간 동안이나마 서부지역이 토리당 정부를 경험한 것은 좋은 일이었다. 그들은 성장에는 한계가 있으며, 한계나 성장은 어떤 당이 정권을 잡는가와는 큰 상관이 없다는 것을 배우게 될 것이다. 토리당 정부는 예를 들면, 원유가를 고정시키는 대신에 세계 원유가에 연동시키겠다고 말했을지 모르나 이것은 세계 원유가가 저가에 머물거나 떨어지는 한은 지켜지지 못할 것이다.

서부지역은 또한 온타리오와 퀘벡의 영향력이 자유당을 제한

하지 못한다는 것도 배우게 됐을지 모른다. 수많은 서부지역 토리 당원들이 브라이언 멀로니가 온타리오 주 선거기구와 그의 새로운 퀘벡 지지자들에게 엄청난 빚을 떠넘기면서 정권을 잡았을 때 절망한 것처럼 어떤 국가 정부도 그렇게 느낄 것이다. 중부 캐나다도 쉽게 한쪽으로 제쳐놓을 수 없다. 이 지역도 인구, 산업, 금융기관, 그리고 그들의 힘을 뒷받침하는 선거구들이 있다. 온타리오는 연방의 주요한 수혜자가 되어왔으며 그 결과로 온타리오와 서부지역 사이에는 어떤 긴장이 생기게 될 것이다.

서부지역이 부유해지고 경제적으로 더 성숙해짐에 따라 서부지역은 더 중요한 제조업 분야를 유치하기 위해 압력을 가할 것이고, 이것은 아마도 온타리오의 저항에도 불구하고 온타리오의 비용 지출로 발전하게 될 것이다. 장관으로서 영원한 숙제는 중부 캐나다나 동부 캐나다에 상처를 주지 않고 서부를 풍요롭게 변화시키는 일이다. 이것은 언제나 가능하지도 않았지만 조정과 협상에 의해 관리될 때 아무도 트뤼도에게 신임을 주지 않았다. 내가 서부지역에 유리한 협정을 파기할 때마다 반드시 그는 나를 칭찬했다. 나는 그의 도움과 격려 없이는 그 어느 것도 가능하지 않다는 것을 알았다.

대표적인 예는 1982년에 트뤼도 정부가 크로스네스트 패스(Crowsnest Pass) 운임료라는 오래 된 문제를 놓고 벌인 싸움이었다. 간단히 말하면, 이것은 서부지역의 농부들이 항구까지 곡물을 수송하는 데 막대한 보조금을 주는 것이었다. 36리터짜리 밀 한 부대를 운송하는 데 드는 비용은 윌프리드 로리에 정부 시절에 정해져 있었다. 즉 농부들이 이를 마치 타고난 권리로 여겨왔기 때문에 감히 아무도 이것을 바꿀 생각을 하지 못했다.

결과적으로 수송 경제에 심각한 왜곡이 발생하였다. 서스캐처원 주의 무스 조(Moose Jaw) 시로부터 밴쿠버까지 편지 한 통을 보내는 것보다 밀 한 부대를 보내는 게 더 싸게 먹히게 되었다. 따라서 철도회사측이 곡물 수송에서 오는 손실을 보상받지 않으면 안 되었으므로 다른 상품의 수송 비용을 더 올리게 되었다. 이것은 최종 생산품이 시장 가격을 올라가게 했으므로 서부지역 제조업 기반의 발전을 저해했다.

물론 이 지역 농부들이 자유당 개정안으로 인해 보조금의 일정 부분을 잃게 된다는 사실을 내켜하지 않았지만 농부들로부터 거둬진 가욋돈의 상당 부분은 철도를 복선화하는 데 들어갔다. 이것은 필수적이었고 곡물을 포함한 생산품이 수송 시스템 안에서 무리 없이 운반되는 데 기여했다. 당시 이 조치들은 상당히 예민했음에도 불구하고 이에 대한 반대는 금방 수그러들었고 토리당도 거의 수정안을 제기하지 않았다. 그러나 서부의 개발을 위해 트뤼도가 한 긍정적이고 중요한 일에 대해 그는 칭찬받기는커녕 욕만 먹었다.

캐나다의 정신, 공유 개념

똑같은 일이 1980년의 국가에너지계획에서 발생했다. 성공의 시대를 살아온 일부 서부지역 사람들은 캐나다 건국의 바탕이 된 공유의 개념을 망각했다. 그들은 자원이 자신들에게 속한 것이므로 운이 따르지 않은 캐나다의 다른 지역과 나눌 수 없다고 주장했다. 앨버타는 엄청난 액수의 신탁 자금을 적립해놓았는데 오타와 정부가 이 자금의 일부를 캐나다의 나머지 지역을 위해 쓰려고 하자 비난하고 나섰다. 그들은 연방정부가 1930년대 궁핍의 시대를 극복하기 위해 쏟아부은 돈을 잊으려 하는 것 같았다. 그들은 자유당이 서부 번영을 위해 서부로부터 온타리오로 천연 가스를 들여오는 송유관 건설을 추진하다가 1957년 선거에서 패배했다는 사실을 기억하려고조차 하지 않았다.

그들은 또한 부(富)가 항상 중앙 캐나다에 존재하지 않았다는 사실도 잊었다. 대서양 연해주 지역이 부유했던 시대가 있었다. 사실, 1869년에 조셉 호웨(Joseph Howe)는 노바스코샤가 중앙 캐나다에 지나치게 많이 지원한다는 점 때문에 분리를 요청했었다. 환경은 변했다. 부는 핼리팩스로부터 몬트리올-토론토-캘거리로 옮겨갔으며, 과거에도 그랬던 것처럼 이것은 한때 그들을 도왔던 주들이 이번에는 반대로 도움을 받게 된 것이다. 이것이 캐나다다. 아마 대서양 연해주들은 50년이나 얼마 가지 않아 다시 부자가 될 것이다. 아마 앨버타는 백년도 안 가 가난한 주가 될지도 모른다. 그 누구도 미래에 무엇이 일어날지를 모른다. 이것이 모든 주들이 공유의 원칙을 잊어서는 안 된다는 이유이다. 망각하려는 것은 이기적이고 근시안적인 행위이다.

국가에너지계획에서 진짜 문제는 생산력이 풍부한 주들의 이기심이 아니었다. 더구나 캐나디안화(化)도, 오일 및 가스의 캐나디안 가격이나 혹은 에너지의 자급자족의 문제도 아니었다. 진짜 문제는 오타와 정부, 오일 회사, 은행, 산업 전문가, 그리고 실제적으로는 1980년도에 전 세계가 내기를 잘못 건 데에 있었다.

누구나 한정되고 필요한 자원에 대한 수요는 가격을 끌어올릴 것이라고 가정했다. 실상은 과잉 생산과 소비의 감소가 가격을 떨어뜨렸다. 야당에서는 자유당이 그 상황을 잘못 해석했다고 공개적으로 비난하고 싶어했다. 분명히 우리는 그 현상을 잘못 읽었다. 그러나 우리는 민간 분야에서 훌륭한 기업을 갖고 있었지만 누구도 우리에게 책임을 돌리진 않았다. 1982년 내가 에너지장관이 되기 전에는 오일 가격은 안정 기조에 있었고 내려가기 시작했으므로 나는 NEP를 재평가하지 않으면 안 되었다. 에너지장관 자리는 내게는 새롭고, 복잡하고, 그리고 정치적으로 도전할 만한 자리였으므로 내가 헌법 문제를 마무리지었을 때 트뤼도에게 특별히 이 자리를 요구했다.

에너지는 경제에 워낙 중요하고 전략적이고 이익이 많기 때문에 대다수 캐나디안들은 에너지가 미국의 다국적 기업가들의 손에 압도적으로 좌우되는 게 아닌가 의심했었다. 1973년의 오일 쇼크 동안 캐나다로 향하고 있던 몇 척의 엑슨 사(社) 소속 유조선이 돌연 미국 본부의 지시로 그 항로를 바꾸었을 때 공포가 일어났다. 이 공포가 자연스러운 것이었든 과장된 것이었든 국민들은 캐나다가 얼마나 미국의 결정과 정보에 의존하고 있는지를 깨닫게 되었다. 이 자각이 자유당 정부로 하여금 국영 오일회사인 페트로 캐나다(Petro-Canada)를 설립하도록 자극했고, 이 회사는 엄청난 대중의 성원을 받게 되었다. 페트로 캐나다는 업계에서 어떤 일이 일어나는지를 정부에 보고하고, 대부분 자국 경영의 석유회사들을 갖고 있는 외국 생산자들과 직접 거래함으로써 캐나다 공급을 보장하기로 되어 있었다.

1979년의 2차 오일 쇼크 이후 이란 혁명이 일어나 세계 원유가가 반등했을 때 우리들은 국가에너지계획에서 인센티브와 규정을 통해서 캐나다의 지분을 늘리는 조치를 취했다. 우리나라의 지분은 40%까지 올라갔고 중소기업들은 부가적인 권리와 다른 혜택을 받았다. 페트로 캐나다와 캐나디안화에 대한 비난이 있었음에도 불구하고 그들은 여전히 인기가 있었고 심지어 토리당도 그들의 기본적인 목적을 인정하기에 이르렀다.

물론 미국인들은 좋아하지 않았다. 미국 정부와 다국적 기업들은 NEP가 영국 왕실 소유지에서 발견되는 기름과 가스에 한해서 연방정부에 25%의 이익이 돌아가도록 되어 있는 조항을 집중적으로 파고들었다. 그들은 '백 인(back-in)'조항이 반동적인 수탈이라고 주장했다. 이것이 사실은 아니었지만 미국인들은 슬로건에 빠져 있었고 내가 에너지장관 시절 미국 대표단에게 말한 논리를 받아들이지 않았다.

내가 북방지역 왕실 소유지에 대한 책임이 있던 인디언 문제 및 북방개발 장관으로 재임할 당시로 그 뿌리가 거슬러올라갔기 때문에 나는 이 문제의 진실을 이해했다. 당시 연방정부는 어떤 보상도 하지 않은 채 그 땅에서 굴착되는 기름 및 가스의 절반 가까이를 차지할 수 있었다. 업계에서 이 규정이 불공평하다고 생각했으므로 나는 이것을 폐지하고 새로운 협정을 협상하기 시작했다. 그 현안이 다급하지도 않았으므로 나보다 조금 덜 깐깐해 보이는 다른 장관과 협상해 더 많은 것을 받아내겠다는 계산으로 업계는 그 문제를 질질 끌어 협상이 온데간데없게 되었다.

한편, 다국적기업들은 무슨 제한 시스템이 있는지를 상관하지 않은 채 왕실 소유지에 대한 굴착을 계속했다. 이것은 마치 소유하지 않은 땅에 집을 지은 것과 같았다. 사유재산에 대한 요구 금액이 생각했던 것보다 컸을 경우 몰수당한 것에 대해 항의를 할 수 없다. 그러나 이것은 바로 미국인들이 했던 것이었다. 나는 그들에게 이렇게 말했다.

"여러분들이 1970년에 나와 협상을 했더라면 열 배는 더 좋은 결과를 얻었을 겁니다. 그 당시 나는 정말 부드러운 사람이었으니까요."

그러나 그들은 협상을 하지 않았다. 그들은 기름이 필요했으므로 어쨌든 굴착 작업을 계속했으며 캐나다의 저렴한 자원에 의존하고 있었다. 그리고 이제 그들은 깨끗이 그 대가를 지불해야만 했다.

지불이야말로 그들이 불만스럽게 생각한 진짜 이유였는데 나는 '백 인' 조항이 불합리한 가격이라고 생각하지 않는다. 캐나다는 전통적인 규칙에 따라갈 수 있었다. 노르웨이에서 인도네시아까지 모든 생산국들은 로열티 방식을 따르고 있으며 이들 대부분은 NEP보다 더 엄격하다. 미국에서 캐나다 정부의 토지를 굴착하는 권리가 경매로 팔리고, 오일 회사들은 때때로 석유를 발견할지 알 수 없는 상태에서 수백만 달러를 지불해야만 한다. 그들은 캐나다에서 연방정부와의 공유는 불공평하지 않으며 오타와 정부는 굴착 비용의 4분의 1을 보상한다는 사실을 확인한 후에만 지불한다. 그럼에도 불구하고, 토리당은 다국적 기업의 논리를 받아들였고 대가로 아무것도 받지 않은 채 '백 인' 조항을 삭제하기로 약속했다.

타협과 공유의 원칙

나는 그들의 주장이 유용하고 합리적일 때 양보했지만 문제는

NEP가 해제시킨 정서, 조작과 의심을 뛰어넘어 요구한다는 데 있었다. 나는 지방 정부의 파트너들과 좋은 관계를 맺기 위해 열심히 일했고 업계의 의견을 광범위하게 청취했다. 분위기가 나아져 현실감의 회복을 느낄 수 있는 데는 몇 개월이 걸렸지만 나는 서부지역에서 이런 농담을 하곤 했다.

"나를 너무 칭찬하지 마시오. 그렇지 않으면 나는 동부지역에서 상처를 입게 될 것입니다."

지속적으로 머리를 써야 하는 것은 동부에서 문제를 일으키지 않으며 서부의 이익을 완화시키는 것이었다.

예를 들면, BP 캐나다 자산 일부를 뜻밖의 싼값으로 구매할 수 있게 되자 페트로 캐나다는 이를 사고 싶어했다. 나는 무슨 교조적인 이유로 반대하지는 않았지만 내 지시는 오일 패치(Oil Patch)에 평화를 가져와야 한다는 것이었다. 내가 마지막으로 바랐던 것은 1981년의 페트로 캐나다의 페트로피나(Petrofina) 인수를 놓고 야기되었던 논란과 같은 또 다른 논란이었다. 페트로피나 인수는 가스에 대한 특별세로 재정지원을 받아 이뤄졌다. 이것은 페트로 캐나다를 소매업으로 탈바꿈시켜 가스 주유소가 직접적으로 다국적 기업과 경쟁을 벌여 이들의 분노를 야기했다. BP 캐나다는 페트로 캐나다가 더 넓은 지역, 특히 온타리오에 주유소를 내도록 했다. 캐나디안들이 마음이 끌리는 곳에서 돈을 지불하고 싶어했으므로 좋은 일이었다. 하지만 나는 새 구매에 또 다른 특별세를 부과하고 싶지 않았다. 나는 페트로 캐나다에 "좋소, 당신들이 BP를 살 수 있소. 하지만 당신들은 이것을 영리 기업으로서 시장에서 재정을 조달해야 할 겁니다."라고 말했다. 이것은 기업과 동료들 양쪽을 만족시킨 타협안이었다.

타협과 공유는, 내가 캐나다 전 지역의 수상을 만나러 돌아다니면서 마음속에 간직하고 있던 원칙이었다. 나는 서부의 주도(州都)들로부터 직접 대서양 캐나다로 날아갔다. 다만 비행기가 잠깐 오타와에 정거해 재급유를 받았는데, 이때 나는 결혼 생활을 유지하기 위해 짬을 내어 아내에게 전화를 했다.

나는 빅토리아에서 아침을 먹고 보수당의 앵거스 맥클레인(Angus MacLean) 수상과 차를 마시기 위해 샬롯타운에 정시에 도착했으며, 핼리팩스에서 보수당의 존 부캐넌 수상과 느긋한 저녁을 먹었다. 다음날 아침 일찍 나는 보수당의 브라이언 펙포드(Brian Peckford) 수상과 첫 상면을 하기 위해 세인트존스로 날아갔다. 좋은 만남이었지만 펙포드는 내게 수수께끼 같은 인물이었다. 나는 그가 신비로운 남자이며 사이좋게 지내기가 쉽지 않고 마음을 읽기가 어렵다는 것을 알았다.

자유로운 퍼스낼리티였지만 매우 호감을 주는 인물은 뉴펀들랜드를 경유해 방문한 뉴브런즈윅 주 프레드릭턴(Fredericton)에서 만난 보수당의 리처드 핫필드(Richard Hatfield) 수상이었다. 그는 열성적으로 헌법 개정을 돕고 있었다. 그러나 이런 정신없는 순례에서 유일하게 나를 만나기를 거부한 르네 레베크 수상에 대해서도 나는 똑같이 말할 수는 없었다.

나는 오타와로 돌아와 플로리다로 아내와 떠나기 전에 트뤼도에게 보고했다. 핼리팩스에서 5시에 시작된 것이 보카 레이튼에서 24시간이 지나서도 끝나지 않았다. 우리는 자정이 지나 마이애미에 도착해 차를 빌렸는데 이 차가 고속도로 상에서 그만 서고 말았다. 신용카드가 한 장밖에 없었으므로(왜냐하면 정신없이 바빠서 은행에 다녀올 시간이 없었다) 캐나다의 법무장관 크레티앙과 그의 부인은 플로리다에서 한밤중에 히치하이킹을 하지 않으면 안 되었다. 정말 고달픈 여행이었다.

내가 만난 수상들의 반응은 좋았으며, 비록 어떤 부분에선 저항에 부딪치기도 했지만 헌법 개정을 한번 더 시도해보기로 대체적으로 합의를 보았다고 트뤼도에게 보고했다. 6월에 총리와 수상들이 만나 1980년 여름 동안에 각료 회의를 열기로 의사 일정을 합의했다. 즉 한 주는 몬트리올, 한 주는 토론토, 한 주는 밴쿠버, 그리고 마지막 한 주는 오타와에서 열기로 했다. 회의 목적은 총리와 수상들의 가을 회의를 대비해 공통의 주제를 만들기 위해서 페트리에이션(patriation : 헌법 수정권을 영국에서 캐나다 연방정부로 옮기는 일—역자) 토론, 개정 방법, 권리장전, 그리고 오타와와 주정부의 권한 조정의 가능성 등으로 열거되었다.

나는 실패를 좋아하지 않았으므로 어떤 것을 하고 싶을 때 지독한 고집쟁이가 되었다. 그래서 나는 열정과 혼신을 다해 이같은 토론에 몰두했다. 셔위니건의 변호사로서 나는 거창한 학문적인 수수께끼를 푸는 일보다는 생활을 꾸려나가는 데 더 관심이 많았다. 그러나 이제 헌법의 복잡함이 나의 상상력을 사로잡은 것이다.

매일 연방과 주 정부 대표들이 모여 안건을 처리하는 데 고생했다. 어떤 주가 헌법 개정에 대해 거부권을 행사하는가? 표현의 자유를 보장한다는 것에 포함된 것은 무엇인가? 원주민 권리는 무엇을 의미하는가? 어떤 변화가 상원이나 대법원에서 이뤄져야 하는가? 정부는 어느 차원에서 의사소통이나 해양 자원이나 가족법을 통제해야 하는가?

우리들은 어떤 부분에서는 크게 앞서 나갔고, 보다 어려운 문제에 부닥쳐서는 되돌아갔으며, 그리고 점차적으로 우리들은 각자의 강경한 입장을 확인했다. 보통 아침 일찍 시작돼 밤늦게까지 계속되는 각 회의가 끝난 후 관료들과 변호사들은 장관의 생각을 문서로 만드는 작업을 했다. 내가 서스캐처원의 검찰총장인 로이 로마노(Roy Romanow)와 공동으로 회의를 주재했으므로 회의는 재미있는 법학 및 정치학 강의였으며 나는 언제나 논란의 한복판에 있었다.

감사를 받아보지 못한 트뤼도

주정부의 가장 좋은 친구로 남기 위해 노력하면서도 나는 스스로가 연방정부의 유일한 대변인이라는 사실을 알게 되었다. 나는 "내각에서 여러분들을 위해 이것을 얻도록 노력하겠습니다."며서 "그러나 트뤼도로부터는 이것을 받아낼 수 없다는 것을 압니다."고 말했다. 모든 사람들은, 지방 장관들이 수상의 대리인인 것과 마찬가지로 나도 트뤼도의 대리인에 불과하다고 생각했다. 실제로, 나는 파트너들보다는 활동의 여지가 더 넓다고 느꼈다. 그들은 흔히 수상의 의견을 구하고 지시를 받기 위해 토론을 중단하고 전화를 걸었다. 나는 실제로 한 번도 트뤼도에게 전화를 걸지 않았다. 대신 나는 내 판단력과 그의 의중을 헤아리는 것에 의존했다. 그가 내게 전화를 걸어 뭘 하고 있는지를 물어본 일도 없었다.

물론 나는 트뤼도가 뭘 원하는지를 알았고 그와 내각에 정례적으로 보고했으며 그의 자문관들 역시 그에게 해당 분야에 대해 보고하고 있다고 생각했다. 그러나 전반적으로 나는 그의 융통성과 관대한 신임에 놀랐다. 그의 태도는, 장관들이 그의 허락 없이는 쉼표 하나도 마음대로 집어넣지 못하는 꼭두각시라는 대중적 이미지와는 정반대였다. 트뤼도는 장관들을 소신대로 일하게 했으며 그들이 중대한 실수를 했을 때만 앞에 나섰다.

연방-주정부 문제에 있어서 트뤼도와 나의 가장 큰 차이점은 이런 것이었다. 그는 논쟁에서 이기길 원했지만 주정부가 현금을 챙겨가는 것을 기꺼이 허용한 반면, 나는 논쟁에서는 양보를 했지만 돈만큼은 지키길 고집했다. 트뤼도의 시대는 탈(脫)중앙집중化의 시기였다. 만일 트뤼도가 집권했을 때와 그가 물러난 뒤 연방정부가 쓴 GNP의 비율을 비교한다면, 캐나다 경제에 있어서 연방정부의 중요성이 현저하게 감소되었음을 알게 될 것이다. 정부 융통 지불, 균등 지불 그리고 무조건 지불을 통해서 주정부는 연방 지출의 가장 좋은 부분을 차지했다. 실제로, 그렇게 막대한 돈이 연방-주정부 협정 아래서 자동적으로 넘어가게 됐기 때문에 오타와 정부는 적자를 효과적으로 제어할 수 없게 되었다.

오타와는 또한 예산집행 방침에 대한 영향력을 포기했다. 보건 서비스나 고등교육 면에서 국민 평균 수준을 보장하는 조건으로 지불하는 대신, 예를 들면 연방정부는 주정부의 불평을 다 들어줌으로써 고유 권한이 침해되게 했다.

그 결과는 이렇게 나타났다. 즉, 많은 주정부는 무조건 지불을 받아 그 돈을 다른 용도에 사용했다. 예컨대, 오타와 정부가 전면적인 물가연동제에 추가해 고등교육의 예산에 똑같이 50%씩 지불하기로 했다. 그러자 주정부들은 그 돈을 절약하거나 다른 용도로 쓰기 위해 그들의 지분을 줄여나가기 시작했다. 연방의 비율은 그것이 우스꽝스런 수준에 이를 때까지 점점 커져갔다. 오타와 정부가 고등 교육 예산으로 120%까지 지불한 사례도 있었는데 오타와 쪽에서 최소한 20%는 도로 위에 뿌려질 것이라는 것을 알았지만 정부로서는 다른 방도가 없었다.

아무도 연방정부가 이처럼 막대한 액수의 기부를 하고 있다는 것을 인정하지 않았을 뿐 아니라 어느 누구도 오타와 정부에 보답하기 위해 어떤 교육이 중기(中期) 고용 전망에 적합할지 모른다거나 모든 캐나다 학생들이 어떤 수준까지 도달해야 한다는 말을 하지 않았다. 그러한 결과, 주정부는 장발이 유행할 때는 이발사를 과잉 양산했고 첨단 기술 전문가들보다는 인류학자를 만들어내는 비용이 적게 든다고 그들을 더 많이 배출했다. 그러나 오타와는 국가적 책임이라는 측면에서는 실패한 것처럼 보였다.

이런 탈(脫)중앙집중화에도 불구하고 트뤼도는 결코 어떤 감사의 표시도 받아보지 못했다. 왜냐하면 그의 약점이 논쟁에서 이기기를 즐기는 것이있으므로, 대중들은 그가 어떤 것도 양보할 수 없을 것으로 생각했으며, 또 그가 어떤 일을 양보했을 때는 대부분이 다른 이유가 있어 그렇게 했을 것이라고 믿었다. 노련한 체스 선수로 알려진 그가 왜 그런 부분을 포기하겠느냐? 내가 만일 지금 작은 이익을 받았을 경우 나중에 그가 나를 어떤 함정에 빠트릴 것인가?

국민들은 그가 한 일보다는 그의 퍼스낼리티에 관심을 기울였다. 따라서 그는 실제보다도 훨씬 강경하게 비쳤다. 이와 같은 맥락에서, 그가 다른 총리들보다 연방-주정부 회의를 많이 개최했음에도 그는 조정이나 합의를 이끌어내는 사람으로 비치지 않았다. 나중에 아무것도 해결하지 못할지언정 일단 유화적인 분위기를 조성하거나 달콤한 슬로건을 내거는 대신 그는 정직하고 합리적인 방법으로 현실의 문제와 싸웠기 때문이다. 그의 강점은 많은 이들에게 그가 도덕적인 지지를 필요로 하지 않는 사람이라고 생각하게 만들었다. 그래서 언론, 대중과 심지어는 당과 내각에서까지도 피어슨이 어려움에 처해 있을 때 그의 주변에 많은 사람들이 몰려들었던 것과는 반대로 트뤼도 곁에 사람들이 모이지 않는 것을 당연한 것으로 여겼다. 비록 캐나디안들이 어려운 시절에 트뤼도에 의지했긴 하지만 그들은 트뤼도가 곤경에 처해 있을 때 그를 지키기 위해 달려오지 않았다. 그는 자신의 소신을 관철하고자 했던 것으로 추측된다.

부작용은 그를 공격하는 주정부들에게 동정적이 되어가는 경향이었다. 주정부들은 더 이상 패배자가 아니라는 것을 제외하면, 이것은 환호와 유리함이 패배자에게 돌아가는 스포츠와도 같았다. 캐나다는 위기에 직면해 있었지만 국익을 지지하는 것은 트뤼도를 지지하는 것이 되었다. 그가 주정부에 굴복하는 것에 대해 개의치 않았기 때문에, 그들은 오로지 더 많은 것을 요구했다. 그가 누구에게도 감사하지 않았으며 따라서 그는 자신이 캐나다를 위해서 최선이라고 생각한 것을 하기로 선택했다.

막강한 주정부와의 대결

캐나다 정치 게임에서 주정부와 좋은 관계를 유지하는 것은 바람직한 일이지만 이것이 항상 가능한 것은 아니다. 더 많은 예산과 권한을 요구하는 것이 주정부의 목적이지만 그들은 그 반대로 오타와 정부에 예산과 권한을 주어본 일이 없다. 수차례 그들은

연방의 재정 지원을 받아 국가에 기여한다는 생각이 없이 그럴듯
한 프로젝트를 세우거나 자선 서비스를 제공했다. 그러나 궁극적
으로 주민과 지역 경제에 이로운 국립공원을 건설하기 위해 그들
로부터 토지를 양도받는 일은 항상 괴로운 일이었다.

문제는 부유한 주는 계속 부유해지고 가난한 주들은 점점 가난
해진다는 것이었다. 주정부 파워를 지속시키기 위한 주정부 힘은
예산을 배분하는 연방정부의 능력을 축소시켰다. 지방의 문제는
언제나 힘있고 부유한 주, 혹은 부자가 되길 바라는 가난한 주들
에 의해 제기되었다. 뉴브런즈윅과 노바스코샤와 같은 주의 수상
들은 헌법에 명시된 대로 균등지불을 보장받기 위해 목청 높여 싸
웠다. 이것이 오타와가 지방 정부에 보다 많은 권한을 넘겨주는
문제에 대해 반대한 이유였다. 트뤼도와 나는 수상들로부터 '쇼핑
목록'을 요구받고는 폭소를 터트렸다. 이들의 요구대로 했을 경우
캐나나에는 아무것도 남지 않게 되기 때문이었다.

헌법 토론 개막식에서 나는 퀘벡 주 동료들에게 내가 캐나다
경제연합에 의뢰했던 서류를 들고 나가도록 했다. 퀘벡 주민투표
결과를 우려한 상황이어서 오타와가 자생력 있고 번영하는 캐나
다를 관리하는 데 필요한 최소한의 권한이 어느 만큼인지를 알고
싶었다.

그래서 나는 은퇴한 재무차관 토미 쇼야마에게 고위 공무원들
로 하여금 해답을 찾아오도록 요청했다. 정말 문제가 되는 권력은
무엇인가? 정치 현안이나 원칙의 문제에 불필요한 힘이 개입해
시간을 끌게 되는 것은 무엇 때문인가? 인공위성 방송과 비디오
카세트의 시대에 커뮤니케이션이 국가나 지방 책임이라는 것이
문제였는가? 가족법이 연방이나 지방 판결에 귀속되는 것이 문제

였나? 하지만 궁극적으로 오타와가 불필요한 것을 기꺼이 포기했으므로 이 토론은 난관에 봉착했다. 반면에 지방 정부들은 필요한 것을 포기하려 들지 않았다.

대다수 수상들은 오타와가 경제연합 작업을 위해 더 많은 권한을 요구해야 한다는 발상에 충격을 받았던 것 같다. 그들은 우리가 페트리에이션과 장전을 얻기 위해 어떤 것에 서둘러 동의할 준비를 해야 한다고 생각했지만 우리들은 상황을 바꿔놓았다. 그들 대부분은 제안의 논리에 대해 반박할 수 없었기 때문에 고함을 치는 게 고작이었다. 그러나 그들은 탈중앙집중화 측면을 간과한 채 인력과 자본 이동에 대한 오타와 정부의 관심과 지방 정부의 구매정책에 대한 제재조치에만 집중했다. 많은 수상들은 국가보다는 주(州)에 더 관심이 많았다. 그들은 미국의 주지사보다 더 힘이 있고 명예로운 거물급 인사로 남고 싶어했다.

결과적으로, 캐나다는 자신의 공동시장을 형성할 수 없게 되었다. 미국과의 공동시장을 형성하자고 목이 쉬도록 요구한 사람들과 단체들 거의가 캐나다 안에 진짜 공동시장을 큰 소리로 요구하지 않을 때 나는 항상 어리둥절했다. 실상, 우리는 이것을 가지지 못한다.

주정부 사이에는 교역에 영향을 주는 십여 종의 장벽이 있는데, 이것은 특혜 고용에서부터 특혜 구매, 주정부 면허부터 주정부 법규까지 다양하다. 그러나 우리가 이러한 장벽들을 제거하려고 하자 그들은 자기들 권한의 일부를 빼앗아가려 한다고 비명을 질러댔고 소(小)제국을 지키길 원하는 기업인들의 지원을 받았다. 모든 사람들은 상품과 인력의 자유로운 이동에 대해 직접적인 영향을 받기 전까지는 여기에 호의적인 입장을 보인다. 또 모든 사람들은 이론적으로는 보호주의에 반대하지만 그것의 실제적인 이익을 위해 투쟁한다. 내 의견으로는, 미국과 공동시장을 놓고 협상을 시작하기 전에 주정부 사이에 놓여 있는 교역 장벽부터 철폐하여야 한다.

왜냐하면 언론과 대중들은 오랜 기간 이 싸움을 작고 가엾은 주정부가 거대하고 천박한 오타와로부터 미미한 양보를 얻어내기 위해 애쓰고 있는 것으로 보아왔기 때문에 반대로, 연방정부가 주정부의 권한 등을 요구하거나 이에 저항했을 때 그들은 충격을 받았다. 캐나다에서 주정부들은 미심쩍은 혜택을 누리고 있다. 이것은 중요한 차이점이며 연방 정치인들은 그들의 장점을 직접 국민들에게 설득해야 한다는 것을 뜻한다.

트뤼도의 약짐, 인간미 부족

이러한 연방주의 본연의 긴장은 또한 고유의 아름다움이기도 하다. 두 개의 정부 사이에는 선거구의 유권자들에게 잘 보이려는 지속적인 경쟁 관계가 존재하기 때문에, 한 정부가 이것과 협상하지 않고는 어떤 사회 문제도 오래 숙성될 수 없으며, 최소한 다른 정부에 타격을 입히기 위해 이것을 사용할 수 있다.

프랑스나 영국과 같은 단일 국가에서는 수도에서 멀리 떨어진 지역의 불만을 무시하거나 간과하는 게 보다 쉽다. 왜냐하면 이들은 캐나다의 수상들처럼 언론에 대서특필하고 힘을 모을 수 있는 제도화된 지지자들을 갖고 있지 않기 때문이다. 주 수상과 연방 총리가 같은 당 소속이라 할지라도 정치적인 압력은 그들에게 서로간에 경쟁하도록 요구한다. 왜냐하면 연방주의의 역동성은 국민의 존경을 얻기 위한 영원한 투쟁이기 때문이다.

다른 시대, 다른 이유로 인해 연방정부나 주정부 중 어느 쪽이 우위의 힘을 가지고 부상하겠지만 실제적인 정치 투쟁은 이 균형을 깨 언제나 대중을 궁극적인 승자로 만든다. 예컨대, 국립공원을 만들 때의 상황이 그런 것이었다. 연방정부가 가까스로 주의 위상에 따른 적정 인구수를 납득시킬 때까지 오타와와 주정부 간에는 갈등이 존재했으며 그때마다 대중의 의지가 표현되었다. 한 번 이런 일이 발생하면 주정부는 양보하지 않을 수 없었고 갈등은 끝이 났다.

연방 정치인은 될 수 있는 대로 높은 신뢰도를 얻어야만 한다. 솔직함, 신뢰, 그리고 진실함은 대결의 가능성을 최소화한다.

본질적으로 정치란 위대한 동포애다. 당적이나 정치인들의 판단이 어떻든 간에 모두가 선출된 공직자이고 이것이 이해집단을 연결시켜주는 것이다. 만약 사업 얘기를 하지 않을 경우 그들은 정치인으로서의 성공과 실패에 대해 얘기하려 할 것이며 그러면 당파적인 요소는 사라진다. 우정의 온기는 정치적 긴장의 싸늘함 혹은 협상 테크닉의 냉랭함을 상당 부분 녹일 수 있다.

트뤼도의 결정적인 단점의 하나는 연방-주정부 회의가 끝나면 언제나 혼자 집으로 곧장 돌아갔다는 점이다. 그가 직무 수행 중에는 아무리 근사하고 세련되었을지는 몰라도 퇴근 후 긴장을 풀 기회가 부족했다는 점은 마음의 벽과 의심을 쌓았다. 내가 종종 보여준 전투적인 이미지에도 불구하고 나는 다른 사람이 나를 좋아하기를 원했고 우정의 차원에서 주정부 동료들을 사귀려고 열심히 노력했다. 한번은 앨버타 정부의 장관 딸이 프랑스어 실력을

향상시키기 위해 우리 별장에서 몇 주간 지냈으며, 또 한번은 뉴
펀들랜드의 장관이 두 정부 사이의 커다란 입장 차이에도 불구하
고 내가 그의 가장 좋은 친구라고 청중들에게 털어놓기도 했다.
1980년처럼 이런 나의 노력이 그렇게 유쾌하고 도움이 되었던 때
는 없었다. 헌법과 관련된 지루한 회의가 끝나면 참석자들은 서로
를 잘 알게 되었다. 우리들은 식사도 같이 하고 야구와 미식축구
도 함께 보러 갔다.

　때때로 유머는 우리를 계속 함께 일하도록 하는 유일한 수단처
럼 보였다. 어떤 점에선 우리들은 양심의 자유를 규정하기 위해
함께 진흙탕에 빠지기도 했다. 누군가 "그런데 왜 장전에 이것을
삽입했습니까?"라고 물었다. 어느 날인가 퇴근 무렵이었는데 나
는 몹시 피곤했었다. 그래서 나는 "예, 왜? 그것을 빼버리지 뭐."
라고 말했는데 이때 누가 내 의자를 뒤에서 세게 걷어찼다. 기골
장대하고 대단히 웃기는 친구인 피에르 제네였는데 그는 연방정
부의 가장 훌륭한 법률 자문관 중의 한 사람이었다. "우리가 이것
을 삽입하기로 되어 있었는데, 트뤼도의 스파이가 내 엉덩이를 걷
어찼다."고 내가 말했다. 그는 나보다 더 양심적인 사람이었다.

　사람들이 뒤섞인다는 것은 믿을 수 없을 만큼 재미있다. 연방
팀에는 내각 동료인 존 로버츠 과학기술 환경 장관과 에디 골든버
그뿐만이 아니라 강경한 협상자인 로저 타세(Roger Tassé), 마이
클 커비(Michael Kirby), 제라르 베이유, 프레드 깁슨(Fred
Gibson), 배리 스트레이어(Barry Strayer)가 포함되어 있었다. 로
버츠는 분명하고 박학다식하며 자신에 차 있는 사람이었으므로
나는 트뤼도에게 로버츠를 보내달라고 요구했다. 그의 자신만만
함이 다른 사람들에겐 오만하게도 비쳤지만 그런 측면이 터프 가

이의 역을 맡기기에 아주 적당했고 나는 언제나 타협할 준비가 되어 있는 괜찮은 남자로 나타날 수 있었다. 골든버그의 부친 칼은 매켄지 킹 총리 시대 이후 연방-주정부 협상에 관여한 적이 있었고 그의 모친 셜리(Shirley)는 몬트리올의 맥길 대학에서 경제학 교수로 재직 중이었다. 그래서 나는 한 사람의 월급만 주고 세 명의 뛰어난 지성을 데리고 있다고 농담을 하곤 했다.

주정부 팀에는 각료들과 비슷한 능력을 가진 관료들, 즉 온타리오 출신의 로이 맥머트리(Roy McMurtry)와 톰 웰즈, 브리티시 컬럼비아의 가르드 가르돔, 앨버타의 딕 존스톤, 매니토바의 게리 메르시에르(Gerry Mercier), 서스캐처원의 로이 로마노, 뉴펀들랜드의 게리 오튼하이머(Gerry Ottenheimer), P.E.I.의 호레이스 카버(Horace Carver), 노바스코샤의 해리 하우(Harry How), 뉴브런즈윅의 리처드 핫필드 수상 등으로 이뤄졌다. 퀘벡 주는 머리 좋고 말 잘하고 독립 의식이 투철한 클로드 모랭과 클로드 샤롱을 파견했다.

나는 모랭의 친구가 되었다고 말할 수는 없다. 노련한 책략가인 그는 자신만만하고 사람들을 무시하길 좋아했는데 그의 유일한 목표는 우리들을 거꾸러트리려는 것이었다. 다른 한편, 나는 샤롱과는 쉽게 말이 통한다는 것을 알았다. 퀘벡당이 주민투표 결과의 의미를 겸허하게 받아들이고 캐나다 안에서 일해야만 한다고 곧잘 그에게 주장하곤 했다. "만일 당신이 지금 헌법과 관련 거래하기로 되어 있다면 당신은 퀘벡을 위해 많은 것을 얻을 수 있고 퀘벡 주민들은 만족하게 될 겁니다."라고 내가 말했다. 때때로 그는 내 말에 솔깃한 것처럼 보이기도 했지만 언제나 소속 당의 지상 목표에 얽매였다. 그는 "장, 알다시피 우리들은 분리주의자인데 어떻게 새 연방안에 서명을 할 수 있겠소?"라고 말하곤 했다.

분리주의자들의 딜레마

분리주의자들의 딜레마는 그들이 또한 사회민주주의자라는 점이었다. 그래서 하찮은 오타와가 권리 및 자유에 관해 대화를 시작하면 퀘벡은 여기에 끌려들 수밖에 없었다. 르네 레베크와 클로드 모랭과 같은 사회민주주의자들이 어떻게 표현의 자유나 종교의 자유를 지지하지 않겠는가? 그들은 자유의 일부가 지방 정부와 관련된 사안들의 침해를 포함하고 있다고 주장할 수도 있지만 그들이 한 가지 자유를 받아들이자마자 더 깊이 함정에 빠져 들어가게 되었다. 즉 그들의 연대는 쓰라린 경험에 직면하게 되었다. 만일 그들이 표현의 자유를 인정했다면 어떻게 결사의 자유나 보석의 권리를 거부할 수 있었겠는가? 만일 그들이 자유와 권리의 모든 항목을 수용했다면, 어떻게 그들이 논리나 신뢰도가 있는 장전 전반을 거부할 수 있었겠는가?

그들은 수정 방법이나 권리장전을 제외한 페트리에이션을 지지한 매니토바 수상 스털링 라이언의 강경한 입장을 수용하는 것이 더 낫다고 행동했었을 것이다. 그는 캐나다에서 장차 언젠가 한 가지 방법이 도출될 때까지 헌법 개정에 있어서 만장일치 동의가 요구되어야만 한다고 주장했고, 영국의 재판 제도와 배치되는 장전을 반대했다. 이러한 입장은 정치적으로는 인기가 없었을지 모르지만 최소한 퀘벡당이 사회민주주의자로서 선택하지 않으면 안 되었던 입장보다는 더 정직하고 논리적이었다.

이러한 모든 장애와 차이점에도 불구하고 1980년 여름 끝무렵 우리들은 많은 분야에서 큰 진전을 이뤘고 어떤 종류의 협상은 수상들과 총리의 9월 회동에서 성사될 것 같았다. 물론 협상이라는 게 마지막 순간에 쉽게 결렬될 수도 있지만 모든 사람들은 기념사진을 찍을 만큼 낙관적이었다. 사실, 사람들의 관계가 너무 좋아서 만일 우리끼리 결론을 내야 한다면 어떤 일이 일어날지 종종 의아하게 생각했다. 대신, 필요에 의해 모든 게 수석 장관 회의 (the First Ministers' Conference)로 이첩되었지만 여기서 큰 불행이 발생했다.

회의가 시작되기 전까지만 해도 수상들은, 분리주의에 동조하는 연방 공무원이 연방 전략계획을 빼돌렸다는 사실에 대해 분노하고 있었다. 이 속에는 오타와 정부가 페트리에이션과 장전에 대한 주정부의 동의 없이 상정을 준비하고 있는 것이 들어가 있었다. 그 문서는 회의가 실패로 돌아갈 수밖에 없는 조건만을 분석하고 있었는데 이것은 트뤼도의 업적을 인정하기 싫어하는 수상들에게 구실을 제공했다. 그들이 받은 타격은 막대했다. 우여곡절 끝에 얻어낸 선의와 여름의 합의는 내팽개쳐졌다.

외무부 청사 9층 리셉션 룸에서 총독이 베푼 만찬에 참석한 수상들은 총리에 집단적으로 대항했다. 나는 이런 최악의 모임에 참석해본 적이 없었으며 난무하던 욕설을 차마 들을 수가 없었다. 나는 충격을 받았으며 스스로에게 자문했다. "이들이 몇 개월 전 연방 내에서 퀘벡을 유지하기 위해 어떤 일도 기꺼이 하겠다던 바로 그 사람들이란 말인가? 이들이 트뤼도가 캐나다를 단결하는 데 성공하도록 기원했던 그들이란 말인가?" 이제 그들은 캐나다의 총리는 수상들 중 한 사람과 합동이 아니면 연방-주정부 회의를 다시는 주재해서는 안 된다고 주장하고 있었다. 트뤼도는 격노한 나머지 방을 뛰쳐나가고 싶어했으나, 총리는 총독이 먼저 나가기 전까지 자리를 뜰 수가 없다는 규칙 때문에 자리에 앉아 있을 수밖에 없었다. 그는 옆자리에 앉아 있던 에드 쉬레이어(Ed Schreyer) 총독에게 말했다. "식사를 끝내고 나가시오, 그래야만 내가 이 자리를 떠날 수가 있소."

다음날 아침 회의에서 모든 사람들의 얼굴이 밝지 않았다. 브라이언 펙포드는 "나는 피에르 트뤼도의 캐나다보다는 르네 레베크의 캐나다를 좋아합니다."고 말했는데, 이는 목숨을 건 싸움이었던 주민투표를 겪은 우리들에게 얼마나 도발적인 표현이었는지를 깨닫지 못한 말이었다. 수상들과 총리 관저에서 오찬을 갖기로 했던 트뤼도는 "당신들과는 협상할 아무런 이유도 없으니 남은 연어나 먹어야겠소."라고 말했다.

이 회의는 결국 아무 결론도 내지 못한 채 끝났다.

각료들은 "좋소, 갑시다."라고 말했다. 우리는 나라를 지키기로 약속했었다. 50년 이상의 노력을 기울이고서도 다른 방법이 없었으므로 오타와는 일방적으로 헌법을 가지고 들어오기 위해 영국으로 가야만 했다.

♪ 신헌법

연방 토리당과 퀘벡당

연방정부의 계획은, 1970년 빅토리아 회의에서 모든 주들이 수용할 것처럼 보였던 페트리에이션, 수정 방법, 1980년 여름 동안 합의를 이끌어낸 권리장전에 동의하는 결의안을 국회에서 통과시키는 일이었다. 우리는 어떤 조치가 필요한지를 검토했고, 이를 신속하고도 말끔하게 처리하여 그 결과를 수용했다.

연방 신민당(NDP), 온타리오 주와 뉴브런즈윅 주가 이 결의안을 지지했다. 이는 에드 브로드벤트(Ed Broadbent) 신민당 당수의 용기있는 결정이었다. 그는 서스캐처원 정부의 동료들과, 교조적 입장을 고수하는 것이 하느님보다도 고상하게 만드는 것처럼 생각하고 있던 소속 의원들로부터 우리들과 대결해야 한다는 압력에 시달렸다. 그들은 사사건건 시비를 걸었고 브로드벤트가 트뤼도의 동성연애자라고 중상하기도 했다. 그가 정말 혼자인 것처럼 보였다. 그러나 두 명의 그의 전임자인 토미 더글러스(Tommy Douglas)와 데이비드 루이스는 그의 입장을 옹호했으며, 심지어 루이스는 내게 한 차례 전화를 주기도 했다. 그는 "거기 그대로 있으시오, 장. 싸움을 포기하면 안 됩니다."라고 말했다.

연방 토리당은 퀘벡당과 마찬가지로 같은 딜레마에 빠져 있었다. 페트리에이션과 장전은 대다수의 캐나디안들에게는 인기 있는 조치들이었으므로 이에 반대하거나 침해하는 게 현명하지 못한 일이었다. 그러나 토리당이 보다 개선된 장전을 위한 투쟁을 시작한 뒤로는 여기에 발목이 잡혔다. 왜냐하면 그것을 지지하지 않고는 어떤 자유와 권리도 지지하기가 어려웠기 때문이다.

나는 지금은 멀로니 정권의 고용 및 이민정책 장관으로 있는 플로라 맥도널드에게 장전에 반대하는 것은 결국 남녀 평등을 반대하는 것이라고 말함으로써 그녀를 놀리곤 했다. 그러나 이것은 그녀의 모든 동료들이 수많은 현안에 대처하고 있는 모순의 전형에 지나지 않았다. 그럼에도 불구하고 토리당은 하원에서 끈질기게 싸웠다. 정부의 12월 시한은 새해로 넘어갔고 이것마저도 헌법위원회의 장기간의 공개 공청회로 더 지연되었다.

이 위원회의 공동위원장은 앨버타의 상원의원인 해리 헤이즈(Harry Hays)와 퀘벡 출신의 소장 의원인 세르지 조이엘(Serge Joyal)이었다. 이들은 어색한 짝이었지만 서로가 서로를 잘 보완해주었다. 헤이즈는 전형적인 서부의 목축업자로 다소 시대에 뒤떨어진 사고방식과 함께 대단한 유머 감각을 가지고 있었는데 이러한 점들은 때때로 그를 곤경에 빠지게 했다. 조이엘은 세련되고, 유명한 당내의 이단자로 다소 문제가 있는 몬트리올 출신이었다. 조이엘이 열심히 일해서 회의를 차원 높게 만들 수 있었고, 헤이즈의 편안한 매너가 그들을 함께 움직이게 했다. 위원회의 작업은 너무 많은 사람들의 출석을 요구했기 때문에 예상 외로 오래 걸렸다. (이 위원회는 평의원이 할 수 있는 역할의 좋은 보기였다.) 1천여 항목의 의뢰건이 있었고 이들은 거의 모두가 연방과 주정부 사이의 권력 배분보다는 국민들을 위한 권리장전을 개선하는 데 주력했다.

나는 핵심적인 문안 혹은 항목의 의미를 설명하고 정부안을 옹호하면서 1백 시간 이상 회의가 진행되는 것을 지켜보았다. 정말로 지독한 시련이었다. 내가 법무장관이 된 이후에 헌법 조항에 대해 많은 것을 알게 되었지만 이것은 나의 전문 분야나 첫사랑도 아니었기 때문에 나는 늘 실언할지도 모른다고 걱정했다. 훌륭한 교수들과 저명한 변호사들이 수십 년간 이 분야에서 연구와 저술을 해왔다는 것을 알고 있었고, 또한 위원회에서 내가 하는 발언이 미래의 법정에서 헌법에 관련된 판단의 기준이 될 수 있다는 것을 알았다. 전 생애를 걸쳐 가르치고 연구한 사람들과 머리를 맞대면서 내가 무엇을 하고 있는가를 생각하며 아침마다 몸서리친 것이 한두 번이 아니었다.

종종 부하들에게 보다 전문적인 문제를 처리하도록 맡겼지만 나는 나의 간략한 연구와 여름 동안의 경험으로 대부분의 질문에 대해 대답을 했다. 나는 정말 좋은 질문과 격렬한 토론을 즐기게까지 되었다. 그러나 공청회가 중반에 이르러서는 심장병과 같은 통증을 느껴 입원하고 말았다. 이것은 소화불량으로 판명되었는데, 아마도 지난 1월 아내가 마련해준 내 생일 파티에서 다소 너무 많이 먹었기 때문이 아닌가 생각되었고 의사는 내가 과로에 시달리고 있다며 내게 일주일간 입원해 있으라고 권유했다.

결의안이 국회 절차에 따라 통과되는 동안, 이를 반대하는 주들은 매니토바, 뉴펀들랜드, 그리고 퀘벡의 법정에서 결의안의 적법성을 심사하기로 결정했다. 뉴펀들랜드 주 법정만이 오타와 정부가 일방적으로 조치를 취한 것은 합법적이지 않다고 판결했지만 이 논리는 허약해 보였다. 토리당이 하원에서 채택한 분열적인 전술을 깨기 위해서 정부가 위원회에서 수없이 많은 양보를 했음에도 불구하고 우리들은 대법원의 견해가 나올 때까지 결의안을 늦추기로 결정했다. 1981년 6월까지 우호적인 판결을 기대했으나 재판부는 여름이 지날 때까지 미결로 놔두었다. 실망도 실망이지만 기회가 사라지고 1년이 넘게 질질 끌어온 이 현안 전체에 국민들이 짜증을 보이게 되자 우리에게 필요한 대중적 지지가 감소되어간다는 데 초조하게 되었다.

'8인의 갱' 결성

1981년 4월, 반대편 입장의 8개 주 수상들은 이른바 '8인의 갱(Gang of Eight)'을 결성했다. 그들은 장전을 제외한 연방 수정 방법은 한 주에서 충분한 재정적 보상이 따르는 헌법 개정을 선택할 수 있는 것으로 대체된다는 조건으로 페트리에이션에 동의했다. 퀘벡이 8인의 갱에 합류하여 모든 제안에 반대할 수 있는 권리 주장을 포기했다는 것은 충격이었다. 다른 주들에게 소외감을 주는 한이 있어도 나는 언제나 퀘벡의 거부권에 희생되는 것을 반대해 왔다. 이것은 퀘벡인들에게는 안전장치 및 상징으로서 중요했기 때문에 나는 레베크와 모랭이 트뤼도를 조금 더 쳐부수려고 하는 것으로 인해 놀라기도 했다. 데이비스와 핫필드는 캐나다에게 도움이 되는 일을 실천하기 위해서라면 트뤼도와 가깝게 보이는 것도 두려워하지 않았다. 단순히 트뤼도에 반대를 위한 반대를 하지 않는 대신 그들은 국가 이익을 이해했고 결과적으로 전국적인 인물이 되었다. 그들의 영향력은 출신 지역에서도 사라지지 않고 더 커졌다.

나는 '8인의 갱'이 공포에서 기인했다고 생각한다. 즉 그들은 출신 지역에서 인기가 없는 상황에서 자신들이 트뤼도와 협상을 했을 경우 오는 정치적 파장을 두려워했다. 예를 들면, 노바스코샤의 존 부캐넌은 우리가 하는 일에 협력해 늘 인상적이었고, 우리들과 함께 행동을 같이할 만큼 가까웠지만 그는 차기 선거에 더 많은 신경을 쓰고 있었다고 짐작한다.

앨런 블래크니도 사정은 비슷했다. 그는 지역구 여론이 피터 러히드의 분노만큼이나 나쁘다는 것을 두려워했다. 우리가 그를 갱으로부터 이탈시키기 위해 접근했다고 생각할 때마다 그는 "예, 하지만 앨버타에 관해 무엇을?"이라고 반문했다. 시적이고 원칙에 충실한 사람인 블래크니는 나를 실망시켰다. 그가 오타와 정부가 처한 모든 상황을 이해했으며 어떤 협상도 연방 NDP와 평화를 가져오는 데 도움을 주게 될 것이었지만 그는 여전히 걱정하고 있었다. 그러나 그의 이런 주도면밀함은 그의 경력에 도움이 되지 않았다. 어쨌든 그가 다음 선거에서 패배했기 때문에 그는 처음에 옳다고 믿었던 것을 했어야 했다.

하루는 로마노가 서스캐처원이 연방 편에 합류하는 데는 세 가지 전제 조건이 필요하다고 말한 것을 신문에서 읽었다. 나는 그에게 전화를 걸었다.

"세 가지 전부를 줄 수는 없지만 나는 두 가지를 줄 수 있습니다. 하지만 당신의 수상이 이를 받아들일 것으로 생각하십니까?"

로마노는 "그럴 것으로 생각합니다."라고 말했다.

그래서 내가 트뤼도에게 이렇게 말했다. "이 두 가지를 포기한다면 서스캐처원과 협상하겠습니다."

트뤼도가 대답했다. "당신은 협상하지 못하고, 결코 앞으로도 협상하지 못하게 될 것입니다. 블래크니는 결코 거기에 서명하지 않을 것이기 때문이오."

내가 다시 말을 받았다. "당신이 그렇게 확신한다면 로마노가 제시한 모든 조건을 받아들이겠다고 제의하십시오. 내가 당신에게 1달러를 걸겠습니다. 당신은 잃을 게 아무것도 없습니다."

그래서 우리는 그렇게 제의했고 내기를 걸었다. 서스캐처원은 즉각적으로 더 많은 요구를 들고 나왔다. 나는 트뤼도에게 1달러를 지불하지 않으면 안 되었다.

1981년 여름은 불쾌한 일투성이였다. 대법원의 판결이 지연되자 트뤼도가 안달하고 조바심을 내는 것을 나는 느낄 수 있었다. 의사당에 함께 앉아 있을 때 그는 내게 판결이 언제쯤 나온다는 얘기를 들었느냐고 묻곤 했다. 그는 자신의 계획이 엉망이 되어가는 것에 대해 마음이 심란한 것 같았다. 언제나 모든 일에 있어서 조직적이었던 그는 1981년 7월 1일 '캐나다의 날'까지는 페트리에이션을 가질 수 있게 되기를 바랐다. 그러나 기다리는 것 외에는 아무 일도 할 수가 없었다. 법원 앞에서 온타리오 건(件)을 탄원했던 로이 맥머트리와 달리 나는 구경꾼들 틈에 섞여 슬그머니 연방 판사인 J.J. 로비네트와 미첼 로버트의 행동을 보긴 했지만 오타와 정부를 대신해 나서지 않았다. 사람들은 법무장관이 방청석에 앉아 경청하는 것을 보고는 조금 놀랐을 것이다.

마침내 9월에 판결이 나왔을 때 트뤼도는 동남아시아 국가를 순방 중이었는데 나는 사무실에서 화면 상태가 엉망인 텔레비전 중계로 이 판결을 시청했다. 보라 라스킨 대법원장의 목소리만 분명하게 들리지 않았을 뿐 아니라 주요 판결의 내용 자체가 다소 애매모호하게 들렸다. 연방정부의 일방 조치는 합법적이었지만 헌법 개정에 앞서 지방 정부의 동의를 얻는 전통적인 '전당대회'를 모독했다고 판시했다. 내 보좌관과 나는 '합법적'이라는 용어에 흥분했고, 그 나머지는 보지도 않았다.

나는 한국을 방문 중인 트뤼도에게 연락해 이 뉴스를 보고했다. "합법적이랍니다. 기자회견을 요청해 즉각 우리들이 승리했음을 선언하겠습니다." 트뤼도가 이에 동의했고 자세한 것은 나중에 상의하기로 했다.

그래서 나는 기자회견에 나가 우리가 이겼고 예정대로 결의안을 밀고 나가겠다고 발표했다. 나는 "전당대회는 적절치 못합니다."라고 밀했다. "비록 법에서 5년마다 한 번씩 개최해야 한다고 정하고 있지만 우리는 4년에 한 번씩 치르는 선거에서 전당대회를 열고 있습니다. 그러므로 전당대회를 열지 않는 사람은 선거구민들로부터는 비난받을지 몰라도 법적으로는 아무 문제가 없습니다."

맥머트리는 내 해석에 고개를 끄떡였다.

비록 오타와 정부가 대법원에서 이기긴 했지만, 트뤼도가 기자회견을 통해 전당대회에서 더 많은 주정부들의 지지를 획득하여 만족스럽게 될 수 없는지를 알아보기 위해 또 다른 수석 장관 회의를 언제든지 소집할 의향이 있음을 밝히는 그날까지 나는 그와 계속 연락을 취했다.

그날 밤 로마노와 맥머트리는 우리 집에 저녁식사를 하러 왔는데 로마노는 내기로 걸었던 스카치 위스키 한 병을 가지고 왔다. (퀘벡 언론의 보도와는 반대로, 우리는 그 술을 먹고 취하지 않았다. 사실 나는 지금도 언젠가는 마시려고 보관하고 있다.) 우리는 맥주 몇 병을 마시면서 무슨 일이 일어날지에 대해 얘기했다. 또 다른 전당대회가 있어야만 하는가? 서스캐처원은 움직일 것인가? 보다 수용가능한 장전을 만들기 위해 어떤 수정을 할 수 있는가? 수정 방법에 대한 퀘벡의 거부권은 무엇인가?……

물론 아무것도 결정된 것이 없었으므로 나는 그 뒤 몇 주 동안 똑같은 의문점에 대해 관료들과 토론했으며 로마노와 맥머트리도 출신 주와 전국을 돌아다니며 똑같이 했다. 유일한 새로운 소득이 있다면 총리와 수상들이 11월에 다시 만나기로 합의했다는 것이었다.

국민투표 실시를 반대하는 이유

11월 회의는 합의를 도출하기 위한 마지막 기회였고, 누구나 이를 알고 있었다. 때때로 트뤼도는 오타와 정부가 장전과 함께 너무 앞서 나가는 게 아니냐는 우려를 불식하기 위해 데이비스와 햇필드를 만났다. 때때로 컨퍼런스 센터에서 8인의 갱도 만났고, 수상들도 만났고, 모든 사람들을 만났다. 한편, 나는 수상, 장관, 그리고 관료들과 개별적으로 만났다. 며칠 뒤에 어떤 진전의 기미가 보였는데, 그러나 트뤼도는 난국을 타개하는 유일한 길은 수정 방법과 장전을 놓고 국민투표를 하는 것이라고 믿기 시작했다.

자유당 간부회의는 이를 수용하는 태도였으나 나는 강력하게 반대했다. 나는 퀘벡 주민투표가 보여준 가족 및 친구들 간의 분열상을 너무나 잘 알고 있었으므로 또 다른 국민투표를 치르는 것을 원치 않았다. 나는 심각하게 이 아이디어를 받아들이지 않았다. 마이클 핏필드가 오타와와 주정부가 합의하지 못하는 일을 국민들이 결정해야 한다는 트뤼도의 생각을 지지하는 모임을 개최했던 것을 나는 기억한다. 그는 미국의 몇몇 예를 들며, 해밀턴 추종자들과 제퍼슨 추종자들 등과 관련된 것을 참고로 해서 미국의 민주주의에 대한 유식한 강연을 하기 시작했다. 나는 참을 수가 없었다. 나는 그가 말하는 도중에 끼어들었다.

"마이클, 대답해보시오. 이 사람들은 도대체 어떤 야구팀을 위해 플레이를 하는 겁니까?"

나는 주정부와 협상할 때 전략적 무기로서 국민투표에 대해 말했지만 한 번도 이 방법을 사용하고 싶어하거나 기대한 적이 없었다. 비로소 나는 트뤼도가 후퇴 자세 이상으로서 국민투표를 사용할 준비가 되어 있음을 알아차렸다.

회의 셋째날, 낭패스러운 일이 벌어졌다. 스털링 라이언은 매니토바로 선거운동을 하기 위해 돌아가지 않으면 안 되었고, 르네 레베크 역시 떠날 준비를 하고 있었다. 이때 트뤼도가 국민투표 실시안을 자랑삼아 내비치자 레베크는 이를 공격하였다. 수정 방법에 관한 국민투표와 권리장전에 대한 국민투표가 있게 될 것이었다. 레베크는 트뤼도에게 각각의 국민투표에서 이기기 위해서는 서부, 온타리오, 퀘벡, 그리고 대서양 캐나다에서 과반수 이상을 득표해야 한다는 데 동의하라고 요구했다.

나는 트뤼도에게 "우리는 아무것도 얻지 못하게 됩니다."라고 항의했다. "서부지역은 퀘벡에 비토권을 주는 수정 방법에 결코 투표하지 않을 것이고, 퀘벡은 거부권이 주어지지 않는 것에 투표하지 않을 것입니다. 장전 건(件)은 영국계 캐나다에서 우리가 쉽게 이길지도 모르지만 레베크는 주정부 권리에 대한 연방의 침해를 노련한 방법으로 대항할 것입니다."

그러나 트뤼도는 퀘벡이 자신의 아이디어를 받아들이자 흥분했었는데 그 이유는 그가 '8인의 갱' 연대를 깼기 때문이었다. 이것은 연방 전략의 핵심이었으며 이 전에는 아무것도 이뤄지지 않았다. 레베크는 연방정부에 맞서 국민투표에서 이길 수 있는 두 번째 기회를 가졌다는 환상에 사로잡혀 있었지만 그의 동맹들은 자신들의 주에서 장전을 놓고 오타와와 대결하는 상황을 달가워하지 않았으므로 재빨리 이를 거부했다. 그들이 트뤼도 옆에 앉아 있는 레베크를 쳐다보았을 때 그들의 얼굴에는 이미 이러한 뜻이 드러나 있었다.

트뤼도는 오타와와 퀘벡이 거래를 했다고 언론에 공개함으로써 그들의 곤란함을 이용했다. 이와 동시에 퀘벡의 퀘벡당 지지자들 사이에서 성난 반발이 터져나왔고 나머지 8인의 갱은 레베크를 비난했다. 레베크는 오후 회의 중에 트뤼도의 제안을 정확하게 이해하지 못했다고 변명하며 자신의 입장에서 후퇴했다. 트뤼도는 격노했고 회의를 연기하겠다고 위협했다. 그는 "더 이상 갈 곳이 없습니다. 더 이상 회의를 열지 않겠습니다. 오타와 정부는 독자적으로 행동할 것입니다."라고 선언했다.

나는 오후 내내 주 수상들을 차례로 만나 입장을 바꿔주도록 압력을 넣었다. 나는 이렇게 설득했다.

"여러분, 국민투표가 치러질 것 같습니다. 나도 원치 않고 여러분도 원치 않습니다. 그러나 나는 지금 당신들에게 말하고 있으며 주정부 문제에 간섭하려 합니다. 그리고 나는 당신들이 종교의 자유와 여성의 평등, 그 밖의 모든 것을 반대하고 있다고 말하려 합니다. 또 나는 당신들을 참패시키려 합니다."

그날 아침 나는 로마노와 맥머트리와 아침식사를 했었다. 나는 트뤼도가 타협안으로 받아들일지도 모를 안을 냅킨 위에 써보았다. 지금 로마노는 그 대안이 여전히 가능성이 있는지를 내게 물어왔다. 우리는 세부적인 사항 즉, 누가 무엇을 받아들이고 어떤 조정이 가능하게 되는지와 같은 애기를 하기 시작했다. 은밀하게 애기하기 위해 우리들은 컨퍼런스 센터의 조그만 부엌에 들어갔다. 우리는 개략적인 제안을 만들었고 로마노는 이를 가지고 다른 주들을 설득하기 위해 갔으며, 얼마 뒤 그가 로이 맥머트리와 다시 와서는 도움을 주었다. 우리 세 사람은 최종적인 것과 거의 근접하는 가능한 협상안을 만들었다.

협상안의 핵심은 교환이었다. 연방정부가 오타와의 반대를 잠재울 보완된 수정안을 받아들였다면 주정부들 또한 반대를 잠재울 수 있는 수정된 장전을 받아들였을 것이다. 이것은 어떤 주도 거부권을 갖는 대신에 헌법 개정에서 배제될 가능성이 있다는 것을 의미했으며 어떤 경제적인 보상도 보장되지 않게 될 것이다.

오타와는 그런 보상을 결코 받아들일 수 없을 것이다. 왜냐하면 실제적으로 부유한 주들은 가난한 주들에게 그들의 부를 나눠주도록 요구하는 어떤 개정에서도 발을 빼게 될 것이기 때문이다.

로마노, 맥머트리와 헤어지면서 나는 이 타협안을 트뤼도에게 설득시킬 수 있을지 자신이 없었다. 나는 세르지 조이엘과 내 정무차관인 짐 피터슨에게 시험해본 뒤 총리에게 갔다. 트뤼도는 불가사의한 사람처럼 내 말을 경청했다. 그를 설득하기 위해 조이엘과 피터슨이 이미 우리 편으로 왔다는 얘기를 하지 않은 채 나는 "왜 의원들의 반응을 조사하지 않는 겁니까?"라며 두 사람을 끌어들였다. 결국 나는 그에게 회의에서 다른 분야를 시도해보라고 간청했다. "서스캐처원이 어떤 것을 제의할 것"이라고 내가 말했다.

그는 회의에 다시 참석해 "분명히 서스캐처원은 협상안을 가지고 있습니다."고 밝혔다. 그러나 로마노가 블래크니를 설득하지 못했으므로 아무 일도 일어나지 않았고, 회의는 다음날 아침까지 연기되었다. 실패의 분위기로 공기가 우울했지만 나는 트뤼도가 협상을 즉각적으로 거부하지 않았기 때문에 희망을 가졌다.

외톨이가 된 퀘벡

몇 사람의 자문관들과 저녁 식사를 한 뒤 나는 트뤼도가 서섹스 가(街) 24에서 소집한 고위급 회담에 참석하였다. 이 회담의 목적 중의 하나는 라롱드, 맥키큰, 로버츠, 르블랑, 월레, 허브 그레이와 게리 리건 등을 포함한 중진급 장관들에게 상황을 보고하는 일이었다. 그들은 금방 트뤼도가 국민투표를 해결책으로 선호하고 있는 반면 나는 협상을 강력히 밀어붙이고 있다는 것을 깨달았다. 분명히 트뤼도의 견해가 무게가 있었고, 모든 사람들은 권리장전이 더 이상 완화되어서는 안 된다는 완강한 입장이었다. 트뤼도가 윌리엄 데이비스로부터 걸려온 전화를 받기 위해 거실로 가는 순간 나는 타협안을 이끌어낼 설득을 할 기회를 잡았다. 내가 말했다.

"지금 여러분들에게 말하겠습니다만, 만일 이 회의가 끝날 때 여러분들이 국민투표 실시를 가결하면 나는 다시는 여러분들을 위해서 뛰지 않겠습니다. 내게는 이미 영국계에 대항해 분열될 대로 분열된 가정, 마을, 프렌치가 있습니다. 전국적인 국민투표는 더 사태를 악화시킬 겁니다. 여러분들은 서부에 대항해 분열된 동부, 카톨릭에 대항해 분열된 프로테스탄트 등 모든 것에서의 분열만을 가져오게 될 것입니다."

그리고 나는 '위대한 세일즈맨'으로 알려지지 않은 어떤 장관에게로 갔다.

"당신이 가서 오타와의 안을 설득시키십시오. 나는 못합니다. 나는 내 일생에 다시는 국민투표에 결코 관여하지 않을 겁니다."

나의 짧은 말이 어느 정도 설득력이 있었는지 트뤼도가 다시 방으로 돌아와서는 전보다 더 분열된 사람들을 보게 되었다. 으레 그런 것처럼, 그는 주의깊게 계속된 도론을 경정했을 뿐 자신은 말을 많이 하지 않았다. 회의가 끝났을 때 그는 나를 옆으로 오게 하더니 이런 말을 했다.

"장, 당신의 해결책을 수용할 과반수 인구가 찬성하는 과반수의 주들을 확보할 수 있다면, 나도 그것을 받아들일 수 있다고 생각합니다. 하지만 내일 그 문제를 생각하게 해주시오."

나는 기분 좋게 집으로 차를 몰았다. 이른 저녁 나는 화려한 브리티시 컬럼비아의 주정부간 문제 장관인 가르드 가르돔으로부터 메시지를 전달받았고 그에게 전화를 했다. 그는 "로마노가 보여준 게 도대체 무슨 쪽지입니까?"하고 물었다. "이 골치아픈 프렌치맨, 당신 정말 이것을 관철시킬 수 있다고 생각하시오? 그렇지 않으면 또 다른 허세를 부리는 거요?"

"이건 심각합니다."라고 내가 말했다. "나는 관철시킬 수 있다고 생각합니다."

그가 말을 받았다.

"그러면 브리티시 컬럼비아가 이것을 받아들일 수 있고 서스캐처원, 온타리오, 뉴브런즈윅, P.E.I., 노바스코샤와 뉴펀들랜드도 그렇게 할 수 있기 때문에 당신은 새 헌법을 갖게 될 것입니다. 우리는 앨버타, 매니토바 혹은 퀘벡에 대해선 모릅니다."

그래서 나는 아내에게 캐나다가 새 헌법을 갖게 되었다고 말한 뒤 잠자리에 들었다. 하지만 도무지 잠이 오지 않았다. 나는 트뤼도에게 전화를 걸까를 생각해보았지만 그의 엄격한 습관에 대해 잘 알고 있었던 터라 이런 역사적인 뉴스라고 하더라도 잠을 깨우는 것에 대해 고맙게 여기지 않을 것으로 추측했다. 로이 로마노와 연락을 취하려고 했지만 방법이 없었으므로, 내가 그날 밤 밤새 주정부들과 공모를 했다는 보도에도 불구하고 나는 실제 아무런 역할도 하지 못했다.

그러나 나는 퀘벡이 '외톨이'가 된다는 것을 정확히 파악했다. 나는 퀘벡 팀의 나머지 사람들보다는 항상 훨씬 더 솔직하고 덜 책략적이었던 클로드 샤롱과 나눴던 대화, 즉 퀘벡당이 받아들일 수 있는 제안은 결코 되지 않는다는 취지의 얘기를 기억했다. 내 생각으로 이것은 불운이었으나 새 헌법을 위한 우리들의 돌진을 멈출 수가 없었다. 마침내 오전 6시 30분쯤 로마노와 연결이 되었다. 그는 누구도 나와 협상하고 있다고 비난하지 못하게끔 일부러 묵고 있던 호텔에서 나와 지내고 있었다.

그가 말했다. "30분 이내에 러히드가 딕 존스톤 때문에 잠에서 깨게 될 것이고 그 협상에 관해 듣게 될 것이오. 앨버타도 동의할 것으로 기대하고 있소."

"퀘벡은 어떻습니까?"

"퀘벡은 어떤 경우에도 결코 사인하지 않을 겁니다."라고 로마노가 말했다. "우리는 그들에게 우리가 한 일을 오전 7시에 알릴 예정이오. 그러면 우리는 그들이 어떻게 반응하는지를 알게 될 것이오."

"그런 경우라면"하고 내가 말을 받았다. "매니토바가 서명하지 않게 분명히 해야 합니다. 만일 퀘벡이 유일한 저항자로 남게 되면 오타와 정부로서는 곤란하게 될 겁니다."

그는 "걱정하지 마시오. 라이언은 결코 서명하지 않을 거요."

그러나 오전 7시에 로마노는 내게 다시 전화를 걸어 러히드가 동의했고 라이언에게도 똑같이 서부의 단합을 위해서 설득하려 한다고 말했다. 라이언은 선거운동 중이었으므로 오타와를 떠났다지만 그는 분명히 퀘벡과 단둘이 남게 되었을 때의 정치적 위기를 깨닫고 있었다. 여전히 그는 행동을 같이하는 것을 마음 내켜 하지 않았고 선거가 끝날 때까지만 결정이 연기되기를 바랐다. 따라서 동료 수상들과의 공동 동의는 특정 조건에 달려 있었다. 공교롭게도 그는 선거에서 패배했는데 후임 NDP 정권은 새 헌법 협상에 서명을 했다. 한편, 레베크는 8개 주들이 아침 회의에서 트뤼도에게 새 타협안을 제시하려 하고 있고 오타와가 이를 받아들일 것이라는 크레티앙의 시사가 있었다는 얘기를 들었다.

정각 오전 7시 30분, 나는 트뤼도에게 전화를 걸었다.

"총리 각하, 어젯밤 동의하신 것을 지금 동의하시면 새 헌법을 갖게 됩니다."

이렇게 말한 뒤 나는 과반수 이상 인구의 지지를 확보한 과반

수 주들의 이름을 열거했다.

웬만해선 흥분하지 않는 트뤼도였지만 그는 "장, 당신이 내 옆에 있다면 당신을 껴안고 싶소."라고 말했다.

그러나 그는 아직까지 서명과 관련한 어떤 문건도 보지 못했으므로 나는 총리 관저로 아침을 먹으러 가 협상에 관해 설명했고, 내가 이미 만들어놓은 것을 가져갈지도 모른다고 의심한 일부 고위 관료들에게 협상에 관해 설명을 했다. 분위기는 아주 편했고 성공할 것 같은 좋은 예감이 있었다. 훗날 컨퍼런스 센터로 가는 길에 트뤼도와 함께 차를 탔는데 "레베크와 모랭이 당신이 교육을 제대로 받지 못했다고 믿는다고 생각해보시오."라고 말했다.

"그러면 당신이 교육을 너무 받았다고 그들이 믿고 있다고 생각해보시오."라고 내가 답했다.

브라이언 펙포드 뉴펀들랜드 주 수상이 가장 젊은 수상이었기 때문에 그가 타협안을 제출하도록 하는 데 8주에서 동의했다. 그는 이것이 불현듯 떠오른 것처럼 그렇게 행동했다. 퀘벡 대표단이 트뤼도의 반응을 유심히 주시하고 있는 동안 그는 그 문서를 검토했다. 배우 트뤼도는 눈살을 찌푸린 채 언짢은 것처럼 보였고, 레베크와 모랭은 미소를 지었고 즐거운 것처럼 보였다. 그러나 마침내 트뤼도가 "이것은 상당히 일리가 있는데."라고 말했다.

퀘벡과 인디언 지도자들의 회유

여전히 통과되기에는 몇 가지 거칠은 부분, 명료화해야 할 부분, 그리고 좀더 진전시켜야 하는 세부적인 내용들이 있었음에도 모든 사람들은 회의가 끝나 간다는 흥분에 휩싸여 있었다. 물론 레베크만 제외하고. 그는 세 가지 문제 때문에 이 협상안을 받아들일 수 없다고 주장했다.

트뤼도는 "좋소, 그것을 해결할 수 있는지 한번 봅시다."라고 답변했다. 그러나 퀘벡은 어느 것에도 서명하지 않으려 했다. 결국 트뤼도는 이렇게 말했다. "당신이 서명하고 싶지 않다면 우리들끼리 결말을 짓겠습니다."

이것은 내가 본, 특히 레베크가 "거부권을 돌려주실 수 있겠습니까?"라고 요청했을 때 퀘벡이 고립되었다고 느껴진 가장 슬픈 순간이었다. 개인적으로 나는 이것이 퀘벡 주로서가 아니라 언어와 문화 문제에 남다른 관심을 갖고 있는 소수 인구로서는 적절한 요구라고 여겼지만 때는 이미 너무 늦었다.

레베크는 자신이 8인의 갱과 거래를 하면서 퀘벡의 거부권을 포기했는데 그는 지금 대기를 치러야만 했다. 한 주기 이를 제검토하기를 거부하는 순간 이 현안은 사라져버렸다.

그 뒤 몇 주 동안 문화와 교육 부문에 영향을 줄 수정안에서 퀘벡이 배제될 때 소수언어 교육의 원칙을 수정하고 경제적인 보상에 동의하는 정도까지 나는 퀘벡의 반대를 극복하기 위해 계속 노력했다. 이것은 트뤼도에게 지독히 많은 것들을 포기하도록 요구했지만 그는 퀘벡을 끌어들이기 위해 이미 서명을 끝낸 합의문까지 다시 개봉한 9명의 수상들이 했던 대로 끝까지 밀고 나갔다. 물론 레베크는 어느 것도 받아들일 수 없었지만 궁극적으로 오타와는 퀘벡이 언젠가 서명을 할 수 있는 여지를 남겨두기 위해 이런 변화들을 구체화했다. 이것은 전화로 협상한 역사상 최초의 헌법 수정안이었다고 나는 농담을 하곤 했다.

이것이 우리가 가져온 유일한 변화는 아니었다. 대다수 주로부터 동의를 구하기 위해 연방정부는 불완전한 여권(女權) 보장을 타결했으며 장전에서 원주민의 권리를 삭제하지 않으면 안 되었다. 앨런 블래크니는 여성의 권리 조항이 입법부의 권위와 관련되는 문제라는, 시대에 뒤떨어진 이유를 들어 반대했다. 이것은 우아한 논리는 될지 몰라도 정치에서 우아함은 결과를 능가하지 못하며 또 틀림없이 나쁘게 보였다. 그는 인디언의 권리에 반대를 하지는 않았지만 여성 문제에 있어서 그들의 지지를 얻기 위해서 앨버타와 브리티시 컬럼비아의 반대에 동조했다. 그래서 그들 중 세 주가 나머지 주들에 여성과 인디언 건을 포기하도록 강요했다. 우리들의 유일한 위안은 훗날 이러한 조항을 다시 넣을 수 있다는 것이었으며 나는 조만간 다시 돌아오게 될 것으로 믿었다. "여성들과 인디언들이 그 친구들을 찾아다닐 때까지 기다립시다."라고 나는 회의가 끝날 무렵 빌 데이비스에게 말했다.

이것은 오래가지 않았다. 몇 시간도 지나지 않아 여성 단체와 인디언 연맹에서 자신들을 좌절시키려 했다는 것을 깨달았으며 몇 분도 안 돼 언론은 누가 장본인인가를 추측 보도했다. 블래크니는 곧 자신이 여성의 권리 신장에 대한 유일한 반대자로 부각되었다는 것을 깨달았다. 이것은 전국적으로 NDP에게는 씻지 못할 치욕이었고 서스캐처원에 대항하는 시위가 벌어졌고 압력 단체의 반발이 비등했으며, 나는 로마노 밑에서 이 열기를 부채질했다. 내가 말했다.

"로이, 내가 하원에서 연설을 하려고 합니다. 당신이 포기한다면 나는 당신의 당수가 아주 대단한 사람이라고 말할 겁니다. 당신이 포기하지 않는다면 나는 그것을 그에게 증여하겠습니다."

게다가 나는 겨우 앨버타와 브리티시 컬럼비아 주에게 동맹을 파기하도록 했다. 결국, 서스캐처원은 굴복했다.

이와 같은 격론의 와중에서 나는 그레이 컵(Grey Cup) 하키 게임을 보러 갔다가 러히드와 우연히 만났다. "당신의 사회주의자 이웃이 전체 캐나다의 여성에 홀로 대항하고 있다는 것이 웃기지 않소?"라고 말하고는 우리는 기분좋게 웃었다. 그리고 나는 심각하게 말했다. "피터, 나는 당신이 다음주에 인디언 문제와 관련, 혼자 반대하지 않기를 바랍니다."

"그 문제를 생각하고 있었소."라고 그가 말했다. "왜 내 밑에 있는 친구들과 타협안을 찾으려 하지 않는 겁니까?"

이 타협안은 하나의 단어로 압축되었다. 앨버타는 인디언 권리의 내용과 의미를 알지 못하는 상황에서 이것을 인정해야 한다는 것을 우려하고 있었다. 우리들은 이 의미를 반복해서 토론했고, 결국에 가시는 내가 앨비디의 검찰총장에게 "이것 보시오, 왜 우리가 지금 존재하고 있는 권리에 대해 얘기를 하지 않는 겁니까?"라고 말하기에 이르렀다. '존재하고 있는'이라는 단어가 함축하고 있는 것은 일부 헌법 학자를 어리둥절케 했고, 이것은 과거부터 존재해온 것을 인정한다는 것은 그들에게 오명이라고 생각한 많은 인디언 지도자들을 만족시키지 못했다.

그러나 나는 이것이 어떤 영향도 가져오지 않을 것으로 확신하고 있었다. 연방 판사들의 견해로는 어떤 권리는 존재했거나 존재하지 않았다는 것이다. 그러나 이 변화는 앨버타를 만족시키기에 충분했고, 이것은 내게 중요했다. 모든 것을 잃을 각오로 완벽을 추구하는 것을 나는 결코 신뢰하지 않는다.

9개 주의 수정안과 지지로 헌법안은 12월에 순조롭게 하원을 통과했다. 이것은 브리티시 컬럼비아에게는 1982년 3월 사흘간에 걸쳐 토의된 결의안의 형식으로 이뤄졌다. 브리티시 컬럼비아가 강요받는 것을 못마땅하게 여겼으므로 절망적으로 시간이 지연되었다. 그러나 더 절망적인 것은 퀘벡과 인디언 지도자들에 의해 회유된 브리티시 컬럼비아 의원들의 방해를 받아야 하는 것이었다. 이것은 분리주의자들이 그들의 종속을 유지하기 위해 영국에 애원하는 것으로 보여 즐거웠지만, 또한 우리나라 국민이 외국의 수도에서 자신의 조국을 비난하는 것을 보게 돼 화가 치밀었다. 마치 우리가 성인 국가가 아닌 것처럼 브리티시 컬럼비아 의원들은 국민들에게 그들이 해야 하는 것과 하지 말아야 할 것을 묻게 했다.

나는 방청석에서 일련의 토론을 지켜보았다. 당장 뛰어내려가 한심한 생각을 하는 식민주의자들의 분수를 알게 하고, 어떻게 캐나다가 인디언들을 강탈했고 강간했는지에 대한 상스럽고 터무니없는 표현을 바로잡아 주고 싶은 적이 한두 번이 아니었다. 트뤼도는 브리티시 컬럼비아의 유일한 역할은 '코를 쥐어박고 법안을 통과시키는 것'이라고 했는데, 그의 말이 맞았다.

영국 여왕과의 만남

마지막 단계는 영국 왕실의 동의를 얻는 것이었다. 나는 몇 차례 런던에 갔는데 이번에는 여왕을 만나고 그녀에게 캐나디안 포고문을 전달하는 게 목적이었다. 나는 캐나디안 고위 조정관인 장 워즈(Jean Wadds)를 동행했지만, 버킹검 궁전에서 여왕을 단독으로 면담하도록 안내되었다.

이때가 우리가 처음 만난 것은 아니었다. 처음 뵌 것은 1970년 준주(準州) 노스웨스트 테러토리에서였는데 나와 아내는 인디언 문제 및 북방개발 장관으로서 내가 주선한 여행에서 여왕, 필립 왕자, 찰스 왕자와 앤(Anne) 공주를 모신 적이 있다. 이것은 젊은 프렌치 캐나디안 부부에게는 흥미진진한 경험이었으며 우리들은 실수를 하지 않기 위해 모든 의전 관련책을 섭렵했다. 여행의 마지막 날, 우리는 매켄지 강을 발견한 알렉산더 매켄지(Alexander Mackenzie : 1873~78년 자유당 총리를 역임했음－역자) 소패 제막식을 하기 위해서 포트 프로비던스(Fort Providence)에 도착했다. 그곳에는 수천 명의 사람들, 텔레비전 중계팀, 그리고 수많은 언론이 기다리고 있었다.

식이 거행되기 전, 사적지 및 기념물 보존위원회 위원장이 내게 부탁을 해왔다. 프로그램에 따르면 그는 마이크를 잡고 애국가를 선창하기로 되어 있었다. 그는 "하지만 장관님, 저는 음치인 데다 대중 앞에서 노래를 부를 만큼 강심장이 아닙니다."라고 말했다. 나도 또한 음치였고 목소리는 크고 다소 쉰소리가 났지만 부끄러워한 적은 없다. 하는 수 없이 내가 그를 대신해「오, 캐나다」를 선창하기로 제안했다.

스케줄대로 나는 마이크 앞으로 가 노래를 부르기 시작했다. 불행하게도 나는 프랑스어로밖에 부를 줄 몰랐다. 어느 누구도 프랑스어를 아는 사람이 없었기 때문에 따라 하는 사람이 없어 결국 나는 독창으로 끝까지 노래를 할 수밖에 없었다. 아내는 자기 일생을 통틀어서 그렇게 당혹스러웠던 적은 없었다고 말했다.

몇 개월 뒤 나는 오타와의 어느 리셉션에서 찰스 왕세자를 만났다. 그가 수많은 사람들 중에서 이름만 보고 나를 알아봐 나는 놀랐다. "어떻게 내가 당신을 잊을 수 있겠소?"라는 것이 그의 말이었다. "지난 여름 북방에서 당신이 부른 「오, 캐나다」는 왕실 민속의 일부분이 되어버렸소."

이러저러한 이유로 나는 2년도 안 되는 기간에 왕실 가족들을 다섯 차례나 만났다. 한번은 내가 아내, 딸과 런던에 있을 때였는데, 버킹검 궁전에서 1차대전 당시의 참전용사들을 위해 여왕이 베푸는 리셉션이 있다고 고등판무관이 말해주었다. "장관께서 그 자리에 참석하면 캐나디안 참전용사들이 기뻐할 것입니다."라면서 "그런데 왜 당신과 당신 가족들은 참석하지 않는 겁니까?"라고 물었다. 리셉션에 참석하는 것은 내게도 좋은 일이었으므로 우리는 기꺼이 가겠다고 했다.

다음날 우리는 궁전 안의 웅장한 리셉션 룸에서 참전용사들과 자리를 같이했다. 나는 장관 겸 추밀원 위원이었으므로 의전상으로는 여왕이 나를 특별 초청인사로 응접하게 되어 있었다. 그녀는 캐나디안 장관이 자신을 만나기로 되어 있다는 얘기를 듣지 못했기 때문에 내가 기다리고 있는 작은 방에 들어오자마자 이렇게 소리쳤다. "당신, 또 오셨어요!"

"네, 폐하."라고 내가 대답했다. "저는 퀘벡 출신의 왕족입니다."

내가 가족들과 함께 북해(北海) 유전 굴착지역을 방문하는 길에 스코틀랜드에 들렀던 게 얼마 되지 않았다. 왕실 가족의 별장이 있는 발모랄(Balmoral)을 지나가고 있었는데 여왕이 머물고 있음을 뜻하는 왕기(王旗)가 성 위에 휘날리고 있는 것을 보았다. 우리는 다음 마을에서 기름을 넣기 위해 잠시 정차해 기다리고 있었는데, 나는 길 건너편에서 어떤 낯익은 사람이 나를 쳐다보고 있는 것을 발견했다.

그가 이쪽으로 건너와서는 물었다. "캐나다에서 오신 크레티앙 씨 아니십니까?"

"그렇습니다. 여왕 폐하의 비서시지요?"

비서였다. 우리는 북해를 방문한 왕실 여행에서 만났었다. "발모랄 성에 들어와 폐하와 차를 마셔보시지요."라고 그가 권유했다. "폐하께서 틀림없이 기뻐하실 겁니다."

나는 여왕이 나를 혹시라도 왕실을 열렬히 좋아하는 사람쯤으로 여길 것 같아 거절했다. 아내와 딸이 이것을 용서했다고는 생각지 않는다.

지금 나는 여왕의 집무실에 앉아서 그녀에게 헌법 토론의 역사에 대해 보고를 했고 그녀가 이미 잘 알고 있다는 것을 알았다. 그녀의 초청장에는 우리가 프랑스어를 쓰는 것으로 되어 있었는데 이것은 셔위니건의 많은 사람들을 놀라게 했으며 대화는 예정된 20분을 초과해 거의 1시간 가량 계속되었다.

4월에 그녀는 포고령에 서명하기 위해 캐나다에 왔고, 내 이름이 거기에 들어가야 하는 전문적인 이유가 없었음에도 트뤼도의 친절한 배려로 폐하 이름 바로 밑에 나도 서명을 했다.

나는 우리들이 성취한 것에 자부심을 갖고 있었다. 우리는 마침내 헌법 수정권을 영국 정부에서 연방정부로 옮겨놓았다. 연방정부가 선호한 것은 아니었지만 거의 모든 주에서 동의한 수정 방법을 갖게 되었다. 우리가 갖게 된 권리와 자유 장전은 그것의 타협과 양론(兩論)에도 불구하고 세계에서 가장 훌륭한 것 중의 하나가 되었고 이는 우리의 법제를 보다 낫게 변화시키고 있다. 나는 자부심 외에도 옳다고 믿는 것을 위해 트뤼도와 함께 투쟁하는 특권을 누렸다. 그렇게 오랜 기간 동안 사방으로부터 공격을 받고 있는 그를 지켜보면서 나는 리더십의 의미를 배웠다.

당권 경쟁에 나서다

트뤼도의 고민

1982년 초, 나는 마지막으로 헌법 개정에 대한 영국 의회의 승인을 받기 위해 런던으로 갔다. 나는 몹시 들떠 있는 상태였다. 게임은 끝난 상태여서 나는 긴장을 풀 수 있었고 유력 인사가 정부 전세기에 타는 기분을 느꼈다. 나는 몇몇 언론인들을 언제나 그랬던 것처럼 저녁 식사에 초대했는데 그들은 트뤼도가 은퇴하면 자유당 당권에 도전할 것인지를 물었다.

"만일 트뤼도가 물러난다면 당권에 도전할지도 모르겠습니다."라고 내가 대답했다. 이것은 원론적인 답변이었고, 나는 우리들의 대화가 오프 더 레코드를 전제로 하고 있다고 생각했지만 이것이 캐나다 전역에 톱 뉴스로 보도되었다. "트뤼도가 물러나면 크레티앙은 도전한다." 처음으로 사람들은 나의 입후보를 심각하게 생각하기 시작했다.

사실, 이 가능성은 트뤼도가 1979년 11월 첫 번째 당수직에서 사임했을 당시부터 내 마음속에 자리잡아 왔다. 이것은 혼란스런 일이었다. 그가 사임을 발표한 후 몇 주 내에 자유당, NDP, 그리고 사회신용당은 예산안 심의에서 집단으로 토리당 정권을 패배시켰고 선거를 요구했다. 그래서 자유당은 당수 선출과 총선거를 동시에 치러야 하는 어려운 상황을 맞고 말았다.

이런 혼란은 트뤼도 자신이 발언을 번복하고 당수직을 유지함으로써 조성되었다고 주장하는 사람들도 있다. 기회는 저절로 만들어진다는 것을 그가 알았다고 믿지만 그것이 진실이었다고는 생각하지 않는다. 사회신용당이 토리당의 예산안을 거부함으로써 토리당의 패배가 거의 확실해졌을 때 기뻐하던 그의 눈빛을 나는 잊지 못한다. 그리고 그가 자유당은 토리당 정권을 쓰러뜨리기 위해 노력할 것이라는 선언을 할 때 그의 목소리에 담겨 있던 비장함을 기억한다.

눈빛과 목소리의 암시 이상으로 생각이나 감정을 드러내는 일이 거의 없었지만 나는 그가 당의 지지를 얻을 수만 있다면 총리로서 퀘벡의 주민투표와 싸우기 위해서 당수직을 유지하고 싶어한다는 인상을 받았다. 그렇다 하더라도 트뤼도가 무엇을 할지 결심하기 전에 많은 시간과 토론이 필요했다. 당은 계속 당수직을 유지해야 한다는 사람들과 사임해야 한다고 주장하는 사람들로 양분돼 있었다.

나는 두 가지를 다 생각하고 있었다. 나는 전화 통화에서 이렇게 말했다.

"피에르, 정치를 시작하는 것도 어렵지만 정치를 그만두는 것도 어렵습니다. 지금 당신이 나가면 당신은 결단으로 인해 좋은 평을 들을 것이고 결국 당신은 세 아들과 함께 지낼 시간을 갖게 될 겁니다. 만일 야인이 된다면 그것은 당신에게 더 좋을지도 모룹니다. 그러나 물론 당신이 돌아온다면 우리 모두는 당신을 도와줄 겁니다. 그리고 당신이 나처럼 미쳐 있다면 당신은 돌아올 겁니다.”

내 생각에 자유당은 트뤼도 없이도 선거에서 이길 수 있었을 것이다. 당수를 뽑는 전당대회는 자유당과 당수에게 선거 전 몇 주 동안 대단히 훌륭한 홍보를 가져다 줄 것이므로, 어쨌든 조 클라크는 선거 문제로 심각한 고민에 빠져 있었다. 그러나 트뤼도의 판단은 나보다 나았던 것 같았고, 그의 복귀는 주민투표를 치러야 하는 우리들에게는 더할 나위 없는 자산이었다. 나 자신이 승산이 있다고 생각지도 않았고 친구들 대부분도 내가 혈안이 되어 출마하려 한다고 말했음에도 불구하고 내 입장은 당수직에 출마하겠다는 나의 의사에 영향을 받았다.

가장 큰 장벽은 당수직을 영어 사용자와 프랑스어 사용자가 교대로 한다는 자유당의 전통처럼 보였다. 영어를 사용하는 엄청난 숫자의 동료들이 “아, 아무도 그것을 욕하지 않아.”라고 내게 말했고, 똑같은 숫자의 프랑스어 사용 동료들은 욕을 해댔다. 그들은 이 전통을 긍정적인 관례로 보았고 이것을 깨기 싫어했다. 한번 깨진 전통은 후에 영어 사용자 당수들이 잇달아 나오는 길을 열 수 있었다.

다른 한편, 나는 최소한 퀘벡 출신의 한 강력한 후보가 나와야 한다는 기대를 느꼈다. 아마도 내가 왕이 될 수 없다면 나는 킹메이커가 될 수 있을 것이고, 1976년에 조 클라크가 진보보수당의 당수에 도전할 생각을 하고 있을 때 “만일 당신이 출마하지 않는다면 한 가지는 확실해집니다. 당신은 이기지 못할 겁니다.”라고 말했다. 실패는 전혀 시도하지 않는 것보다 언제나 낫다는 것이 내 생각이다. 왜냐하면 앞으로 무엇이 일어날지를 결코 알 수 없기 때문이다.

1979년에 나는 존 터너, 도널드 맥도널드와 대항해서 출마하려고 생각했다. 두 사람 다 토론토 베이 스트리트의 변호사가 된 저명한 전직 장관들이므로, 내가 비록 프렌치 액센트로 영어를 하는 탓에 당내에서는 유리한 게 없었지만 지방 출신의 대중주의자가 선호되는 나라라는 것을 깨달았다. 공교롭게도 터너는 경쟁에 나서지 않기로 결심했으므로 나는 오랜 친구인 도널드 맥도널드와 1 대 1로 대결했다. 그는 자신이 이기게 되어 있다고 자신했지만 게임을 재미있게 하기 위해 어쨌든 내게 출마하라고 요구했다. 그러나 우리 두 사람은 만일 트뤼도가 남아 있기로 결정하면 야망을 꺾어야만 했다.

내가 트뤼도에게 밀착해 그를 내 옆에 두려고 한다는 얘기가 들렸고, 또 그가 "장, 나는 아직 자리에 있고 나는 아직도 당수요."라고 말했음에도 불구하고 그 후 몇 년 동안 나는 트뤼도의 노여움을 사지 않고도 예상 후보 명단에 내 이름이 거명되도록 노력했다.

그러나 나는 무언가 계획하지 않으면 안 되었고 그렇지 않으면 아무것도 일어나지 않았을 것이었다. 나는 늘 내 자신의 선거운동을 조직해왔고, 일부 친구들은 내게 "만일 이기고 싶으면 선거 준비를 시작해야 할 것"이라고 경고했다. 사람들이 토론토의 존 터너를 만나기 위해 줄지어 찾아오는 것이 보도되었고 경쟁 관계에 있는 장관들은 모종의 목적을 위해 참모 진용을 확대해가고 있었다. 그리고 트뤼도에 대한 나의 충성에도 불구하고 나는 출발선에 남게 되기를 원치 않았다. 그래서 내가 어떤 일도 꾸미지 않기로 하는 동안 나는 당권에 관해 제안하거나 사적인 토론에 응하는 것을 거절하지 않았다.

다음 조치는 내 정무차관인 론 어윈에 의해 취해졌는데 그는 풋볼 선수 출신의 매우 유쾌하고 불 같은 성격의 친구로 의원이 되기 전에 설트 세인트 마리(Sault Ste Marie)의 시장으로 있었다. 나는 그에게 의원 25명의 지지를 확보할 수 있으면 출마할 것이라고 언급했다. 간부회의의 지지는 언제나 당 지지의 적절한 표시다. 의원들은 항상 후보들의 좋은 자질과 나쁜 자질을 알고 있고 정치인으로서의 그들의 생존 여부는 종종 지역구에서 당수의 인기에 의존한다. "수영장에서 다이빙하기 전에 나는 물의 깊이가 어느 정도인가를 알고 싶어합니다."라고 나는 종종 말했으며, 나는 뛰어들기 전에 프랑스계 물의 깊이, 영국계 우물의 깊이, 자금의 깊이가 필요하다는 아이디어를 발전시켰다.

내가 그를 제지하려고 애쓰지 않았지만 어윈은 혼자서 내가 당권에 도전한다고 선언했다. 그는 "누가 당신을 지지할 것으로 보십니까?"라고 물었다. 그러고 나서 그는 그럴듯한 사람들을 찾아내 그들이 나와 함께 연설하도록 끌어들였으며 여론조사는 모든 자유당 의원들의 선호도를 발표했다. 곧 그는 28명의 크레티앙 지지자들의 명부를 가지고 돌아왔다. "그러나 트뤼도는 1968년에 당수에 당선될 때 35명 의원의 지지를 받았었죠."라고 내가 말했다. 그래서 어윈은 다시 나갔다. 그는 친구들의 도움을 얻었고 로비도 하고 논쟁도 벌였다. 어떤 경우에는 언론에 대해 너무 흥분한 상태로 말을 해서 내가 진정시키지 않으면 안 되었다.

트뤼도조차 그 의도를 알아차리게 됐다. "장, 무슨 일을 하고 있는 거요?"라고 트뤼도가 하루는 내게 물었다.

"아, 당신도 알다시피 사람들이 입방아 좀 찧는 거죠."

그가 "조심하십시오."라고 말했다.

결국 론 어윈, 간부회의 공동의장 로버트 굴드(Robert Gourd), 그리고 내 정무차관 데이비드 딩월(David Dingwall)은, 일반적으로 진보적이고 자주적인 모양이 좋은 의원 그룹을 발족시켰다. 이때 나는 내 자신이 심각한 후보가 된다는 것을 알았다. 이때 나를 찾아온 친구들 대부분은 나를 개인적으로 돕는 일을 자신의 야망을 키워나가는 일보다 중요하게 생각했다. 나는 수년 동안 내 마음을 항상 열어놓고 있었으므로 친구들이 많았고 간부회의에 적(敵)도 거의 없었다. 나는 그들이 고민하고 있는 문제를 해결하기 위해 최선의 노력을 했고, 기금조성 집회와 그들의 지역구 찬조연설에는 가능한 한 참석했으며, 불필요하게 관계가 나빠질지도 모르는 곳에는 의도적으로 나가는 것을 피했다.

퀘벡 자유당 당수 도전을 포기한 이유

이것은 1975년 내가 장 마샹의 후임으로 퀘벡 자유당의 당수가 되어달라는 트뤼도의 제의를 거절한 이유 중의 하나이다. 즉 나는 수많은 갈등과 증오를 불러일으키는 후원, 지방 계약, 그리고 약속에 관련되고 싶지 않았다. 훗날 내가 당권 경쟁을 하는 동안 퀘벡에서 당 조직을 장악하지 못하는 큰 대가를 치르게 되었다는 것을 깨달았지만 이런 종류의 영향력에는 언제나 커다란 대가가 따르게 마련이다.

어떤 경우든, 현 단계에서 나의 접근 방법은 온타리오의 의원이 뜻밖에 나를 찾아와 지지를 약속한 경우처럼 보답이 있었다. 나는 그를 지역구에서 도운 적이 있는데 그는 이를 고맙게 생각하고 있었다. 주저하는 퀘벡 의원들에게 내 친구들은 이렇게 말했다.

"우리에게 동참하시오. 우리 퀘벡인들은 힘을 과시해야만 합니다. 우리는 당권 경쟁에 후보를 내야만 하고, 그 후보는 잘해야만 하며, 아무도 크레티앙을 지지한다고 해서 당신을 비난하지 않을 겁니다."

이 논리가 많은 사람들의 마음을 사로잡았고 나는 퀘벡에서 잘할 수 있다는 기대를 하게 되었다.

의원들을 포섭하는 데 있어 유일하게 심각한 경쟁자는 존 터너였는데, 그는 총선의 승리자로 보였으므로 권력 유지에 여념이 없는 사람들의 마음을 사로잡았다. 그러나 나는 상당수의 자유당 의원들을 피곤하게 한 우파 이미지와 그의 간부회의 지지가 한계가 있음을 간파했다. 더욱이 내가 재무장관 시절 도론도에서 터너와 저녁을 같이 한 적이 있는데 그가 정계를 떠난 뒤 정치에 대한 감각이 뒤떨어져 있는 것을 알고는 놀랐던 적이 있다. 따라서 이 모든 것을 고려해 만일 그가 출마를 결심하면 내가 그를 추월할 수 있을 것으로 예측했다.

나는 마음속으로 도널드 맥도널드도 당권 경쟁에 뛰어들 것으로 파악했다. 그와 터너의 경쟁 관계에 비춰, 나는 두 사람의 대결이 과열 양상을 띨 것이며 양측 진영을 모두 만족시킬 유일한 절충안은 내가 처신만 잘하면 마음씨 좋은 늙은 장 크레티앙이 될지도 모를 일이었다. 그러나 트뤼도가 사임하기 오래 전, 내가 토론토의 맥도널드 집을 방문했었는데 그는 출마할 의향이 없다고 내게 말했고, 만일 당권 경쟁이 터너와 나 두 사람간의 대결이 된다면 나를 지지할 것이라고 말했다. 선거운동 중에 그의 도움을 받게 된다는 것은 엄청난 응원이 될 게 틀림없었지만 나는 맥도널드가 '경제 문제 왕실위원회' 의장이 되어 나를 뒤에서 지원할 수 없게 되리라고는 예측하지 못했다. 내가 그의 입장을 이해하지 못하는 것은 아니었지만 내 마차를 움직이게 하는 여러 바퀴 중 하나가 빠져나감으로써 나는 크게 낙심했다.

1984년 2월 마지막 날, 트뤼도는 사임을 했고 당수를 선출하는 전당대회는 6월에 소집되었다. 그가 물러나지 않을 것이라는 갖가지 루머에도 불구하고 나는 그가 떠날 것으로 확신했다. 내 느낌으로는, 1980년 선거 이후의 그의 개인적인 일정은 매우 짧았다. 1981년 여름 기간 동안 단독 페트리에이션 제안의 합헌성과 관련, 대법원의 판결을 기다리고 있을 때 나는 판결이 지연되는 것에 대해 그가 조바심을 내고 화를 내고 있음을 느꼈다. 이것은 마치 그가 마음속에 중요한 데드라인을 설정해두고 있는 것처럼 보였다.

나는 "하지만, 피에르, 만일 판결이 6월에 나오지 않으면, 9월에 나오게 될 겁니다."라고 말하곤 했지만, 불안해하는 그의 모습은 항상 그가 정계를 떠날 날을 정해두지 않았나 하는 의구심을 떨쳐낼 수 없었다. 라디오에서 그의 사임 소식이 나왔을 때 나는 몬트리올로 가는 중이었는데 나는 그날 밤 트뤼도의 정치 이력에 관한 텔레비전 프로그램에 나갔다. 이 패널 토론 뒤에는 존 터너에 관한 장시간의 다큐멘터리가 방영되었다.

언론에서 그 첫날 터너에 관해 그렇게 많은 시간을 할애하지 않았더라면 나는 전당대회에서 이길 수 있었을 것이라고 지금도 주장한다. 나와 패널 토론에 참석했던 어떤 의원이 그 다큐멘터리를 보자마자 터너 지지를 선언하였을 때 나는 그 프로그램의 영향을 즉각 알게 되었다. (비록 그가 총선에서조차 낙선을 하고 말았지만 나는 그가 장관이 되고 싶어하는 줄로 짐작했었다.) 똑같은 얘기는 여러 번 반복되었다. "터너는 결코 안 된다"거나 "터너말고 다른 사람"이라면서 내게 출마를 강요하던 의원들은 언론에서 터너가 당선이 유력하다고 보도하자 그가 출마를 공식 선언하기 전부터 승리자의 마차에 올라탔다. 선거 초반의 요란스러움으로 인해 몇몇 의원들의 지지를 잃어버렸지만 대의원이 선출되기 전에 후보가 뽑힌다는 것을 결코 이해하지 못했다. 나는 대다수 자유당 의원들이 나와 같은 생각을 한다고 짐작했다. 그들은 대관식이 아닌 전당대회를 원했다.

당시 마크 라롱드는 프렌치 당수가 나올 때가 아니라고 선언하기도 했다. 나는 그가 나를 기꺼이 지지하리라고 기대하지도 않았지만 첫날부터 찬물을 뿌리리라고는 꿈도 꾸지 않았다. 라롱드는 매우 명석하고, 지식이 많고, 토론에 탁월했음에도 그는 때때로 인간 관계에 문제가 있었다. 그는 트뤼도의 터프 가이로서 힘든 일을 맡았지만 결코 유머 사용에 있어 유쾌하지 못한 표현을 자제하거나 혹은 예민하게 반응함으로써 스스로에게 이롭게 하는 법이 없었다.

비록 그가 중립적인 입장이 되겠다고 말했지만, 나는 그가 많은 사람들의 속을 뒤틀리게 했다는 것을 안다. 나는 당수 교체에 관련된 그의 발언이 계획된 것인지 그렇지 않은 것인지 자신이 없지만, 간부회의에서 라롱드의 동료인 자크 올리비에(Jacques Olivier)가 동시에 "이번엔 나는 영어 사용자를 지지한다."고 말했을 때 그의 발언이 계획된 것이라고 추측했다.

그는 "그래서 당신은 터너 편이라는 말입니까?"라는 질문을 받았다.

"아닙니다, 어떤 숙녀가 출마할지도 모릅니다."라고 그는 대답했다.

나는 그가 자유당 당의장인 요나 캠파뇰로(Iona Campagnolo)를 뜻하는 것으로 추측했지만 내가 그녀와 얘기했을 때 그녀는 출마하지 않겠다고 말했다. 사실, 그녀의 딸 제니퍼는 내게 후보가 되라고 요구했고 즉각 위원회에 왔다. 나는 "그들을 마음대로 하게 놔두세요. 라롱드는 자신이 결코 터너에게 갈 수 없다고 말했기 때문에 결국 내게 오게 될 것입니다."라고 말했다. 이 말은 다소 순진했던 것으로 드러났다.

그러나 처음에는 내가 출마하지 않기로 결심했다고 말한 그에 대해 화가 치밀었다. 나는 심지어 그 결과에 대해 격한 내용의 편지를 다음과 같이 썼다.

"권리장전을 위해 그렇게 열심히 일했던 사람이 프렌치로 태어났다는 이유만으로 자유당 당수 경쟁에서 배제되어야 한다는 것은 슬픈 일입니다."

내 비서가 어떤 사람에게 경계심을 갖게 한 것이 틀림없었다. 왜냐하면 나는 트뤼도의 전 비서실장인 짐 쿠츠로부터 포기하지 말라는 전화를 받았다.

훗날 트뤼도에게 말했다. "바로 이겁니다. 나는 첫날부터 속았기 때문에 출마하지 않겠습니다."

그는 "아직 어떤 발표도 하지 마시오."라고 말했다. 그는 간부 회의에서 이렇게 말했다.

"만일 개각에 전부가 해당된다면 나는 총리로서 여기에 포함되지 않습니다. 나는 내가 프렌치여서가 아니라 좋은 사람이기 때문에 선출되었다고 생각했습니다.”

이것은 내게 새로운 희망을 가져다 준 설득력 있는 연설이었다. 나는 경선에 나서기로 결심했다.

내가 의원 40명 이상의 지지를 확보해놓긴 했지만, 장관 가운데는 유일하게 상원의원 버드 올슨만이 지지 의사를 밝혔다. (전 앨버타 의원은 내가 국회의사당에서 가장 뛰어난 정치인이라고 생각했기 때문에 1979년 솔선해서 내게로 찾아왔다.) 그러나 미첼 샤프는 내게 이렇게 충고했다. “만일 당신이 어떤 퀘벡 장관들의 지지가 없다면 출마하겠다는 생각은 버리시오. 지금은 거친 경기를 할 때입니다.”

당권 경쟁이라는 선거

일반 국민들은 당권 경쟁은 매우 흥미있고 활기있는 경쟁이면서도 다소 비슷한 주장으로 당의 지지를 얻기 위해 싸운다고 생각한다. 그러나 내부에서는 이것이 그렇게 단순하지가 않다. 경쟁은 분명히 흥미있는 반면, 이것은 또한 치명적일 만큼 심각하고, 특히 간부회의 내에서 그렇다. 정치 경력이 위태로워지고 선택을 해야 하는 사람들에게 있어서 선택은 쉬울 수도 완벽할 수도 없다. 만일 어떤 특정 후보가 전당대회에서 당선될 것이라고 믿는다 하더라도, 그가 총선에서 이길 것으로 확신할 수는 없다. 만일 예견된 승자와 함께 간다면 아마도 많은 사람이 승자 편에 합류하려고 경쟁하게 된다.

또한 고려해야 할 우정과 단체들이 있고, 충성과 이해의 갈등을 의원들에게 상기시키는 사람들이 끊이지 않고 있다. 또한 여기에는 숨을 만한 어떤 안전한 곳도 없다. 평범한 대표의 투표와는 달리 의원의 결심은 알려지게 되고 이런 전쟁에서 한쪽 옆에서 구경하고 싶어하는 사람들은 종종 크게 원망을 산다.

모든 중요한 경쟁이 그러한 것처럼, 당권 전당대회도 사람들 사이에 최선과 최악을 가져온다. 그렇게 많은 것이 걸리고 수많은 사람들이 관련되면 분위기가 험악해진다. 심신이 피곤하면 균형을 잃어 아주 사소한 일을 가지고도 크게 흥분하게 된다. 일단 한 번 전투가 시작되면 그들은 도중에 멈출 수가 없게 된다.

때때로 토론이 과열될 수 있으며 사용되는 언어는 대단히 감정적일 수가 있다. 예를 들면, 동료 한 명이 자신은 나를 지지할 수 없을 것 같다고 말했을 때 나는 그가 터너를 위해서도 그렇게 열심히 일하지 않을 것을 알았기 때문에 걱정하지 않았다.

"안 됩니다. 가능한 한 열심히 일하십시오. 당신이 내게 그런 것처럼 터너를 배신하지 마십시오. 당신이 이 점을 다시 한번 생각한다면 당신은 두 남자가 아닌 단지 한 남자만 배신했다고 말할 수 있을 것입니다."

나는 처음부터 안드레 윌레의 지지를 받을 것으로 추측했었다. 우리들은 가까운 친구였다. 몇몇 소식통들은 윌레가 "장은 승산이 없지만 내 친구이므로 그를 지지할 것입니다."라고 말한 것으로 보도했다. 나는 트뤼도가 사임하기 한 달 전 그와 스키를 타러 갔었는데 그때 그런 메시지를 받은 바 있었다. 그는 내게 "쉽지 않겠지만 당신을 돕겠소."라고 말했었다. 실제로 간부회의에서 나는 그에게 지지자 명단을 보여주기까지 했으며 우리는 몇 가지 문제를 자세하게 토론하기도 했다. 그래서 월레가 나를 지원하는 문제에 관해 어딘가 당혹해하고 있는 것을 알았지만 내가 나머지 퀘벡 장관들을 만나러 떠날 때 그에게 기댈 수 있다고 확신했다.

나는 장관들과 고달프게 지냈다. "지금 나를 기꺼이 도와주려는 사람은 단 한 사람뿐이오."라고 내가 말했다. "지난 8년 동안 우리를 위해 일하지 않은 사람을 지지하는 당신네들을 도무지 이해할 수가 없소. 당신들은 모든 것을 트뤼도에게 신세를 졌소. 나는 트뤼도에 의해 임명되지 않은 유일한 장관이오. 아시다시피 나는 피어슨이 임명했소. 그러나 나는 지지할 것이고 나는 그들을 믿기 때문에 즐겁게 트뤼도와 그의 정책을 옹호할 겁니다. 정계를 떠날 때는 현관 앞에서 당당하게 떠날 것입니다. 나는 내가 어떻게 평가받을지를 압니다. 나는 당신들에 대해 확신이 부족합니다."

몇몇 사람들의 얼굴이 벽처럼 하얗게 변했다.

피에르 드바네(Pierre DeBané), 피에르 부이세르(Pierre Buis-sères), 그리고 샤를 라프엥(Charles Lapointe)이 내 쪽으로 합류했으므로, 1968년에 트뤼도가 확보했던 퀘벡 장관 숫자(초반에 그는 장 마샹과 브라이스 매케이스의 지지만을 확보했었다)보다 장관의 숫자가 한 사람 더 많게 되었다. 여전히 나는 월레를 기다리는 한편 프랜시스 폭스(Francis Fox)에 희망을 걸고 있었다. 즉 그들이라면 퀘벡에서의 업적이 어떻든 간에 성공적으로 대응할 수 있을 것으로 생각했다. 그러나 폭스는 월레를 내 핵심 측근으로 추측했고 따라서 다른 편에서 일하는 기회가 그에게 주어졌다.

한편, 월레는 나로부터 점점 멀어져가는 것처럼 보였다. 월레에게 폭스가 터너 쪽으로 갈 것 같다고 예감을 말하자 월레는 흔들리기 시작했던 것 같다. 뒤에 월레가 터너에게 "만일 당신이 폭스를 나 대신 당신의 핵심 인물로 선택할 경우에 나는 크레티앙을 위해 일할 겁니다."라고 말했으며, 그 결과 터너는 폭스를 버리고 월레를 선택했다는 얘길 들었다. 나는 폭스가 터너를 거의 떠날 뻔했지만 당선 예상자 편에 서기로 결정했다고 들었다.

월레는 터너가 경선에 뛰어들기 직전 나를 찾아와 자신은 나를 지지하지 않을 예정이라고 분명히 말해주었다. 그의 뒤를 폭스, 에드 럼리, 지역산업개발 장관, 그리고 저드 부캐넌 등이 따랐다. 그들은 모두 똑같은 말을 하였다.

"장, 출마하지 마시오. 당신은 상처를 입고 망신을 당할 겁니다."

그들은 아마 무슨 말을 할지를 함께 의논했던 것 같았다.

"너무 늦었습니다. 어쨌든 나는 출마할 겁니다."라고 내가 말했다. "내가 당신들의 생각이 틀렸다는 것을 증명해 보일 겁니다."

그러나 네 명의 좋은 친구들이 내 곁을 떠나는 것은 견디기 어려운 일이었다.

언론, 존 터너 지원

존 터너는 3월 중순에 오타와에서 출마 연설을 통해 경선에 뛰어들었다. 나는 터너를 경쟁자로서 결코 과소평가해 본 일이 없다. 그는 새로운 얼굴이었고 정부에서 일한 경험이 있고 승자처럼 보였고, 그리고 모든 언론의 주목을 끌었다. 그는 또한 생 로랑과 C. D. 호웨가 유지시켜왔으나 트뤼도가 상실한 것처럼 보인 재계와의 연대를 재건하기를 바라는 자유당의 염원을 대변했다.

하지만 그의 성명을 읽고 세 가지 점에서 문제가 있다고 느꼈다. 그것은 그가 트뤼도와 관계를 맺고 싶지 않다고 했으며, 그가 자유당을 우파가 되게 하고 싶다고 했고, 그리고 2개 국어에 대한 유화 정책으로 서부를 달래고 싶다는 인상이었다. 내가 퀘벡에서 터너에게 두 배 이상을 뒤지고 있다는 여론조사 결과가 나왔으므로 세 번째 부분은 즉각적이고도 대단히 중요한 결과를 가져왔다. 따라서 그에게 도전할 만한 확실한 근거를 발견한 것은 고무적이었다.

12주간의 선거운동 기간 동안 언젠가는 언론이 그에게 등을 돌릴 것으로 기대했다. 언론은 그에게 지나치게 호의적이었으므로 죄의식을 느낄 것이다. 한번 그런 일이 있고 나면 터너의 승산은 줄어들 것이었다. 여전히 앨런 맥키큰, 로메오 르블랑(Roméo LeBlanc)과 모니크 베쟁(Monique Bégin)과 같이 내 편으로 민들어야 하는 비중있는 각료들이 남아 있었고, 도중에 내게 힘을 주는 놀라운 일들이 벌어졌다. 예컨대 첫날부터 터너는 퀘벡과 매니토바에서 2개 국어 정책에 관련된 그의 발언을 해명해야만 했으며 이 두 주에서는 내 인기가 높아졌다. 하원에서 내가 터너의 뉴펀들랜드 발언과 관련된 질문을 받았을 때 내가 선거운동에 내보낸 유력 인사 중 한 명이 찾아왔다. 나는 "해명을 기다려볼 것"이라고 답했다. 여야에서 엄청난 박수가 터져나왔고 나는 트뤼도가 그렇게 크게 웃는 것을 본 적이 없다.

결국 나는 자유당에 흥미진진한 전당대회와 더불어 진짜 선택을 하도록 기회를 주었다. 윌프리드 로리에 이후로 자유당은 대중주의자가 당수가 된 적이 없었다. 매켄지 킹은 냉정한 관료였고,

생 로랑은 성공한 변호사였고, 피어슨은 저명한 외교관이었고, 트뤼도는 세련된 지식인이었다. 돌연 자유당의 유산을 지키려 하는 어떤 대중주의자가 현장에 나타나 "베이 스트리트가 아닌 메인 스트리트(Main Street)로 나가자."고 호소했다. 내가 정계에서 자유당원들과 교분을 가져오면서 그들의 생각과 관심을 반영할 만큼 충분히 잘 알았기 때문이었다.

자유당은 기본적으로 온건한 영어 사용자, 프렌치 캐나디안과 자유당을 편안하게 생각하고 감사하는 뉴 캐나디안의 세 그룹의 연합이었다. 요점만 말하면, 자유당원이 되려면 중도가 되어야 한다. 자유당의 뿌리는 19세기의 실용주의, 자유시장 원리에 기초하고 있으나 1백여 년의 과정을 거치면서 당은 또한 사회적 비전의 수호자가 되었다.

예를 들면, 대부분의 자유당원들은 소득에 관계없이 보편적인 사회복지의 원칙에서 소외되지 않기를 바라고 있으며 나도 이에 동의한다. 일단 어떤 정부가 보편성에 대해 간섭받기 시작하면 정부 전체 조직이 위협을 받게 된다. 사회복지는 모든 캐나디안들에게 일종의 권리로 주어지고 있다. 부자가 가난한 사람들보다 많은 세금을 내야만 하기 때문에 사회복지는 부유층으로부터 세금을 걷음으로써 가능할 수 있지만, 복지라는 사회 안전망의 확대를 권리가 아닌 자선쯤으로 여기고 있는 사람들에겐 곤란하다. 기본적인 원칙으로부터의 작은 일탈도 복지 자체에 또 다른 침해를 초래한다.

이것은 일부 주에서 사용료를 요구하기 시작했을 때 일어난 것이다. 무료 의료 서비스는 모든 시민의 권리이다. 2달러를 추가로 청구하게 되면 원칙이 파기됨으로 해서 20달러, 2백 달러, 2천 달러를 청구하는 선례가 되는 것이다. 궁극적으로 부자는 의료 서비스를 받게 되고 가난한 사람은 그렇지 못하게 된다.

더욱이 우리나라의 세금과 미국의 세금을 비교하는 사람들은 평균적인 미국 납세자들이 건강 보험과 의료 서비스에 지출해야만 하는 끔찍한 액수의 돈을 거의 언급하지 않는다. 나는 종종 마이애미에서 심장 질환을 일으킨 캐나디안에 관한 농담을 하곤 한다. 그는 병원에서 퇴원하면서 입원비 청구서를 받고는 엄청난 금액 때문에 또 한번 심장 발작을 일으켰던 것이다. 이것말고, 병이 생기는 두려움에서 자유롭게 되는데 우리가 어떤 값을 붙일 수 있다는 것인가?

결국, 야망과 기회주의가 오랜 우정과 인생의 원칙을 저버리게 했다. 이로 인한 충격은, 내가 믿었던 것을 신뢰하기 때문에 당락에 관계없이 나를 돕겠다고 찾아온 사람들에게서 느낀 깊은 감동으로 위로를 받았다. 이들은 내게 출마를 강요한 장 마샹, 제라르 펠치에, 도널드 맥도널드, 토미 쇼야마와 데이비드 크롤과 같은 고매한 지성을 갖춘 사람들이었다. 나를 밀겠다고 말한 대부분의 자유당 의원들은 나에 대한 지지를 포기하라는 압력에 굴복하지 않았으며 다른 사람들은 캐나다에 대한 나의 비전에 동의했기 때문에 선거운동 기간 중 앞장서서 열심히 일했다. 내 재정 후원자 중의 어떤 사람은 내가 단 한 번밖에 만나본 일이 없는 사람이었다. 그는 "크레티앙씨, 나는 당신이 조국을 위해 한 일에 대해 감사를 표하고 싶고 이것이 내가 할 수 있는 방법이오."라고 말했다. 그는 어떤 식으로든지 자신의 맡은 바를 다했다.

나는 또한 도널드 존스톤, 마크 맥기건(Mark MacGuigan), 존 로버츠, 존 먼로 그리고 유진 위일런 등 다른 후보들로부터 격려를 받았다. 그들은 내가 터너의 압도적 승리를 막을 수 있는 유일한 사람으로 알았다. 나는 그들 모두에게 "좋소, 만일 내가 승산이 있다면, 당신은 내가 당신의 조언을 듣고 출마하게 되었다는 것을 잊지 말아야 하며 당신은 내게서 어떤 덕을 보게 될 겁니다."라고 말했다. 이것이 유일한 거래였다.

위일런과 먼로는 "아무 문제 없다"고 말했다. 그들은 좋은 친구이자 강경한 진보주의자였다. 사실 나는 위일런이 출마를 결심하기 전에 내 선거본부장을 맡아달라고 제의했었다.

존 로버츠는 내게 올 것임을 암시했고, 그는 그렇게 했다. 그는 자신이 훌륭한 총리가 될 것이라고 믿었기 때문에 출마했다. 그는 지적 능력은 확실히 있었지만 적합한 정치적 이미지는 갖고 있는 것 같지 않았다. 결국 결과는 선거운동의 질, 인기가 줄곧 치솟았던 그것과는 일치하지 않았다.

나는 정말로 마크 맥기건이 내게 올 줄 알았는데 그는 그렇질 않았다. 그는 자신의 정책과 관련해서는 용기가 있었고 열심히 일했지만 행동 면에서는 그렇질 않았다. 나는 언제나 그의 지식으로 미뤄 그가 교육을 많이 받았다고 생각했는데 그는 자신의 지위를 흔들리게 하는 것 같았고 이것으로 인해 정치인으로서 그는 타격을 받았다.

돈 존스톤은 멋있게 운동을 했으며 전당대회에서 3위를 기록하자 그는 포기하지 않고 계속 밀고 나갔다. 하지만 나는 그가 4위를 기록했을 경우엔 내게 올 것이라는 감을 가졌었다. 어느 정도까지는 우리 모두는 터너에게 대항해 출마하고 있었으며 그중 내가 가장 위협적인 도전자였다. 나머지 사람들은 당이 앞서가는 후보와 프랑스어 사용자를 거부하고 있다는 사실에 기대를 걸 수 있을 뿐이었다.

3월, 헌법개정 공청회가 열렸던 의사당 서관(西館) 화려한 방에 모인 수많은 열정적인 의원들, 상원의원들, 선거인들, 지지자들 앞에서 나는 경선 참가 선언을 하면서 "안전벨트를 단단히 매시오. 무서운 질주를 하게 될 겁니다."라고 말했다.

선거의 조건

그래서 선거는 이제 첫 번째 필요조건, 후보 출마의 확실한 명분을 갖게 되었다. 나는 '자유당의 자유당'으로 선거운동을 하게 되어 있었으며, 전국의 자유당원들에게 역사적인 기록으로부터 도피하지 않고 원칙 앞에서 사욕을 채우지 않는다는 것을 보여주기 위해 최선을 나할 삭성이었다.

선거에 필요한 두 가지 요소가 추가적으로 보충되었다. 즉, 우리들의 노력을 뒷받침하는 선거본부와 자금이었다. 토론토 출신의 나의 오랜 친구인 밥 라이트(Bob Wright)는 후원회장으로 도와주기로 약속했고 내가 출마 발표를 하기에 앞서 그는 적절한 선거운동에 필요한 자금을 모금할 수 있을 것이라고 확언했다.

나는 옛 친구들과 전 동료들에게 도움을 청하기 시작했다. 그들 중 업무 때문에 불가능한 사람들도 있었지만 많은 이들이 선거운동에 책임감을 느끼고 자원했다. 선거본부의 본부장은 전 보좌관인 존 래이가 맡았다.

그의 첫 번째 임무는 전국적으로 적절한 팀을 구성하는 것이었고 대의원이 선출되게 되어 있는 선거구에서의 지지를 확보하는 일이었다. 영국계 캐나다에서는 모든 일이 기대 이상으로 순조롭게 이뤄졌지만 나는 퀘벡에서 어려움을 맞게 되었다. 장 클로드 당스로(Jean-Claude Dansereau)와 레옹스 메르시에르(Léonce Mercier)와 같이 주민투표 투쟁에서 함께 일했던 동료들과 접촉했을 때 문제가 생겼다는 것을 알았다. 그들은 나를 돕겠다고 말했었는데 이제 와서 정작 엉뚱한 소리를 지껄이고 있었다. 당스로는 사과를 했고 메르시에르는 퀘벡 자유당의 책임자이기 때문에 전당대회 준비를 도와야 하므로 나를 도울 수 없게 되었다고 주장했다.

이것은 정말 어처구니없는 일이었다. 당의 지도부에서도 방해를 받아왔다는 것을 모르는 사람이 없기 때문에 어떤 점에선 내 주위에 아무도 없었다. 예를 들면, 메르시에르는 라롱드에게서 만일 그가 나를 도우면 자리를 내놓게 될 것이라는 말을 들었다. 그는 연방 자유당에 들어가 주민투표에 대비해 일하기 전에 장 클로드 라이언의 반대편에 서 있는 레이몽 가르노를 지지했다는 이유로 퀘벡 자유당으로부터 비슷한 자리에서 이미 쫓겨난 경험이 있었다.

그러나 메르시에르는 감성적인 친구여서 터너를 지지함으로써 자신의 위상을 유지하고 싶어하는 퀘벡 자유당 주류측으로부터 견제받고 있다는 것을 알고는 모욕을 느꼈다. 몇 주 뒤 나는 메르시에르에게 도와달라고 설득했으며 그는 자신이 자유당과 조국을 위해 해왔던 것을 위하는 충정의 마음으로 그렇게 했다. 그는 대단히 좋은 친구였으므로 이것이 상황을 변화시켰다. 그의 결심이 철통 같은 견제를 깨부수었고 유리한 분위기를 조성했다. 복수 국어주의에 관련된 터너의 발언은 수많은 퀘벡 자유당원들의 심기를 불편하게 하는 시초가 되었으며 나는 트뤼도와의 친밀함 및 헌법 개정과 관련된 나의 업적을 이용할 수가 있었다. 터너의 지지자들은 친구들에 의해 몰리는 입장에 처하게 되었고 그들 중 일부는 그만두라고 협박하기도 했다.

총선과 다른 당권 경쟁

한편, 나는 영국계 캐나다에서 벌어지는 일들로 인해 자신감을 갖게 되었다. 선거운동 첫 주말에 토론토의 당 집회에 나가 호의적인 군중과 활력이 넘치는 크레티앙 팀을 발견했다. 나는 나 자신을 19세기 초 패밀리 콤팩트(Family Compact : 온타리오 주에서의 선출되지 않은 엘리트를 뜻함—역자)에 반대해 투쟁한 온타리오의 좌익과 비슷한 '순진한 그리트(Grit)'리고 칭했다. 집회가 끝난 뒤 복도에서 확인한 당원들의 반응, 또 언론의 반응은 정말 놀라울 정도였다.

두 번째 주말에 나는 퀘벡 시에 있었다. 몇 시간을 일정이 없이 보내야 되었으므로 나는 호텔 방에서 전국에 있는 선거구 협회 책임자들에게 전화를 걸기 시작했다. 놀랍게도 그들은 모두 대단히 동정적이고 흥분하고 있었는데 이것이 내가 아래층에 가서 받은 뒤섞인 반응을 상쇄시켰다. 나는 거의 모든 사람들을 알고 있었으므로 그들이 처한 고민을 감지할 수 있었다. 한편 그들은 내 편에 서고 싶어했으나, 다른 한편으로는 터너의 승자 같은 이미지 때문에 고민하고 있었다.

나는 퀘벡을 출발해 곧장 밴쿠버로 날아가 아슬아슬하게 모든 후보자들이 참석한 포럼에 참석했다. 연설이 진행 중인 실내로 들어서자 텔레비전 카메라가 나를 에워싸는 바람에 나는 주인공의 인기를 가로채는 결과가 되었는데 사람들이 앞을 다투어 내 앞으로 몰려왔고 모든 사람들이, 심지어는 터너조차도 내게 박수를 보냈다.

이렇게 하여 당수 경선은 불이 붙었고 나는 가장 먼저 전당대회에 파견할 대의원으로 선출되게 될 자유당 연합회를 찾아가 대의원들을 만났다. 나는 프레드릭턴 시장에서 매우 호감을 주었고 헬리팩스에서 있은 막바지의 소규모 리셉션은 5백 명 이상을 불러 모았다. 뉴펀들랜드에서의 지지가 급속히 불어나 우리 진영은 몹시 흥분하게 되었다.

서부의 여러 지역에서 우리들은 터너측이 했던 것 이상으로 많은 사람들을 불러 모았다. 대부분의 사람들이 일찌감치 터너측에서 뛰었지만 나는 그의 지지대열에서 이탈되어가는 어떤 움직임을 느끼기 시작했다. 한편 로이드 액스워디, 게리 리건, 허브 그레이(Herb Gray), 그리고 주디 에롤라(Judy Erola)와 같은 영국계 장관들에 의한 방해에도 불구하고 내 지지자들은 흔들리지 않았다. 우리 쪽 사람들은 증가되는 압력에도 불구하고 얻을 것도 잃을 것도 없었다. 캐나다 전 지역에서 크레티앙 팀은 지역 자유당 주류에 대항해 상승세에 있었다.

가는 곳마다 나는 터너가 이길 것이라는 고정관념을 공격했다. 당이 나를 보다 편하게 생각할 것으로 믿었지만 "선거에서 패배하고 싶으면 언제나 크레티앙에게 투표할 수 있다."라고 말하는 사람들의 위협 전술 때문에 다음 선거에서 패배할지 모른다는 두려움에 휩싸여 있었다. 나는 자유당의 기록을 두려워하지 않았고,

브라이언 멀로니도 두려워하지 않았다. 나는 "내가 터너를 꺾어 보이겠습니다."라고 대의원들에게 말했다. "그리고 멀로니는 별 볼일 없는 사람이 될 겁니다. 만일 내가 터너를 꺾으면 일반 대중들은 터너가 멀로니보다 더 나은 사람이라는 것으로 알고 있으므로 전국에서 나를 거인 킬러인 동시에 진정한 승자로 볼 것입니다!"

나는 항상 터너는 훌륭한 남자라고 말했으나 내가 그보다 더 낫다고 생각한다. 그렇지 않다면 나는 출마하지 않을 것이다. 왜 출마했냐는 질문을 받을 때마다 나는 "왜냐하면 터너를 알기 때문"이라고 말했는데, 이 말은 터너를 공격한 사람들 대부분은 한 번도 그와 얘기를 나눠보지 않은 이들이었기 때문에 강력한 설득력을 가졌다. 이 말은 그를 깔본다는 뜻이 아니었다. 나는 단지 그가 일종의 슈퍼맨 같은 사람이라는 고정관념에 반격하기 위해서였다.

당수 선거운동은 총선과 똑같지 않다. 자유당 내에서도 이에 대한 훈련 기회가 없었다. 그것은 사전 조직이 불가능했으며 후보자가 쓸 수 있는 공금도 없었다. 재력있는 당 후원자 대부분도 오해한 나머지 당권 경쟁 같은 선거에는 기부하지 않으려 한다. 캐나다의 광활한 면적, 빽빽한 시간과 개별적으로 모두 설득되기를 바라는 대의원들 때문에 어떤 후보에게나 엄청난 계획표와 고려해야 하는 수요가 있었다. 뒷전에 있었으므로 나는 내가 할 수 있는 한 많은 대의원들과 만났으며 몸이 허락하는 한 열심히 일했다. 선거 피로에 대해 낯설지는 않았지만 나는 당수 선거운동 기간 중 진정한 피로가 어떤 것인지를 알았다. 피로에 지친 입후보자에게 가장 좋은 활력제는 유권자들의 온정과 나의 메시지가 받아들여진다는 확신이었다. 선거본부측 사람들과 나는 아드레날린과 본능으로 뛰었고 선거운동이 연속 몇 주 동안 꾸준하게 상승세를 탈 만큼 운이 따랐다. 결국 나는 전국적인 여론조사에서 터너를 앞서게 되었다.

틀림없이 우리가 터너에 앞서는 선거운동을 했다. 그가 하루에 2~3회의 집회를 가졌다면 나는 5~6회를 가졌다. 대의원의 마음을 초반에 사로잡는 첫 집회를 수차례 놓쳤던 반면, 우리는 격렬했던 대결전에서 잘해냈다. 우리들은 퀘벡 출신의 젊은 대의원들 거의 대부분을 확보했고 밴쿠버-콰드라(Vancouver-Quadra) 출신의 대의원들을 끌어들였는데, 이 중에는 터너의 핵심 조직책도 있었다. 나는 전국적으로 터너보다 더 많은 선출 대의원을 갖고 있다고 들었다.

6월 전당대회를 치르기 위해 오타와에 올 때까지 나는 낙관적이었다. 나는 언론에 1차 투표에서 내가 1천 표를 득표할 것이라고 밝혔지만 속으로는 1천2백 표 정도를 기대했다. 내 계산으로는 터너가 1천5백 표를 얻게 될 것이고 다른 후보들이 대략 5백 표 정도씩을 나눠 가질 것으로 판단했다. 나를 돕기로 한 다른 후보들은 2차 투표에서 그들의 표를 내게 몰아줘 나를 1위로 밀어 올린다는 것이었다. 전당대회 주간에도 나는 승리할 수 있다는 감(感)을 줄곧 느꼈다. 언론도 대단히 호의적이었고 선거본부는 대의원들로 성황을 이뤘으며, 우리가 오타와의 택시 운전기사를 위해 베푼 파티는 정말 대단히 성공적이었다. 모든 사람이 내가 좋은 기회를 맞았다고 말하고 있었다.

선거에 떨어지다

그러나 걱정스러운 면이 없는 건 아니었다. 첫째는 투표 전날 밤 해야 할 중요한 연설을 준비하는 일이었다. 그대로 읽을지 아니면 즉흥적으로 할지 확신이 서지 않았지만 어쨌든 나는 연설 원고를 갖고 싶었다. 이 문제는 그 주 내내 토론에 부쳐졌고 전당대회 이후에도 오랫동안 토론거리가 되었다. 나는 원고를 읽기로 결정했고 이에 실망한 사람도 있었지만 이것은 당락에 중요한 영향을 미치지는 않았던 것 같다.

보다 중요한 것은 전당대회 기간 동안에 극적인 진전을 기대한, 나의 실현되지 못한 희망이었다. 나는 결코 라롱드, 르블랑 혹은 맥키큰을 내 쪽으로 오게 하는 노력을 포기하지 않았다. 그들 중 두 사람은 터너에게 타격을 줄 것이고 트뤼도가 1968년에 샤프와 드루리로부터 얻었던 것과 같은 마지막 순간의 지원을 가져다 줄 것이었다. 나는 로메오 르블랑의 지지를 확보했지만 라롱드의 중립 선언은 뚜렷한 터너 지지로 변해가고 있는 것만큼은 분명했으며 누구도 맥키큰을 움직이지 못할 것이었다. 그리고 이제 나는 그가 전당대회장에서 유명한 행동을 연출하기 훨씬 전에 터너 쪽으로 기울었다는 것을 안다.

사실상 당 주류의 대부분, 당의 입후보자, 상원의원, 당직자와 전직 장관 등 엄청난 숫자의 당연직 대의원들은 언론이 터너에 대해 과장되게 보도하는 것을 보아왔고 선거운동 첫날부터 그의 진영에서 뛰어왔다. 이들은 내가 흔들어놓을 수 없는 것처럼 보이는 표였다.

선거 기간 중 일어난 사건이 내가 기대한 전기를 마련할 뻔했다. 더그 앵기시(Doug Anguish)는 서스캐처원 주 노스배틀포드 (North Battleford) 출신의 신민당 의원이었다. 그는 신민당원들, 자유당, 그리고 불만족스러운 토리당을 대변하는 4인 지역위원회, 즉 차기 선거에서 토리당의 집권을 저지하려는 이들로부터 접촉 을 받고 있었다. 그들이 공개한 여론조사에 의하면 토리당은 50% 에 가까운 지지를 기록하고 있었고, 신민당은 30%, 그리고 자유 당은 15%였다. 그러나 크레티앙이 자유당의 당수가 되었을 경우 에는 신민당과 자유당의 순위가 바뀌었다. 이들은 토리당의 집권 을 저지하는 최선의 방법은 크레티앙–앵기시 콤비를 후보로 내는 것이라 판단했기 때문에 그들은 앵기시에게 자유당에 입당해 나 를 지지하라고 강요했다.

나는 그와 여러 차례 대화를 나눴으며, 그가 거의 협상에 동의 할 것으로 봤다. 새스커툰(Saskatoon) 시에서 그를 만났을 때 나 는 그의 결정이 얼마나 중요해질는지를 알았다. 이는 내가 서부지 역과 신민당 투표자들에게 받아들여진다는 것일 뿐 아니라, 전체 선거운동을 뒤바꿔 놓을 충격이 될 수 있었을 것이다. 그러나 이 얘기가 서스캐처원 언론에 보도되자 앵기시는 다른 사람들의 로 비 대상이 되었으며, 그는 만일 터너가 승리한다면 신민당으로 되 돌아가야 하는 상황을 우려했다.

내가 앵기시에게 말했다.

"더그, 당신이 역사를 쓸 수 있소. 당신이 내 쪽으로 와서 장 크 레티앙 때문에 자유당에 합류했다고만 말하면 당신은 나를 당수 로 만들 것이고 토리당의 집권을 저지하게 될 겁니다. 이것은 일 생의 기회입니다. 나머지 인생 동안 사람들은 아마도 당신을 가리 켜 멋있는 사람 또는 매우 중요한 정치인이라고 말하게 될 겁니다.”

“나는 아직 준비가 되지 않았소.”라고 그가 대답했다. 그는 뒤로 물러섰고, 9월 선거에서 낙선하고 말았다.

전당대회 투표날 아침 나는 연쇄 조찬 리셉션에 참석했는데 시민회관에 도착해 식당 게시판에 “한 표를 사라, 한 표를 자유롭게 하라.”라고 적힌 글을 보았다. “터너에게 투표하여 크레티앙을 지켜라. 크레티앙에게 투표하면 터너를 잃는다.”는 터너 지지자들의 주장을 나는 기억했다. 나는 자유로운 한 사람이 되도록 되어 있었다. 나도 내가 패배한다는 사실을 알았다. 경험 많은 정치인은 이런 분위기를 감지한다. 분위기가 전과 똑같지 않았다. 집에 가서 아내 앨린느에게 “우리가 질지 모르니 마음의 준비를 하시오.”라고 말했다.

1차 투표에서 나는 1천67표를 얻었는데, 이것은 내 예상보다 약 1백 표 가량이 모자라는 것이었다. 그 표가 터너에게 가지 않았더라도 그와의 표차는 내가 앞지르기에는 너무 컸다. 다른 후보자들은 내 예상보다 많은 득표를 했고 2차 투표에서 다른 후보자들의 표는 터너가 거의 당선권에 근접했으므로 그에게 몰렸다. 그러나 후보자 대부분은 약속대로 나에게로 왔는데 이것은 그들의 정치 경력에 미칠 결과를 고려할 때 매우 감동적인 것이었다.

가장 먼저, 나는 위일런에게 전화를 걸었다. “지노, 나 장인데 올 예정입니까?”

“장, 나는 수치를 느꼈소.”라고 그가 말했다. “나는 고작 85표만을 얻었고 이 표를 전부 당신에게 가져갈 수 있을지 모르겠소.”

“내가 원하는 것은 당신이지 표가 아닙니다.”라고 내가 답했다. “나는 라 리비에르 오 카나르(La Rivière aux Canards) 출신의 지노가 자신의 오랜 친구인 장을 도우려 한다는 것을 캐나디안들이 보게 하고 싶을 뿐이오.”

그래서 나는 그의 초록색 카우보이 모자를 집어 들고 터너를 향해 흔들고는 내 자리로 걸어왔다. 그러고 나자 존 먼로가 주저하지 않고 내게 왔다. 존 로버츠는 보다 복잡한 상황이었다. 그의 자문관들 중 일부는 그에게 정치 경력을 살리려면 터너에게로 가야 한다고 권유하고 있었다. 그는 정치를 사랑했고 정치를 하지 않고는 인생을 설계할 수가 없었다. 게다가 그는 최소한 5백 표는 얻어 1차 투표에서 3위를 할 것으로 확신했었는데 4위에 그치자 낙심했다. 그러나 그는 우정과 원칙에 따라 내게 왔고, 나는 깊은 감동을 맛보았다.

맥기건은 터너에게로 갔는데 그는 존스톤만큼 중요한 사람은 아니었다. 그를 만나러 갔지만 그의 자문관들은 향후 문제를 놓고 분열돼 있었다. 존스톤은 경선에 계속 참여하기로 결심한 것처럼 보였다. 즉, 그는 일부 터너 표가 자신에게 온다는 생각을 하고 있었다.

“돈, 지금 제정신입니까?”라고 내가 말했다. “당신은 표를 얻지 못하고 잃기만 할 뿐이오. 당신을 우습게 만들지 마시오. 당신이 지금 내게 온다면 나는 여전히 5%의 승산이 있소. 그렇지 않으면 게임은 끝난 것이오.”

하지만 그는 경선을 포기하지 않았고 나는 2차 투표를 하러 나갔다. 물론 나는 끝났다는 것을 알았다. 트레일러로 가 샤워를 하고 옷을 갈아입은 뒤 일부 유권자들이 지지의 표시로 놓고 간 맥주를 들이켰다. 그리고 나는 일어나 “갑시다, 깨끗하게 지러 갑시다.”라고 말한 뒤 아내가 기다리고 있는 층으로 돌아갔다. 우리 진영은 낙심하고 있는 것으로 보였다. 곧 그들의 기분은 내 마음이 어떤지에도 불구하고 환호와 노래 속에 내가 리드하는 대로 돌아왔다.

최종 투표 결과가 나왔을 때 나는 매우 침착했고 평화를 느꼈다. 나는 20년 이상의 정치 활동에서 반(反)기득권층의 후보자가 된 것을, 평균적인 캐나디안에 대항하는 시골 출신의 남자가 된 것을 자랑스럽게 생각했다.

사실, 나는 진보적인 이념으로 명성을 얻고 싶었는데 이것은 전당대회 직후의 총선에서 3개 정당으로부터 공격을 받았다. 틀림없이 내 선거운동의 성공은 브라이언 멀로니에게 그가 전 철광회사 회장이 아닌 배 코무(Baie Comeau) 출신의 전기 기능공의 아들이었음을 강조하도록 했고, 존 터너에게는 그의 조부가 광산업자였다는 점을 강조하도록 자극하지 않았나 하는 생각을 한다. 나는 초반에 모든 사람이 예상했던 것 이상으로 훨씬 많은 것을 이뤄냈다는 것을 안다. 자유당은 존 터너가 정부를 구성하는 데 더 적합한 사람이며 총선도 그가 치를 것으로 결정했으며 나는 연단 위에서 이 결정이 만장일치가 되게 하였다.

모든 정치인은 국민이 내린 판결을 받아들이는 것을 배워야 한다. 만일 이를 받아들일 수 없다면 정치 게임에 남아 있을 수가 없다. 물론, 상처는 남게 되겠지만 최선의 치유책은 그것을 잊고 따르는 것이다.

"많은 동료 장관들이 당신을 지지하지 않았다는 사실에 분노가 치밀었을 텐데요."라고 사람들은 지금도 말한다. 아니다, 나는 분노를 느끼지 않았다. 실망했을 따름이다. 결국 나는 국민투표에 대항해 싸웠고 그들의 선거구에서 선거운동을 했고, 그들 중 많은 이들이 내게 자유당은 강력한 프렌치 캐나디안과 진보적인 인물이 경선에서 필요했다고 말했다. 그러나 그들 모두는 야망과 직업이 있었고 정치보다 더 어울리는 것은 없었다. 전당대회가 끝났을 때 나는 울지 않았고 내 아내도 마찬가지였다. 우리들은 몇 가지 환상을 잃었지만 나는 많은 새 친구들을 사귀었고 잊지 못할 추억을 만들었다.

세 명의 퀘벡 장관들

마땅히 거기에는 불편한 순간들도 있었다. 그 다음날 터너의 사무실에서 전화가 걸려와 터너가 나와 얘기를 나누고 싶어한다고 했다. 나는 그가 전화를 받기까지 20분이나 기다렸다. 이 순간은 영원처럼 길게 느껴졌다. 이것은 그의 실수라고 할 수도 없는 사소한 문제일 수도 있지만 선거에서의 피로와 낙심으로 앉아 있는 내 기분을 엉망으로 만들었고 선거 이후 그와의 첫 번째 대화에 찬물을 끼얹는 것이었다. 그러나 나는 그에게 축하한다고 말했고 그는 여유있는 목소리로 나를 만날 수 있는지 물었다. "그건 안 됩니다. 당신은 이제 당수이므로 내가 가야 합니다."라고 말하고는 그를 만나러 갔다.

다소 어색한 인사를 주고받은 후 그는 내게 맥주를 권했고 우리는 긴장을 풀었다. "당신은 내 파트너가 될 겁니다."라고 그가 말했다. "어떤 장관을 원하든지 그 자리와 부총리에 임명하겠소."

"퀘벡의 당수는 어떻습니까?" 내가 되물었다.

"그것은 좀 어려울 것입니다."라고 그가 대답했지만 안 된다고는 말하지 않았다. 그리고 우리는 다시 만나기로 했다.

그 뒤 나는 브라이언 멀로니의 전화를 받았다. 그는 애석함을 표시하면서 새로운 여론조사 결과를 입수했다고 말했다. "장, 당신은 졌지만 나는 내가 다음 총리가 된다는 것을 압니다. 여론조사에 따르면, 만일 당신이 당수가 되었다면 나는 퀘벡에서 기껏해야 6석밖에 얻지 못했을 것이지만 터너가 되었기 때문에 최소 26석은 얻게 될 것입니다."

"브라이언, 당신 지금 허풍떠는 거요."라고 내가 말했다. 그러나 그가 그런 말을 하지 않았다고 하더라도 이것은 기정 사실이었다.

그리고 유진 위일런이 나를 찾아왔는데 그는 터너가 자신을 다음 내각에 참여시키지 않을 것이라고 말해 화가 머리끝까지 나 있었다. "그를 비난하지 않아요."라고 그가 말했다. "이 친구는 총선에서 패배하게 되어 있고 어찌 됐든 나는 몇 달 안에 야당석 뒷좌석에 당신과 함께 앉을 거요."

"왜 그렇게 생각하십니까?"

"왜냐하면 터너는 멀로니의 복사판이므로 캐나디안들은 진짜 보수당에 투표를 할 겁니다."

이런 얘기는 머물러 있지 말라는 유혹을 증가시켰지만 진짜 압력은 터너가 내가 퀘벡의 당수가 될 수 없다고 말했을 때 찾아왔다. "존, 잘 들으시오."라고 내가 말했다. "이것을 이해해야만 합니다. 나는 당신에게 반대할 게 없습니다. 당신은 출마할 권리가 있고 이길 권리도 있습니다. 당신은 내 친구이고 나는 당신이 멀로니보다 더 나은 총리가 될 것으로 생각합니다. 그러나 나는 캐나다의 2인자와 퀘벡의 3인자가 될 수 없습니다. 내가 한 가지만을 약속할 수 있는데 그것은 내가 배신자가 아니라는 점입니다. 만일 내가 당신과 악수를 하면 당신은 내게 의지할 수 있습니다. 나는 샤프에 충성했고 트뤼도에 충성해왔으며, 그리고 당신에게 충성할 겁니다. 하지만 당신은 내게 퀘벡을 빚지고 있습니다."

"그건 불가능하오."라고 그가 말했다.

나는 일어나면서 말했다. "그러면 좋소, 존, 안녕히 계시오."

그는 사뭇 안절부절못하며 말했다. "잠깐만, 시간을 주시오. 그러면 내가 조정해보겠소."

"이것 보시오. 내가 지금 문제를 만들고 있다는 것을 압니다. 당신을 위해 일을 쉽게 만들겠소. 나는 과거에 한 번도 퀘벡의 당수 자리를 원해본 적이 없소. 왜냐하면 정부 사업을 따내길 원하는 모든 변호사, 기술자, 건축가들과 거래하는 것을 싫어하기 때문이오. 그래서 나는 그것을 위임하는 것을 기쁘게 생각할 것이오. 내가 의장이고, 안드레 월레와 샤를 라프엥으로 구성된 3인 위원회에 퀘벡을 넘겨주시오."

이것은 터너의 문제를 해결하면서 퀘벡에서 내가 무난하게 당수가 되는 길이었는데 결국 이렇게 낙착을 봤다.

한편 아내와 다른 사람들은 다시 불출마를 권유하고 있었다. 앨린느는 내게 「라 프레스(*La Presse*)」의 사설을 보여주었다. 사설은 "장 크레티앙은 정치판에서 반드시 좌절을 겪게 될 것이다."라고 주장하고 있었다. "이것이 진실이에요."라고 앨린느가 말했다. "누구의 말도 듣지 마세요. 당신은 더 이상 의지할 게 없습니다."

다른 측면의 중요한 논리는 이런 것이었다. 즉 내게 충성을 다해온 사람들을 보호해야만 한다는 것이었다. 이것은 터너와 협상하는 부분이 되었다. 터너가 맥키큰 역시 탈락시키기로 결정했으므로 내각에서 위일런의 자리도 보장할 수가 없었다.

그러나 나는 먼로, 로버츠, 르블랑, 올슨, 드바네, 라프엥, 부이세르, 찰스 카차와 데이비드 콜레네트(David Collenette)를 위해 열심히 싸웠다. 먼로와 르블랑은 그들이 터너의 내각에서 일하기를 원치 않았으므로 제외되었으며 놀랍게도 올슨은 마지막 순간에 앨런 맥키큰으로 교체되었는데 그는 직전에 정치를 안하겠다고 선언했었다. 로버츠, 카차와 콜레네트는 재임명되었다.

진짜 문제는 세 명의 퀘벡 장관들이었다. 터너는 그들 중 어느 한 명도 재기용하지 않으려 했는데 그는 이에 대한 어떤 분명한 논리를 가지고 있었다. 즉 그는 내각의 규모를 줄이고 있었다. 그는 자신을 지지했던 퀘벡 장관 2명을 배제시켰고 새 인물을 위한 자리를 필요로 했다. 그래서 나는 세 사람에게 어려운 사정을 설명했다. 그들은 "우리들은 걱정 마시오, 장. 중요한 것은 당신이 계속 남는 것입니다."라고 말했다. 결국 터너는 라프엥을 지켰다. 내가 라프엥을 살리려고 노력했기 때문에 최소 6명의 동료들이 장관 자리에서 제외되었다는 얘기를 전해 들었다. 더 나쁜 것은 여섯 명 모두가 이를 믿고 있었다는 것이다.

3천 표밖에 잃지 않다

이 기간 동안인 1984년 6월, 나는 흥미있는 것을 발견했다. 나답지 않게 나는 언론과의 접촉을 거부했는데 이런 나의 침묵으로 인해 갖가지 초조함과 추측이 나왔다. 사람들은 나를 공개적으로 좋게 혹은 나쁘게 말하기 시작했다. 내가 남아 있을 것이라고 말하는 사람도 있고, 내가 욕심이 워낙 많기 때문에 어떤 것에도 만족하지 못한다고 말하는 사람도 있었다.

그러나 전부 내가 어떻게 할지에 대해서는 확실하지 않았다. 나는 터너와 몇 차례 더 만났고, 그는 내게 여러 가지 현안에 관련된 조언을 구하기도 했는데 이러는 과정에서 우리는 더 가까워졌고 결국 나는 남아 있기로 동의했다. 우리는 악수를 했고 간부회의에 나가 이 사실을 밝혔다. 아무도 내가 무슨 말을 할지를 몰랐으므로 사람들은 모두 긴장하고 있었다.

이것은 트뤼도의 마지막 간부회의였는데 불행하게도 나는 회의가 끝날 무렵 도착함으로써 그의 마지막 순간을 망쳐놓았다. 내가 자리에 앉아 종이 한 장을 만지작거리자, 마치 내가 마음이 편치 않은 것처럼 모든 시선이 내게 쏠렸다. 의장이 내가 뭔가 할말이 있다고 했고 나는 일어섰다. "않을 겁니다, 않을 겁니다, 않을 겁니다."라고 말하자 모든 사람들이 내 앞으로 다가왔다. "나는 그만두지 않을 겁니다." 모든 사람들이 환호했고 야단법석으로 내게 달려왔다. 이것은 위대한 화해였다. 모니크 베젱은 심지어 내게 키스까지 했다.

새 자유당 내각이 출범한 직후 조기 선거 실시 문제에 관한 말들이 많았다. 여론조사도 좋게 나타났고 거의 모든 사람들이 터너에게 곧장 새 선거운동에 돌입하라는 충고를 했다. 그는 내 충고를 듣고 싶어했고 나는 내가 만일 전당대회에서 이겼을 경우의 향후 시나리오에 대해 설명해주었다.

"지금 선거를 실시하지 마십시오."라고 내가 말했다. "국민들에게 당신이 새 총리라는 사실을 보여줘야 합니다. 작년에 토리당 전당대회에서 멀로니가 했던 것처럼 당신은 강렬한 인상을 주기 위해 여름 전부를 보내야 할 겁니다. 모든 관심이 당신에게 쏠릴 겁니다. 워싱턴도 가고 런던도 가고 프랑스도 가고 독일도 가십시오. 트뤼도의 평화 이니셔티브를 재현시키기 위해 사회주의 국가들도 잠시 들르시고 일본과의 무역회담도 결말을 내십시오. 시간에 맞춰 캐나다로 돌아와서 여왕 폐하도 만나고 주교도 만나십시오. 그러고 나서 미국의 11월 선거와 때를 맞춰 동시에 9월 선거를 치를 수도 있습니다. 그때 가서는 갈아보자는 무드도 없을 것이고 지금처럼 변화에 대한 무드가 가라앉을 겁니다.”

터너는 자못 공감했다. 내 말은 수많은 조언 중 하나에 불과했고 선거 연기를 촉구한 극소수의 의견 중 하나였다. 그래서 총선은 9월 중에 실시하기로 공고했다. 환경이 바뀌는 데는 그리 오래 걸리지 않았다. 곧 자유당이 초반의 낙관에도 불구하고 대패를 향해 달리고 있음이 명백해져갔다. 나는 95개 선거구에서 선거운동을 했고 더 이상 선거운동을 할 곳이 없었다는 것을 의심치 않았다.

이런 분위기가 선거구를 사로잡고 있을 때, 자유당이 보다 나은 미래를 위해 수많은 힘겨운 일을 했었다고 설명하는 일은 부질없는 것이다. 세상에서 최상의 정당 조직조차도 압승을 막을 수가 없었다. ‘거대한 붉은 기구(Big Red Machine)’라는 퀘벡 자유당 신화에도 불구하고, 예를 들면 군소정당에 표를 줄 수 있었던 시절은 오래 전에 끝나 버렸다. 정당들은 여전히 일정한 사람들과 지역으로부터 전통적인 지지를 이끌어낼 수 있었고, 대부분의 유권자들은 보다 세련되어졌고 정당 연합은 상상하지 못했다. 만일 어떤 당이 괜찮아 보이면 그 당은 거대한 기구를 만들게 된다. 반대로 만일 그 당이 좋아 보이지 않으면 이 당은 작은 기구를 갖게 된다.

어느 경우에서나 기구는 일반적 태도의 원인이라기보다는 결과이다. 강력한 온타리오 토리당의 조직도 1970년대에 빌 데이비스가 두 차례 소수 정권을 구성했을 때나 1985년에 프랭크 밀러(Frank Miller)가 정권을 잃는 것을 막을 수 없었으며, 브라이언 멀로니의 토리당은 1984년에 자유당보다 더 나은 조직을 가지고 있었지만 퀘벡을 석권하지 못했다. 사람들은 새로운 자유당을 대단히 싫어했기 때문에 토리당에 투표를 했다.

그들은 또한 공표된 여론조사에 영향을 받았다. 여론조사는 정치 활동의 새로운 요인이다. 여론조사가 불안정을 반영하거나 혹은 그것을 야기한다는 논란의 소지가 있긴 하지만 아무도 이것이 선거 과정을 변화시켰다는 것을 부인하는 사람은 없다. 조사 결과는 끊임없이 요동치고, 위대한 경력과 중요한 정책들이 여론조사와 함께 올라가기도 내려가기도 한다. 언론에서는 이것을 뉴스 기사로 보도하고 그 효과는 믿기 어려울 만큼 크다.

1984년 여름 동안 자유당이 여론조사에서 하락세를 보이기 시작할 때 이것은 아무도 막을 수 없는 엄청난 결과를 가져왔다. 자유당이 이기리라고 믿는 사람이 거의 없게 되자 더 많은 사람들이 승자 쪽으로 몰려갔다. 전국을 돌며 자유당에 대한 충성심을 자극하기 위해 노력하면서 나는 그 파장을 실감할 수 있었다. 이러저러한 이유로 오랜 전통과 충성심이 하룻밤 사이에 날아가 버릴 만큼 퀘벡에서 토리당의 물결은 실로 대단했다.

마지막 사흘간 아내는 지원 유세를 그만두라고 요구해 나는 겨우 내 자신의 재당선에 집중할 수가 있었다. 내가 승리를 확신하긴 했더라도 퀘벡 주 전역에 걸친 분위기로 인해 불안감이 없진 않았다. 그 사흘 동안 나는 순식간에 내 지역구를 돌았다. 자유당원들은 내가 돌아온 것을 보고 매우 기뻐했고 다시 선거운동을 열심히 했다.

운이 좋게도 나는 수많은 열렬한 지지자를 확보하고 있었는데 그들은 수년에 걸쳐 나의 당선을 위해 열심히 일했다. 그들과 생모리스의 사람들은 내가 그들을 필요로 할 때 언제나 내 편에 있었는데, 1984년 9월 4일보다도 그들이 절실히 필요하다고 느낀 적은 없었다.

토리당의 압승에도 불구하고 내 선거구에서 나는 지난 선거와 비교해 겨우 3천 표밖에 잃지 않았으며 나는 퀘벡에서 가장 먼저 당선이 확정되었다. 실제로 나는 캐나다의 자유당 후보 중 가장 높은 득표율을 기록했다. 이것이 나를 겸손하고 감사하게 했다. 내가 모리시의 유권자들로부터 받은 지지는 내게 다시 한번 정치의 험준한 산을 계속 올라가는 데 필요한 힘을 주었다.

10 타임 아웃

"은퇴하실 겁니까?"

1984년 총선 기간 중에 나는 라디오 공개 방송에 출연한 적이 있는데 어떤 초청자가 이렇게 물었다. "크레티앙씨, 솔직해집시다. 딩신은 수년간 정부에 있있고, 매번 주요 부서의 실세 장관이었지만, 이제는 야당이 될 겁니다. 정치를 계속 하실 겁니까, 아니면 그만두실 겁니까?"

답변을 통해 나는 자유당이 야당이 될 가능성이 보인다는 점을 인정했으나 훌륭한 의원이 되기 위해서 일할 것을 밝혔다.

물론 나 자신도 원내에 남게 될지 보장할 수 없는 형편이었다. 내 나이 쉰이었고 20년 이상을 공직 생활에 있었고 이제 새로운 도전을 맞을 태세가 되어 있었다. 한번은 토리당으로, 다른 한번은 자유신용당으로 두 번이나 나에 대항해 출마한 적이 있는 한 친구로부터 받은 한 통의 편지를 기억했다. 그는 편지에서 "언젠가 우리는 함께 앉게 될 것이오."라고 쓰고 있었다. "우리들의 머리칼은 희끗희끗해져서 흔들의자에 앉아 나는 내 패배를 생각하며 웃게 될 것이고 당신은 승리에 대해 자랑하도록 하시오." 나는 그가 진정한 승자가 아닌가 하고 생각하기 시작했다. 왜냐하면 그는 나이에 비해 일찍 인생이란 신문에 이름이 몇 줄 거론되는 그 이상의 것이라는 걸 터득했기 때문이었다.

또한 트뤼도의 은퇴와 함께 나를 정치에 뛰어들게 했던 국가적 과제가 사실상 완성되었다는 생각을 했다. 주민투표, 헌법, 그리고 자유와 권리장전과 같은 심각한 일들은 다 마무리되었고 남아 있는 문제들은 비교적 전문적인 문제처럼 보였다. 트뤼도는 우리나라의 핵심적인 것들이 위협을 받는 동안 국민들을 안전하게 인도했고, 이 과정에서 수많은 도전을 만났고, 논란을 야기시켰고, 그리고 수많은 이해를 배제시켰다. 그는 우리들을 자극해 그의 지성과 비전과 그의 시대의 모든 위대한 현안에 대해 우리들 자신을 평가하도록 했고, 다른 정치인들이 손대기를 주저하는 근본적인 구조들에 대해 공격을 했다. 이것은 그와 자유당에 많은 지지를 가져다 주었고, 급격한 개혁을 좋아하지 않는 캐나디안들이 좀더 평온한 시대를 희망하는 것은 이해가 되는 일이었다.

그래서 6월 들어 터너가 내각에서 일해주기를 요청했을 때 나는 그와 함께 일하는 것을 매우 기쁘게 생각했으며 내가 만일 2년 내에 정치를 그만두어도 놀라지 말라고 말한 바 있다. 그는 오랜 기간 총리로 지낼 절호의 기회를 갖고 있었다고 추측했는데 이는 내가 당수가 될 수 있는 기회를 놓쳐버렸고 내가 정계 은퇴에 대해 고려해보는 게 좋을 것이라고 생각했기 때문이다.

총선에서 자유당이 패배한 이후 나는 하원 야당석에서 내 역할을 진지하게 맡았다. 미국과의 자유무역 협정, '스타 워즈', 남아프리카 공화국, 그리고 캐나다 영해를 통한 북극해 여행과 같은 중

대한 문제와 관련, 나는 하원 상임위원회와 당 위원회에 깊숙이 관여했다. 나는 수십 차례나 전국적인 모금 행사에 참석했고, 온타리오, 퀘벡 그리고 뉴펀들랜드의 지방 총선거 기간 동안 자유당 지원 유세를 했다. 그러나 내가 이렇게 하면 할수록 내 명성은 높아졌고 언론에서 내가 터너의 자리를 위협하려 한다고 주장했기 때문에 문제가 불거졌다.

1985년 10월, 자서전『위대한 캐나다를 꿈꾸며』가 뜻밖의 성공을 거두었을 때조차도 책의 출간이 당권을 겨냥한 공개 신호탄으로 보였다. 하지만 전당대회도 열리지 않았는데 무슨 선거운동이 있을 수 있다는 말인가? 터너에게 책 한 권을 증정하면서 이런 말을 앞 장에 써 넣었다.

"당수 경쟁에서 이긴 것에 감사드립니다. 만일 당신이 이기지 않았더라면 내가 이 책을 쓸 시간은 없었을 것입니다."

그는 웃었고, 나는 내가 쓴 책으로 인해 어떤 부정적인 반응도 들은 적이 없다. 실제로 모든 동료들이 내 책의 성공을 기뻐하는 것 같았다.

그러나 이 책의 출간이 핼리팩스에서 열린 자유당 정책대회 전날 밤 이뤄졌다는 이유 때문에 언론은 나와 터너 사이에 모종의 긴장을 조성했다. 바라던 바는 아니었지만 책은 내가 궁지에 몰리자 날개 돋힌 듯 팔렸다. 내가 만일 당인(黨人)이 아니었다면, 아마 나는 사리(私利)를 채운다고 비난받았을 것이다. 만일 내가 하원에서 수많은 질문을 받지 않았다면 역시 나는 당수를 돕지 않았다고 욕을 먹었을 것이다. 내 입장이 점점 더 어려워지면서 나는 더 많은 실망을 맛보게 되었다.

1986년 2월, 은퇴 선언

마침내, 1986년 2월 27일, 퀘벡 시에서 있은 자유당 전당대회에서 당 내부에 긴장을 몰고 왔다는 이유로 비난을 감수하지 않으면 안 되었고 나는 공직에서 떠나겠다고 선언했다. 여전히 건강을 누리고 높은 인기를 유지하고 있는 쉰둘의 나이에 스스로의 고별사를 들을 수 있었다.

때때로 정치를 떠나는 것은 시작하는 것보다 더 어렵지만 은퇴는 내가 할 수 있었던 최선의 길이었다. 가슴이 아프기는커녕 나는 은퇴하는 게 행복했고 터너를 위해서도 내가 물러나는 게 좋은 일이라고 생각했다. 간부회의에서 물러남으로써 나는 그가 스스로 설 수 있도록 했다. 그리고 정계에서의 23년 이후 나는 인생에서 새로운 도전을 맞게 되었다.

장관으로서 경제계와 협상할 때마다 끼어들곤 하는 게 있었는데 이것은 특히 내가 논쟁에서 이길 때 나오곤 했다. 즉 사람들은 "전부 대단히 훌륭합니다, 크레티앙씨, 하지만 당신은 한 번도 현실에서 월급을 줘본 경험이 없습니다."라고 말하곤 했다. 내가 서위니건에서 변호사 사무실을 정당하게 운영해 성공했다고 하더라도 나는 이에 대해 어떤 식으로 적절한 답변을 해야 할지 몰랐다. 나 자신이 연설하고 선거에서 당선되는 것 이외에는 실제 생활에서 아무것도 할 수 있는 게 없는 정치 건달같이 보이기 시작했다. 그래서 내가 개인 생활에서도 성공할 수 있는지를 확인하고 싶었다.

이것이 멀로니씨의 간접적인 공직 제의를 거절한 주요 이유였다. 제의를 받아들이는 것이 어떤 불명예스러운 일이라고는 생각하지 않았지만 '노'라고 대답할 수 있다는 사실에 대해 어떤 긍지와 기쁨을 가졌다. 나는 열심히 일하겠다는 의지만 가지고 오타와에 왔었고 이제 나는 아무것도 없이 떠나게 되었다.

1984년 총선 이후, 의정 활동에 방해가 되지 않는 범위에서 토론토의 법률회사인 '랭 미치너 크랜스턴 파커슨과 라이트'에서 일주일에 한 번씩 시간제로 일해왔다. 1985년 가을, 우리는 이미 변호사 업계에서는 경쟁이 대단히 치열한 시장인 오타와에 지점을 여는 과감한 첫걸음을 내딛었다. 그리고 불과 몇 년도 안 돼 우리는 30명의 변호사를 거느린 회사로 성장했다. 변호사들 중 두 사람, 즉 법무부에서 내 밑의 차관을 맡았던 로저 타세와 내 전 보좌관이었던 에디 골든버그는 나와 같이 헌법 개정 과정에 관여했던 사람들이었기 때문에 정부 규제 및 조직의 전 분야뿐만 아니라 권리장전에서 야기되는 소송들을 취급할 수 있는 능력을 갖추고 있었다.

그래서 나는 직업 변호사와 평범한 시민으로서 첫날 아침에 대해 낙관할 만한 이유가 있긴 했지만 처음 개업한 사람들과 심정이 비슷했다. 나는 15분간 책상 위에 놓인 전화기를 뚫어지게 쳐다보면서 벨이 언제쯤 울릴까를 생각했다. 그 순간, 레이크 우드(Lake of the Woods) 지역의 숄 레이크(Shoal Lake) 인디언으로부터 전화가 걸려왔다. 그들은 변호사를 필요로 했는데 나는 10여 년 전 인디언들을 대신해 내가 했던 일들을 떠올렸다. 전화를 끊고 나서 나는 아내에게 전화를 걸어 나의 첫 고객이 인디언들이고, 그들이 나를 잊지 않고 있었다는 사실에 내가 얼마나 감동했는지를 얘기했다. 이 일이 있고 난 후 다른 인디언 부족들이 역시 나를 찾아왔고, 그들과 다시 일하는 것이 놀랍게만 여겨졌다.

이와 함께 나는 고든 캐피틀 사(社)에서 특별 고문으로 일해달라는 요청을 받아들여 이 회사와 일하기 시작했다. 나는 전업 직업을 갖거나 몬트리올로 이사가고 싶지 않았으나 일주일에 몇 시간 정도 몬트리올의 고든 캐피틀 사옥에서 일하는 데 동의했다. 이것은 나로 하여금 퀘벡 경제의 새로운 활력, 그리고 공격적이며 국제화된 신세대 프렌치 캐나디안에 가깝게 다가가게 했다. 또한 나는 한동안 B.C. 포리스트 이사회에 고든 캐피틀 사 대표로 나가게 되었다.

토론토 도미니언 은행을 포함한 몇몇 다른 회사에서 나를 이사회에 포함시키겠다고 요청했다. 멀로니 정부에서 은행에 대해 특별세를 부과한 직후 토론토 도미니언 은행 총재인 딕 톰슨(Dick Thomson)은 정치인과 은행 사이의 관계에 대해 적개심을 갖고 있는 1천5백여 직원들에게 특강을 해달라고 요청했다. 나는 한 시간 동안 사회의 변화, 요구 등에 대한 은행장들의 무감각을 얘기했고 이를 받아들이라고 했다. 물론 나는 이 일을 멋지게 해냈고 톰슨은 내게 이사직을 제의했다. 모든 기득권층, 대부분의 완고한 토리당원들에게는 우상 파괴자로 비쳤지만 나는 은행에서 일하는 것이 즐거웠고 은행 업무에 대해 많은 것을 배우게 되었다. 나는 톰슨에게 나를 이사로 앉혀 은행 내부를 들여다보게 한 것을 언젠가 후회하게 될 것이라고 농담하곤 했다.

다른 말로 하면, 나는 베이 스트리트에 영혼을 내다 팔지 않았다. 변호사 생활을 하면서 나는 극빈자들을 알게 되었다. (매니토바 북부의 수도나 실내 화장실도 없는 한 인디언 마을을 방문 중이던 어느 겨울밤, 한 친구와 나는 보잘것없는 작은 공항 밖에 갇혀 있었다. 우리들은 추위에 대해 이야기하면서 어떻게 사람이 얼어죽을까를 생각했다. "우리는 약 5분 내에 알게 될 것"이라고 친구가 말했다.) 나는 또한 캐나다 에어 노조의 특별 자문위원으로 일하게 된 것을 자랑스럽게 여겼고, 장관 시절 도움을 준 한 회사는 이제 캐나다 항공기 산업에서 성공 스토리의 하나가 되었다.

그리고 강연 에이전시가 주최한 전국 대학 순회 강연을 하게 된 것이 행복했다. 실제로 나는 놀랐다. 정치인으로서 나는 수백 명의 학생들이 내가 하는 말을 자유롭게 듣도록 하곤 했다. 이제는 출입구에서 입장료를 받으며 나는 때때로 수천 명의 학생들의 관심을 끌었다. 나는 강연을 대단히 좋아했고 그들이 지루해할 때까지 질문에 답변을 했다.

이런 일들로 인해 나는 무척 행복한 시간을 보냈고 마침내 아내와 가족들에게 보다 관대해질 수 있었다. 대부분의 사람들은 의원과 장관들에게 요구되는 희생을 깨닫지 못한다. 돈은 내게 단 한 번도 중요한 문제가 되지 않았으며 문제는 시간이었다. 나는 특히 세 명의 손자들, 은퇴 직전 태어난 갓난아기와 지내는 시간이 더 많다는 사실에 더할 나위 없이 행복했다.

1988년 선거 동안 브리티시 컬럼비아에서 대서양 연해주에 이르기까지 23개 선거구를 찾아갔다. 이것은 일종의 통합 선거였다. 선거 기간 중 여러 차례 3대 연방 정당의 당수들이 각자 첫 번째로 나왔을 정도로 과열 양상을 보였다. 자유당은 한동안 3위로 추락했는데 터너가 교체된다는 소문이 나돌았다. 나는 당시 유럽에 있었는데 귀국하자마자 셔위니건에서 대규모 모금 행사에 나가 연설을 했다. 나는 로리에, 킹, 생 로랑, 그리고 트뤼도의 자유당은 짐을 싸는 게 아니라고 말했다. 자유당원 모두는 정신을 차려야 할 필요가 있었다. 이틀 뒤 터너는 텔레비전으로 중계된 당수간 토론을 아주 훌륭하게 치러냈고 자유당은 계속 밀고 나갔다. 그러나 이런 리드를 유지할 수 없었고 결국에 가서는 토리당이 소수 의석을 가지고도 이겼다.

전화가 거의 동시에 울리기 시작했다. 터너가 곧 그만둘 것이며 내가 그의 후임이고 모든 사람이 나를 지지한다는 등의 얘기를 했다. 이미 최소 한 사람이 당권을 향해 뛰기 시작했으니 내가 서둘러 움직여야 한다고 말했다. 터너가 공식적으로 사퇴를 발표할 때까지 많은 일을 할 수 없었지만 나는 그들에게 정계에 복귀할지도 모르겠다고 말했다. 나는 『위대한 캐나다를 꿈꾸며』 초판의 결론에서 이렇게 말했다.

"만일 개인생활, 레저, 그리고 편안한 생활이 국가 존립에 문제가 된다면, 내가 누린 모든 특권을 부여한 캐나다에 빚을 졌으므로 다시 정계에 나가겠다."

브라이언 멀로니에 대한 입장

나는 브라이언 멀로니 집권 시절의 나라 상태에 대해 만족하지 않는다. 1980년 동료들과 나는 퀘벡에 가 퀘벡인들에게 "캐나다는 끝없는 미래를 가진 위대한 나라입니다. 캐나다 속에 머물러야만 함께 위대한 일들을 할 수 있습니다."라고 연설했다. 연방 성립 이후 처음으로 퀘벡의 주민들은 직접적으로 그들 자신의 희망에 관해 상담을 받았으므로 그들은 캐나다를 선택했다. 내게 있어서는 퀘벡 주민투표, 헌법 페트리에이션, 그리고 권리장전은 캐나다가 국가로서 '초보 단계'의 마지막을 알리는 것이었다. 우리 모두는 성취와 단결의 새로운 시대의 문턱에 와 있다. 그러나 이제 나는 캐나다가 다시 생존할 것이냐는 문제에 대해 걱정하고 있다.

국제 통신, 첨단 기술, 그리고 지난 30년간의 폭발적인 기대 이후의 저성장의 압력은 전 세계적으로 국가 주권의 가치와 문화적 차이의 미래에 대해 의심하게 했다. 북미 프랑스계 캐나다의 언어와 문화의 운명이 미국의 미디어와 세계화 힘에 의해 위기에 처해 있을 뿐 아니라 영국계 캐나다조차 과거 어느 때보다도 미국 시장 속에서 왜소화되고 있다. 로마 카톨릭이 쇠락한 것처럼 프랑스어도 세력 면에서 쇠퇴할지 모른다거나 나라 전체가 남쪽에 접한 우리 이웃에 의해 흡수될지도 모른다고 상상하는 것은 더 이상 불가능한 일이 아니다.

과거에는 캐나다가 미국과 보조를 같이했는데 이는 우리 경제 및 자원 수준이 경쟁력을 주었기 때문에 가능했다. 그러나 새로운 기술은 단기간 내에 미국인늘이 우리의 머리 위로 총을 쏘도록 위협했으며 이것의 외상적 효과는 일부 캐나디안들로 하여금 단기간 안에 우리들의 기관, 전통, 그리고 독립을 포기하도록 유도했다. 캐나다가 아메리칸 드림의 신기루에 항복하지 않고 이러한 과도기를 헤쳐나가기 위해서는 엄청난 국가적 의지와 국가적 비전을 필요로 할 것이다.

어떤 사람들은 캐나디안으로서의 애국심과 퀘벡의 초(超)민족주의에 대한 나의 반대 사이의 모순을 제기한다. 때때로 이것은 나를 성가시게 만들었다. 한번은 나는 이 문제로 트뤼도와 대화를 나누기도 했다. 우리는 국회 의사당의 중앙 건물로 들어서고 있었는데 그가 회전문을 막 통과하려 할 때, 내가 "우리들의 입장은 논리적이지 않습니다, 피에르."라고 말했다. 그의 얼굴이 얼어붙는 듯했다. 그러자 그는 다시 회전문을 돌아 밖으로 나왔다. "왜 그런 말을 했습니까?" 그가 물었다.

돌이켜보면, 어떤 모순도 없었던 것이 분명했다. 나는 분리가 북미에서 프랑스적 요소를 건설하는 게 아니라 파괴하게 될 것이라고 생각한다. 독립 퀘벡의 경제가 악화되면 될수록 프랑스어 사용주민은 이미 영어 사용주민이 시작한 엑소더스의 대열에 점점 더 많이 가세하게 될 것이다.

사실, 분리하겠다는 위협만으로도 이미 그런 현상은 일어나고 있다. 나는 우연히 수십 명의 프렌치 캐나디안들이 토론토, 서부 지역, 그리고 미국에서 일하고 있는 것을 우연히 알게 되었고, 수많은 퀘벡인들이 플로리다에서 영주권을 얻어 살고 있다는 사실은 믿기 어려웠다.

내 선거구의 한 사제는 1980년 주민투표 기간 동안에 약 4백만 달러가 자신의 작은 교구에서 플로리다의 주택과 아파트에 투자되기 위해 빠져나갔다고 전했다. 이는 내 조부께서 미국 뉴햄프셔 주로 이주한 것과 같은데, 만일 사람들이 언어와 경제 중 한쪽을 택해야 한다면 그들은 거의 언제나 경제 쪽을 선택할 것이다. 이것이 내가 캐나다를 위해 투쟁하는 비전이다. 그러나 나는 캐나다가 미국의 일부가 되는 것을 보기 위해서 그렇게 하지 않고 우리를 독립적으로 만드는 일에 돌아서게 된다.

캐나다는 하나의 언어 혹은 문화 국가가 아니며, 사실상 캐나다는 다양성을 환영한다. 캐나다가 미국보다 비율상으로 부자가 더 적다고 할지라도 캐나다는 역시 비율적으로 가난한 사람의 숫자가 적으며, 이것은 도시를 깨끗이 가꾸며 폭력을 줄이고 보다 많은 사회 복지를 제공하는 부담이 적다는 것으로 보상된다.

만일 이런 것들이 분명히 입증된다고 할지라도 이러한 장점을 단순히 경제적인 단위로만 평가할 수는 없다. 대부분의 캐나디안들은 마치 그들 중 많은 수가 자신의 고장과 작은 마을에서 맛볼 수 있는 즐거움을 지키기 위해, 이미 도시의 경제적 혜택을 희생한 것과 똑같이 삶의 질을 누리기 위해 캐나디안으로 남는 데 드는 대가를 기꺼이 지불해왔다.

퀘벡인들이 독립 국가 아래서 더 부유하게 될 것이라는 주장이 지적으로 정직하지 못함을 공격하는 일은 쉬운 일이다. 반면에 저널리스트 피에르 불거와 같은 분리주의자들의 "우리는 더 가난해질 겁니다. 하지만 우리는 더 행복하게 될 겁니다."라는 보다 솔직한 논리는 공격하기가 쉽지 않았다. 이런 논리는 어마어마한 파워를 가질 수 있다. 예를 들면, 나는 셔위니건 근처의 호숫가에 작은 별장이 하나 있다. 이 별장은 크지도 비싸지도 않지만 그 특성과 아름다운 전망 때문에 나는 별장을 매우 좋아한다. 따라서 나는 이 별장이 위협을 받는다면 이것을 지키기 위해 많은 돈을 쓰고 싸울 것이다. 개인적으로는 퀘벡인들을 존경하고 이해하곤 있지만, 그들은 독립 퀘벡을 위해 어떤 것도 희생할 준비가 되어 있지 않다. 반면에 나는 퀘벡을 포함한 독립 캐나다를 위해서라면 기꺼이 희생할 용의가 있다.

다른 한편, 브라이언 멀로니는 캐나다가 미국보다 미국에 대해 비판적일 때 무척 당황했던 것 같았다. 그는 인간이 아첨에 약하다는 사실을 알았던 사람으로 재임 기간 중 로널드 레이건과 조지 부시에게 아첨하기로 작정했다. 나는 그의 접근 방법을 좋아하지 않았는데 그 이유는 그가 대단히 중요하게 생각한 사적인 우정은 국제정치와 어떤 관련이 있다고 믿지 않았기 때문이다.

미국인들은 매우 거친 협상가들이어서 그들이 필요치 않은 것은 어떤 것도 사들이지 않는다. 때때로 우리는 반대하는 데 동의해야 한다. 이것이 우리가 좋은 관계를 갖고 있지 않다는 것을 의미하지는 않는다. 야당 당수 시절 부시 대통령을 만났을 때, 나는 그에게 우정은 우정이고 사업은 사업이므로 두 개는 서로 뒤섞일 수가 없다고 말했다.

1983년의 토리당 전당대회 동안에 멀로니는 캐나다 국익과 관련, 자유무역의 영향에 반대하는 경고를 한 바 있다. 그러나 당수가 되자 그는 캐나다는 자유무역이 필요하다는 경제계의 주장을 수용했다. 장관 시절에 내 사무실로 찾아와 업계를 보호해주어야 한다고 간청한 똑같은 기업인들이 자유무역을 요구하고 있는 것을 보면서 의아하게 생각했다. 개인적으로 자신들의 입장에 따라 뉘앙스와 예외를 둘 수 있다고 보지만, 공개적으로 그들은 똑같이 짜맞춘 말로 따라갔고 질문하는 법도 없었다.

루시앙 부샤와 멀로니

나는 자유무역주의자다. 나는 자유무역을 신봉하며 캐나다는 1인당 세계 최대의 교역 국가라는 점을 잘 안다. 민간 부문 생산량의 총 40%가 수출로 나가고 있으며 우리나라 국민의 5개 직업 중 하나는 직접적으로 수출에 의존한다. 이를테면, 1960년대 초반 자유당 정권이 미국과 협상한 오토 팩(Auto Pack : 1964년 캐나다와 미국이 규정한 자동차의 교역 및 생산 협정―역자)을 자랑스럽게 여기고 있다. 이것은 자유무역 협정이었으나 몇 가지 보장이 전제돼 있었다. 반면 브라이언 멀로니의 자유무역 협정은 충분한 보장을 얻어내지 못했다. 이는 캐나다의 국제 지향적 무역 정책을 대륙 지향적으로 바꿔놓음으로써 미국화(化)에 대항하는 방위력을 약화시켰다.

이것은 협정이 애초 의도한 대로 미국 시장에의 접근을 보장해주지도 않았다. 예를 들면, 보조금과 덤핑에 관한 명확한 개념 정의도 없었고, 분쟁 해결 기구는 종종 지리했고 비용이 많이 들었다. 이러한 문제점들은 협정 발효 이후에 계속된 일련의 분쟁과 골칫거리 속에서 분명해졌다.

멀로니의 대륙 전략은 캐나다를 미국의 51번째 주로 만들어버리는 위험성을 초래했다. 그의 퀘벡 전략은 정확히 반전되어 캐나다의 장래를 위협하는 것에 지나지 않게 되었다. 사실, 이것은 캐나다가 지켜야 할 것이 아무것도 남게 되지 않을 때까지 한번에 조금씩, 단계적으로 분리를 꾀하는 것으로 퀘벡 민족주의자들의 오랜 전략이었다.

그가 퀘벡 민족주의자들과 맹약을 한 뒤 헌법 문제를 재개했을 때 나는 소스라치게 놀랐다. 만일 멀로니가 현명했었다면, 이것을 결코 손대지 않았을 것이며 오늘날까지 총리로 남아 있게 되었을지도 모른다. 이는 그의 가장 큰 실책이며 자신이 책임져야 할 부분이다. 헌법 문제에 관한 토론을 시작하기 전 퀘벡당은 여론조사에서 지지율이 18%로 떨어졌었고, 정말 엉망이었다. 그러나 퀘벡이 얼마나 소외되어 있었고 중상을 당했는지에 대한, 1982년의 모욕에 대해서 멀로니가 변명을 한 이후 퀘벡당에 대한 지지율은 로켓처럼 솟아올랐다.

멀로니가 정치에 입문하기 전, 몬트리올의 마운트 로열 클럽에서의 정찬을 나는 잊지 못한다. 그때 멀로니는 일어선 채 나를 가리켜 1980년 주민투표와 헌법 페트리에이션에 맞서 싸운 나라의 구세주라고 치켜세웠었다. 그러나 그가 이제 영속시키고 있는 신화의 뒤를 보면서 걱정하는 사람은 거의 없다. 만일 우리가 레베크보다 나았다면 레베크가 서명을 했을 거라는 멀로니의 의도는 내가 들어본 것 중 가장 순진한 아이디어였다. 레베크는 분리주의자였고 어떤 것에도 서명하지 않았을 것이다. 우리들은 국민적 정부였으므로 국민의 이익을 지켜야만 했다.

그러나 이 신화는 미치 레이크 협정(Meech Lake Accord)을 받아들이게 하는 데 효과적으로 사용되었다. 나는 이것이 권리장전을 훼손시키고 다른 주들, 준주(準州)들, 그리고 인디언 그룹이 여전히 요구하고 있는 모든 헌법 개정과 협의하지 못했다고 생각했으므로 반대했다. 나는 미치 레이크 협정을 고수하기 전에 모호한 부분을 명확하게 하고 뚜렷한 주장 중의 일부를 받아들이는 게 낫다고 주장했다. 결국, 내 견해는 장 샤레(Jean Charest)가 이끌던 전체 상임위 보고서에까지 반영되기에 이르렀다.

그러나 멀로니의 친구인 루시앙 부샤(Lucien Bouchard)가 협상안을 만드는 과정에서 낌새를 알아차리고 토리당 장관직을 내던지고 탈당해 블록 퀘벡당(Bloc Québécois)을 창당했다. 이것 때문에 멀로니는 샤레 리포트(Charest report)를 포기하게 되었다. 대신 그는 1990년 6월, 모험을 하기로 결심하게 되었으며 각 주의 수상들을 압력솥에 가둬두고 미치 레이크 협정을 받아들이도록 강요했다.

이런 모든 일이 자유당의 당권 경쟁과 겹쳐 동시에 일어나고 있었다. 터너가 1989년 5월 사퇴를 선언했지만 전당대회는 1990

년 6월까지도 소집되지 않았다. 1984년의 경우처럼, 승자는 자유당 간부회의 과반수의 지지를 확보하는 후보가 될 것이므로 만일 내가 이러한 지지를 얻게 되면 출마하기로 결심했다. 지지를 확보하는 데는 오래 걸리지 않았다. 의원 대부분은 서둘러 한 배에 동승했다. 그래서 경선에 나서기로 결심하는 순간부터 나는 강력한 선두주자가 되었다.

이것이 이번 선거를 1984년의 선거보다 쉽게 만들지는 않았다. 내가 연방 자유당 의원들 중 강력한 후보였던 반면에 나는 퀘벡과 온타리오 자유당 수상들로부터의 격렬한 반대에 직면하게 되었다. 혹시 로버트 부라사가 친구인 데이비드 피터슨(David Peterson)을 연방 당수로서 기대했기 때문인지, 혹은 그들이 미치 레이크 협정의 열렬한 옹호자였기 때문인지 몰라도 지방 조직을 장악해, 나를 저지하려고 노력했다. 내가 지역 출신의 대표자들 중 가장 우수한 사람들의 가장 좋은 부분을 신뢰했음에도 불구하고 모든 주에서 거세게 반대하고 나왔다. 나의 주요한 적수인 폴 마틴과 쉴라 콥즈(Sheila Copps)는 뛰어난 후보였다.

동시에 루시앙 부샤의 사퇴, 샤레 리포트의 거부, 그리고 미치 레이크 협정의 붕괴 등이 야기한 것으로 인해 캐나다는 어려운 정치적 상황에 처하게 되었다. 캐나다의 운명이 내 손안에 있는 것은 아니었지만 나는 미치 레이크가 캐나디안들에게 불러일으킨 흥분과 격론에 빠져들 수밖에 없었다. 이 협정안은 6월 23일, 내가 전당대회 1차 투표에서 60%를 득표해 캐나다 자유당의 당수로 선출되던 바로 그날 폐기되었다.

11 총리 관저에 이르는 험난한 길

아내의 조언

미치 레이크 협정의 좌절로 인한 후유증으로 고생을 했지만 자유당은 합리적으로 단결된 전당대회를 치러내는 데 성공했다. 우리 쪽 의원 두 사람, 곧 장 라피에르(Jean Lapierre)와 질 로쉬로(Gilles Rocheleau)는 즉각적으로 간부회의를 중단했고 그 후 수개월 동안 퀘벡 언론은 내게 믿을 수 없을 정도로 적대적으로 보도했다. 매일 아침 그들은 신문을 통해 나를 비난했고, 매일 밤 텔레비전에서 그들은 내가 전당대회 승리 직후 뉴펀들랜드의 수상인 클라이드 웰즈(Clyde Wells)와 포옹을 하는 장면을 슬로 모션으로 재방영했다. 이로 인해 나는 퀘벡에서 상당한 인기의 상실을 감수해야 했다. 아무도 날 직접적으로 모욕한 적은 없었지만, 내 골프 친구들 사이에서도 어딘가 나를 불편하게 하는 냉랭함이 감돌았다.

이것은 자유당 당수로서 초반에 겪어야 했던 어려움 중의 하나에 불과했다. 그해 여름 인디언들이 퀘벡 주 오카(Oka)에서 봉기를 일으켰을 때, 나는 이 봉기가 말썽을 일으키는 사람들을 비용을 들이지 않고 당분간 격리시키는 좋은 계기가 될 것이고, 인명의 희생과 하루에 수백만 달러씩을 들여가며 바리케이드 뒤쪽에서 잠복하기보다는 경찰이 이들의 명단을 확보하고 있으므로 나중에 한 사람씩 체포할 것을 제안했다. 언론은 이를 완전한 항복으로 해석했다.

그리고 9월 밥 래이의 NDP는 온타리오 주 총선에서 승리했다. 연방 자유당은 데이비드 피터슨 정부에 대항해 인기있는 반동 정책에 매달려 있었고 우리의 지지율은 몇 달도 안 돼 50%에서 32%로 하락했다. 그리고 멀로니가 12월에 뉴브런즈윅 주의 부세 주 선거구에서 보궐 선거를 실시할 때까지 나는 하원에서 의석 하나를 확보해야만 했다.

당수로서 가장 먼저 신경을 쓴 것은, 선거 사무실을 적절히 운영할 만한 능력 있는 사무장이 없어서 좋은 사람들을 불러 모으는 일이 어렵다는 점이었다. 또한 그때쯤 해서 나는 연설을 하는 데 텔레프롬프터를 사용하기 시작했다. 나는 이 장치를 좋아했지만 이것은 매니저들이 나를 보다 '총리답게' 만들려고 하는 테크닉처럼 보였다. 언론들은 낯익고 마음씨 좋은 장 크레티앙이 사라졌다고 대서특필하였다.

이런 보고서들을 읽으면서 나조차 스스로를 의심하기 시작했다. 왜 내가 이런 일들을 이렇게 했을까? 내 육감이 잘못된 게 아닐까? 내가 당수로서 적합한 사람인가? 나는 아마도 제2인자가 적격이었고 결국에 1인자는 결코 될 수 없었던 게 아닌가?

1991년 2월, 나는 병을 얻었다. 의사들은 내 폐에서 두 개의 혹을 발견해 악성 종양 여부를 조사했다. 나는 어떤 기회도 잃고 싶지 않았다. 3일 뒤 나는 수술을 받았다. 정말 운이 좋게도 두 개의 혹은 위험하지 않은 것으로 판명되었다. 나는 이들을 각각 라피에르와 로쉬로라고 이름 붙였다.

플로리다에 머물면서 회복하는 동안 나는 15개월 전 당권 경쟁을 시작한 이후 일어난 모든 일들에 대해 되돌아볼 시간을 갖게 되었다. 잠이 오지 않던 어느 날 밤 나는 아내와 이 문제에 관해 장시간의 얘기를 나눴다. "과거의 크레티앙은 지금 당신이 아니었어요."라고 아내가 말했다. "잃어버린 게 있어요. 당신은 너무 많이 얘기를 듣고 있어요. 당신은 너무 많은 조언을 들어요. 왜 당신 자신이 되지 않으려 합니까?"

기막힌 조언이었다. 내가 사무실로 돌아왔을 때 나는 일을 챙길 준비가 되어 있었다. 나는 가장 먼저 전 퀘벡 시장인 장 펠치에를 비서실장으로 기용했다. 사실은 나는 그가 이 제의를 승낙할 수밖에 없게 몰아붙였다.

"몇 년 전 일입니다. 당신은 이런 말을 했었죠. 내가 당신을 필요로 한다면 당신은 나를 돕겠다고 말입니다. 자, 이제 당신의 도움이 필요합니다. 그러나 나는 다른 모든 사람들과 같을 것으로 압니다. 아직 내가 유명하지 않다는 것을 나는 알고 있습니다. 이 때문에 당신이 나를 돕는 데 흥이 나지 않는다는 것을 압니다. 그래서 나는 당신이 거절할 것으로 압니다."

하지만 그는 강한 공적 책임의식을 가진, 약속을 지키는 사람이다. 그는 내게 왔고, 곧 그는 비서실에 질서를 가져왔다. 우리들은 역시 정책적인 측면에서 보다 효율적으로 일하기 시작했다. 미치 레이크 협정과 캐나디안-아메리칸 관계를 제외하면, 논란의 대상이 되는 멀로니의 경제적 업적만 남았다. 그는 1984년 적자를 줄이고, 일자리를 창출하고, 보편적인 사회보장 프로그램을 지킨다는 공약으로 정권을 잡았다. 1993년 사퇴하기 전까지 그는 1981~82년 경기 침체기 동안 생긴 적자를 세 배나 불려놓았고, 캐나디안 150만 명의 일자리를 잃게 했고, 자신이 '신성한 신탁'이라고 불렀던 사회보장 예산을 대폭 깎아내렸다. 그의 금융정책은, 미국인들보다 먼저 경기 후퇴를 가져왔고 수많은 기업들을 다시는 소생하지 못하게 죽여버렸다.

일부 그의 자문관들은 인플레이션을 잡기 위해서는 25%의 실업률도 감수해야 한다고 말한 것으로 보도되었다. 나는 언제나 이렇게 대답했다. "여러분이 25%의 실업률을 기록하게 되면, 여러분은 인플레이션 혹은 이자율 혹은 적자 그 밖의 어떤 것도 걱정할 필요가 없겠죠. 왜냐하면 여러분은 양 손에 혁명의 씨를 쥐고 있게 되는 꼴이 되니까 말입니다."

그러는 한편, 대단히 고맙게도 많은 토리당원들은 잘해내고 있는 것처럼 보였다. 적재적소에 사람을 기용하는 것은 정부의 일상적인 일이다. 이것은 적절한 판단과 균형을 요구한다. 이 문제는 그들이 소속한 정당이 어디냐에 있지 않다. 문제는 그들의 자격이다. 그러나 토리당 아래서 수백 명의 사람들이 자질에 관계없이 총리와의 친소 관계에 따라 공직에 임명되었다.

로비 산업이 번창하는 오타와

이와 동시에, 로비 산업이 번창해 너도나도 오타와에 사무실을 냈다. 나는 이 로비 산업의 규모가 어느 정도인가를 알고는 충격을 받았다. 어느 날 밤 나는 기업인들과 섞여 저녁을 먹는 자리에서 대기업의 사장으로 있는 친한 친구를 만났다. 그 다음날 아침 한 로비스트의 전화를 받았는데 그는 나와 이름을 부를 정도로 친한 사이인 그 친구와 자리를 마련하고 싶다고 했다. 자연히 나는 혼란스러웠다. 그래서 내 친구에게 왜 일부러 로비스트를 고용했는지를 물었다.

"누구나 그렇게 해야만 해."하고 그가 말했다. "이것이 지금 정부와 비즈니스를 하는 유일한 방법으로 알고 있어. 업무 진행 비용의 일부분이 된 셈이지."

어느 날 어떤 자유당 의원은 자기 선거구의 이민 문제를 돕겠다고 하는 로비스트의 전화를 받기도 했다. 어떤 캐나디안도 자신들의 대표자인 의원을 만나기 위해 누군가를 고용해야만 한다는 것은 있을 수 없다. 또한 이들 로비스트들이 판매하는 것은 정확히 무엇이란 말인가? 때때로 이것은 지시일 수도 있다. 내가 짐작하기엔, 대부분은 영향력이다.

그러나 로비 조직은 규모가 비대해지고 절대 필요한 게 되어버려 이를 비판하기도 사뭇 어려워졌다. 누구도 로비스트에게 찾아가라고 강요하지는 않았지만, 로비스트 없이는 성공할 수 없다는 점이 이제 하나의 믿음으로 자리잡았다.

그러나 후원, 스캔들, 그리고 로비는 토리당이 오타와에 가져온 행동의 표시에 지나지 않았다. 정부는 돈의 문제가 되었다. 어떤 마을의 얘기는 누가 이러저러한 계약으로 돈을 많이 벌게 되었다는 게 전부였다. 경제 및 사회 정책에의 모든 접근이, 만일 부자가 더 부자가 되는 것이라면, 가난한 사람들에게는 아무런 도움이 안 될 것이다. 부정은 아니라고 해도 이런 만연한 배금주의는 캐나디안 사회의 전통적인 가치와 공직 사회의 의무와도 모순되었다.

사실상, 이것은 1980년대 미국과 미국 경제계에 만연한 '탐욕의 사회'를 반영하는 것이었다. 그 당시 사람들은 사회적 파급 효과는 고려하지 않은 채 은행에서 거액의 대출을 받아 부를 만들거나 쉽게 돈을 벌기 위해 서류를 들이밀었다. 정치인들과 공직 사회에 대한 전무후무한 냉소주의가 만연하게 된 것은 자연스러운 일이었다.

나는 야당 당수로서 한 번도 편안함을 느껴보지 못했다. 전체 국회 내에서 이보다 더 나쁜 자리도 있을 수 없을 것이다. 오로지 비난하기 위해 있을 뿐이다. 만일 긍정적인 입장을 제시한다면 아무도 주목하지 않게 된다. 만일 지속적으로 공격적인 기조를 유지한다면 뉴스가 된다. 그러나 언제나 반대, 반대, 반대로 가는 것은 내 성향에 반하는 것이므로 나는 부정만 하는 사람으로 보이는 것이 싫었다. 더욱이 공직 생활 중 이전까지의 경험은 국회에서 정부 편을 드는 것이었다. 나의 만족은 늘 어떤 일을 하게 하는 것에 있었지, 비판하는 것에 있지 않았다. 왜냐하면 나는 오랜 기간 장관으로 있었으므로 내가 그들의 정책에 동의하지 않았을 때조차도 그들은 최선을 다하고 있다고 생각했기 때문이다. 많은 경우 나는 그들이 어떻게 내 질문에 대답해가는지를 알기도 했다.

나는 야당인 자유당 당수로서 4개 목표를 설정했다. 즉 당을 단합하고, 재정을 정상화하고, 차기 선거에 대비해 우수한 후보를 발탁하고, 새로운 정책을 개발하는 것 등이었다. 야당은 권력을 잡기 위한 수단 그 이상이 되어야 한다. 야당은 새로운 해결책을 제시하고 다른 우선 순위를 세워야 한다. 이것은 매켄지 킹이 왜 1993년에 온타리오의 포트 호프(Port Hope)에서 정책회의를 개최했는가 하는 이유가 된다. 이것은 또 레스터 피어슨이 1960년에 온타리오의 킹스턴에서 정책회의를 열었는가의 이유이다. 이는 내가 조사국장 샤비바 호섹(Chaviva Hosek)과 비서실장 에디 골든버그에게 1991년 11월 퀘벡 주 아일메르(Aylmer)에서 초당파적인 싱크 탱크 3일 회의를 조직하도록 지시했는가의 이유이다. 나는 토리당의 의제에 대해 건설적인 대안을 모색하고 싶었던 것이다.

1984년과 1988년의 자유당의 패배는 우리들 자신을 재평가하는 분명한 계기를 제공했으며, 내가 권력의 울타리 밖에 있는 수년 동안 세계는 놀라울 정도로 변했다. 소련의 해체, 유럽 공동시장의 팽창, 동유럽의 변형, 그리고 태평양 지역에서의 새로운 경제 세력의 출현 등은 세계 무역의 자유화와 기술혁명이 그랬던 것처럼 새로운 도전과 새로운 기회를 창조했다. 그래서 나는 국내외의 전문가들과 함께 21세기의 선야에 캐나다와 자유수의를 향한 경제적 정치적 관련성을 조사하고 싶었다.

자유당원이 된다는 것은…

자유당원이 된다는 것은 입당원서를 작성하거나 혹은 어떤 정책을 수용하는 것 이상이다. 이것은 인생에 대한 태도이다. 이것은 부를 창조하는 일에 대해 관심을 갖는 동시에 부를 배분하는 일에도 주의를 기울인다. 이것은 사회 정의와 국가 통합의 원칙에 여전히 충실하며 또한 상황의 변화에 따라 융통성 있게 대응하는 것이다.

캐나다의 면적, 적은 인구, 언어와 이해의 다양성 등 복잡한 구조는 언제나 강력한 원심력에 위협을 받곤 했다. 결과적으로 캐나다의 문제에 대한 해결책은 결코 독단이 될 수 없을 뿐 아니라 특정 그룹의 이해에 얽힌 좌파든 우파든 어떤 독단적인 정당도 국가적인 차원에서는 성공한 적이 없다. 캐나다의 한 부분 혹은 어떤 일정 기간 동안 효용이 있는 것이 반드시 서로에게 있어서 공조적인 것은 아니다. 그리고 만일 당신이 중심에 있다면 중심은 움직인다.

자유당은 중심에 머무르면서 많은 기초를 다지는 데 특히 솜씨가 있었다. 이것은 자유당원의 자연스런 본능이며, 그리고 캐나디안들은 자유당의 온건 노선이 갈등을 해소하고 실용적인 해결책을 강구하는 데 있어 최선의 대리자라고 여겼으므로 국가적 위기 때마다 자유당에 기대를 걸었다. 그래서 해로운 질병이 되지 않는 한 건강한 자본주의를 믿는다. 따라서 우리는 거만하고 압제적이지 않은 한 정부가 선(善)의 권력이 될 수 있으리라 믿는다. 이 균형을 강타한 아일메르 정책회의에서 광범위한 합의가 도출되었다. 캐나다는 급격하게 변하는 다른 경제적 조건들에 적응하는 한편, 사회보장 프로그램을 지키고 공고히 하지 않으면 안 되었다. 우리나라의 경쟁력 우위는 인간 자본에 대한 투자와 보편적인 의료 체계, 안전한 도시, 질 높은 교육에의 접근을 유지하는 데서 찾게 될 것이다.

아일메르 정책회의 이후 거의 2년 동안 폴 마틴과 샤비바 호섹은 이 합의를 완전한 선거 프로그램으로 만들기 위해 더 연구하고 노력했다. 이것은 재정적으로 뒷받침되어야 했고, 과장된 공약들을 피하고, 희망을 창조해야만 했다. 만일 이 우선 순위가 옳은 것

이고 희망을 제시했었다면, 당시 우리는 이것으로 전국적인 냉소
주의를 극복했었을 것이며 우리에게 국민들의 신뢰와 경의를 가
져다 줄 것으로 느꼈다.

분명한 위험에도 불구하고, 우리의 전 강령을 모든 희생을 감수
하고 112쪽에 달하는 교서의 형식으로 선거운동 8일째 되던 날 공
개했다. 우리들은 이것에 대한 반응이 좋자 기쁘고 자랑스러웠다.
이는 우리가 이 문제에 대해 얼마나 진지했었는가를 대변했다. 이
는 우리들의 성실성, 목적, 정교함, 그리고 열심히 일한 것에 대한
잣대가 되었다. 승리의 요인이 된 것뿐 아니라 이것은 미래에 우
리가 치르게 될 보다 나은 선거를 위해 변화를 가져왔다고 나는
믿고 있다.

사람들은 내가 선거에서의 승리를 예상했는지를 항상 묻는다.
사실은 나는 거의 승리를 의심하지 않았다. 멀로니 토리당의 파
워, 즉 퀘벡 민족주의자들과의 긴밀한 농맹관계는 이제 그들의 약
점이 되었다. 무엇보다도 먼저, 이것은 루시앙 부샤의 배신과 블
록 퀘벡당의 창당을 가져왔다.

두 번째로 이것은 멀로니가 퀘벡의 호주머니 속에 들어가 있다
고 생각한 토리당 내의 개혁당의 인기 상승을 불러왔다. 그래서
그의 표는 세 갈래로 갈렸다. 단순한 계산으로는 자유당은 정부를
구성하는 데 필요한 약 38%를 얻을 수밖에 없었는데, 이것은 내
판단이긴 하지만 과장된 순위는 아니었다. 우리는 여론조사에서
40% 이상의 지지를 1년 이상을 유지했고, 4개 정당이 나머지 지
지율을 나눠 가졌다.

1992년을 통틀어 멀로니는 1988년 선거에서 자유무역을 이슈
로 만들었던 것과 똑같이 헌법 문제를 다가오는 선거의 큰 현안으

로 만들려고 노력했다. 정치적으로는 현명한 방법이었다. 만일 터너가 자유무역 거래가 아닌 멀로니와 토리당 정권의 전체적인 업적과 싸웠다면, 내가 생각하기에는 그가 이겼을 것이다. 자유무역이 캐나다 사회를 두 쪽으로 갈라놓았기 때문에, 그리고 야당에서도 자유당과 NDP로 분열되어 있었으므로 멀로니가 이겼다. 그러나 이번만큼은 샬롯타운의 헌법 개정 국민투표가 패배했기 때문에 그의 전략은 실패로 돌아갔다.

나는 샬롯타운 협정(Charlottetown Accord)이 미치 레이크 협정에서 파생한 문제점들의 대부분을 해결해주었다는 점에서 이를 타협안으로서 지지했다. 이것이 권리장전에 어떤 실제적인 영향을 미치지 않을 것으로 나는 생각했다. 이것은 서부에서 상원을 개혁시켰고 인디언 지도자들의 요구를 충족시켰다. 이것이 완벽하진 않았다고 하더라도 최선의 선택은 전국적인 국민투표를 하지 않아야 했다. 나는 국가를 총리나 기관의 동맹이 아닌 국민들의 동맹으로 보았기 때문에 언제나 국민들이 헌법을 비준할 수 있게 되기를 원했다. 사실, 나는 나를 지지하는 조건으로 제시했고, 이렇게 승리하는 것을 자랑스럽게 여겼다.

역사가들은 훗날 오랫동안 왜 10월 국민투표가 실패로 돌아갔는지 토론할 것이다. 피에르 트뤼도가 '부결'편에 개입하게 된 것은 틀림없는 결정적 요인이었다. 이것은 나를 포함한 그를 존경하는 모든 자유당원들에게 문제를 일으켰기 때문에 나는 가까스로 우리측을 다독거렸다.

두 번째의 결정적 요인은 개인적 계획으로 승리하려는 브라이언 멀로니의 야망, 즉 대중의 평판을 회복해 3분의 1 다수당 정부를 구성하는 단계를 만드는 것이었다. 그는 대신 플로리다로 갔어야만 했다. 샬롯타운 협정은 그에 대한 신임 부족으로 얼룩지게 되었고 프레스톤 매닝(Preston Manning)은 이를 멀로니 협상으로 기각할 수 있었다.

멀로니의 사임과 캠벨의 등장

1993년 2월, 브라이언 멀로니는 그의 '3회 연속 집권'의 꿈을 포기하며 사임을 발표했는데 이는 내게 놀라움을 주었다기보다는 많은 실망을 주었다. 언론은 전당대회를 기다리지 않고 즉각적으로 킴 캠벨(Kim Campbell)을 권력 승계자로 발표했고, 그러자 자유당의 일부 '겁쟁이들'을 포함한 모든 사람들이 흥분하기 시작했다.

나는 아니었다. 그녀는 경선 동안에 갖가지 문제점들과 맞닥뜨리게 될 것이다. 만일 높은 인기에서 출발한다면 내려갈 수밖에 없는데 추락으로부터 살아 남기 위해서는 노회한 프로가 되어야만 한다. 그녀는 노회한 프로가 아니었다. 언론이 비정상적으로 그녀의 실책에 대해 관대했음에도 불구하고 그녀는 거의 장 샤레에게 당권을 뺏길 뻔했다.

샤레의 승리는 퀘벡 출신의 또 다른 총리를 보고 싶어하지 않는 사람들에게서 나의 약점을 제거했을 것이다. (토리당은 그들의 선거 광고에서 퀘벡 깃발 속에 있는 내 모습을 부각시킴으로써 총선 동안에 이런 공격을 잠재 의식적으로 사용하고자 했지만 이슈로 만들진 못했다.) 그러나 나는 내 나이를 그의 젊음에 대비시켜, 어려운 시기에 언제나 경험이 풍부한 선원으로 돌아가는 뉴펀들랜드의 어부의 일화를 얘기했다. 그러나 결국 토리당은 킴 캠벨을 택했다.

심지어 그해 여름 동안에도 그녀가 캐나다 최초의 여성 총리라는 이유로 모든 것이 용서될 때도 나는 당황하지 않았다. 나는 단지 1984년 자유당이 트뤼도에서 터너로 바뀔 때 무슨 일이 일어났었는가를 떠올려야만 했다. (그것은 어떤 것도 변화시키지 못했다.) 그리고 나는 여전히 확실한 계산을 하고 있었다. 즉 블록 퀘벡당과 개혁당의 부상, 그리고 NDP의 붕괴에 고맙게 생각했다. 사실, 8월에 캠벨의 인기가 치솟고 있을 즈음 나는 클로드 샤롱이 신문 칼럼에 쓰리라고는 미처 깨닫지 못한 채 그에게 선거에 대한 예상을 말했다. 대서양 캐나다에서 약 25석, 온타리오 75석, 서부 25~30석, 퀘벡 20석씩을 획득하리라는 것이었다. (밝혀진 것처럼 자유당은 각각의 지역에서 31, 98, 29, 19석씩을 얻었다.)

총선이 마침내 9월로 공고되었을 때, 나는 준비가 끝난 상태였고, 당 프로그램도 마련되어 있었고 자유당 팀도 채비를 갖추었다. 많은 사람들이 자유당에 냉소적일 때도 우리에게 온 많은 훌륭한 후보자들과 도움을 자청한 유능한 자원봉사자들에 고맙게 생각하였다. 그리고 이런 현상은 눈덩이처럼 불어나갔다. 우리 진영에 그 정도로 자질이 있는 사람들이 모였다는 것이 알려지게 되자, 아트 에글턴(Art Eggleton) 같은 전 토론토 시장 혹은 마셀 마세(Marcel Massé) 같은 유명한 전직 관료들도 역시 우리 쪽으로 합류했다. 내가 너무나 많은 훌륭한 사람들과 일을 했기 때문에 결국에는 이것이 큰 문제, 가장 바람직한 종류의 문제를 가져다 주었다. 간부회의 담당 팀은 아마도 내각의 담당 팀만큼 훌륭하다. 확언하건대, 이것은 내각 팀을 활발하게 움직이게 했고, 국정이 정직하고 자격이 있는 사람들에 의해 관리되고 있다는 것을 알면 국민들이 기뻐해야 할 것이다.

나는 토리당의 파멸로 인해 고통을 겪었을 게 틀림없는 킴 캠벨에게 또 다른 상처를 더해주기가 싫었다. 전당대회 중 나타났던 심각한 문제들이 총선 시작 첫날부터 다시 나타났지만 이러한 결과의 대부분은 그녀의 책임은 아니었다. 역설적으로, 그녀가 보다 강력했었다면 자유당이 더 좋은 결과를 얻었을 것으로 나는 믿는다. 선거 마지막 주에 벌어진 토리당 조직의 붕괴는 적어도 자유당이 앨버타와 브리티시 컬럼비아에서 12석은 잃게 했다. 이는 개혁당이 토리당 지지표의 거의 대부분을 가져가게 하는 결과를 초래했기 때문에 자유당은 이들의 틈바구니에서 득표해야만 했다. 한편 멀로니가 퀘벡과 맺은 동맹이 붕괴되자 서부지역의 토리당 지지자들이 루시앙 부샤가 야당 당수가 되는 것을 막기 위해 개혁당에 표를 몰아주도록 사극했나.

내게 타격을 주려고 했던 텔레비전 선거광고만큼 보수당에 상처를 입힌 것도 없었다. 나는 그것을 기대하고 있었다. 어린 시절부터 나는 나의 신체적 장애에 관련된 농담에 대해 인내하는 것을 배워야 했다. "나는 비뚤어진 입을 가지고 있을지 모르지만 최소한 당신들처럼 비뚤어진 마음을 갖고 있진 않다."라고 농담을 하곤 했다. 또한 정치 생활 중에 나는 내 영어 혹은 프랑스어에 관한 과장된 모욕들을 잠재워 왔다. 그래서 뉴브런즈윅 주의 세인트존 시에서 어느 날 아침 일어나 전날 밤부터 계속된 텔레비전 광고를 시청했는데 내 입과 관련된 것이었다.

"더 나쁜데, 그들은 당신을 어리석은 사람으로 보이게 하려고 합니다."라고 누군가 말했다.

내가 "걱정 마시오."라고 말했다. "그런 광고도 오늘 밤으로 끝날 겁니다."

내가 고통과 함께 이런 자질을 주신 하느님에게 감사하자 몇몇 기자들은 눈물을 보이기까지 했다. 그날을 끝으로 이 광고는 사라져버렸다.

나는 또한 개인적으로 생모리스에서 낙선할 것이라는 수많은 소문과 싸우지 않으면 안 되었다. 개인적으로 조사한 여론조사에서는 나의 승리가 확실했지만 일부 인쇄된 보도(조사 방법에 문제가 있다는 것을 알았다)에는 내가 뒤처지고 있었다. 이런 부정적인 보도는 퀘벡의 기타 지역에서 우리들에게 불리하게 작용했을지 모른다. 이 지역의 유권자들은 자유당 후보들에게 "당수가 패배하게 되어 있는데 왜 내가 당신에게 투표해야만 합니까?"라고 말했다. 하지만 생모리스의 유권자들은 나를 도왔다. 수백 명의 자원봉사자들이 선거본부에 나왔고, 나는 6천 표 이상의 표차로 이겼다. 총선 후 첫 기자회견에서 내가 패배할 것으로 대서특필한 두 개의 주요 프렌치 신문을 명시했을 때 나는 해리 트루먼(Harry Truman)과 똑같은 기쁨을 맛보았다.

총선은 하원의 성격을 뚜렷하게 변모시켰다. 보수당과 NDP가 원내 교섭 단체의 위치를 상실했지만 개혁당은 프레스톤 매닝의 부친이 주역이 되었던 대중주의자 사회신용당의 최신판으로 부상했다. 개혁당은 근본적으로 서부 캐나다의 이데올로기적 우파 성향에 뿌리를 두고 있었지만 온타리오나 대서양 연해주의 우파와는 같지 않았으며, 개혁당의 성공은 당 자체의 본질적인 성향에 의한 것이라기보다는 토리당의 실패에 보다 관련이 있다. 만일 이것이 보수당이 되지 않았다면 이것은 궁극적으로 캐나다의 모든 정당들이 절망적인 운명에 처하게 되었을 것으로 나는 믿는다.

블록 퀘벡당의 성공 또한 대중주의자의 저항에 뿌리를 두고 있다. 블록은 기득권을 갖고 있는 정당들에 대한 일반적인 불만과 토리당의 두드러진 문제점을 이용했다. 루시앙 부샤 자신이 선거 유세 중 인정했던 것처럼 블록의 표는 확고하게 분리주의자들은 아니다.

우리 자유당도 선거 과정 중에 실질적으로 자유당 지지폭을 넓힐 수 있었다. 이것이 왜 내가 캐나다의 미래에 대해 낙관적이게 되었느냐는 이유가 된다. 12억 중국인들이 경제 초강대국을 만들기 위해 시동을 걸고 있는 오늘날 왜 7백만 퀘벡 주민들은 G7에 속하는 캐나다의 이점과 태평양에서의 캐나다의 위치를 저버려야만 하는가?

캐나다는 최고의 나라

내가 캐나다의 총리로 당선되었다는 것을 깨닫는 데는 한동안 시간이 필요했다. 아내가 침대에 누워 있는 나를 흔들어 깨우며 "커피 드실래요, 총리 각하."라고 말했을 때 날아갈 듯했다. 미국 대통령이 내 별장으로 전화를 걸어왔을 때 기분이 좋았고 나는 손주들에게 우리들의 전화 통화 내용을 들을 수 있도록 하였다.

그러나 그 직후 나는 오타와로 돌아가서 곧바로 일을 시작했다. 나는 오랜 기간 장관으로 있었기 때문에 어느 것도 특별히 새롭거나 어렵게 보인 것이 없었다. 오랫동안 계획된 일이었으므로 권력 인수는 아무런 문제 없이 이뤄졌다. 나는 각료를 스물두 명으로 줄이고 사람을 골랐다. 나는 간부회의에 참석했고 관료들과 접촉했다. 그리고 11월 4일 나는 캐나다의 20번째 총리로 선서를 했다.

그러나 과거에 일어났던 일로 심리적인 충격을 받는 순간이 찾아왔다. 11월 11일에 캐나다 국민을 대신해 현충일 행사에 참석, 수많은 우호적인 군중들 가운데에서 오랜 시간 서 있어야만 했다. 그 순간 아무런 강박관념도 없이 나는 전사자 기념비의 연도를 세기 시작했다. 그리고 '1914~18'이라는 연도는 부모님과 조부모님에 대해 생각하게 했다.

그 당시 그들은 무엇을 하고 있었고, 그들은 어떤 꿈과 야망을 가지고 가족들을 위해 살았을까를 생각했다. 불현듯 나는 만일 부모님께서 지금의 아들을 보고 계신다면 틀림없이 기뻐하실 것이라고 생각했다.

나는 그들과, 나 자신, 캐나다에 실패하지 않기로 약속한다. 내각과 비서실에 있는 모든 사람들이 총리가 나의 마지막 자리이고 내가 실패해서 물러나지 않으려 한다는 것을 안다. 내가 캐나다 국민을 실망시키면 그들이 나를 쫓아낼 것이고 그렇게 하는 것이 옳은 일이기 때문에 만일 누가 나를 실망시키면 나는 이에 강경하게 대응할 것이다.

총선 기간 중 나는 터무니없고 비현실적인 공약을 하지 않았음에도 불구하고 유권자들은 나의 성공을 가늠한 몇 가지 기준이 있었다. 실업자의 숫자는 줄어들었는가? 캐나다에 대한 신념은 회복되었는가? 캐나다의 독립은 거듭 주장되었는가? 1990년대의 세계적 도전에 대비하여 우리의 경쟁국들처럼 잘해나가고 있는가? 국민들은 정부의 정직함과 효용성에 대해 다시 신임을 갖게 되었는가?

캐나디안들은 기적을 기대하지 않는다. 그들은 판단, 정직, 열심히 일하는 것을 원한다. 내가 만일 그런 자신감의 분위기를 만든다면 그때는 우리 자신들에 대해 좋게 생각하게 될 것이고, 매일 우리들이 만들어내는 수백만 건의 긍정적인 결정을 통해서 우리들은 직면하고 있는 어려움의 대부분을 해결할 수 있게 될 것이다.

많은 도전들이 앞길에 놓여 있다. 이들을 극복하기 위해서 우리는 우리 자신에 대한 절망부터 극복하지 않으면 안 된다. 우리들 모두는 우리 사회의 모범, 세계의 모범이 되기 위해서 우리가 하는 모든 분야에서 최상이 되어야만 할 것이다.

캐나디안들은 수준 높은 노동자들이다. 우리는 교육을 받았고 경험이 있고 상상력도 있고 시민으로서 우리에게 주어진 기막힌 기회가 있다. 수백만의 사람들은 이른바 비참이라는 것을 나눠 가질 기회에 확신을 깆게 될 것이다.

나는 늘상 캐나다의 위대함에 대해 얘기하고 싶은 유혹에 사로잡힌다. 그러나 만일 우리가 자부심을 갖지 않는다면 우리는 결코 성공할 수 없게 될 것이다. 하느님이 내게 생명을 주고 내 나라를 위해서 봉사할 기회를 주는 한 이것은 내가 계속 말해야 하는 이유이다. 캐나다가 최고의 나라라고.

위대한 캐나다를 꿈꾸며

1996년 10월 8일 초판 1쇄 발행

지 은 이 — 장 크레티앙
옮 긴 이 — 조 성 관
펴 낸 이 — 홍　석
펴 낸 곳 — 도서출판 풀빛
주　　소 — 서울시 서대문구 북아현 3동 176 - 87 능안빌딩 3층
전　　화 — (영업부) 363 - 6972　(편집부) 362 - 8900
팩　　스 — 393 - 3858
출판등록 — 1979년 3월 6일 제8 - 24호

ⓒ 1996

● 값 9,000원

잘못된책은바꾸어드립니다.

ISBN　89-7474-812-6